北京宣传文化引导基金
BEIJING CULTURE GUIDING FUND
北京宣传文化引导基金资助项目

# 白露

*Spring Will*
*Never Fall*

# 春分

## 辽京

著

北京出版集团
北京十月文艺出版社

**图书在版编目 (CIP) 数据**

白露春分 / 辽京著. — 北京：北京十月文艺出版社，2024.9（2025.11重印）

ISBN 978-7-5302-2374-1

Ⅰ. ①白… Ⅱ. ①辽… Ⅲ. ①长篇小说—中国—当代 Ⅳ. ① I247.5

中国国家版本馆 CIP 数据核字 (2024) 第062336号

白露春分
BAILU CHUNFEN

辽京　著

| | | |
|---|---|---|
| 出　　版 | 北 京 出 版 集 团 | |
| | 北京十月文艺出版社 | |
| 地　　址 | 北京北三环中路6号 | |
| 邮　　编 | 100120 | |
| 网　　址 | www.bph.com.cn | |
| 发　　行 | 新经典发行有限公司 | |
| | 电话 010-68423599 | |
| 经　　销 | 新华书店 | |
| 印　　刷 | 北京盛通印刷股份有限公司 | |
| 版　　次 | 2024 年 9 月第 1 版 | |
| 印　　次 | 2025 年 11 月第 5 次印刷 | |
| 开　　本 | 850 毫米 ×1168 毫米　1/32 | |
| 印　　张 | 12.25 | |
| 字　　数 | 230 千字 | |
| 书　　号 | ISBN 978-7-5302-2374-1 | |
| 定　　价 | 48.00 元 | |

如有印装质量问题，由本社负责调换

质量监督电话　010-58572393

# 目　录

白露春分

# （一）

车停稳了，导游率先拉开车门，跳了下去，旅游团的客人鱼贯而下。上午十点，三亚已是热浪滔滔。佳月一手拎着装着各种药瓶的尼龙袋，一手提起折叠轮椅，刚下来，像兜头蒙上一条湿毛巾。她被太阳晒得眯起眼睛，将轮椅就地打开，秀梅拄着拐杖跟在后面，行动迟缓，导游伸手去扶。

"不用带轮椅了。"导游说，"有摆渡车。"

佳月顺着他指的方向望去，看见一排白色的电瓶车停在树荫下，车身上印着景区名字，其中一辆已经坐满了人，是同一个旅游团的游客。坐在司机身旁的那位阿姨，姓李，对着佳月挥舞手臂。

"我们太慢了。你们先走吧。"佳月喊道，冲她也挥挥手。那辆车启动了，驶进一条椰林大道，拐个弯，消失了。

有些散客没有坐车，三三两两，慢悠悠朝海边走去。空气潮湿，人的动作都是黏滞的，佳月把轮椅重新折好，放回车上。按导游的安排，一个半小时的时间，游览天涯海角，等佳月和秀梅走到电瓶车旁边，已经过去了十五分钟。佳月帮助秀梅爬上一辆空车，坐在司机后面第一排。司机抽着烟，百无聊赖的，有人经过，便吆喝一声："十元一位。"

秀梅凑到佳月耳边，轻声说："咱们是免费的啊。"

佳月点点头，"咱们团里都免费。"

"都包在你交的团费里。哪儿有免费？"

佳月笑了。车开起来了，秀梅说："真凉快。"秀梅七十四岁，像个小孩似的爱坐车，坐船，坐飞机。昨天，在博鳌的海边，有人玩降落伞，蓝天中绽开一朵红色的蘑菇，佳月问秀梅："您敢上去吗？"

"敢上。你敢吗？"

时间不够，所以没去成。佳月说："咱们下次再来。"

"还有下次吗？"

"有啊。下次再来。"佳月随口答道。秀梅笑了。

电瓶车将人们送到海边。秀梅拄着拐杖站在沙滩上，沙子白而烫，佳月穿着凉鞋去蹚水，水是暖的，细浪来了又退，在脚上毛茸茸地蹭来蹭去。佳月脚面上有个青灰的斑点，是她小时候爬煤堆，划伤后煤渣掉进伤口，长进肉里形成的。她踩到一块大贝壳，捡起来递给秀梅，秀梅的拐杖头上挂着一只塑料袋，里面装着一些贝壳，是老太太自己捡的，都不如佳月刚捡的这块好看。

"回家放鱼缸里。"秀梅说。

"咱家没有鱼缸。"

"你大姑家里养鱼。给他们。"

"他们不会要这个。"佳月掏出手机看时间，还有半个小时。祖孙俩慢慢往回走，走到停车场时间就差不多了，暴晒之下两团短粗的影子，缓缓拂过平整的沙滩。

"姓李那个女的，她闺女长得真像佳圆。"秀梅忽然说。佳圆是大儿子陈立远的女儿，佳月的堂姐。"你看像不像？"

"没看出来。"佳月停下来，抬脚抖凉鞋里的沙子。

"眼睛和鼻子，特别像。看见她就跟看见佳圆一样。"

脚是湿的，沙子沾在脚底，抖不掉。走出沙滩，路边有水龙头，佳月把脚伸过去，冲得干干净净。坐车去下一站，行驶在一条沿海的林荫道上，响晴的天，风平浪静，车开起来一阵凉风。佳月从背包里拿出照相机，专为了这次旅游新买的，她让秀梅朝这边看，拍了几张老太太头发飞舞的照片。这些照片后来都洗了出来，放在床头柜最底下的抽屉里。床头柜是大姑家替换下来的旧物，附带一面穿衣镜，镜子上布满了不知何来的铜黄色的污点。无论是谁照一照，都像生了一脸老人斑。

电瓶车停在一块空地上，那两块著名的石头就在前方不远处。李阿姨一家子已经拍了照回来，看见佳月和秀梅，对她们说："没什么意思，就是两块石头，上面几个红字。"

秀梅说："咱们也看看去。"路远一点还是推轮椅更快，秀梅拄拐杖走得很慢，只见写着"天涯海角"四个字的两块石头，遥遥地在一条小路的尽头，海浪一次次扑上来。

"听说当官的都不愿意来这儿，嫌不吉利。"

"反正我们家没人当过官。"

"佳圆原来就是当官的。"

"她已经辞职不干了，而且那个是事业单位，她也没有编制。我去买个椰子。"

每到一处，都买椰子，秀梅还买了一套浑身印满椰子树的衣服，第二天就穿出来，配一顶从家里带来的草帽。老太太出门必戴帽子，夏天的宽草帽，冬天的毛线帽，佳月拿到第一个月工资，送给秀梅的礼物就是一顶羊毛帽子。

喝完椰子水，继续往前走。其实远看也是一样，但是既然来了，就一定要走到跟前仔细瞧瞧，请别人帮忙拍个合影。秀梅和佳月都在冒汗，回家洗出来一看，照片上脸油油的，天空过曝了，一片白茫茫，海只剩下浅灰色。

照片上虽然只有两个人，但是佳月总觉得佳圆也夹在中间。大学毕业后佳圆很少来看秀梅，却时时刻刻无处不在，因为缺失而分外凸显。有时候佳月不耐烦了，甚至想跟秀梅说："拜托，她又没死。"即便在说佳圆的缺点，秀梅那口气也不一样，仿佛在洗一件心爱衣服的污渍，轻轻地揉搓，冲掉泡沫再仔细瞧瞧。佳圆就是那样一件精细的好衣裳，值得时时拿出来摩挲一番。佳月则是一件粗糙结实的麻布衫。

椰子沉甸甸，以秀梅的味觉，椰子水等于没味道，跟白开水一样。两三年前还不是这样，两三年前也不需要轮椅和拐杖。到三亚的第一天，在亚龙湾的海边，她把手指伸进岸边的细浪中，然后放进嘴里舔一口，抬头笑道："这水有咸味。这海真蓝。"秀梅喜欢海，海的广阔和海的颜色，看着心头舒畅。她对佳月形容过那种蓝，特别鲜艳的蓝，佳月帮她买过几次蓝色衣服，她都说不对，不是这个颜色。直到有一次看到电视上立邦漆的广告，儿童房被刷成海底世界，焕然一新。秀梅说，就是这个颜色，我就喜欢这个颜色。是硫酸铜那种纯正的蓝，佳月给她买了一件颜色相似的羊毛外套，在一片黑的、灰的旧衣服的衣柜里，那一缕湛蓝的颜色非常耀眼。

秀梅的"喜欢"是一个相当严重的断语。她身体好的那些年，她的"喜欢"和"不喜欢"是非常有力而泾渭分明的，像切西瓜一样，一破两半，各不相干，红色的汁水流下来。夏天切西瓜，佳圆伸手就去拿最大的那一块。现在无所谓了，大人谁在乎西瓜，在乎奶糖、山楂片和压岁钱，小孩们斤斤计较的，大人就一笑而过。拍完照，回到电瓶车上，李阿姨一家已经坐好了，正在吃塑料餐盒装的木瓜和西瓜。她女儿戴了一副又圆又大的太阳镜，猛一看更像佳圆了。

李阿姨一定要给秀梅尝尝刚买的木瓜，秀梅推辞着，客气一番。李阿姨的女儿叫晶晶，二十岁的姑娘，已经不大耐烦跟父母一起出游，总是戴着耳机，不说话。他们一家也是从北京出发，候机的时候就在一处。秀梅问晶晶在哪里上大学，夸晶晶学习好，还说，我那个大孙女，从小学习也特别好，也考了重点大学。李阿姨以为她说的就是佳月，秀梅说不是，这个是第二个孙女，她不行，她脑瓜不灵，我说的那个比她大一岁，要出国留学了。

佳月从背包里掏出保温壶，去找接热水的地方。候机厅很大，按着指路的标识走，饮水机前稀拉拉排着几个人。她接完热水，又去排凉水那一队，兑到合适的温度，绕了一大圈走回去，佳圆的好处还没说完。

"每回考试都是第一，从来不用爹妈操心。"秀梅说，"在学校长跑比赛也是第一名，作文也写得好，老师让写《我的妈妈》，她写《我的奶奶》，从小就跟着我。这两个孙女都是跟着我长大的，这一个学习就不行。头天晚上背的书，第二天上课老师一查，就全忘了。她姐姐从来没这种事，只要看过的书全都记着。"

"孩子会不会念书都是天生的。"李阿姨说。她生得很壮实，浑身上下处处丰满四溢，一头向外扩张的大波浪鬈发，配上浓重的对比强烈的五官，像一幅设色艳丽的油画。与她相比，她女儿晶晶就像这张油画的铜版纸印刷版，那些细微的光影和凹凸不平的颗粒感都消失了，剩下光滑平整的一张小方脸，一副冷漠的神气。

佳月把水壶塞进背包侧面的口袋。这个背包是佳圆给她的，她背过两次就不想要了，是个好牌子，拉链特别顺滑好用。秀梅一说起佳圆就没完没了，佳月甚至觉得她快不认识奶奶口中的那个佳圆了，听着，忍耐着，直到广播通知可以登机，才打断她的话头。

晶晶摘下墨镜，用一块纸巾擦着，一些毛屑沾在镜面上，佳月见状，从背包里掏出自己镜盒的镜布递过去，晶晶说谢谢。佳月近视很深，这次出门忘记戴隐形眼镜，晶晶擦完了，把镜布还回来，佳月顺势也把自己的眼镜摘下来擦擦。电瓶车又开起来了，斑驳的树影从她脸上划过，她低着头擦抹镜片，听见秀梅说："你摘了眼镜，我瞧着，怎么也跟佳圆一模一样？"

佳月迅速地戴上眼镜，忽然明白了为什么她总说晶晶像佳圆，一会儿又说自己像佳圆，实际上谁长得也不像她，只是某种神气，某个角度，某个瞬间让奶奶想起她，仿佛每个二十来岁的姑娘，身上都挂着佳圆的一小片影子，她聪明，漂亮，手指灵巧，身段修长，嗓音清脆，她的长发能甩出优美的弧度，她的裙角无风也自飞……佳月把背包放在胸前搂着，把下巴搁在上面，无意识地拉扯挂在包上的毛绒兔子。晶晶问："姐姐你这个包是哪儿买的？真好看。"

"我姐给我的。"

佳圆大学毕业后在一家事业单位干了不到一年，便辞了职，准备出国。前阵子，她买了不少新的衣服鞋子，把旧衣服整理出一些，约佳月吃饭，旧衣服送给她。

说是旧的，都有七八成新。她偏爱大领口的雪纺上衣，毛茸茸的又短又宽的毛衣，腰间打蝴蝶结的超短裙，背上绣花的牛仔服和洒满了油漆点的牛仔裤，总之不是佳月这种公司职员平常穿得出去的衣服。她们约在佳月公司楼下的一家小馆子吃饭，佳圆点了一桌子，佳月很少下筷子，只拣凉菜吃。

"我想减肥。"

"嗯，你是应该减减。"佳圆随口应道，"不过节食太慢了，我吃过一种减肥药，下次拿过来给你试试。"

"节食运动就行了，我每天早上都跑步，不用吃药。"

"没用。你能一辈子不吃饭吗？能跑一辈子吗？那个药效果不错，也没有副作用。"

"是药三分毒。"佳月说，"我不信没有副作用，看新闻还有吃减肥药吃进医院的。"

"你说话怎么跟个老太太一样？"佳圆笑了，"反正我的朋友很多都在吃。"

佳圆的朋友们无所不能无所不包，她一说话就喜欢带上她的朋友们，听起来什么人都有，佳月不置可否。从小就只有她听佳圆的份，玩什么游戏，定什么规矩，佳圆是很公正的，也讲道理，但前提是必须要听她的，乖乖的就玩得开心，不听话，佳圆也不会说什么，更不会打人，但是她有一套表达不满的方式，让佳月难受得想哭，又挑不出她什么毛病，像吃错了东西又吐不出来似的难受。

一般到了晚间，佳圆就会原谅妹妹。秀梅不止一次说过，你们都是独生，将来就算是亲的了，这句话像个影子似的印在夏夜的窗帘上，窸窸窣窣地来回移动。窸窸窣窣的原来是壁虎，佳圆最怕壁虎。晚上，要是她发现了墙上趴着壁虎，这屋子便不能待下去了。佳月拿起一只长柄的苍蝇拍，踮着脚去拍打它。有时候壁虎站不住，掉下来，有时候爬到别处，突着眼，张着爪子贴在墙上，不动则已，动如闪电，更可怕了，佳圆尖叫起来。佳月从屋角抄起一瓶用来驱蚊的敌敌畏，冲着壁虎一通猛喷，它一下子就跑掉了，藏到柜子后面或者顺着哪里的缝隙又溜出去，这时佳圆已经捂着口鼻，跑到里屋去了。敌敌畏的薄雾久久方散。

就算没有壁虎的事，她们也会和解的。佳圆总会原谅妹妹，无论前一天有什么不高兴，到第二天又跟平常一样。佳月把佳圆送给她的衣服堆在床上，一件件对镜试穿，然后又叠好了塞进袋子里，放在门口的鞋柜旁边，第二天上班的时候拿到楼下丢掉了。那天下班后，她给秀梅打电话，听见电视里播天气预报的声音，济南，二十九摄氏度，隔着电话也听得出音量很大——秀梅的耳朵也不好用了。佳月提高了声音，问她什么时候去海南，还需要买什么东西吗。上个月佳月刚给她买了一双白色的布鞋，出去旅游的时候可以穿。

"佳圆要考试，出国留学的考试。"秀梅说，"她说不能带我去啦。"她的语气一如平常，佳月立刻听出其中的失望。去年，今年，吃年夜饭的时候，佳圆都说要带奶奶去海南，本来是一时兴起说的话，秀梅听了就很认真。说完，她接着喝饮料，一罐放在暖气上温过的杏仁露，温过后更甜了一点。年夜饭的气氛也是丰盛和美的，和美中掺杂着一些粗野。这个家里，男人们的粗野气息以女人的安静为衬托，像浓墨泼在宣纸上。

饭桌上，佳月的爸爸立生，佳圆的爸爸立远，加上昊辰的爸爸张昆，一共三个男人，个个喝得脸上泛红，像扑克牌似的热烘烘的脸。大姑带着昊辰坐在沙发上，给他剥虾仁，完整的一个又一个。秀梅坐在最靠近厨房的位子上，她总是最后一个坐下来，满桌的菜都是她做的，盘碗堆叠，上方烟雾缭绕，烟头明明灭灭，此起彼伏，嘴里不叼着烟的时候就是在说话，个个声音很高，语气也雄壮。佳圆的爸爸陈立远又讲起他小时候打架的事，同伴的名字，对手的名字，谁骂了谁，谁打了谁，谁的脑袋被板砖拍了，一路滴着血回家，提到的全是小名，都是这个院里一起长大的人。

陈立远比佳月的父亲陈立生大五岁，面相比兄弟老得多。佳月对大伯的了解大多来自秀梅的只言片语，从小他在家最听话，学习也好，只是在外面爱惹事，好打架。在里屋床底下的木箱里，她翻到过大伯上中学时的日记本，上面写着一行行短诗，还有旧书，八十年代出版的《京华烟云》，扉页上写着陈立远购于北京王府井新华书店，字写得极好。

立远刚过五十岁，眉梢、眼角、鼻翼、嘴角都开始向下生长，不笑的时候显得疲倦而冷酷。立远很早就不上班了，提前退休，据说是身体原因，但是谁也不知道他到底有什么大病。他一根接一根抽烟，一杯接一杯喝酒，说着往事，嘴角常带一丝微笑，显得十分不屑，仿佛这些往事十分可笑，饭桌上的人也是可笑的，佳月和佳圆更是可笑，秀梅就不用说了，老太太可笑至极。过春节，他一进门就说："又过年，过年有什么意思，没什么好东西要等到过年才能吃。年年做这些菜有什么意思。"话虽然这么说，以前的他还遵守着惯常的人情习俗，吃完年夜饭，去街坊家转圈拜年，见到街坊长辈，随手就给出几百元的红包。当然，这是他年轻得意的时候，十多年前他在单位的三产企业当经理。秀梅用神秘兮兮的语气，压低了声音，跟街坊们说，立远他们打麻将都用单位的公款哩，一摞摞的钱，一边说一边用手比画。

现在，他不爱串门拜年了，不去当那撒钱的冤大头，吃完年夜饭就跟家里人打一宿麻将。立远的少年事迹只要开了头，总也说不完，对手的伤和自己的伤，木棍和红砖，十几个对几十个，有人见到血就跑了，有人见了血打得更来劲了，最后带头的几个都进了派出所。说起这些往事，立远的脸红了，语速变快，嗓门也提高了，饭桌的气氛变得毛躁起来。

立生也喝得不少，嘴上丢了把门的，竟说起自己老婆出轨的丑事来。佳月听见爸爸骂妈妈的那些话，一口粉蒸肉放进嘴里，顺便咬紧了筷子头，好半天没拿出来。立生一向爱面子，他跟林慧文的事折腾了这么久，除了佳月没人知道内情，喝多了突然拿出来说，桌上的人个个都在附和他，一起开骂，说她该打，该骂，这女人跟着谁也好不了，秀梅也跟着说了几句。佳月嘴里的筷子头快要咬碎了，她清楚地知道出轨的不是妈妈林慧文，而是爸爸陈立生。他把事实整个儿颠倒过来，还理直气壮地质问林慧文，阳台上的烟灰是怎么回事。佳月在一旁不敢答话，不敢说是自己抽烟不慎留下的，更不敢说是佳圆教她抽烟的——要是佳圆，绝不会粗心到留下烟灰的。

张昆是佳月和佳圆的姑父，立春管他叫老张，管昊辰叫小张。秀梅总嫌立春太惯着儿子，昊辰生得白净清秀，像张昆，一点不像立春，不像姓陈的这一家人。昊辰跟这边的亲戚都不太熟，秀梅自己说的，当年立春让她帮忙带昊辰，她不带，怕儿子再有了孩子，她带不过来，不能为了女儿得罪了儿子，里外她分得清楚，于是昊辰也分得清楚，除了春节，一般不到姥姥家里来，话也很少说。大姑父倒是很会敷衍亲戚，酒一杯杯地喝，立生骂慧文的时候，他也一句话不说，只陪着干笑。佳圆喝空了一罐杏仁露，跟佳月说，你陪我上厕所吧。

出了门，空气登时冷冽，佳月不由得打了个哆嗦。佳圆问她："二婶现在住哪儿？"

"住我姥姥家。"

"那你也住姥姥家？"

"没有，我寒假住学校，过完年直接回学校。"

"早说啊。我可以去找你玩。你们宿舍能住人吗？"

"能。除了我，别人都回家了。我在学校一个人复习比较清静。"佳月想考研究生。

此时寒假已经过了一半，佳圆在家待得腻烦了，春节前就跑来秀梅家住着。她妈妈杨桂思同婆婆关系不好，过年也不露面。小时候，放了假，佳月和佳圆都在这里住着，经常听奶奶说桂思的坏话，说她懒，馋，不爱干家务，家里乱死了，不像个女人，佳圆听了总是沉默。有一次，沉默到头，佳圆顶了一句，您别老说我妈了，她又听不见，只有我听见。秀梅回道，就是她听不见才要说。佳圆站起来就出去了，天擦黑才回来。佳月想，假如离家出走的结局总是回来，也是真没意思。

出门向北走，公共厕所在大院围墙的尽头，一条小径伸进女厕所，门前吊着一只灯泡，佳圆不敢一个人去厕所，担心有壁虎，哪怕冬天壁虎冬眠了也不行，一定得有人陪着她，先进来帮她检查四周，确定没有壁虎。如果发现了，就到外头掰一根树枝，伸过去敲打它，直到它的尾巴隐没进屋角的缝隙中。佳月便抓住机会笑话佳圆，从小笑到大，"你这么大的人，怕这个小东西。"

年三十的晚上，各家的电视传出一样的声音，哗啦啦洗麻将的声音也像一阵小鞭炮。路边有灯，有的坏了，有的还亮着，一段明一段暗的，佳圆说："二姑跟你联系过吗？"

"没有。"佳月说，"我不知道她有没有我的电话。"

"她还在上海。"佳圆说，"她跟我说不回来过年。"

在这个家里，不回家过年，是极致的叛逆，也是直接的挑衅和不给面子。佳月想不到二姑会决绝到这个程度，"她还说什么了？"

"没说什么。她让我过完年去上海找她玩。"

"那你怎么跟家里说？"

"就说我去你宿舍住了，跟你一起玩几天，他们才懒得管我呢。"

佳月说："我也想去上海玩玩。"

"二姑那儿没地方住。"佳圆说，"再说，她也没叫你去啊。"

沉默了一会儿，佳月说："你真的不想继续读书吗?"

"不想，念书念得够了。"佳圆说，"我讨厌学校。"后来，佳月知道了，佳圆不光讨厌学校，也讨厌贸易公司，讨厌机关和事业单位，讨厌报社和门户网站，一两年之间她连续地入职又辞职，脑子一热去考公务员，笔试考过了又放弃面试。她还去参加过司法考试，失败了第二年继续考，一股子不达目的不罢休的劲头。第二年果然考过了，但是也没有因此找到理想的工作——她也讨厌律所。

这两年佳月一直在帮她骗人，告诉秀梅，佳圆在一个不存在的单位上班。秀梅一直以为佳圆考上了公务员，当官呢，等她休年假，就要带自己去海南旅游。那两年海南旅游突然流行起来，很多人都去过了，街坊阿姨来串门，给秀梅看她买回来的转运珠手链、蓝宝石项链、红宝石戒指，光华满眼的，秀梅便告诉人家，我孙女也要带我去。

佳圆总能使人相信她，她显得真诚又随意，随口允诺，过后又忘掉，然后再见面，再允诺，承诺得越来越具体，去海边，去五指山，去《红色娘子军》里面的那个地方，咱们也去买便宜的宝石。她描绘的情景又真实又热闹，好像已经去过一百回了。

直到今年，佳圆又说，今年我要带奶奶去海南，我们都说好了。当时她们正在擦玻璃，准备过年，佳圆灵活地翻了出去，立在窄窄的窗台上。佳月说，你去年也这么说。

今年一定去。

去年秀梅开始腿疼，膝盖运转不灵，用老太太自己的话说，零件到年头了，该坏了。她并不求医，家里人也没有苦劝她去医院，这是多年前就犯过的老毛病了，就像一个老朋友偶然间回来看看，不必大惊小怪。

谁料老朋友一住下便赖着不走。进了腊月，秀梅照旧做她的各种年菜，炸丸子，粉蒸肉，五花肉做的蒸碗，炸排叉和藕盒，唯一的不同是新蒸的馒头上没有点上红圆点，就不大像过年的馒头了。那红颜色是用腐乳汁做的，用筷子头蘸一下放进嘴里，偷吃偷尝都没关系，弄到毛衣上就要挨骂了。新毛衣一式两件，一件给佳圆，一件给佳月，佳月的总是先弄脏。后来长大，她就不愿意跟佳圆穿一样的衣服了。明明不是双胞胎，年纪差了一岁，却总被奶奶打扮成双胞胎的样子，连剪的头发都出自同一双手，前面齐，后面齐，两边齐，齐得分毫不差。看小时候的照片，同样的锅盖发型，佳圆显得清新爽利，几分俏皮，佳月就暴露了她的呆板和胆怯。

馒头上没有红点，在一长串的变故之中，这是第一桩。佳月对这件事印象极深，它打破一种常规，开了一个头，是一连串节节败退不断失守的开始。不只是奶奶一个人的衰老，而是一个家庭开始终结。多年后她跟佳圆提起这件事，佳圆一脸茫然，不知道她想表达什么意思，或者佳圆也在装傻，不仅不想承认这个开头，后面一切都不要承认，不要谈论，最好这些人就地一散，再也别见面。

电瓶车开回停车场。导游躺在副驾驶的位子上，脸上遮着一顶帽子，睡着了。时近中午，愈加暴晒，她们和晶晶一家是旅游团里最先回来的一拨，也不急着上车，晶晶的爸爸被一个卖椰壳工艺品的女人缠住了，女人身前挂着一块木板，双手托着，给路过的游客看那些大小不等的椰壳娃娃和手串。

几个人站在一处树荫下乘凉，看着晶晶爸爸拿起一个，放下一个，颇有兴趣的样子。晶晶说："我也去看看。"李阿姨回头向秀梅说："您瞧瞧，导游就喜欢我老公这样的，见什么买什么，挣回扣就靠他这种人了。昨天那蓝宝石，我拦着不让买，拦也拦不住。"

"这儿卖的宝石是不是比北京便宜？"秀梅问佳月，佳月摇头说不知道。

"我也应该买几件首饰，将来你们结婚用得着。"

导游在旁边听见了，说："后面还有机会。想买什么我带你们去。"

佳月想，佳圆才看不上这些东西呢，因此说："佳圆说她不想结婚啊。"

"谁能不结婚？净瞎说。"说话间，一阵音乐声飘来，是一首熟悉的老歌的前奏。有人在一块搭起来的凉棚下扯了电线，支起卡拉OK的摊子，两个音箱，一台不小的电视，佳月问："想唱吗？"

秀梅还没回答，晶晶捧着一个椰壳娃娃回来了。她爸爸却没回来，径直往卡拉OK那边去了，转眼就唱上了，有点跑调，但是中气十足，十分享受。秀梅说："走，咱们也瞧瞧去。"

做生意的是两个年轻人，两个都光着上身，戴着鱼骨形状的项链，晒得黑黑的。秀梅点了一首《北国之春》，她唱歌不跑调，声情并茂，五块钱一首歌，一曲终了，晶晶爸爸鼓起掌来，两个摊主跟着叫好，一些游人也停下来看这位歌喉嘹亮的老太太，蒋大为是她最喜欢的歌手，佳月端着相机给她拍照。后来几次换电脑，这些照片的电子版都遗失了，只留下洗出来的一沓放在秀梅床边的抽屉里，过几年就泛黄模糊了。跟照片放在一起的还有一只丝绒盒子，装着成套的项链和耳环，镶着耀眼的蓝玻璃，虽是假的，样子很好看——倘若穿着婚庆店里租来的千万人穿过的婚纱，站在印刷的枫林背景前面去拍照，戴这些也很相宜。行程到了最后，导游带着去一家很小的玉石店里购物，佳月苦劝不住，秀梅坚持买了两套假的蓝宝石首饰，给佳圆的那套，她拍婚纱照的时候戴过一次，给佳月的那套一直放在抽屉里没动。秀梅去世之前，说佳圆结婚的时候要把那套首饰给她，别忘了，而当时佳圆已经结婚一年多了。人到最后，难免开始混淆时间。

（二）

从海南回来，佳圆给佳月打电话闲聊，说起她要去英国的事，和她大学认识的男朋友念同一所学校的MBA。佳月问，留学的学费怎么办？你爸妈肯出吗？立远退休快十年，领一点退休金，杨桂思虽然上班，收入听说也不多——当然是听秀梅说的。

"他家里出。"佳圆的语气很自然。

"他家里出？"佳月说，"他父母给你出学费？如果你俩分手了怎么办？"

"反正我爸妈没钱，我也没钱。"佳圆说，"去了再说吧。"她的声音里有一点寒气。

"那你身上有钱吗？"大学毕业这几年，佳圆没有正经上过几天班，佳月猜测她的经济状况不稳定，虽然她看起来总是有钱花。佳圆时常打一些短工，夏天的时候，她做过几次会展的现场翻译，日薪很高，但是这种活儿并不常有。佳圆说，一个客户重复找她两三次，她就烦了，不想被固定下来，她喜欢新面孔，新的事情，新的玩法，新的餐厅和服装店。佳月不知道她的钱都从哪儿来，像武侠片里的女侠似的，老是有钱花。

"有。"佳圆的声音带着一丝懒洋洋，在床上翻了个身，"上次跟你借的，我缓几天再还。"

"不用还了。"佳月说，这种事不止一次了。借了钱拖着不还，佳圆有时候会买很贵的礼物送给佳月，她也就不好意思催讨了。上个月佳月生日，收到一条玫瑰金手链，秀梅看见了，问她是不是金的。她说是，没提佳圆的名字，不想提佳圆向自己借钱的事。

佳圆很久不去看望秀梅了，春节后就没出现过，电话倒是常常打。有一次，周六晚上，佳月正在厨房洗碗，电话响了，是佳圆，响了很多声秀梅才慢慢地走到跟前，一接起来，声音就高上去了："是佳圆哪！"

说话声隔着流水声，断断续续的。秀梅和佳圆没什么正经事也能闲扯一个小时，秀梅很兴奋地跟佳圆说盖新房的计划，院子封起一半，加盖一间新屋，当客厅用，厨房改成卫生间，原来的防震棚改成厨房，现在的客厅改成卧室，放一张大床，你大姑家淘汰一个床头柜，带抽屉和镜子，给我运回来了，搁在你杨叔家的棚子里，将来就摆在床头。往后咱们家里也有卫生间，不上外头的厕所了。

"那太好了，不用让佳月给我打壁虎了。"

佳月擦干了手，走出厨房，拿遥控器把电视声音放小。秀梅说："你二姑说，让大伙儿都出点钱。我说不用，我自己有钱。你二姑给我转了两万块钱。"

佳圆问她会不会用自动柜员机，一张卡，插进去就可以取钱转账，不用去银行里面排队，秀梅说她不会用，让小杨去帮她取钱。说到小杨，又说小杨的儿子杨斌马上大学毕业了，前两天小杨晚上过来串门，想问佳圆能不能帮杨斌找一个在北京的工作。

佳圆在那边详细地问，什么专业，想做什么行业，想要多少工资，秀梅也说不清楚，要问清楚了再打电话。挂了电话，佳月说："佳圆上哪儿给他介绍工作？专业离得太远了，都不是一个行业。"

"她在机关上班，认识的人多，给打听打听。"家里人都以为佳圆在市政府的外事办上班，她考过一次公务员，面试没有去，但是这件事不知怎么就传成这样，别人当面提起，她也不辟谣。自小她就是谣言和各类事件的中心，好的，坏的，没她就成不了事。小时候，有一年春天，桃花开了，她们去爬后面乔子成家的两棵桃树，一高一矮，佳圆上了高的，佳月爬上矮的，等佳月下来，佳圆下不来了，她没办法转过身去，踩住爬上来时踩的那一小块凸起，很简单，但她就是转不了身，脚腕无法翻折，佳月在树下告诉她怎么动，她一直在说"不行，不行"，最后她是被乔子成的爷爷抱下来的，凌空的那一刻她轻轻叫了一声，又像害怕，又像在笑。那时候她们都还小，但佳月已经学会了用树枝驱赶砖墙上的壁虎，对置身桃花之中的情景印象深刻，粉红色的，香香的，花蕊又细又长，像飘动的触手。这些童年回忆总是非常柔软，像一张床，当下累了就回去躺一躺。乔子成的爷爷前年去世了，肺癌。

佳月知道佳圆不会帮杨斌找工作的，她这个人，说过的话，转过脸就忘光了，当下的气氛总是很好，好，行，我知道，没问题，她愿意哄人开心的时候，可爱得像一节没头没尾去了皮的甜甘蔗，哪儿都是甜的。杨斌后来去了一家很有名的农产品公司，别人问他公司是干什么的，他就开玩笑说，卖鸡蛋的。杨斌总是乐呵呵的，虽然都知道他们家的苦处，有一个瘫痪的哥哥，那孩子脑筋清楚，长相也秀气，单看上半截是个多好的男孩。秀梅说，他哥特别聪明，要没有这个病，比杨斌强多了。杨斌复读一年才考上大学，要是他哥哥，说不定能上清华，北大，人大，复旦……然而秀梅说话总是夸张，或许是为了增强一些悲剧的气氛，佳月觉得杨斌的哥哥并没有那么聪明，他总是半躺在床上看电视，杨家的电视从早开到晚。放暑假的时候，每当秀梅睡午觉，佳月和佳圆就跑到隔壁去看电视，杨斌把哥哥手里的遥控器夺过来，递给佳圆，让她选台。杨毅靠在床头，一言不发地盯着电视屏幕。

盖房子的事，也是从杨家那边传染来的。在这个老水泥厂的家属院里，一件事情的发生像病菌一样流传。比如，有一天，来了一个卖毛毯的，一辆三轮农用车上堆着五颜六色的化纤毛毯，开进家属院的大门，停在一个交叉路口，摊主手里握着喇叭，过一会儿开始有人过来问价，一条一百，两条一百五，三条两百，以此类推，买得越多越便宜。佳圆和佳月过来看热闹，好像在看一道实景的数学应用题，佳月心里估算着，买四条、买五条多少钱才合理呢？

佳圆拉了她一把，说："我找奶奶去。"过一会儿她拉着秀梅过来了，秀梅的围裙还没解下来。佳圆想要一条大红的毛毯，秀梅一问价钱，正迟疑着，乔子成的奶奶来了，快速地挑了三条，差点把佳圆想要的那条给拣走了，好在她翻翻捻捻，挑挑毛病，又放下了，佳圆有点着急了。她要东西的时候绝不会哭哭闹闹，孩子哭闹要东西被视为丢人现眼的事，而姓陈的这一家向来最讲究面子。佳圆就站在一旁，不声不响，秀梅看了一遍，说一条七十行不行?

"不行。"摊主说，"一条一百，两条一百五，挑两条吧。"

"我家里有毛毯，干吗要两条? 只要一条。"

说话间，又有两个人挑好了，各自卷了三条毛毯回家。其中一个是杨斌的妈妈翟秋芬，她因为有病，不上班，平常几乎不出门，头发很长，脸色很白。她把那条红的拣走了，佳圆对奶奶说，算了，我不要了。

摊主一边整理被人翻乱的毛毯，一边对秀梅说："我看，您这老太太，在家做不了主吧! 叫你老伴儿来买吧。"

"谁说我做不了主? 我老头儿早死了! 谁做我的主?"秀梅被这话激到了，当下选了六条毛毯，摊主一口价三百八，自己捧了四条，两个女孩各捧一条，抱回家了。佳圆心有不足，下午，秀梅午睡的时候，她和佳月拿着一条新毛毯来到杨家，让杨斌把他妈妈买的那条红毛毯悄悄换出来，不用惊动大人。那毯子正盖在杨毅的身上，他怕冷，无论多热的天，腿上都搭一条毯子。

杨斌比她们都小一点，向来听她们的话，走过去把哥哥身上的毛毯揭下来。就那一瞬间，佳月看见杨毅的腿，与他上半截粗圆的身体相比，那双腿显得非常细弱，越往下越细，直至在脚尖消失，像卡通片里的夸张造型，一种写意而非现实的身体形状，那一瞥令她震惊不已，印象极深，以至于成为一个连接时空的虫洞，一个通往旧日的门把手，一想起来就连带着想起那些年的所有。佳月转身就跑，佳圆在后面抱着她的红毛毯，完全不知道妹妹在怕什么。那时候一整排公房的院子都是连通的，佳月躲进与厨房相连的防震棚，把脸贴在凉森森的草席上，努力去想一些生机勃勃的东西，《动物世界》的片头曲，狮子，大象，一群一群的角马和羚羊，碧蓝的天，浅绿的草，草丛里伏着精瘦的猎豹，伺机而动，她渐渐平静下来，然后在不断重复的蝉鸣声中睡着了。醒来时出了一身汗，身上盖着那条红毛毯。大人们没有追究这件事，杨斌跟他妈妈说是自己要换的。

忽然又流行养鸡。家家都有一小块菜地，菜地也是连通的，和房子平行。平行是最初的印象，意味着大家都一样，一样的单位，一样的家，一样的厨房和防震棚，细究起来各家不一定真的平等，但是一定平行。鸡养在菜园子里，先是筑起鸡窝，然后又开始造篱笆，一人来高的木条竖起来了。从前只靠几棵树来划定边界，柿子树，香椿树，桃树，为了养鸡，纷纷立起篱笆。佳月发现她不能从自己家的菜地随意穿越到杨家去了。暑假里，杨斌每天都去喂那一群鸡，佳圆和佳月跟着去看，几只半大的杂色花母鸡，一只白公鸡头上红冠如血。过年，杨叔把公鸡杀了，尾巴的长毛缀上两个铜钱，给杨斌做了毽子。正月里，下过雪，院子清扫出来，小孩们在他家门前踢毽子玩，佳圆一口气能踢上百个，佳月猛一抬头，看见杨毅的五官像一幅画似的贴在冷冰冰的玻璃窗上，两只眼珠一动不动地盯着他们。

"养这么些鸡，跟农村一样。"秀梅说，语气里带着不屑，她家是少数没有养鸡的人家之一，虽然她自己也是农村出身。一家开始养了，忽然大家都养起来，卖小鸡的来过家门口两次，秀梅不想要，禁不住佳圆央求，买了四只小鸡给她玩，一夜之间死了一半，第二天又死一只，剩下的一只孤独又顽强，用一根绳子拴在菜地里的香椿树上，居然活下来了。风雨日照都不怕，养了半年，过春节的时候一刀杀了，血漏了一脸盆，佳月和佳圆面面相觑。

继菜地里的鸡笼和篱笆墙之后，屋顶上的太阳能热水器成为新流行。有一年，各家忽然开始改造防震棚，在棚顶上安装吸收太阳能的热水桶，一根塑料管子顺下来，封掉窗户，单让管子进来，接上花洒或者干脆不装花洒，一根热水柱直冲头顶。防震棚没有下水，一到傍晚冲澡的时间，水从各家各户的院子流出来，不约而同地汇合在一起，一齐向着低洼的方向流去。这一排房的最低处就是秀梅家，泛着泡沫的洗澡水漫过水泥地面，拐了个弯，经过秀梅种的几棵老月季，然后流下三级台阶，继续向南流动，下了一段缓坡，到锅炉房前面的空地上——佳圆出生的那年，锅炉房建起来了，开始给整个家属院供暖。秀梅说，佳圆有福气，自生下来就没挨过冻。洗澡水一直流到煤堆边上才缓缓停止，汇成一个黑油油的水洼。佳月小时候在这里摔伤过，一块煤渣至今留在皮肤里。

秀梅看见这些脏水流到自家门口，忍不住骂："真缺德！"热水器迅速地普及，这是九十年代末了，很少有人再跑去厂里的公共澡堂洗澡。然后便是家家户户中间的隔墙，从第一家把自家的院子用砖墙封闭起来，不允许别人通过，所有人便一下子醒悟了，个人主义的隐私意识猛然生长，纷纷买水泥，运砖头，砌墙，一堵又一堵墙像纪录片里快放的镜头一样生长起来，把一眼望到头的视野一截一截地割断。直到有一天，杨叔也过来跟秀梅商量，他的墙头就打在两扇窗户中间，量好了，多一寸的便宜也不会占。

杨叔走后，秀梅说："这可好了，家家都垒起墙来，往后人死在家里都没人知道。"后来，她也买了太阳能热水器，安放在正屋的顶上，因为防震棚的顶上罩着一棵枝繁叶茂的槐树伞盖，一年到头晒不到太阳。拉一根水管下来，在墙上固定好了，装上一个小花洒，另外一边斜拉着一根绳子，绳子上挂着两条旧床单拼起来的布帘子。夏天，佳月和佳圆放假回来，她们就可以在院子里洗个露天的澡，自己家的洗澡水也顺着布帘子下面的缝隙流下台阶，流下缓坡，流到锅炉房前面的空地上，和别人家的洗澡水终于汇合。那些年的暑假，整个家属院一到傍晚，就到处溢水，满地和泥，像下了一场暴雨，好在大家都习惯了，习惯了相互容忍。

盖房子则是近年流行的事，因为工程较大，所以传染得稍慢一些。有了隔墙，借着这堵墙再增加一间小屋，院子缩小，同时把厨房改成自家独立的卫生间，接上下水管，这下洗澡水也不会到处横流了。自从第一家这么干了，厂里领导没有表示阻止，大家便胆大起来。

秀梅说："这厂子真快完蛋了，院里的事儿都没人管。"她没说自己也想盖房，但是无论哪家盖起来了，她都拄着拐杖去看看，跟搅和水泥的工人聊天，问人家一天多少工钱，沙子多少钱一吨。她看了一个又一个别人家的工地，佳圆大学毕业的第二年，吃年夜饭的时候，她说她也想盖一间新房。

"我现在上厕所太费劲了。"秀梅说，"唉，老了，憋不住了。"她的计划跟别人家差不多，厨房改成卫生间，防震棚改成厨房，新盖的房子是客厅，院子还留一小条，槐树和月季花留着。饭桌上热热闹闹的，一下子没人说话接茬儿，然后立生说："盖！盖间大的。咱们哥儿几个，每人都出点钱。"

立远咬着烟，没说话，脸上露出一丝惯常的笑容，二姑立秋说："不用大哥出钱，大哥也没上班。我出双份的。"

立生说："大哥怎么没钱？大哥有钱，佳圆上班，就更有钱了。"

佳圆问秀梅："什么时候盖房？"

"等天暖和了，过了五一。"

"过了五一，我休年假，想带您去海南呢。"

秀梅一下子有了兴致，去海南旅游也是新近的流行，很多人都跟团去过了。佳月知道佳圆根本没上班，无所谓年假。这一次梦想中的旅行，从五月拖到六月，六月拖到七月，七月又拖到十一，直到第二年也没去成，房子也没盖成。

又过一年，佳月带她去了。回京的飞机晚点，一群人在机场枯等，秀梅坐在轮椅上，望着停机坪上的大飞机，来海南是她第一次坐飞机出门。本来七点就要飞了，九点多还没登机，远处灯火点点，空调吹得有点凉。

佳月低头翻看相机里的照片，喝椰子水的，捡贝壳的，在植物园里，在海边，在红色娘子军的纪念雕塑前，在酒店大堂和房间里，单人的，双人的。秀梅又问："以后还能来吗？"

"当然能。身体好就能来。"

"佳圆要出国了。"秀梅说，"你知道她什么时候走吗？"

"不知道。"

"那个男的，你见过吗？"

"见过一次，一起吃过饭。"

"佳圆出国留学，回来还能回原来单位上班吗？"

"应该不能吧。要辞职才能走，又不是单位公派。问她自己吧。"

"问她？"秀梅轻轻地说，"她嘴里哪儿有实话。"

佳月大吃一惊。秀梅说话如此直接，如此不留情面，同平常对佳圆慈爱无比的奶奶判若两人。她看见谁都觉得像佳圆，她做了好吃的总惦记让佳圆回来尝尝，她打电话给佳圆，只为了告诉她家里的杏花开了，快回来瞧瞧。这一句话，什么东西轰然裂开了。

她下意识地为佳圆辩解，"不会吧。佳圆不撒谎的。"

秀梅不说话了，只是笑笑。终于可以登机了，起飞后，佳月没多久就睡着了。

睡一觉醒来，见秀梅还直直地坐着，脸朝着舷窗，窗外飞着一轮又大又圆的月亮。

秀梅说：“你看，是不是咱们飞得离月亮近了，月亮这么大？”

“不是。”佳月笑道，“离月亮远着呢。”

“那它怎么这么大呢？在咱们家看不见这么大的月亮。”

“反正不是因为近。”月亮稳稳地跟着飞机，偶尔掠过一丝浮云。

秀梅说：“多亏了你，不然我哪有机会见到这样的景儿。”

一路上她尽是抱怨，太热，太晒，饭菜太淡，没味道，东西太贵，大海看一眼就行了，哪里的海不都是一个样。没想到飞机上看到的月亮让她记忆深刻。秀梅去世的那天，火化完了，佳月回去整理遗物，在一沓照片的下面发现一个记事本。本子很厚，只用了不到一半，记着一些陈年的人情往来，谁结婚，送了什么，谁来拜年，送了什么，向谁借钱多少，何时还清，再往后是几页电话号码，家里人的，邻居的，很多陌生的名字，那些邻居她只知道姓什么，叫叔叔姑姑爷爷奶奶，许多人都用诨号指称，大名都不知道。

后面是一些零碎的随手写的记录，哪天换了煤气罐，哪天交了电费，哪天交了有线电视的月费，一些电视节目的播出时间，法制栏目，养生节目，几页养生菜谱，然后便是空白，空白，空白，忽然翻到两行字，写着"佳圆出国留学，借五万元。小杨去帮我取的。不用她还"。佳月把本子合起来。

因为佳圆借走了五万块钱，秀梅盖新房的计划又推迟了两年，直到她没办法再去外边的公共厕所，走不到地方就要尿在裤子里，才找了人量尺寸。没有图纸，全靠包工头的个人经验，带两三个人就开始干活。

夏天，从六月开始，盖房子和装修前后花了两个多月。秀梅经常打电话给佳月，告诉她进度如何，念叨最近发生的事，她说，上个礼拜你大伯来过两次，帮着监工。其实，陈立远只是背着手站在一边，掏出烟盒来，给工头和工人一人发一根，再拿出他的打火机，是佳圆在机场的免税店买的。他炫耀说是女儿从国外带回来的，然而这炫耀是无效的，因为人家并不认得这是名牌。他拨弄着打火机，让金属一次次发出脆响。

他拉着工头聊天，上天入地，从宋江是不是好人到他前天看了哪个新开播的电视剧；他攀弄关系，向工头打听别人家盖房的情形，说起来全是他从小就认识的熟人，一个个名字和绰号像断了线的珠子纷纷滚落；工头应付着他，听他东拉西扯，聊到中午，秀梅招呼吃饭。主人家是要管一顿饭的，老太太不肯亏待外人，炒三四个菜，蒸一大锅米饭，从厨房到屋里，越过中间的工地，她步履蹒跚，小心翼翼，白背心上浸透了汗，饭菜摆满一桌子，让立远陪着他们先吃，自己先去屋里躺一会儿，电扇缓慢地摇头，送出一团团微风。

下午，立远戴上草帽，踱着步出门，看一家家新盖的屋子和屋子上面斜放着的太阳能水桶，太阳晒了一天的水几乎是滚烫的。他不时地停下来跟从小就认识的熟人说话，大部分人都不上班了，下岗或者提前退休，因此立远也不再显得那么突兀。前些年，他是不会在工作日出现在这里的，绝对不会，近两年工厂鼓励提前退休，很多人都回了家，封院盖房的风潮就是这两年兴起来的。因为有了空闲，整天在家，也是因为工厂日益不景气，集体主义的热力消散，从第一家在公共区域垒墙开始，大家就意识到厂里对这种事睁只眼闭只眼，懒得再管，于是平行的十几排房子开始变成一个个棋盘格，关系不好的街坊们再也不用低头不见抬头见。

陈立远走出家属院的大门，他走起路来有些一肩高，一肩低，身体微微摇晃，在晒得发白的水泥路上，渐渐缩成一截短短的黑影。他走上一段高坡，来到冷冷清清的公路边，过了马路，经过一个给卡车过秤的地磅，旁边一间小砖房，铁门挂着锁，紧闭的玻璃窗后面放着一张小桌，桌上放着一只套着编织杯套的罐头瓶，像许久没人用了。地磅的金属板一踩便晃动起来，头上有凉棚，路边的野花野草蒙着一层灰，是厂房飘出来的烟尘。住在附近的人，许多人常年吐痰，喉咙中排出的废物混杂着体液，石头磨成的粉灰，尘土，这些东西在人的呼吸系统中相互遇合，难解难分，凝结成核，然后掷地有声地被吐出来。立远已经几十年不在这里生活了，这毛病依旧未改。

他往路边半人高的草丛里吐了一口痰，顺势朝坡下看了一眼，下面是一道山沟，沟里伏着一条早已废弃的铁道，他小时候这铁道还在使用，一直通到三个圆柱形的仓库下面，那三个仓库每个都有十几层楼高，一串细小的半圆形梯子直上直下，人爬在上面像一只小昆虫，看得眼睛犯晕。顶部一圈围栏，这些地方立远他们小时候都曾经爬过，那上面风大得很，能望出几十里地。陈立远继续向前走，一直走到工厂的大门前。午后静悄悄的，干燥的热风像一只大动物的呼吸，走进大门，迎面一段粉墙上画着两丛鲜艳的牡丹花，鲜红大字写着"春色满园"，粉墙前面开着茂盛的月季花，厂里的办公室附近都种着这种花，根扎得深了，不用管，自开自谢，拳头大的花朵，蜜蜂围着轻点。他并未多看几眼那堵粉墙和那些月季花，只是信步走来，东张西望，看大门的人在那小岗亭里坐着，探出头来，立远和他寒暄几句。现在这工厂不再忙忙碌碌三班倒，而是干两天，停两天，这天是停工的日子，没有低沉平稳的机器运转的噪声，只有一片寂静。

看门人将喝剩的残茶泼在月季花底下。陈立远走到澡堂的门前，木门锁着，现在很少有人来这里洗澡了，家家都装了太阳能或者电热水器，只有当班的工人，下了班过来，脱掉满是灰尘的又厚又硬的工作服，堆在几条发霉的长凳上。澡堂子总是昏暗，亮着一盏热腾腾的橘色电灯，人们大声说话。从前人多的时候，衣服堆得满满的，水雾蒸腾，人的鼻子眼睛像正在融化的雪糕，模模糊糊，但也能一眼就认出彼此。

男女浴室里都有一个水泥砌出来的泡澡池，这间工厂最初的形制是日本人的设计，那就更久远了，连陈立远也只是听说。他没有在澡堂外面多停留，手里夹着烟，继续向前走，走上一段煤渣铺的土坡，进入生产区域。工厂建在山坡上，卡车顺着炸出来的一条窄道缓缓前行，驮着炸下来的石头，炸破的山体宛如一处新鲜苍白的伤口，周围仍是郁郁葱葱。碎石车间的传送带像一根粗大的象鼻，向上扬起，进入下一扇门，最终传送到铁道边的大仓里。大仓开闸，碎石子像瀑布一样流泻下来，装满了就走，去往十几公里之外的生产车间，这里只负责供应石料。黑色的车皮轰隆着离开，车头轰轰地冒出黑烟。这条铁道线废弃多年，陈立远也不可能看见往日的情景。他只是漫无目的地闲走，反正他有的是时间。

这地方曾经是他童年的游乐场。象鼻子里面，他进去过，几十米的圆仓顶部，他顺着外面的铁梯爬上去过，像个征服世界的将军，眼望之处全是他的地盘。他们曾经在厂区里乱跑打闹，无所事事，换班的电铃声骤然响起，有一批人要回家，另一批人要上班了。他走到几间小屋旁边，会计室，厂长的办公室，一个石砌的月亮门里面是厂区的卫生室，常年坐着一个大夫。卫生室是一处小小的世外桃源，消毒水的味道，酒精的味道，针头，绷带，血，打群架的孩子有几个送到这里，更严重的要送到医院去，消炎药动不动就吃。那时候，大家都迷信消炎药，头疼脑热，感冒发烧，青霉素，青霉素，还是青霉素。现在厂里的卫生室也没有了，有病自己上医院去。陈立远小时候淘气，打架多，磕碰多，是这里的常客，刘大夫的白大褂永远白得像雪，连她门前的月季花都显得格外清洁而鲜艳。走到这里，陈立远想到的是跟砖头、棍棒、义气和鲜血有关的种种，那个年代。他穿过卫生室的小院——刘大夫早已退休，被儿子接到城里去住，现在的卫生室锁着门，没有医生了。绕过一间屋子，后面连着另一间小屋，屋顶倾斜下来，墙上一扇紧闭的小窗。

他停下来，把烟头扔在地上踩灭，扒着门缝往里面瞧，什么也瞧不见，黑漆漆的，角落里隐约放着几把椅子，是从前卫生室里那种白漆木椅，漆面斑驳剥落。他耐心等着，等眼睛适应黑暗，一点点勾勒出黑暗中的轮廓。旧桌椅，旧木板，墩布，铁桶，一个堆杂物的小屋，这间小屋他太熟悉了，他爸爸陈志平曾经在这里住了八个月，被关起来八个月，他和立春两个大孩子轮流给志平送饭。

他看了一会儿，从前的痕迹一点也没了，看不出能住人的样子，可它就是能住，还住了很久，住过好几个人。上中学的孩子们打群架，血气上涌，义薄云天，是政治热情，也是青春期的狂躁。陈立远不止一次地替被人欺负的弟弟妹妹打架出气，不止一次用一个绿色的帆布包装着饭盒来送饭，通过那扇小窗把饭盒递进去。他不晓得在里面是怎样生活的，没有床，没有脸盆和脸盆架，毛巾和牙刷放哪里？送饭的人不能多停留，也不让说话，旁边总有个人看着。这个看守的差事很不错，不用进车间干活，不用灰头土脸，工资照拿。

这个漫长的午后，立远抚今追昔，感慨良多，最后他离开那间小屋，走之前又往地上吐了一口痰，原路回去。走进家属院，他听见有人炸金花，几个人又笑又叫，夹杂着几句骂，就忘了秀梅叫他回来监工的事情。径直走过去，将门一推，几个人乱哄哄地打招呼，让座。起先他推说不玩，只在一边看牌，后来他也跟着赌起来了。

（三）

房子盖完了，秀梅坐在新屋里，四面墙刷了雪白的乳胶漆，一有人来串门，她就要介绍她的乳胶漆，立远买的，还有卫生间里崭新的马桶和洗手盆，连了下水管道，冬天还可以开浴霸，绝对不冷。她说话一向有种夸张的风格，嗓门提高，语速加快，尤其当有人奉承她的时候。

"儿子真孝顺！"来人说道。窗户是双层铝合金的，不会漏风，暖气装了好长一排，紧挨着沙发，冬天坐在这里热烘烘的，洗过的袜子一会儿就烤干。佳月拿着相机，让秀梅坐在沙发正中，坐好了，拍几张照片给佳圆看看，"能往国外寄东西吗？"

"应该可以。"佳月说,"我没寄过。"

"那你怎么给她看照片?"

"发电子邮件。"

"用电脑发?"

"用电脑发,有网就行。"

"网到底是什么东西?杨斌他们家也装了网。"

"有电话就能装,咱们也装一个宽带吧。"

"不用。"秀梅说,"你们不回来,我一个人用不着。"

"我教您用电脑,电脑现在很便宜了。"

"电脑上有什么?"

"什么都有。"

"不要。我看电视就够了。"

洗衣机停了。佳月把洗衣机里的衣服拿出去,院子变小了,剩下了窄窄一条覆盖着浓重的树荫,地上常有一块块鸟屎,树上一个老大的喜鹊窝。新盖的客厅屋檐下又添了一个燕子窝,秀梅说这是家运好的意思,小燕是吉祥的。衣服晾在厨房后面的公共道路上,摊开抻平了,一丝褶皱不许有,秀梅会拄着拐杖来检查,虽然动作迟缓,腿脚不灵,眼光还是毒的。她养出来的女孩,从立春开始,都是做家务的好手,只有佳圆例外,她连打鸡蛋都不想学。秀梅每次给她打电话,都担心她不会做饭怎么办,一个人在外头,唉。

佳月说:"她跟她男朋友在一起。不是一个人住。"

"现在都是这样,没结婚就在一块儿住。"

"就是,这不算什么。"

“话说回来，还是女的吃亏。”

“两个人你情我愿，有什么亏不亏的。不要老脑筋。”

“我这个岁数了，可不就是老脑筋？”

佳月每个周末都会过来帮忙，打扫卫生，做做家务，像一只乖顺的小鸟儿。有一次秀梅问她，你不回家，你妈乐意吗？佳月说，我妈也不回家啊，一直在我姥姥家住。那你爸呢？我不回家他更高兴。秀梅无奈一笑，不说什么了。

这是十一的假期。被褥也该拿出去晒一晒，第二天收了衣服，又挂上一排被褥。从前她最喜欢玩的游戏，是钻进晾着的被子里，热热的棉花味道。家里的被子全是秀梅亲手做的，前两年她还能干这些活儿，旧被子拆洗，再缝起来，现在干不动了。立春会，但是她很少回来，立秋更是好几年都不回来，佳月更不会这些针线活了。于是只能晾晒去去潮气。秀梅说，这些老被子都该拆洗，重新弹弹棉花，佳月说，那我来试试，您教我。

算了，那个弹棉花的老头儿好些日子不来了。你说他是不是死了？

棉被一晒就是一排，被面朝里，外面白花花的一大片。她撩开一角，左右两分，半弓着身体钻进去，被面有绸缎的，有棉布的，一会儿溜溜的丝滑，一会儿酥酥的粗糙，这头进来，那头出去。出去迎面是杨家的一棵柿子树，晾衣服的铁丝绕在树干上。她转过身，又钻了进去，黑黝黝的一条通道，风一吹，被角像嘴角一样咧开了，一束阳光。

佳月被夹在被子中间大哭。佳圆和杨斌在外面笑，她怕死，怕黑，在里面一动不敢动，不敢往前，也不敢退后，最后她把被子一把扯了下来，丢在地上，才算破了局。佳圆吃了一惊，她没想到佳月竟敢如此，立刻跑到厨房门口，大喊："奶奶，她把被子扔地上啦。"

秀梅正炒着菜，满头是汗，骂道："捡起来好好掸掸。你们俩玩别的去，别瞎折腾！"

佳圆过来帮忙，把被子重新晾好，双手使劲拍打灰尘，夸张地使劲，一边拍一边说："你以后别跟着我们看恐怖片了，吓得连厕所都不敢去。被子也害怕。"

昨天她们在杨家看电影，他们家新买的VCD，有一摞花里胡哨的碟片，佳圆挑了一个香港鬼片。看完了，佳月觉得周围鬼影幢幢，房子，树，罩着塑料布的三轮车，板凳，扫帚，落叶，都笼上一层青影，聚合幻变，在黄昏中流动起来，对佳圆说，我觉得背后有人。

你胆子太小了，佳圆说。从此装鬼吓唬佳月成了她的乐趣之一，睡前，床都铺好了，突然把她蒙进被子里，佳月大叫起来，拼命挣扎。秀梅说，你别喊，你越喊她越来劲，你没反应，不理她，她不就没意思了？佳月做不到，明知道是恶作剧，但是她依然控制不了恐惧。

好在几天后佳圆就玩腻了，她的兴趣来得快去得也快，佳月松了一口气。有一天晚上，佳圆拉着佳月陪她去厕所，佳月没有拒绝，走到一半路的时候，她突然掉头就跑，佳圆在后面喊："你跑什么？"佳月的声音远远传来："我怕黑！你自己去吧！"

一会儿佳圆也回来了，当天晚上两个女孩未交一语。很久以后佳月才意识到佳圆根本不害怕壁虎，至少不像她表现的那么夸张，她只是想要一点注意力，一点跟大多数人不一样的特别之处，她给自己贴上一个鲜明的标签，享受有人陪伴的感觉。不害怕壁虎的陈佳圆是谁？不存在的。

在公司午休的时候，佳月把秀梅在新房子里拍的照片发给佳圆。同事们有的趴在桌子上午睡，有的带了折叠床来，支在过道里，大模大样地睡着了，睡得很踏实。这家公司午睡成风，两点之前通常找不到人对接工作，领导自己也睡。佳月大学毕业就在这里上班，三四年了，不再是办公室里最年轻的员工。她捧着保温杯，小心地绕过睡在床上打着呼噜的男同事，到饮水机前面去接热水。接完水回到座位上，佳圆的回复来了：我和二姑在一起，在上海。

佳月立刻打电话过去，她没接，二姑的电话佳月没有。两年多没见过立秋了，春节也托忙不回家，仿佛是她跟立远之间有过一些跟钱有关的问题，秀梅没有站在二姑那一边替她说话，立秋赌气便不回家。立秋一直没有结婚，这也是她跟秀梅的矛盾症结——四十多岁没结过婚，比结了又离的还不如。

晚上佳圆才打电话过来，原来她早就从英国回来了，退学了。佳月听到这三个字，简直无法想象，那么好的学校，就退学了？退学了还说得如此轻松，甚至带着笑意，言语间的嘲讽之意跟陈立远如出一辙，嘲讽自己，嘲讽周围的一切。佳月替她可惜，她只说佳月放不下，太古板。"没有什么书是非念不可的呀。"她说，声调懒洋洋的，"那他呢，你跟他分手了？"

"就是因为分手才退学的啊。"像在说跟自己不相干的事，别人的事，一副冷漠八卦的口吻，她说着说着就咻咻地笑起来，好像压抑着什么。佳月忽然不忍心再听下去，便问起二姑的情况，佳圆说："她很好，她一个人过得超级好。我看见你们盖的新房了，墙真白。"

"你什么时候回来？"

"没想好，不知道。二姑让我跟她住，我也找朋友玩玩，看看有没有工作机会，找不到工作就回北京。"

"奶奶知道你在上海吗？"

佳圆沉默了一会儿，说："我们都二十多岁了，不用什么都跟老太太念叨，你懂吧？"

"那你爸妈知道吗？"

"你不说就没人知道。"

"你到底想干什么啊？总得有个方向。"

"你觉得这种话题适合在电话里说吗？"佳圆说，"要不你来找我们玩吧，住几天。二姑这里有地方住。"

我们，这两个字在佳月心里转了个圈。佳圆的"我们"从来不包括佳月，有时候是她和秀梅，有时候是她和杨斌，有时候是她和别的小孩，有时候是她和她那些面目模糊的朋友，有时候只有她自己，她也自称我们。佳月挂断了电话，她稀里糊涂地就定下了去上海的时间，把年假都休掉了，一放下电话就后悔，但是她习惯性地听佳圆的话——佳圆总是走在前头做决定的那一个。

那年，佳圆提了这话头，佳月果真坐火车去上海找她们。佳圆和二姑一人穿一件黑色大衣，像姐妹俩，来高铁站接佳月。二姑立秋比两个侄女的个头都低一些，瘦削得像一柄长长的雨伞——一见到佳月，收紧的雨伞便撑开了，衣袂翩飞，满脸笑容，笑起来的眉眼跟秀梅几乎一模一样。

佳月被她们俩裹在中间，上了出租车。到了立秋家里，是租的一套一室一厅的公寓，距离公司不远。立秋从中专毕业，接了秀梅的班，在水泥厂当会计。没干几年，她就辞职跑掉了，一跑就跑到外地去，两三年才回一次家，吃顿饭就走。在秀梅的描述中，立秋从小不听话，不听话就不招人喜欢，不招人喜欢就嫁不出去，这个小女儿的故事像口香糖一样，一遍遍地讲起，嚼完了啐掉。佳月是站在秀梅这一边的。而佳圆是站在立秋那一边的，跟奶奶争论过很多次，不结婚怎么了，人家自己养活自己，将来我也不结婚，不生孩子。

"就是这么嘴硬，过十年你再看看。"秀梅说。佳圆也笑了。

立秋请了两天假，带两个侄女出去玩。在外滩拍照的时候，把她的大墨镜借给佳月戴着，拍完了，佳月要还给她，她说不用了，这副给你吧，我还有呢。去逛街，立秋一定要给佳月买一件羊绒大衣，佳月说她平常没机会穿，北京一瞬间就冷了，直接换羽绒服，大衣穿不了几天。立秋坚持要买，说女孩要有一件好的大衣。那件衣服回了北京一直挂在衣橱里，佳月想把钱给立秋，立秋也不要，说你能挣多少啊，留着吧。晚上回到家，佳圆去洗澡了，立秋倒在沙发上，把两只穿靴子的脚放在扶手上，身体伸展开来，问佳月："你爸妈办完离婚手续了？"

"我不知道。"佳月说，"他们不跟我说这些。"

"你妈还是不回家？"

"不回。我很久没见过她了。"

"你爸跟那个女的还来往吗？"

"我不知道。"

"你这孩子怎么一问三不知。"

"我不管他们。他们的事跟我没关系。"

立秋望着她笑了，"你爸跟那个女的，上初中就认识了。她一直追着你爸，后来你爸上班了，跟你妈谈恋爱了，她还给你爸织毛衣寄过来。你奶奶不同意。你奶奶就喜欢你妈，结果现在闹成这样。"

"他们离了更好。这些年真是闹够了，受够了。"

"是，两个人脾气不合适，在一起也是受罪。像我这样，一个人就挺好的。别听你奶奶那一套，女人结婚对自己没什么好处。"

佳月忽然觉得，二姑并不像奶奶说的那么靠不住，她的独身生活过得很不错。晚上大家都冲了澡，二姑招呼她们关了客厅的顶灯，只留一盏落地灯，圆圈的黄光照着茶色的玻璃茶几，摆了几种酒，轮换着喝。立秋跟她们讲她一个人去台湾骑行，住民宿遇到一个男的，佳圆问她，帅吗？不帅，就是个男的，普通的男人。他们怎么一起在厨房做晚饭，做着做着就一起吃，一起喝了不少酒，然后一起睡了。半夜醒来以为是在做梦，她边说边笑，说那个男人连内裤都没有脱掉，呼噜打得山响，纯情到好笑的地步，原来酒后乱性是假的，根本折腾不动嘛。

佳月像捧着一杯热茶似的双手捧着高脚杯，跟着她们一起笑。她还没有体验过性，想都没想过，甚至头一次听到长辈的女人说到这些事，她觉得有点尴尬，一半为自己，一半为立秋。奶奶会怎么看这种事呢？她会怎么说呢？佳月不自觉地想象，答案吓自己一跳。

"这女的忒不值钱。"秀梅会说，坐在她的方寸小屋里尽情地评论一切。佳月不由自主缩了一下，老人总是对的。佳圆却不以为然，把他叫醒，要是我就把他叫醒，太侮辱人了。立秋笑得更欢了，没有，我走了，拎着鞋回我自己的房间，第二天房东看见我就笑，我也笑，他起床了，他也笑，要是真的睡了，反而没那么好笑了。

"然后呢？"佳月问，佳圆和立秋对视一眼，笑得更欢了，"哪儿有什么然后呀，然后就各走各的路呗。"

立秋对佳圆说："佳月真可爱啊。"

"她是傻。"

佳月把酒杯捧得更紧了些，将残酒一口喝光了。这酒初入口像甜水一样，轻飘飘的，过后沉沉的酒意才爬上来。佳月忍不住斜靠在沙发上，这在秀梅家里是不允许的，要站有站相，坐有坐相，困了就去床上好好睡。不许在沙发上歪着。

晚上，立秋就睡在客厅的沙发上，让佳圆和佳月睡她的大床。姐妹俩很久没有同睡一张床了。小时候总是佳圆跟着秀梅睡大床，佳月睡在外面防震棚的床上，厨房的隔壁，独占一间小屋，对着一扇小窗，像被流放了似的——流放有流放的好处，自由。

佳圆说个不停。只要她想说，身边的人总是想听。她偏有这样的力量，让人不想打断她，不觉得她聒噪，她能把一件小事说得活灵活现，声情并茂，佳月忽然意识到她像秀梅——秀梅特别擅长讲故事。

血脉中那些隐晦相接的暗影，佳月都看得见。立秋叠衣服的动作，笑起来的节奏，她的侧脸，佳月说话时不自觉的夸张的语气和强烈的情绪化，她们对整洁的执念，要求到处一尘不染，一丝不乱。"女孩子要有女孩子的模样。"

第二天立秋上班去了，佳圆睡到快中午方起来，醒来不见佳月，给她打电话，原来佳月也起晚了，出门去买早点，回来迷了路，绕了好大一圈才回来。两个人围在茶几上吃包子和豆花，佳月说："我明天走了，还要上班。一起回去吧。"

"我先不走。"佳圆说，"二姑说可以帮我找工作，我还能住在这儿，跟她做个伴。"

"你想做什么工作?"

"随便什么都行。"

"我记得你什么都不喜欢。"

"所以才干什么都行,能挣钱就行。"

"听起来真无奈啊。"佳月说,"你小时候倒不是这样。"

"只有钱是真的。"佳圆说,"人都是假的。"

年纪轻轻就把话说得这么沧桑,佳月觉得不忍。英国的事她没多问,佳圆自己也没有提。下午她们一时兴起,去逛野生动物园。小时候她两个跟着秀梅去逛北京动物园,公交车坐了大半天,看了狮子、老虎、猴子和狗熊。逛到下午,天一擦黑,佳圆就害怕了,因为几只狼开始比着嗥叫,一声连着一声,一声高过一声,别的动物也加入了,汇成一股怪异的此起彼伏的合唱。佳圆拽着秀梅走在前面,快要跑起来了,佳月说别跑嘛,听听,多有意思啊。佳圆说,不听,不听,太吓人了。

"它们都关在笼子里呢,出不来。"秀梅安慰她。那也不行,最后不得不把她抱了起来,她挂在老太太的肩上,眼睛望着跟在后面的佳月。佳月永远记得她当时的表情,那一丝诡计得逞的微笑,仿佛是一个告别的拥抱,虽然是骗来的,短暂的,依然是一个拥抱。秀梅说,你们都大了,往后可抱不动了。

两人坐了观光车去看动物,到了一处,狮子远远地趴着,冷冷地瞧着这些大惊小怪的人类,车停下来让游客拍照。天灰沉沉的,阳光显得孱弱,工作日,观光车上人不多，佳圆兴高采烈地拍照，佳月心事沉甸甸的，决心要跟佳圆找机会好好谈一谈。转完了一圈，大家下了车。佳月去买饮料，回来看到佳圆坐在一处长椅上，手撑在两边，低头看着自己的鞋尖，看上去十分落寞荒凉。佳月拿着两瓶果汁，打定主意要安慰她，鼓励她，刚往前走两步，就看见佳圆从背包里拿出一包湿巾，抽出一张仔细地擦起鞋来。

晚上立秋带她们去吃港式火锅。领班认识她，送了饮料和果盘，安排了窗边风景最好的位置。火锅烧起来，咕嘟嘟地冒着泡，立秋给她们俩夹菜，自己不怎么吃，要减肥，不知怎么说到了立远跟她借钱的事情，这些事佳月一件也不知道，末了立秋对佳圆说："你爸爸这么多年，也不去找个工作，一个大男人整天在家里晃着，你妈怎么受得了他？"

"我妈不管他，也不给他钱。"佳圆说，"他们各过各的，我也过我自己的，谁也不干涉谁。往后谁都不要借钱给他。"

"我可是长了记性。你奶奶还嫌我朝他催债催得紧了。她偷偷给你爸爸钱，给过好多次，不说我也知道。

"你爸爸年轻的时候，可风流了。弹吉他，写诗，你奶奶家那些书都是他买的，后来怎么变成这样了，真令人费解。他买的那些书我都看过，我接你奶奶班的那几年，当会计，在厂里坐办公室，没事就看小说。后来他把书都放箱子里，锁起来不让我看了，说我把他的书翻旧了。我偷偷撬了他的箱子，换了把新锁，钥匙自己拿着，他好长时间都没发现。"

"后来呢？到底发现没有？"

"忘了。后来他就结婚了，那些书扔在你奶奶家。我们小时候，他打着手电筒在被窝里看书，被你爷爷发现，就是一顿打。"

"大伯原来是文艺青年啊。"佳月说。佳圆咻的一声笑了，"他是个屁。"

立秋笑了，"他以前确实不一样。上中学的时候，你二叔受人欺负，哭着来找你爸爸，你爸爸就去替他出气，去打人，结果闹大了学校要处分他，叫你爷爷到学校去，你爷爷把他带回家一顿打，说你爸爸就是个大傻瓜。"立秋说着说着就笑了起来，"后来上班，领导很赏识他，打算提拔他，没想到他自己主动要下岗，要提前退休，想做生意，结果交的都是些什么朋友，都在骗他。生意在哪儿？都是没影儿的事。现在弄了个一文不名。"

"大伯的那些书我也看过。"佳月说，"那个箱子没上锁。他的字写得很好看。"

"那倒是。上学的时候，他在学校负责写黑板报，一大块黑板都写满了，不用人帮忙，他学习成绩也很好，但是那个年代，你什么都好，家庭不好，也是没用，一样受欺负。你爷爷在厂里被关了八个月。"

"我爸就是个蠢货。"佳圆说，"一个废物，我妈整天说他没用。我不明白她为什么不离婚。"

"当年是你妈追的他呀。"立秋说，"为了他，专门走关系调动工作。你奶奶一直不喜欢你妈，三个儿媳妇，她喜欢佳月的妈。你奶奶年轻的时候，说一不二，她不喜欢谁，恨不得不许人家上门，见面就甩脸色。你妈那时候真是能忍，话也不多。"

"她现在就是个泼妇。"佳圆简洁地说，"我也不想回那个家。"

"你过来跟我做伴。"立秋说，"别管他们那些破事儿。"

"你将来会不会也赶我走？"佳圆抬起头来，半开玩笑似的说。

"你多干点家务就行，别太懒了。"立秋笑道，用漏勺捞鱼片出来，给她们两个分了。佳月说："奶奶整天念叨你。怕你在国外吃不饱，你打算什么时候告诉她你回国了？"

"你不说就没人知道。"佳圆重复道，"一个老太太还不好骗嘛。"佳月心想，老太太可精明得很呢。窗外，隔着一条街的楼群拱出半天的灯火，舔着夜空的边沿。这火锅也快烧干了，佳圆说："奶奶把我想得太好了，我哪儿有那么好？真不知道怎么跟她解释。今年过年，我也不回去了，就说国外的学校不放假。"

吃完饭，她们决定走着回家。佳月穿着立秋送给她的那件大衣，腰带没有系，软软地荡在风中。立秋和佳圆相互挽着手，佳月手里拎着没下锅的粉丝和鱼片，走在她们旁边，突然立秋伸出一只手钳住了她空着的那只右手，三个人把人行道占满了，立秋个头最矮，瞅着路灯下的人影，说我们像个"凹"字。佳圆说不对，我们像个"心"字，说着她把手举起来斜在头上，比作一个点，立秋的头发乱了，顶上竖起来一簇鬈发，也像一个点，佳月笑起来了。

回了北京，佳月报了一个在职研究生的课程，每周六上午去上课，虽然不能跟全职读书的学历相比，有混文凭的嫌疑，但她还是很喜欢回到学校的感觉，弥补一下当年考研失败的遗憾。她办了饭卡和图书馆的借书卡，每次上完课，在食堂吃完饭，在校园里走走，看看那些骑着车的年轻人，其实她自己也不老，但是人一工作就自觉成熟起来，再回到学校便生感慨。二十多岁的姑娘多嫌自己老得快。她读的是商科，班里同学各行业的人都有，午饭常常在一起吃，下午没课，约着打牌，玩桌游，几个人凑成一个小团体，佳月和一个名叫孙惠惠的女生聊得来，她们同岁，惠惠是重庆人，来北京几年了，在高校做行政，听她说，干同样的事，只要多拿一个研究生文凭，工资就能多几百块钱。反正周末两天休息，也没事情做，就来混个学位。

这天上完了课，一群人去吃火锅，吃完了又约着去学校附近的桌游吧。玩到一半，惠惠的男朋友李柯来找她，带了一个朋友一起，长桌子边上加了两把椅子，就坐在惠惠和佳月的中间，那男生穿了一件蓬松的大面包似的棉服，佳月向旁边挪了下椅子，避免拥挤。他有点不好意思，便把外套脱下来，挂在椅背上，里面是一件宽大的棕色毛衣。现在很少有年轻男生穿这种毛衣了，花纹繁复，上面缀着一个一个小毛球，像童装的放大版。佳月忍不住朝他多看了两眼，脸上倒是白净。

他不太会玩狼人杀，佳月也不擅长，没过一会儿两个全出局了。就在桌边干坐着，喝店家提供的加了柠檬片的可乐，可乐倒在大玻璃罐里，时间一长，都没气了，变成软趴趴黏糊糊的糖水。那男生自我介绍，叫蒋飞凡，是李柯的同事。

桌上一圈人正在轮流发言。飞凡低声说，这种游戏真没意思，你看出谁是鬼了吗？佳月摇摇头，她并不喜欢这游戏，她喜欢很多人在一起，热闹，她从小习惯了热闹，门前总有人来来往往，到处有认识的伙伴，串门的邻居想来就来，几乎不存在私隐，人人过着一种半公开的生活，笑声和哭声彼此相闻。蒋飞凡说，李柯非拉我来，真无聊，还不如在家打游戏。

一会儿佳月坐得热了，请蒋飞凡挪下椅子，她要借道出去透透气，随后飞凡也跟着出来了。佳月向老板买了一瓶冰水，一口气喝掉一半。蒋飞凡也买了一瓶，两个人站在门口，一边喝着凉水，一边吹着十一月的寒风。

连着几个周六，蒋飞凡每次都来。很快，他就成了游戏中最活跃的角色，胡搅蛮缠的高手，跟其他的人也都熟识了。惠惠总是开玩笑损他，他也不生气，佳月喜欢听他们你一言我一语的，她还是听不懂，这游戏到底有什么逻辑，不会说谎演戏的人玩不好这个。有时候，四个人还一起吃个晚饭，李柯有辆车，能把佳月和飞凡都顺路捎回家。有一回，他俩并排坐在后座上，飞凡忽然问："佳月你到底是哪里人？"

佳月说："我就是本地人。"

"本地人还要租房子住？"

"北京这么大，不租房子，上班路太远了。"惠惠说。

佳月心想，原来他对自己毫无兴趣，连哪里人都不知道，从来没打听过。惠惠早就把飞凡的情况全部跟佳月说过了，也当着面半真半假地开过他们的玩笑，飞凡不置可否，佳月听了有点脸红，不好反驳什么。她住得近些，先下车，飞凡也跟着下来了，佳月说："你还没到吧？"

"我想走走，坐了大半天。"

佳月走进小区，他说还要在外面走走，佳月自然就同他道别。她住的这小区有十几栋楼，好几条小路，不熟的人一下子走进去容易迷路。她先去便利店买了几个苹果，回家换了睡衣，在厨房给自己削苹果，果皮垂下来，连而不绝，盘盘卷卷地落进废纸篓里。果皮削完了，念头也断绝了。蒋飞凡对她并无什么心思，她疑心自己也是太孤独了，随便碰见个男的，稍微顺眼的，就胡思乱想起来，惠惠还常常煽风点火，"我觉得你们俩挺相配的。"

站在卧室的窗前啃苹果，玻璃上映出自己的影子，好像夜空里浮现出一张人脸，模糊中倒有点像佳圆。从来没人说她跟佳圆长得像，佳圆漂亮多了，堂姐妹也不一定非要相像。她后退一步，坐在床上，这房间小得除了床，衣柜和一张充作书桌的梳妆台之外，只有一条狭窄的过道。她想着明天星期日，天气好的话，应该擦擦玻璃，收拾下屋子，不去奶奶家了。想起这个，就拿起手机要给秀梅打电话，不料刚拿起来，蒋飞凡就打电话过来。

"你要不要下来走走。下周就降温了。"他犹豫着说。

佳月想，天气降温跟下来走走有什么关系，便说："我都睡了。你还没走吗？"

"本来是走了。叫了车，车来了，又没上车。我觉得天气挺好的，下周就降温了，趁着暖和想在外面走走。你是被我吵醒了吗？"

"没有，还没睡着。"

不知怎的，也许是因为今天晚上真的很暖和，深秋了，恍惚像个春日。佳月扔掉了还没啃完的苹果核，头发抓了两把，犹豫了一下，重新擦上口红，穿上外套和靴子，腾腾腾地下楼去了。


（四）


僵硬。七十五岁的李秀梅醒来之后的第一个感觉，明确的感觉，是僵硬，好像被钉子钉在床板上睡了一夜。早上睁了眼，需要将钉子一个个地起出来，夺回一点自由。从右腿开始，一点点弯曲，听得见关节之间的脆响，是骨头被叫醒的声音。弯曲到某个角度，无法再继续，然后慢慢地放开，换左腿，左腿更费力，有时候像被钉住了，有时候又像被粘住了，腾挪不开，需要撕扯一番，才挣脱开来，慢慢屈伸。她默默地进行这套动作，为一天的生活做准备，两条腿活动完毕，下一步就是坐起来，转身，让腿荡在床沿下边。鞋子整齐摆在床前，只要把脚伸进去。

拐杖立在床边。这拐杖也是件旅游商品，陈立生去云南，不知怎的孝心一动，给她买了这根拐杖回来，黑漆面上画着金色云纹，里面还有玄机，拐杖头向外一抽，是一根宝剑，立生说："这可以镇宅。"

李秀梅探身去够那根拐杖，然后才去穿鞋。带后帮的棉拖鞋，后帮已经被踩塌了，脚底下的毛也薄了，硬了。记着告诉佳月，让她照原样再买一双。今天她不来了，说要加班。秀梅终于站立起来，像刚学走路的幼儿，缓慢地迈出一条腿。夏天还不是这样，夏天去海南，虽然也带了轮椅，她还可以自己走几步路。她移到门前，准备下台阶，原来是院子的地方现在是客厅，下台阶是另一种困难，但是并没有想象中的那么难，只要凝神屏气，拐杖先下去一级，立稳了，再挪动一条腿。腿是不听话的，有时候需要叫醒它，有时候又得驯服它，免得它顺着自身的重量移向意外的方向，必须让它听话，同时与它和解。衰老就是这样。

三级台阶像三道关卡。她闯过去了，这一天才算真正开始。从醒来到坐在沙发上，通常需要一个小时，每一分钟都在与躯体的某一部分进行斗争，它们轮番上阵，她一一化解，衰老使她的生活渐渐演变成一场无声的战斗，尤其在入冬以后。

暖气片是烫的，厂区家属院自己烧煤供暖，早早就开始烧了，工厂福利的一种。她拿起暖气片上烤着的大可乐瓶子，里面装着温热的水，用这个水刷牙洗脸，沾湿了头发，用梳子仔细梳拢，分向两边。她不染发，白头发并不太多，集中在前额和耳边，洗手池上的镜面布满霉点，马桶也不好用，按钮松掉了，按下去只出很少的水，需要用脸盆接水去冲。刚刚装修好的卫生间，几个月而已。这些东西是她差立远去买的，买东西的钱，打车的钱，吃饭的钱，他拿了钱就走，回来后并没报出具体的价格。秀梅猜测，现在做生意的人心都坏了，好几千块钱就给这些破烂货，也许是立远不会买东西。他哪里是做这些琐事的人，他原本是个读书上进的材料啊。

前两天立春电话过来，秀梅同她念叨，立春只是笑笑，说您应该问问立远。秀梅虽老了，并不糊涂，立刻明白了立春的意思，心坏的恐怕不仅是商家。立春不会明说，她知道秀梅心里是偏着大儿子的，这些年早学会冷眼旁观，说多了老太太反而不高兴。电话放下，秀梅琢磨了一会儿，决定不去问立远算账，算也算不清楚，他总有话说。镜面上的霉点，和她脸上的老年斑混在一处，显得人更苍老了。人老了其实不爱照镜子，看不清就看不清。

早饭坐在沙发上吃，一箱牛奶放在触手可及的地方，袋装的饼干和面包，是佳月买的。总的来说，佳月每周过来一天，帮忙买东西，扫地，洗洗衣服，晾晒被褥，其余的时间她可以自理。煮速冻饺子或者方便面当午饭和晚饭，吃不用洗切的香蕉和橘子。下午常常有人来串门，使她听闻街坊邻居的各种八卦琐事，日子仿佛还可以。别的毛病，高血压，心脏病，就靠每天吃药来维持。她那些药不用医生开，自己都知道该吃什么，一吃十几年，从来没换过，有时候佳月也觉得疑惑，提出去医院重新看看，要不要换别的药，被秀梅否决了。

"不去医院，太麻烦。"

如今她的生活像时钟一样准确，依靠每天固定的电视节目来校准时间，在沙发上坐几个小时，然后起来去厨房煮饺子。从去年开始，她的味觉大大退化了，除了咸、甜、酸、苦，辨别不出其余细微的味道，这倒方便了，吃什么东西都差不多的话，就不必麻烦做饭。尽量减少麻烦，是她现在的第一准则，儿女们不好麻烦，人家都忙，孙女又离得太远了。吃完饭，她把盘子放在水龙头下面冲洗干净，放进碗柜里，再用抹布擦拭灶台和碗柜的台面。这柜子还是她结婚时候的家具，三只抽屉，下面两扇对开的柜门，门上画着一对仙女，裙带五彩，仙袂飘飘，这些年过去了鲜艳不减。有一次，立生说，这东西现在可值钱了，秀梅说："值什么钱，买了当柴劈去。"

"您不懂。有人专门收这些老东西，收了高价去卖，复古风格。"

"我这老东西有没有人要？把我请了供着去。"秀梅当着众人说，大家都笑了，谁也不接这个话茬。

佳月刚工作的时候，新租了房子，说，奶奶您去我那儿住几天，白天我上班，您就在家看电视，晚上我回来做饭。秀梅果真去了，佳月叫了一辆车，送到她住的地方，二百块钱。她租的那间屋子是一套公寓中的一间，小得转不过身，厨卫与人共用。一问租金，吓一大跳，她才知道城里的生活这么贵了，贵到她一个月的退休金租不起一间小屋。佳月下班回来，晚上祖孙俩便出去逛逛，看看城里的夜晚。

住了一个星期，周末秀梅就回去了。到家下了车，对佳月说，还是咱们这儿好，城里人也多，车也多，楼那么高，房子还那么小。不过，自那以后，她就惦记着要收拾房子，因为家里有个卫生间实在方便，在佳月那里住了一个星期，她竟没有尿过一次裤子。

前些年，秀梅还常去立远和立生家里住住，随着这两家夫妻关系都恶劣起来，做婆婆的也不方便再出现。从前她去小住，便担当起保姆的职责，做饭，做家务，现在她腿脚不好，邀请便减少了，直至完全没有。她自己说，不喜欢楼房，不喜欢街上车多人多，哪儿都没有自己家里好，如今盖了新房，屋里有了厕所，更是哪里都不要去了。只有前年去佳月那里住了一个星期，中间佳月请了一天年假，带她逛了颐和园。秀梅上一次来逛这园子还是当工人的时候，厂里组织春游，许多人一起来的。

在出租车上，她对佳月说，她坐过地铁，怎么上，怎么下，那门怎样无声地打开，往地底下到多深，进到里面又有多高，灯有多亮，照如白昼，像小孩子在描述一个不可思议的巨大而遥远的幻觉。这些别人司空见惯的车水马龙在她看来全是崭新的、曲折的、迷惑的，"这些马路都不认得了"。其实她并没有几次进城的经历，因此每一次都印象深刻。到了颐和园，从东门进去，迎面一座高牌楼，秀梅仰着头读上面的字，她上过小学五年级，常用的字都识得，强过很多同龄人。

"涵虚"认得，"罨秀"便不认得"罨"字了，佳月也不认得，一笑而过。湖上万波荡漾，那时候秀梅还用不着拐杖，绕了半个湖，走到十七孔桥上，秀梅站在桥的最高点，看有一家人抬着一个坐轮椅的老太太上来了，对佳月说，人老了就是孽障，拖累别人。

胡说，才不是呢。

天气好，桥顶上正好晒晒太阳，一只游船从桥下缓缓经过，过一会儿又转回来，原来专门在这里钻桥洞玩呢。秀梅说："你大姑带着你和佳圆来玩过，划过船，你还记得吗？"

划船不记得了，但是戴着凤冠在桥头拍照，还记得，背后衬着昆明湖。照片上脸是黑的，眼睛笑眯眯的。那个凤冠是立春买的，让两个侄女轮流戴上照相，额前一只金色的凤头向上扬起，垂下朱红的塑料穗子，后面是用按扣固定，佳月和佳圆你戴一会儿，我戴一会儿。那时候照相，一张是一张，不像现在那么随意，佳月一对着镜头就紧张起来。照片是记忆的线索。

那天去颐和园，又成了秀梅记忆中一枚闪亮的图钉。她反反复复地跟街坊念叨，湖上的船，桥下反射夕阳的金光，认不得的字，万年不动的石舫。最后要离开的时候，走到出口，她回头望了一眼游人如织的皇家池苑，仿佛知道这是最后一次了。佳月说，下次再来，秀梅没有说话。

下午，看完一期法制节目，她关掉电视挪回床上午睡。电视虽然没意思，没意思也每天看看，固定的时间，固定的作息，日影子转过西头，她也过了一天。晚饭有面包和饼干，或者用电饭锅煮粥。从前她腿脚好，家里人多的时候，一年到头，每个节气该吃什么，样样不落。春天她做槐花饼，炸香椿鱼，夏天她煮红豆，碾碎了用纱布滤掉外皮的渣滓，留下细软的豆沙，包进粽子里，她去借杨家的煤火炉子去烘熟一锅粽子，然后再烘下一锅，再下一锅，凉凉了，冻在冰箱里，她挨个打电话给家里人，叫他们来拿，一人提走一包。冬天常常包饺子，一家人也包，一个人也包，一个人照样过节。虽然过着日复一日的老年退休生活，但是秀梅始终顺应天时，按照长久以来的习俗去生活。现在她失去了大部分行动能力，失去了味觉，不再按时节做那些不得不吃的东西，节日便像普通的日子一样哗哗流走了。没有了节日，生活便开始败坏，脱皮，剥落，露出鲜艳之下的斑驳本相。

立远有时候过来，吃顿饭就走。一般都在周末，虽然他不上班，但是他只在周末和公共假期才出现，假装成上班的节奏，甚至比上班的还忙。秀梅不问他的事，他来借钱，能给就给，能还就还，大部分都还上了。有一次，她跟立远说起佳圆为了出国借钱的事，立远听了，就说要打死她，秀梅从此不敢再提了。然而他也只是说说，佳圆根本不回家，他一年到头见不到女儿，上次碰面还是在秀梅这里，过年吃饭，隔着一张大圆桌。他当着一家人的面批评女儿挑食，佳圆不理会他。秀梅在旁边只是笑。

无论如何他来了，有人说说话总是好的，打破长日的寂静。立远这些年性子变了，从前他不会骂脏话的，现在经常嘴上挂着脏字，像嗑出来的瓜子皮，随口便一吐。搁在从前是要挨顿暴打的，现在当然没人打他了。陈志平去世之前，就在前一天，还动手打过立远，用拳头敲他的脑袋，连敲几下。有一次立远喝多了，说，当时他要是再打我一下，就一下，我就抡铁锹拍他。当时他们在菜地里挖树坑，移栽一棵小杏树，两句话说岔了，志平就发怒打起三十多岁的儿子来。

如今杏树早长大结果，立远也再不会挨打了。陈志平死于心脏病突发，全家都哭，简直像是在哭自己，终于可以松一口气，仿佛从前生活在一口缸里，如今盖子忽然掀掉，天光大亮，新空气流进来了。哭啼啼一阵子，后事办完，转眼无人伤心。杏树长成了，头一次结果，居然硕果累累，秀梅摘下来大送街坊邻居。杏核摆在窗台上晾干。

晚上，翟秋芬常过来串门，一坐几个小时，说到秀梅都打瞌睡了还不肯走。秋芬得过子宫癌，动过手术，白天她很少出门，仿佛怕一出门就被太阳晒化了，吃过晚饭来秀梅这边串门，管秀梅叫"二娘"，因为志平在老家排行第二。秋芬足不出户，却知道所有的新闻，多是小杨告诉她的，不外乎家长里短，婚丧嫁娶，飞短流长，幸亏有她，秀梅才跟得上时事，知道谁又病了，住院了，死了。院里住的多是退休老人，最大的新闻就是死。

若是走得快，没受罪，就感叹一番命真好啊，若是缠绵病榻多年，屎尿横流，被儿孙嫌弃地走了，也是解脱。无论谁死了，都是街坊间的一顿热闹，加上几顿饭和酒，结过怨的虽然暗暗称快，面子上也要表示哀挽，交情好的，儿女免不了去给人家磕个头告丧。秋芬说，您不知道，现在又流行扎纸活了，汽车、楼房都像真的一样，家具电器什么都有。

我怎么不知道，秀梅说，都是旧农村的那一套，现在又回来了。本来是工人的社区，现在搞得像农村一样，都是封建迷信。她是经历过"破四旧"的人，对这些东西既熟悉又陌生，不屑之中又想多看两眼。有一次，送灵的队伍正好从她家门前过，浩浩荡荡的，有打幡儿的和吹鼓手，这个景象她有很多年没见过了，好像又回到了半辈子之前，站在村口的土道边上。小孩子最爱看这种热闹。

死的那个人从前跟陈志平关系不好，两家素没来往。她看了一会儿就收回眼睛，接着看电视，心里仍是不以为然。轮到秋芬死的时候，因为年轻，杨家没有大办，后事静悄悄的，秀梅出了份子钱，但行动不便，就没去吃那顿饭。小杨经常晚间过来串门，跟秀梅聊聊天，把她当成一个无依无靠的孤寡老人。秀梅心里感激，嘴上不说。平常有什么跑腿的事，去银行取钱或者买点东西，都是小杨帮忙，逢年过节她给杨斌包个红包。

秋芬的后事办完了，小杨晚上来这边坐着，杨斌在家看电视，陪着哥哥。他坐着抽烟，也快五十岁了，头顶一圈白。秀梅陪着他叹气，将来杨毅可怎么办呀，你一个拉扯两个。车到山前必有路，小杨说，过一天算一天，我死了还有杨斌。

佳月回来了，秀梅对佳月说，杨斌将来可不好找对象了，有这么一个残废哥哥。佳月听了，说："还早呢。他刚多大。"当时佳月还没有毕业。

"一眨眼的事情。"

果然是一眨眼的事情。杨斌复读一年考上大学，大张旗鼓地请街坊邻居吃饭。立远和立生都来了，坐在另外一桌，佳月和秀梅坐一桌，这一桌都是女的。说起秋芬，都很可惜，癌症好了几年又复发了，才四十多岁，抛下两个孩子，还有一个是瘫子，小杨真是命苦。秀梅对佳月说，将来你跟杨斌都在城里，有事要互相照应一下。

杨斌在另一桌上，学着大人的样子敬酒，秀梅说话声音大，听见自己名字，杨斌就朝这边望了一眼，佳月想，小屁孩。他不过是从小跟在佳圆身后，什么都听她的小屁孩而已。一想到他将来面临的重担，佳月也忍不住同情他。

那天，散席的时候，秀梅走在最后。那时候她还不肯用拐杖，但是独自走路已经非常吃力，立生陪着她，突然不耐烦了，说："怎么不往前走，往前迈腿，倒是走啊？"

秀梅轻声说："迈不了。"她缩着肩膀，仿佛犯了错。立生方才声音一高，许多人都听见了，朝这边看过来。佳月脸上如火烧，她知道秀梅是最爱面子的，体面极其重要，儿女的孝道就是她的体面。佳月赶过去，替掉立生，立生便往前走了，站在饭店门口外抽烟，抽完大半根，佳月和秀梅才缓缓地走出来。立远早约着几个熟人到人家打牌去了。

立生开着车载她们回家，这车是单位领导的，他是司机。这车是他今天偷着开出来的，吃饭的地方离家还有几公里。路过一家陶瓷厂的大门，车减速了，立生说："这厂子里面有个鱼池，养锦鲤，咱们瞧瞧去。"

车开进去，果然不远处有个方形的水池，漂着几朵残荷败叶，水面黑漆漆。立生从口袋里翻出一个塑料袋，里面装着几块方才宴席上的饼，撕碎了往里一丢，几尾红白相间的大胖鲤鱼便浮了上来。

"这么些鱼，"秀梅对佳月说，"要炖着吃，得要多大一口锅。"

又对立生说："怎么没人来钓鱼呢？"

"这是锦鲤，观赏鱼，一条值好几千块钱。"

"再值钱，红烧了也是鲤鱼的味儿。"

佳月笑了，要过一块饼来，也扔着去喂。鱼越来越密，水面上无数张嘴在翕动，鱼身上的彩色斑块在水面下隐现。饼喂完了，鱼群等不到食物，渐渐散了，回到水底。这天是周末，厂区没人，八月午后的阳光像凝结的蜂蜜，稠稠地裹满全身。立生说，走吧，语气忽然既轻又柔，好像换了一个人。

秀梅记得这些儿女温存的时刻，像太阳偶然把乌云烧穿了一个洞，透下光来。晚上，她从电视柜下面抽出一张VCD碟片，是《秦香莲》，河北梆子，音配像。这一大摞碟片，有佳圆买的，有佳月买的，也有她腿脚好的时候，自己买的，前两年还常有人来大院门口摆摊卖光碟，五块钱一张，十块钱三张。这个三碟连放的VCD机也是立春家里淘汰下来的旧物，她家又换了新的DVD机。这两年卖盗版光碟的小贩也不来了。

秦香莲唱得好啊，唱这段的人早死了，秦香莲永远活着。河北梆子的幽怨并不是细细的，有一股凄厉的肃杀之气。秦香莲戴着孝，一边牵着一个孩子，一个略高一个略矮，脸上木木的，没有神情，韩琪同情这孤儿寡母，戏台上空拟一座破庙，忠义难两全，最后只能抽出剑来，朝颈上一横，呼啦啦地往后倒去。

戏文都是熟极的，秀梅听着看着就仰靠在沙发上睡着了，眯一会儿又醒过来，包公正历数陈世美的诸般罪状，戏台上的人对着摄像机表演，前头没有观众，大快人心也是静悄悄的无人叫好，看完戏夜已深了。她把电视关了，将碟片取出来，装回盒子，衬着的封面纸也要仔细抚平。真正躺到床上，反倒睡不着了。外头一盏路灯整夜照着，灯光透过窗帘，像一团没头没绪的雾气，淡淡笼在秀梅脸上。

（五）

佳圆在上海住了几个月，没找到合适的工作，想回北京。立秋留不住她，走之前带她去买特产，让她带给秀梅吃，佳圆的箱子都塞满了。立秋说今年春节她会回去过年，送侄女一直到站台，在火车前居然汪起眼泪来，佳圆大吃一惊，意识到二姑也要老了。

真可怕。她上车坐好了，看见立秋仍旧在外面，对她挥着手。佳圆从小在秀梅家，那时候立秋接了班，在厂里当会计，住在家里，她跟二姑关系最好。火车终于动起来了，景色飞掠而去。她将头靠在窗上，想到自己空空一身，这两年飘来荡去，没个实处。工作试过好几个，没一个做得长久，念书的事更是别提，她后悔把念书和感情的事混在一起，不该接受他的施舍，太狼狈了。这些事她对家里人绝口不提，只说自己不想继续念了，真实情况只有佳月隐约猜到一二。

临行前，立秋给了她一笔钱，她推辞几句就收下了。欠奶奶的钱还没有还，她打定主意，回了北京，不管什么工作先干着，把欠老人的钱还上再说。昨晚陪立秋聊天到深夜才睡，靠在椅背上就有点犯困，打了一个盹，梦里乱糟糟的，在英国的那些情景，那些争执，泪水和伤痕，没事的时候他笑起来温柔，变了脸就像一个陌生人。当然她也不甘示弱，还没结婚就闹成这样，婚自然是结不成了。临走的时候他还哭了一场，坚持送她，在机场吻别，恶心死了，她想，可是又不能不接受，总不能在机场打一架。最后她推开他，拖起行李箱，觉得自己全身脏兮兮的，幸好只是个梦。长途飞行像泡了一个漫长的热水澡，下飞机的时候，她又活回来了。

但是噩梦终究留下痕迹，在比皮肤更深的地方，梦境的最底层。她跟立秋和佳月在一起谈笑风生，满不在乎，在每句话的间歇，每阵大笑后的沉默中，她都要对抗那些黑沉沉的影子，总得找点事情做，找点话来说，不然她就会忍不住要诉苦，要指责，要愤怒悔恨，搞不好还会哭起来。在家里人面前不能这样，姓陈的这一家从来不兴当面动感情。正因如此，当她发现二姑居然会在临别时红了眼睛，才会如此惊讶，念念不忘。

跟佳月那件一模一样的羊绒大衣，也是立秋送的，已经抵御不了北京的深冬。她在站台里找到一家面馆，先吃了一大碗牛肉面，汤底都喝干净了，然后对着碗底的肉渣碎面发呆。在英国，她有个同学会用咖啡渣来算命，给佳圆算，说她未来将有困难的选择，保持坚定的意志就可以收获良好的结局，她觉得这些话说了等于没说。现在，孤身一人坐在火车站的面馆里，前路茫茫，周围的人匆匆吃完饭，都急着要赶往下一站，她却无处可去，先前租的房子早退掉了。不想去找佳月，听说她正在谈恋爱。她盯着碗底的渣滓，试图从中看出一些指示和预兆，图形，走向，象征，意义，什么也没有。

最后，她走进火车站附近一家快捷酒店，打算今天先住在这儿，明天去秀梅家看看。晚上，她在房间里上网投简历，投出几十份之后，决定出去走走，先买件厚实的羽绒服。她去附近的商圈逛着，看见五光十色的商品和明亮的橱窗，心情仿佛好了些，选了一件长羽绒服，密密地裹到小腿，又给秀梅选了一件羊绒衫，胸前绣着花，花蕊是一粒一粒小银珠围成的，闪闪亮亮。买完东西，又去吃晚饭，等一份煲仔饭的工夫，听见有人叫她的小名，圆圆。

她抬头一看，差点认不出来，是秀梅家后面住的乔子成，小时候一起玩过的，居然在这里碰见了。乔子成念了个大专，早就上班了。

"你怎么在这儿?"她笑着说，招呼他坐在对面，问他吃饭了没，他说吃过了。

"我在这里的乐高专柜上班。"他说，"刚刚换班了。你不是去英国了吗?"

佳圆只说放假。煲仔饭端上来了，乔子成点了一杯饮料，陪她坐着，同她聊天，说起一些他们都认识的人的事。佳圆才知道乔子成的爷爷因肺癌去世了，从确诊到去世只有几个月，唏嘘不已。吃完饭，乔子成问佳圆住哪儿，他可以开车送她回去，佳圆说自己刚从上海回来，今天先住一晚酒店，明天就回家。

酒店距离不远，乔子成陪她慢慢走了回去，在酒店门口告别，互相留了电话。前些年各自念书，很久没见过面了，她印象中的乔子成还是一个毛头小子，转眼就长大了，比她还高半头了。她回了房间，打开邮箱看看，她通过招聘网站发出去的简历，网站都会回复一条确认邮件，她挨个删除，删到最后，蓦地看见一个熟悉的名字，是他写来的。

"圆圆，你好吗？你在哪里？我很想你啊。今天特别冷，我感冒了，擦鼻涕的时候就想起你，想起你泡的水果茶，你烤的松饼，你熨平的衣服和你叠的床。没有你，这里再也不像一个家了。你回来好不好？要是不想念书，你就在家里做自己喜欢做的事情，我想要每天回家都见到你。爱你的，良晨。"

佳圆把这封邮件也删掉了，忍住一阵从心里泛上来的异样的感受，好像在动物园里隔着玻璃看着一条蓝色的鬣蜥，趴在人造的假树枝上一动不动，眼睛半睁半闭。在沉默的那一刻，人与人之间半是爱，半是恨，到最后她也没有忘记那些美好，美好是真的，泪水也是真的，什么都是真的，剩她一个是假的，到最后背信弃义的反而是她。

她把来信地址列入黑名单，电脑关掉了。屋里本来没有开灯，只有屏幕的光，一关机便黑洞洞的。从前她怕黑，晚上一个人上厕所都害怕，现在她不怕了，坐在黑暗中像拥着一床轻柔的暖被，就在这虚空的被窝里醒到天明。

秀梅见她回来，惊喜万分，她决定包一锅新鲜的饺子，让佳圆去门口看看今天有没有卖猪肉的。佳圆去这一趟，一路上回答好几遍熟人的关心，对，休假了，对，放寒假了，休半个月，一个月，两个月，她随口应着，直到自己都要相信了。

肉摊摆在院门外的一溜长棚下，几十年传统的卖菜摊位。秀梅叮嘱过，饺子肉馅要自己剁，不要卖肉的机器绞，绞出来的肉馅稀烂，不好吃，要带一点肥，又不能太肥。肉贩叼着烟拣了好几块，总算找到一块符合要求的，佳圆把手插进羽绒服的口袋里，眼睛瞧着肉，心里头不知在想什么事情。谁跟她说话，她都热情应承，都知道她去英国留学了，陈佳圆呀，最有出息。

红红的肉又冷又腥，回家后她歪倒在沙发上。听着厨房里传来有规律的剁肉馅的声音，渐渐地睡着了。不一会儿一条毛毯盖在身上，她感觉得到但是困得睁不开眼，连梦也不曾打断。梦还是好的，完整的，连贯的，有始有终的，而她的生活却如此狗屁不通。一觉醒来，饺子都煮熟了。她起身去厨房，帮忙端饺子，只见秀梅的拐杖立在灶台边上，佳圆愣了一下，说："奶奶，在家干吗拄拐杖？"

"不拄拐杖一步都走不了啦。"

佳圆才意识到自己多久没见过秀梅了，变化如此之大。衰老像爬山虎漫过红砖墙那样遮蔽了秀梅，连她的模样都有点不一样了，并不是白发更多，皱纹更深，而是一种荫翳的颜色染上了皮肤，带着一丝愁惨的气息。从前她不是这样的，她原本是个外向开朗的人。饺子还是原来的味道，腊八蒜泡得碧绿，秀梅问她，英国有饺子吗？佳圆说有是有，但是不好吃，不如家里包得这么好吃，秀梅便笑起来。

吃完饭，佳圆把立秋给她带的东西从箱子里拿出来，一些吃食，几件衣服，都是立秋给买的，而秀梅最喜欢的还是佳圆给她挑的这件羊绒衫，明亮的蓝色，胸前缀着几簇白梅花。在她活着的最后几年，这件毛衣她每年冬天都要拿出来，天天穿在身上，直到袖子和胸前布满了毛球。她无数次地跟别人讲，这是纯羊绒，百分之百的，孙女给她买的。

秀梅照例要睡午觉。佳圆躺在客厅的长沙发上，闭着眼睛，睡不着，只有墙上的时钟走得声声入耳。她起身，裹上羽绒服，走出门去。到处悄然无声，只有烧暖气的锅炉发出低沉的响声，听惯了，这声音也成了安静的一部分。佳圆小时候，这儿到处都是小孩，随时出去都能找到伙伴，现在小孩都长大了，新的小孩还没出生。午后冷清清的，太阳悭吝而淡漠，对世间一切爱搭不理，施舍一点点阳光。她走出家属院的大门，左边是一个水泥铺的篮球场，有个她不认识的男孩在打球。篮球架上锈迹斑斑，球筐是崭新的，彩色的线织成一个中空的圆，吞吐着一个又一个篮球，男孩的棉服挂在篮球架上，只穿单衣，一次又一次投篮。

佳圆在一旁看着，她个子高，以前在学校也打过篮球，进过校队，现在回想，很怀念那段时光。看了一会儿，她就走开了。走上一条岔路，这条路原来是土道，过一辆卡车便尘灰飞扬，行人都背过身，抿紧嘴，眯起眼来闪避。佳圆踏上这条路，路面是新的，平整的，却冷冷清清，半天也没一辆车经过。那些杨树还是跟从前一样，光秃秃的，一动不动，一种仿若行刑前的沉默。

路一侧是矮山坡，酸枣树横生，像一丛丛枯瘦的指爪，凌乱地指向空中。从前，这条路常有羊群经过，小时候她不知道羊是从哪里来的，它们好像是从地面突然冒出来的，走着走着，忽然，羊来了，像躲卡车那样，她和佳月闪在路边，不用转过身躲灰尘，她俩笑嘻嘻地看着羊，看见白色洪流中偶尔一两抹黑色，看见跟在母羊后面的小羊，有的羊爬上山坡去啃酸枣树枝，一只上去，好几只都跟着上去了，队伍迟滞了，养羊人一声呼哨。

羊群过后，留下无数黑色浑圆的屎，过一辆卡车，把它们都轧扁了，嵌进泥地的车辙里。佳圆和佳月故意去踩那些屎，有一种莫名的乐趣。秀梅遇见谁就跟谁聊天，夏天傍晚，这条路上总有很多熟人来回溜达，这时候却空无一人，偶尔过一辆摩托车。佳圆发觉，刚才那个骑摩托冲过去的并不是附近村里的人，而是全副专业装备，那车也是高价货，车身火红的，轰鸣而过，是专门来玩车的。佳圆想，拿我们这里当乡下地方来玩。她没有意识到，这里本来就是乡下地方。这次回来，不知怎的，处处透着一股陌生的荒凉疏远，连秀梅也显得特别苍老了。

路的另一侧原来是一片玉米地，现在改种了杏树，杏树开花极美。去年春天，她还没去英国，秀梅打电话过来，告诉佳圆，杏花开了。佳圆懂的，她不是在说杏花，她是在说，我想你了。佳圆周末就来了，秀梅说的并不是院外的那片杏林，去年她已经不怎么爱出门了，而是家里的那棵杏树，立远和志平一起移栽的，立远为这件事还挨过一顿打。春天花开满树，秀梅拄着拐杖站在树下，佳圆用手机给她拍了照片。

走到道路拐弯的地方，佳圆向左转，沿着一条小路走上山坡，右边是一片穆斯林墓地，蓝白相间的拱门后面，碑立如林。佳圆走了进去，看见那些名字像看见老朋友，虽然她一个也不认识，但是这些名字是她跟佳月一个个念过的，也是下午，夏天的漫长下午，她们跑来墓地，看谁胆子小不敢进来，最后两个人一起进来了，把碑上所有的名字都认了一遍。她发现了一些新的坟，刻着新的名字。从前秀梅不让孩子们跑到坟地去玩，谁要偷着去了，回家说漏了嘴，就要惹来一顿骂。很多年后，有一次佳圆在一个遥远的海滩边散步，走着走着，路过一处回民坟地，一个个拱起的小沙丘，她又走进去细读墓碑，好像墓碑与墓碑之间，就算相隔万里，也是彼此相连的。

坟地后面的山坡上，立着一座电视信号塔。塔上架着一只黑沉沉的巨大的鸟窝。在佳圆的印象中，鸟窝不再是那个具体的鸟窝，而是一把钥匙，一扇门，在任何时候任何地方，她抬头看见一只黑色的鸟窝，都会连接到此时此刻，仿佛隔着时间向当年的自己打了一声招呼。那鸟窝像个活物，每年都在生长，边缘渐渐溢出了电视塔的钢架。她们曾经走到电视塔下面，抬头看那鸟窝，秀梅说，谁能爬上去把这鸟窝拆下来，又干又细的小木枝，烧柴最好使了。好在这些年过去，它还是安然无恙。佳圆说，现在谁家还烧木柴啊。

从前佳圆觉得这片坟地大得无边无沿，一片死亡之海，其实方圆不过几十米。大门旁边有间小屋，像是看门人住的地方，门紧锁着，玻璃窗破了一角，佳圆凑过去瞧，见屋里一件东西也没有，地上只有一个被捏瘪的啤酒罐。离开墓地，她下了山坡，感受着背后打来的一阵阵风，她没有原路返回，而是绕过一片玉米地，这块地与前面的杏树林隔着一道铁丝网，玉米地的另一边，一处平房院落，花砖砌成围墙，墙上刷着仙鹤和迎客松，写着大大的红字"寿比南山"，没挂招牌。这是一家养老院，前些年建成的。当年盖房的时候正值暑假，秀梅带着她们每天都来看看，眼看着一天比一天高，脚手架，水泥，砂浆，咕嘟嘟冒着泡的石灰水，小心不要烫到，打地基呢，砌墙呢，封顶了，看人盖房似乎有种特别的乐趣。秀梅一边看热闹，一边跟一起遛弯的街坊聊天，时而喊着已经上高中的佳圆和佳月不要乱跑，有时候又跟干活的工人攀谈起来，工人都是附近村里的人，七拐八绕地有些共同认识的熟人，打听到谁家生了孙子，谁又死了。

佳圆正要走开，忽然院门开了，里面闪出一个女人，约莫是老人院的护理一类。她穿着拖鞋，端着一只痰盂，看了佳圆一眼，走到田边上，将痰盂朝下一倒。

佳圆走开了。秀梅曾经开玩笑说，将来我老了，没人管，就住到这儿来，佳圆和佳月只是笑，说不会，我们管你，秀梅听了也笑，说你们哪儿管得了我，你们能把自己管好就不错了。听说现在年轻人大学毕业了，还要啃老呢。她从电视里听来的新词，找机会就要拿出来用一用。佳圆说我不会啃老，我爸妈有什么好啃的，等我毕业了就再也不找他们要钱。她毕业后找到第一份工作，第一个月的工资，给秀梅和佳月都买了礼物，给秀梅一对金耳环，给佳月一只防水手表。佳月带秀梅去海南，拍的照片里，佳月还戴着那只孩子气的卡通手表，奶奶也戴着那对金葫芦耳环。佳圆在英国的时候，深夜，良晨睡着了，她一个人爬起来，偷偷地打开电脑，翻到这些开心的照片，眼泪几乎掉下来。

她沿着村边的一条公路回家。那红色的摩托车又绕回来了，它就绕着这块玉米地一圈圈地转。佳圆向路边让开几步，车轮带起的尘土还是扑到脸上来。回到家，她去卫生间，打开水龙头，想放点热水洗脸，放来放去，水都是冰冷的。秀梅已经睡了午觉起来，告诉佳圆，热水器坏了，已经打电话告诉你爸了，他说有工夫就过来看看。

"他天天有工夫。"佳圆说,"那现在怎么洗澡?"

"我又不用天天洗。"秀梅说,"上个礼拜去你杨叔叔家里洗的澡。你晚上想洗,也可以去他们家。"佳圆说算了。秀梅告诉她,杨斌去了一家卖鸡蛋的公司上班,在城里租房住,周末才回来。她心里常常替杨斌发愁,有那样一个哥哥,将来怎么办,女朋友都要嫌弃他们家累赘。

"杨斌有女朋友了?"佳圆问。印象中他还是那个小屁孩。

"现在没有。将来呢?"

"车到山前必有路。"佳圆说,"将来的事将来再说,人怎么都能过下去的。"不知怎的,这次回来,佳圆觉得秀梅变了,身体衰退的同时,仿佛心也缩小了,柔软了,畏惧了,说话声音不像从前那样高,家长里短也议论得少了,可能是因为她腿脚不好,出门少了,见不到人,许多事不知道,知道的一点事情就来来回回地说。一个晚上,杨斌去卖鸡蛋的新闻,说了三四遍。

晚上睡觉,秀梅照常铺了两套被褥,一人一个被窝。佳圆睡在床里边,靠着墙,秀梅不一会儿就睡着了,呼吸均匀。佳圆翻过身,把手指伸进墙上的一个小洞里。这是佳圆小时候抠出来的,她从小就不爱睡觉,醒得早,别人都没起来,她就一个人躺在床上抠墙皮,一个暑假便抠出一个白洞。那时候她年纪小,手指也细小,洞小小的,佳圆顺着一挖,白森森的细灰像雪末似的,落在褥子下面的床单上。这床铺得很厚,原来一大家子的铺盖现在都用不着了，没地方收纳，便一层层地摞在床上，旧棉被只是厚实，并不柔软，她一下子还有点不习惯躺硬板床了。一时睡不着，便闭起眼睛，想起下午的情景。

回来的时候，经过杨家，杨家的铁门开着。如今各家都把院子封起来了，只留一道大门朝向菜园，除非主人出入，平常都是闭着的。

她见院门开着，院里传出几声细细的狗叫，便走进去看，两家是熟人，她跟杨斌从小一起玩的，不打招呼也没关系。院子里没看见狗，细听狗叫声是从屋里传出来的，就伸手将门一拉，进了客厅，叫了声杨叔，没人应，杨叔不在家，门也没锁。她正想退出去，忽然一个东西凑过来嗅她的裤脚，是一只黑色短毛小狗，她俯下身，抚弄那狗的脑袋，听见里屋传出一个粗厚的声音："谁呀。"

佳圆差点忘了，杨家还有个瘫在床上的大儿子，杨斌的哥哥。原来客厅里摆着一张单人床，杨毅就常年躺在那张床上，正对着电视，现在那张床不见了，换成一张电脑桌。她走进里屋，打了招呼，杨毅说："你找杨斌吗？"

"不是，我听见狗叫，进来看看小狗。"

小狗跟进来了，围着她转圈。床脚有把木椅，她坐下，把那狗抱到膝盖上逗着玩。杨毅说："你不是出国了吗？"

"放假了。"

"哪个国家？"

"英国。"

"那你英语特别好吧？"

"还行。"

"你是怎么学英语的？"说着，他从枕头边上拿起一本厚厚的词典，说，"我天天背单词。"

佳圆这才把注意力从狗身上移开，转向杨毅。他靠坐在床头，腰部以下盖着一条毛毯，上半身穿着一件旧毛衣，胸前起了毛球。佳圆从来没有靠近过他，也没有仔细观察过，这次她发现，杨毅长得很像他妈妈，眉眼秀气，前面的头发垂在额头上，剪得整整齐齐，一看就是家里人修理的。他举起一本牛津词典给她看。

"这是杨斌的词典。他买了新的，这本给我了。"

"你喜欢看词典啊。"佳圆没话找话地敷衍着。狗舔着她的手背，舌头又湿又软。

"我背词典。一个一个地背，背了几千个了，不信你考考我？"

佳圆果真考他一个，发音不对，他不会拼读，按着汉语拼音的习惯去念，拼写顺序都背熟了。佳圆只说太棒了，这些单词我都记不住，杨毅脸上露出笑容。

"你有时间能来教教我吗？我想学英语。"

你学英语有什么用呢？话到嘴边，佳圆咽了回去，说："我明天就走了。以后有时间再教你。"

"我打算把这一本都背完，都背完了，就算会英语了吧？"

"我也不知道，我从来没背过这么多单词。你真厉害。"

杨毅又笑了，仿佛意识不到别人是在哄着他，没有认真跟他交谈的意思。他把词典放下，说："你在英国，学什么专业?"

"工商管理。"

"出来干什么工作?"

"不知道，干什么都行。"

"干什么都行。"杨毅喃喃地重复，"你瞧，我干什么都不行，哪儿也去不了，我天天也挺高兴的。你为什么不高兴啊?"

佳圆手一松，小狗从膝盖上滑落下去，想不到心事竟然写在脸上了，一个足不出户的残疾人都看出来了。她不知道这类人偏偏特别敏感，好像人在黑暗里待久了，一丝微光都刺眼。杨毅看出她心里的杂乱和破碎，表面的平静和完整是临时拼凑起来的。

佳圆沉默了，任小狗再怎么用头蹭她，嗅她，围着她求一点爱抚，她都不想理会，好像就在这沉默中，他们达成了一种新的友谊。对杨毅倾诉是安全的。她站起来，走到床边，在他的脚边坐下来。那双脚想必是细弱的，至脚尖处，毛毯微微地拱起。他的下半身就像一长串省略号，一个没讲完的故事，一段袅袅余音。

她把一切都告诉了杨毅，他一言不发地听着，佳圆不确定他是否听懂了，那些男女之间的冲突和痛苦。他没有表现出同情、愤怒或者任何一种异常的情绪，好像在听一个平平常常的广播故事。末了，他问："那你还回英国吗？"

佳圆摇摇头。"你别告诉别人，连杨斌也不能说。"她觉得轻松多了，杨毅轻轻拍了拍她下垂的肩膀，说："没事，你哪儿都能去，什么都能干，比我强多了。没事，没事。"

门外传来脚步声，佳圆赶紧站了起来，便往外走，杨叔提着一壶滚水走了进来。他家爱用一只煤球炉子烧水，煤是从锅炉房那边的煤堆捡来的。杨叔看见佳圆，就说："佳圆来了。你毕业没有？"

佳圆跟他寒暄几句，说自己听见狗叫，就进来看看。小杨告诉她，后边乔子成他爷爷家新生的小狗，自己先要了一只，又问你奶奶，你奶奶说不要，说佳月怕狗，养了狗，怕她不敢回家了。佳圆说，就是她胆子小，狗有什么可怕的。小狗多可爱。

秀梅睡得深了，用嘴巴呼吸，她总说这是人要死了，在吹土呢，你爷爷死前两三年，天天吹着气睡觉。这说法听起来让人毛骨悚然，但是在这深夜里，寂静里，黑暗里，佳圆也很想深吸一口气，然后奋力地吹散迷雾，发现一条清楚无疑的光明之路。她想起杨毅温热的手掌，厚厚的词典，无望而无用的练习，等他真的背完一整本英文词典，接下来他要做什么呢？她同情他。然而此时此刻，也许他也在同情她呢，一个身体健康，四肢健全，头脑灵活的人竟然有如此多的烦恼，全都是因为她太年轻，太自信，太轻视一切，自以为打开家门就能通往全世界，最终她还是回到这里寻求安慰，却发现秀梅也已老了，躺在床上，一口口吹起坟前的土来。

## （六）

一个星期六，佳月下课以后，对惠惠说，我今天不跟你们去玩了，有点头疼，先回家了。她乘公交车回家，下车以后，在小区门口的便利店买了一杯黑咖啡，希望缓解一下头痛。咖啡是热的，纸杯圈在手里，像个暖炉。她回到家，才慢慢啜饮起来。本来她没有喝咖啡和茶的习惯，只爱喝热水，因为前一阵子经常见惠惠，她喜欢咖啡，就跟着她喝起来。渐渐成了习惯，今天忽然没喝，就有点头痛，她不喜欢这种上瘾的感觉，不喜欢自己被咖啡因控制了。喝完这杯，她想，就戒掉咖啡。

下午飞凡打电话来，问她在哪儿，晚上要不要出来吃火锅。自从那天晚上他们一起散步，还吃了夜宵，就熟络起来，到了周六上课的日子，上完课，下午就几个人一起玩，有时候跟着大家去玩游戏，有时候他们四个单独行动，去逛商场，也去城里的公园，天冷了，有湖面可以滑冰。几个人中间只有佳月算是本地人，她说自己也不是老北京，家在郊区，远着呢，北京那几个有名的地方，有的佳月都没去过。有一次他们一时兴起，坐长途车去八达岭，到了那里已经下午三点多，越走天色越黑，惠惠和李柯在前面，佳月和飞凡落在后面，她对飞凡说："其实我也是第一次来长城。"天将傍晚，古老城墙像一条暗沉沉的长蛇，僵卧在山峰上。

"本地人都是这样。"飞凡说，"还不如外地人去过的地方多。"天气虽冷，走着走着也热了，他把羽绒服的拉链拉开，这次换了一件更厚的米色毛衣，上面还是缀着一个个小圆球。佳月忍不住说："这毛衣打哪儿买的？像是小孩子穿的。"

"我妈织的。"

李柯听见，回过头来，对佳月说："他所有的毛衣都是他妈妈给织的，好几件呢。是个大宝贝儿。"飞凡笑骂了他一句。

"你妈妈手真巧。"

"她说外面买的毛衣，用的都不是好毛线，不暖和。"飞凡说着，把羽绒服的拉链又拉上了，"织了好多件，我也不能不穿。"

佳月说："我妈以前也喜欢织毛衣，现在不织了。"陈立生和林慧文的离婚手续就要办完了，他们已经分居很多年，慧文常年住在娘家，自从佳月上大学以来，就很少见到她。

"其实我不爱穿毛衣，劝她别费力气了，她就是不听。"

"老人都是这样。"

游客都在往下走，只有他们几个还在向上爬。来到一处箭楼里，惠惠和李柯喊累了，要歇会儿。飞凡和佳月继续往前走，两个人一前一后，有一句没一句地聊天，飞凡问她平常周日都做什么。佳月说，星期日要去我奶奶家，帮她干家务。

"每个星期日?"

"是啊，每个周日。所以我只有周六下午是自己的时间。"

"你们家没有别人了吗?"

"有。但是，"佳月迟疑了一下，"反正星期日我得回去，她腿脚不好，很多事情做不了。"

"明天去滑冰吧。"飞凡说，"我一直想找个公园的湖面滑冰。"

佳月说，她去不了，要去奶奶家，要帮她打扫卫生，洗洗衣服。

惠惠和李柯赶上来了，说天太晚了，该下山了。下山后他们找到一个农家院吃晚饭，老板极力建议他们干脆住一晚再走，不然赶末班车时间紧张，饭也不能好好吃。惠惠和李柯去看了房间，回来说很干净，一条大通铺，不如住一晚明天再走。饭后，他们朝老板借了一副扑克牌，四个人坐在通铺上打牌。打了一会儿，惠惠去找老板借壶热水，很兴奋地回来说，快出去看，下雪了。大家连忙穿了鞋，出去看雪，农家院里拉着一串小灯照明。只见无数轻而肥的雪花，飘飘洒洒，不紧不慢地落下来，地上已铺了薄薄一层。

佳月心里一沉，她担心回去的山路封了。飞凡说:"明天要是走不了，周一上班怎么办?"

李柯说:"公路封了,可以坐火车回去。明天问问老板能不能开车送我们去火车站。"院子里停着一辆蓝色的小汽车,车顶上也落了一层雪。惠惠怕冷,看了一会儿就拉着李柯回屋去了。屋里挂着一层白纱窗帘,从院子里看,能看见他们的影子印在帘子上,两人床上对坐,不知道在说些什么,惠惠大笑起来,影子簌簌摇动。

"他们俩真好。"佳月说,"惠惠超级喜欢李柯。"

老板一家住在西边的两间屋,电视的声音哇啦哇啦传出来。飞凡说:"我小时候最喜欢听《新闻联播》的音乐,一响起来,就到了吃晚饭的时候。"

"我也是,我奶奶每天都要看《新闻联播》和《天气预报》,除了北京,各个城市的气温都要听完。"

"足不出户,心怀宇宙。"飞凡说,佳月笑了。她和秀梅去三亚之前的几天,秀梅天天打电话告诉她海南的温度,三亚多热啊,她说,抱怨中隐隐包含着一丝雀跃。

佳月跟他讲起她带奶奶去旅游的经历。在飞机上,秀梅以为空姐送的饮料是要钱的,问佳月贵不贵,一定特别贵吧,得知不要钱之后,要了好几杯橙汁。到了三亚,觉得什么都贵,都是旅游景点宰人的,没什么稀奇,见到好风景又特别有兴趣,喜欢照相。

她絮絮叨叨地说,飞凡耐心地听,这种耐心在她看来是一种难得的盛情美意。雪下得大了,越积越厚,仿佛要将眼见的一切都吞没。从此往后,佳月和飞凡在一起，总是她在说，他在听，直到最后他提出分手，恍如一梦初醒。

晚上睡在通铺上，一人一个被窝，泾渭分明。屋里暖气烧得很足，佳月挨着惠惠。惠惠很快就睡着了，佳月还醒着，她换了新地方就容易睡不着，翻来倒去，躺着躺着，就想去卫生间，轻轻地出去又回来。爬上床的时候，看见惠惠和李柯各从被子里头伸出一只手来，在中间牢牢相握。不知怎的，她觉得睡在另一边的蒋飞凡也没睡着，在那里装睡呢，怀着一丝想笑的心情，她钻进自己的被窝。夜里又起了风，听着风声拍打窗棂，时不时地震动一番，这次她很快就睡着了。

第二天早上，外头一片银白世界，果然高速路封了，农家院的主人说可以开车送他们去火车站。惠惠提议说不如在这里多待一会儿，玩玩雪，城里雪化得太快，不好玩。只有佳月急着要走，飞凡就说，那我也早点回去，于是他跟佳月先走，惠惠和李柯搭晚上的火车回城。商议已定，飞凡回去拿背包，老板正巧拿出两把扫帚，对佳月说，一会儿叫你男朋友出来帮我扫扫车上的雪，咱们早点出发。

佳月脸红了一下，没好意思，自己接过扫帚，和老板一起扫雪。雪下过一整夜，车顶上堆得像一盒冰激凌，一座小城堡似的。刚扫了几下，飞凡就来了，要接过她手里的扫帚，佳月说不用，于是他又去抢老板手里的那把，最后两个人一起把车上的积雪都清理干净了。

在火车站上，佳月对飞凡说，好久没在市内坐火车了。小时候从奶奶家回自己家，二十来公里，都坐火车，上车之前要走一段路，下车之后还要走路，好像很漫长似的，现在想想，其实没多少路，小孩子就觉得很遥远。

相反，这趟回城的路程，短得像几秒钟就结束了，火车快得像恋爱的速度。两人促膝而坐，板正得像小学生似的，硬座的靠背又直又硬，车轮晃动的节奏暗合上心跳的节奏，一边是旋律，一边是和弦。

佳月在西站转公交车，还是要去秀梅那边，两个人便在此地分开，下周六再见面。这天佳月到家的时候，已经下午了，秀梅正睡午觉，屋里屋外静悄悄的。佳月一进来，看见大伯陈立远坐在沙发上抽烟。

打过招呼后，立远依旧坐着抽烟，一言不发。佳月见他神色不对，好像心里闷着什么事情，便去卫生间，想洗洗衣服。洗衣机盖子一掀开，一股浓重的酒臭味扑鼻而来，原来是一件男式毛衣，上面沾满了呕吐物，她将毛衣拣出来，找个盆子放冷水泡上，剩下的才用洗衣机开始洗。

同时，一种不太好的预感隐隐升起。她蹲在地上，把手伸进冷水里，搓洗着那件毛衣，换了好几盆水才漂洗干净。秀梅午睡起来了，拄着拐杖出来，下台阶，立远仍旧在那里抽着烟，茶几上烟灰缸里堆了好些烟头。

"我还不如死了！"秀梅毫无预兆地冒出这么一句。佳月正从厨房翻出一只旧网兜，放在水龙头下面冲洗，打算用来晾毛衣，一下子愣住了。

立远说:"立秋上中学的时候,我刚参加工作。你们说家里困难,让她每个月找我拿饭钱,我单位旁边有个稻香村,她爱吃枣泥酥,每回到我单位找我,我都带她去买。你们自己去问问她,有没有这些事,人要讲良心的。

"她上班之后,跟小齐谈恋爱,你们都不同意,我爸按着她往死里打,不给饭吃。她从窗户跳出来,找我来了,身上没钱,我给她五十块钱,那时候我一个月刚挣五十块钱。让她拿着钱出去躲两天,直到最后她跟小齐掰了,这五十块钱也没提还给我。我说过一句话吗?

"我爸死的时候,买坟地,说大伙儿分摊,我说不用,我是大儿子,我应该出。最后买坟地,刻碑,全是我出的钱。谁说要给我都不要。现在,一个个的,我算看清楚了,全是白眼狼。"

佳月在卫生间,挤着那一坨又湿又重的毛衣,挤出大半盆水,再把毛衣装进网兜,旁边的洗衣机轰轰转着。此时进退两难。她想,就装作没注意客厅里的尴尬,先出去再说。

刚走到客厅,秀梅说话了,不似她平常那种明快的声调,是喑哑的,像掺了沙子,沙沙地磨着,"你跟立秋借钱,说去年春节还,快到今年春节也没还。捅下这些饥荒,你都干什么去了?拿什么填补?她一个人在上海,赁一间房住,她能有多少钱?我给你,你把钱还了去。你是老大,别让弟妹们都瞧不起你。"

她正说着,佳月已经捧着脸盆踏出家门,冷空气扑面而来，激透全身，她急忙跑到屋后，把湿网兜挂在晾衣绳上，水还在不断地滴下来。现在她不能进屋，得保护大伯的面子。屋里秀梅还在说："这些年你不上班，天天就这么闲着，应该找点事干，没事尽去打牌，尽是输钱。好几年了，桂思压根儿也不来瞧瞧我，春节都不露面，佳圆嘴里也没一句实话，真留学假留学？谁家像你们家这样？立生下岗买断，立刻就去找事干，现在一个月也挣几千块钱，佳月每个礼拜天都过来给我洗衣裳。你就在家闲待着。别等着将来佳圆结婚，你连点陪送都没有。"

这些话佳月在后头听得清清楚楚，她只穿了一件卫衣，抱着双臂抵抗寒冷。杨家的柿子树下倒着一只黑漆漆的煤火炉子。立远并不出声，秀梅也不说了。过一会儿，电视打开了，一男一女说起深情的台词。

立远穿上外套，出了门，他的毛衣昨天晚上喝酒吐脏了，因此只穿着一件衬衫加皮夹克，敞着怀，叼着烟，看见佳月在屋后站着，瞥了她一眼，便朝北走去了，佳月估计他又去人家打牌。屋里是暖和的，暖和又冷清，秀梅坐在侧面的沙发上，开着电视，并没有看，也没有在做别的。从前，她总会找点事做，她识字，会看书，看宋美龄的传记，把里面的历史逸事讲给人听。现在她眼睛不行，看久了字会头晕，书也不看了。

除了僵硬，衰老的另一个副产品是沉默。佳月读到了这份沉默，也以沉默作答，哇啦啦说个不停的只剩下电视机，男男女女，卿卿我我，光滑流利无碍。

晚饭是立远回来做的，这些年闲在家里，学会了做饭，油重味重，多加盐。下午那场争吵仿佛没发生过，立远说着他在别人家打牌时听来的事情，母子俩你一言我一语，佳月就闷头吃饭，把油乎乎的青椒炒土豆片都吃光了。忽然听见"土豆脑袋"四个字，原来在议论自己。佳月喜欢所有做法的土豆，佳圆给她起外号，"土豆脑袋"，其实，佳月长大以后，已经不像小时候那么爱吃土豆，这个外号却流传至今。她不辩解，更不生气，土豆脑袋就土豆脑袋，要是作为谈资或者笑料，能使家里的空气变得热闹和睦，她是乐意的。

吃完晚饭，立远和佳月都要走了。她跟大伯一前一后出了家门，立远走在前面，佳月慢吞吞地跟着，大伯走起路来摇摇晃晃的。佳月当时不知道，立远的身体已经很差，他的生活不存在任何规律，没有任何必须要做什么的时刻。如果说秀梅的退休生活是一台运行迟缓却准确的机器，立远就是一台停摆的钟，只等着时间来找他。他日复一日地无所事事，无尽的闲暇也是一种无期徒刑，毁掉他的健康。佳月想，他不愿意去找事做，多半是因为拉不下脸，去做那些他认为不体面的工作。当年的大伯，是全家的风光所系。

家属院门口没有公交站牌，实际是有中巴车往来，一小时一趟，大伯可以直接坐到家，佳月还要转车。中巴车从西边的山里来，大伯上去找到座位，佳月就坐在司机后面的引擎盖上，那里铺着一块棉垫，热乎乎的，可以坐两三个人。因为坐得离售票员近，佳月就把两个人的票一起买了。到站下车后，佳月要去街对面的公交站转乘回城的车，立远忽然掏出一只皮夹，从里面扯出一百块钱，说："你拿着坐车用。"

"不用了，大伯。"佳月吓了一跳，说，"我有钱，用不着。"

立远不由分说地往她手里塞，佳月不肯接，推拒之间，钞票飘落到地上，被风吹得要跑。佳月追了几步去捡，再一抬头，立远已经走了，只剩下一个摇摇晃晃的背影。

她手里拿着那一百块钱，有点茫然。上了车，坐定，翻出手机来看信息，看见飞凡下午发来的十几条，并没什么要紧事，没要紧事，却有很多话可以说，佳月不由得微笑。她这一天来回奔波，累了，车开上高速，没多久她就睡着了。

又过一周，星期六，那天没有课，几个人本来约好了去玩冰车。临出门的时候，惠惠打电话说临时要加班，去不了，李柯陪她一起去公司，你们两个自己玩吧。佳月怀疑这不过是个借口。她依照约定的时间来到颐和园，飞凡早已在入口处等着了。路上的雪早都化了，只有屋脊和檐顶的金乌瑞兽们还被着雪，松柏的翠枝上挂着点点银白。进大门后顺着人流走，到了湖边售票的地方，见冰面上已有许多小冰车，两个人便排队买票。佳月把手从羽绒服口袋里拿出来，翻找钱包，说："呀，怎么忘带手套了，一会儿要冻死了。"

飞凡说："真是的，我也没带。要不今天别滑冰了，带你去个好地方吃饭，附近有个很好吃的牛筋火锅。"

"现在去吃饭太早了。花了门票钱，就这么走出去，多亏。"

最后，两个人坐在一条长椅上，远远地看着别人滑冰车。冰车是橙色、红色、绿色、黄色的，人的外套大半是黑灰，偶尔闪现一对鲜艳的手套，一顶五彩的帽子，衬在灰白色的冰面上，远远的欢笑叫嚷都是无声的，因为两个人的心里都装满了音乐，谁也不说话，仿佛一说话就会破坏冥冥中的演奏。一直坐到中午，打着呵欠的太阳终于醒过来了，晒得身上有些暖和。两人终于想起还有牛筋火锅，赶快跑去吃，到得晚，错过饭点，整间大厅就剩他们这一桌，旁边一张桌是火锅店的员工正在吃中饭，一人盛一碗米饭，围着一大盆分不清楚的炖菜。

"我妈也当过餐馆服务员。"飞凡说，"她从国企下岗了，后来又离婚，为了养活我，就去餐馆打工。"

"那现在呢？"

"现在正式退休了，有退休金，早不干了。"

"她还是一个人生活吗？"

"嗯，她不愿意来北京，还希望我也回老家。"

佳月心中一动，一块煮烂的牛肉被轻轻放在她面前的碟子里。"所以你不会留在北京。"

"那也不一定。看情况吧。"

"看什么情况呢？"

隔着火锅上方的腾腾热气，飞凡还穿着妈妈手织的厚毛衣，像个乖乖的孩子，又像对什么不服气似的，头顶上一簇头发弯弯地翘起来。他说，看你的情况呗。

服务员吃完，收拾桌子，散了，他们这边的炭火还在暗暗地烧。飞凡叫服务员来换一盆炭，佳月说，这样烧炭，容易有一氧化碳，幸好这里空间大，窗户也开着，不然吃着吃着人都要晕了，火锅店的包间就出过这种新闻。飞凡以为她是在说笑话，没想到她话锋一转，说起自己上周回家，碰见大伯了，把她听见的话都告诉了飞凡。

她说，她大伯年轻的时候，有过一次煤气中毒，那个年代，暖气还没普及，很多地方冬季用煤火取暖，煤气中毒很常见。那年佳圆刚出生，月子里秀梅去帮忙。当时他们住的是单位分的宿舍，只有一间屋，很狭小，多来一个人就没地方睡，支行军床的空间都没有。立远就去睡在单位，算作值夜班，夜班值多了，还可以换几天假。值班室烧着炉子，他夜里睡得死，窗户没有开，第二天一早，同事来了才发现，人已经叫不醒了，送去医院住了好几天，保住一条命，但是他从此变了，变得脑筋混乱，脾气暴躁，说话时语速很快，咬字却不够清晰。从前，他脑子转得特别快，有名的聪明。

后来他遇上一些朋友，人家用得着他的时候，将他一通吹捧，拉他一起做生意，给他分钱。他被人家一吹捧，就飘飘然了，以为自己辞了职下海，依然可以做大哥。其实他只是在那个位置上才算有用，一离开就什么都不是，到现在都闲在家里没有工作，靠一点退休金生活，因为他退休很早，工龄短，所以拿到的钱也不多。

"他现在想找工作吗?"飞凡问，"我可以帮忙问一问。"

"不用，不是那个意思。"佳月说，"无论什么工作，他都不会去做的。"

"为什么? 家里人都在为钱吵架了，为什么不想办法赚钱?"

"我也不知道。但是他肯定不想干活的，不是所有人都像你妈妈，他有一点退休金，也饿不死。"

"那你又在担心什么呢?"

佳月也答不出。在秀梅和立远之间的对话中，佳月觉察出一道微小的裂痕——秀梅最注重面子，在她那里，面子的含义相当广泛，儿女的出息，对自己的孝敬，尤其是大儿子，从小聪明出众的大儿子，维护长子的面子也是她自己面子的一部分。当她开始指责立远时，佳月第一反应是想逃，不要听，仿佛秀梅动摇了这个家的面子，这个家赖以维系的根基，把一件好衣服从里到外翻了个个儿，露出衬里上的破洞来了。最注重体面的人开始顾不上体面，佳月再一次感到衰老的力量，秀梅被一股看不见的力量推着向下走，持续的、看不见尽头的、下不完的台阶。

因为煤气中毒，立远有很长一段时间身体不好，头痛，烦躁，易怒，夫妻俩总是吵架。杨桂思就让秀梅把佳圆带回自己家，过几个月再看看。结果过了几个月，再过几个月，又过几个月，佳圆就在奶奶家里长住下来，一直到上学才回到父母身边。

飞凡说："应该让他自己的女儿多管管他。你就别操心了。"佳月便不再说了，把凉掉的牛肉放进嘴里。她说，要是没有那次煤气中毒，可能很多事情都不一样了，佳圆不会在奶奶家住那么久，可能大伯也不会被人骗了，以为自己能下海发财，早早就退休，或者大娘和奶奶的关系不会那么差，因为抢夺佳圆，大娘是想把佳圆接回去上幼儿园的，奶奶不放手，佳圆也不乐意，一说要上幼儿园就大哭起来。

"这样想事情你会不开心。"飞凡说，"而且没有任何意义，不是所有事情都能找到一个明确的原因，更不是找到原因就能解决问题。就说，我们现在帮他找找工作，能不能让他变得好一点？"

"我没想过。"

"那就试试。他以前是做什么的？"

"在银行上班。不过他好像没什么特别的技能。"

佳月以为他议论议论就算了，没想到过了几天就打电话过来，说他公司所在的写字楼在招夜班保安，三餐自理，提供住宿，让她去问问立远，要不要来试试。"很简单的，夜里上班，按规定巡视两三遍就行了。白天可以在宿舍休息。一开始可能不适应，习惯就好了。"

佳月想了想，先给秀梅打电话，秀梅起初没听懂，佳月又重复了一遍，薪水条件都说清楚了。秀梅说："你管他的闲事干什么，他身体不行，干不了那些事。"一句话就把佳月堵回去了，佳月不死心，又问佳圆，佳圆没接电话，过了好久才回复一条短信，说：不用替他操心，他不会去的。我下周回北京。

于是谢过飞凡，他还追问为什么，是不是嫌条件不好，他可以再问问别的朋友，佳月说不必了，他不想工作，他不像你妈妈。飞凡便不再提起，但是无论如何，经过这一番，两个人的友情又近了一层，自此佳月每个星期都同他见面，去秀梅那里的次数也减少了，脏衣服慢慢攒着，两周洗一次也可以的。飞凡说，家里还有别的人呢，让他们去帮帮忙，你也有你自己的生活，她觉得有道理，同时又隐隐地有些不安。元旦放假，惠惠他们要去延庆学滑雪，佳月去不了，飞凡同他们去了，在雪场附近住了两天。晚上在旅店里，飞凡给佳月打电话，想跟她闲聊几句再睡觉，但察觉她情绪不对劲，只说了几句，就匆匆挂了。

## （七）

通常，阳历年不是大过节的日子，但是有空的人也要回家。立春往年这时候是不来的，元旦来一次，春节再来，显得太密了，没必要。今年却是例外，元月一日上午，立春一家都来了，张昊辰今年要考大学，进门说了几句话，就趴在茶几上写作业，他眼镜片厚厚的，好几百度的近视，立春说他要考清华。

秀梅欢喜得有些无措。她的关节病近来更严重了，屈伸非常困难。张昆去厨房烧开水泡茶，秀梅就跟立春絮絮地讲述自己的病症。立春一边听着，一边想，老太太是糊涂了，说起话来颠三倒四的，腿脚也不行了，将来谁伺候她，是个麻烦事。立秋根本不回家，只能叫她出点钱，我也可以出钱，儿女出钱都是应当的。就是立远，要是大儿子都拿不出钱来，就太不公平了。

她心里想着，嘴上不提。张昆从联三橱里找到一只嘴上缺口的茶吊子，沏了一壶浓浓的茶，各人面前摆上一杯，小心着别弄湿了昊辰的书本。昊辰不愿意来这里，他觉得姥姥身上有股怪味道，平房冷飕飕的，没家里暖和，功课也没做完，来回浪费一天时间。还是立春说，今天去，春节就不用去了，晚上回来带你吃涮羊肉，他才勉强跟着来了。

秀梅闻不到自己的味道，这种味道融入她周围的空气，像一只无形却有质的茧房，因为身体不便，她很少洗澡，但是这味道是洗澡也去不掉的，是身体内部的化学反应，暗暗地、无时无刻地进行，常来的人都习惯了，别人却一闻就想躲开。秀梅说自己最近吃饭吃不出味道了，立春觉得她这是胡言乱语，岁数大了，喜欢给自己安病症，除了腿脚不好，看老娘哪儿都挺好。

中饭是立春做的，她带了二斤肉馅来，几个人一起上手，很快就包了上百个肥白的饺子，佳月来得巧，赶上了第一锅。她拎着大包小包进门，周身一股寒气。立春说，你怎么又长胖了，可不能再胖了，再胖没人要了，佳月就笑笑，没说话。吃饭的时候，秀梅说起立生刚刚离婚的事，指责林慧文这些年的种种错处，佳月想替妈妈辩几句，又插不进嘴，自己家里的事当然是自己最清楚，但是秀梅并不承认。"你小孩知道什么。"她说，"你妈的那些破事，你爸爸都告诉我了。"

佳月就低下头专心吃饺子，一边吃，一边看见昊辰把饺子咬开，把馅吃掉，皮都不要，堆在碗里，忍不住说："你这样好浪费。"

昊辰说："我从来不吃饺子皮，包子皮也不吃，我只爱吃馅。"

"这饺子皮薄，不是厚的，你尝尝。"秀梅又给他夹了一个，昊辰说吃饱了，把那个饺子丢到张昆的碗里，放下碗筷，起身出去了。转眼又回来，把自己的那只碗拿走了。过一会儿佳月也吃完了，便出去找昊辰，看他在干什么。原来他跑到杨家那边，逗弄一只小黑狗，将自己碗里的碎面皮一块一块地丢给它，扔得远远的，引它去追食。佳月怕狗，从小就怕，小狗朝她的方向跑过来，她就不由自主地想逃。昊辰说："你这么大人，还怕小狗？"

说着，拾起一块饺子皮，朝着佳月脚边扔过来。黑狗便要扑，佳月吓得僵住了，又不敢跑，狗围着她脚边转了半圈，把那沾了土的饺子皮吃了，马上昊辰又扔了一块过来，脸上还在笑着。

佳月知道他是故意的，又怕又怒，说："你别再招它了。"

"你这么大一个人，还怕狗，笑死我了。"昊辰说，

"它又不会咬你。万一咬了，你就使劲踢它。"一边说，一边还比画着踢的动作，接着又扔过一片带着肉味的饺子皮。佳月知道越是害怕，越不能跑，一跑狗更要追咬，这是她自己总结出来的经验。狗在她脚边嗅来嗅去，捡起那块滚了土的面皮，吞了进去。

"别再喂它了。"佳月慢慢地后退，昊辰只是笑嘻嘻的，似乎发现了一个有意思的游戏。小狗非常活泼，蹦蹦跳跳，动作迅捷，奔跑起来像一个黑色的包围圈，它对佳月很有兴趣，或许知道她害怕自己，因此更得意了，佳月说："你把它带走！"

"它又不是我养的，我连它名字都不知道，叫不动啊。"昊辰说，依旧笑意盈盈。杨家那边大门开了，杨斌探出一个毛糙的脑袋，喊道："猛子，回来！"猛子立刻转身朝主人跑去，杨斌看见佳月，懒洋洋地打声招呼，脑袋便和黑狗一起消失了，铁门重新关上。佳月转身回去，门一推，冬天室内暖烘烘的气息直扑到脸上来。张昆的声音像吹起来的气球似的，胀满整个房间，说着昊辰学习的事。显然这是他最得意的谈资，儿子成绩好，回回考试第一名，当他说出这三个字的时候，还要伴随着上下挥洒的手势，好像在空气中画着一座奇险的高山，那一份顾盼自雄，令人望尘莫及。立春在厨房洗碗，佳月走进去，要跟她抢着洗，抢不过，就找出一块干净抹布，擦擦联三橱的两扇彩门，擦擦灶台。立春动作利索，水哗哗地流着。

"你爸跟那女的，是打算结婚了？"她骤然发问，佳月吃了一惊。在饭桌上立春只字不提，只听秀梅重复着立生告诉她的那些谎话。原来她是知道的。

"我也不清楚。"佳月说，"他们的事我不管。"

"她是干什么的?"

"好像是在哪个厂里当会计。"

"你妈呢?"

"我妈和我姥姥住一起，她过得挺好。"

说完，佳月几下擦完了灶台，便扔下抹布，走出去了。过节固然是为了家人相聚，她却总想躲在一边，一个人待着，连自己都没意识到，这是因为谈了恋爱的缘故，仿佛没了他，世界都吵嚷得无法忍受了，只有在他身边才能安静下来。秀梅把家里人的种种事情都嚼弄一遍过后，终至无话可说，歪歪地靠在沙发上，有些睁不开眼，蒙眬欲睡。立春说，您睡会儿吧。秀梅没来得及答话，就睡着了。

昊辰又开始写作业，书本在茶几上摊满了。这时候别人不能够打扰他，立春和张昆便轻轻地走了出去。在院子里，张昆抽起烟来，问什么时候走，立春说，等老太太醒了，打个招呼就走，春节咱们就不来了。张昆拖过一张旧藤椅，坐下来吱吱扭扭的，这椅子平常是秀梅晒太阳时坐的，天气暖和的时候，她拄着拐杖挪到这里，坐下来就不动了，坐一整个上午。槐树外是公共的道路，无论是谁走过来，抛掷一两声招呼，更熟一点的或许还有几句玩笑或者闲聊，像行人扔给路边乞丐的两枚硬币，落在碗里，清脆带着响。张昆只觉得无聊，这个鸟不拉屎的穷破地方。

"要不要等晚上立远回来，你当面问问他什么时候还钱？昊辰今年上大学，也要用钱的。"

"不用问他。"立春冷冷地说，"回头我问问佳圆，她留学到底花了多少钱，她爸爸把家里人都借遍了。欠老太太的也没有还。老太太嘴上不说，我也知道。"

提到佳圆，张昆鼻子里哼了一声，"没钱还非要留学，找个工作养活自己就得了。"

立春说："他不还钱，将来老太太不能自理了，要有人伺候，就让他来。有钱出钱，有力出力，他总得占一样吧。"

"你想得太简单了。"至于要怎么复杂法，他也说不出所以然，但是这次回来，看见老太太一阵明白一阵糊涂的样子，他也隐隐地有了预感，将来给她养老送终是件麻烦事，不过他这个人最讲公道，也讲孝道，决不会小气，该出的钱都会出，但是谁也别想占他们家的便宜。

立春拿起一把笤帚，一下一下划拉着扫院子，一边说："这院子平常也没人扫，老太太以前多爱干净。"

"反正她眼神不好，脏也看不见。"张昆说，一边把烟灰弹到立春刚扫过的水泥地上，风一吹就散开了。

"我妈这一辈子……"有感慨涌上来似的，仿佛扫地也扫得依依不舍。张昆抽完他的烟，将烟头往树下一扔，想好了晚上去哪家吃涮肉。昊辰已经长得跟他一样高，吃得跟他一样多，也跟他一样的聪明，还能实现他没实现的愿望——上大学，上名牌大学，夫复何求！这种几十年没大变化的、落后的土地方，他真是看不入眼。立春的那两个兄弟，一个穷，一个奸，以后还是要少沾惹，再也不能借钱给他们。立春去垃圾箱那边倒掉垃圾，所谓垃圾箱就是用水泥砌出的三堵矮墙，里面斜着堆成一座山。立春走过去的时候，看见一个她从小认识的老太太，他们管她叫"许娘"的，只知道她婆家姓许，并不知道她本人的姓。许娘弯着腰，正在那座山里翻弄，立春叫她一声，她答应着，问立春几时来，几时走，怎么瘦了。立春说哪里，比从前胖多了。许娘说话的同时，手底下不停，拨拉出几个饮料瓶子。

说着说着，许娘忽然问："你结婚了吗？"

"许娘，我是立春。陈立春。"

许娘望了她一会儿，"哦，是立春啊。你结婚了吗？"

"我结婚二十多年了。我结婚的时候，您是送亲的。"

许娘一向整洁利索，到老了也是一样，捡瓶子的双手戴着一副以前工厂用的针织白手套，头上一顶白布帽子。身形还是瘦的，猛一看像个年轻的工厂女工，细看才见脸上的皱纹。她好像没听懂立春的话，回头继续捡瓶子。立春提着簸箕回来，看见张昆坐在那里又点起一根烟，便说："咱们走吧，看你没事就光知道抽烟。"一家人走得正巧，刚走一会儿，立生和立远就前后脚到了家。立生带了"那女人"回来，两个人喜气洋洋的，提着大包小包的礼物。立远照例是一个人，晃晃悠悠，拎着一些熟鸡熟肉之类，敞穿着一件皮衣，戴一顶皮的鸭舌帽。三个人是搭同一班中巴车到的。

佳月跟他们打了个招呼，客客气气的，那女人便进厨房张罗做晚饭去了。她见有人做饭，有人跟秀梅说话，用不着自己，就跑了出去。这个家属院，小时候她们乱跑起来，觉得大得像个游乐场，其实东西南北不过数十米，前后左右一眼都可以望到头。她不想遇见熟人，可想而知，他们三个人下了车走到家，已经被不少人看见了，尤其是"那女人"，陌生的脸在这里总是招人关注，她怕人家上来就问，跟你爸来的"那女人"是谁？

原来是你后妈啊。

这种关系一目了然的简单，却非常麻烦。佳月觉得她处理不了这种简单而麻烦的关系，因此不爱回家，假期都借着看望奶奶的借口不回去。有一次，佳圆对她说，难道你能够躲他们一辈子，像仓鼠躲在木屑里。当时她正跟人合租，和室友一起养两只仓鼠，于是就随手拿来打比方，佳月被她逗笑了。佳圆就是这样，她能够把世界拍得扁平，把一切不相干的事物拉扯到一起，再端到你面前来，告诉你事情不过如此，怎么也逃不出这一只无边无际包罗万象的托盘。或许她把佳圆神化了，一遇到事情就忍不住去想，她会怎么看。从小听她的话，听习惯了，她想也许佳圆不会躲，也许能够当面锣对面鼓地痛快吵上一场，然后借机一刀两断，再也不见。只要秀梅还在，这就是不可能的，秀梅松松地，牢牢地维系着这一切。

有那么一瞬间，佳月脑子里也划过可怕的念头，好像偶然向窗外一瞥，见到一张贴在外面的鬼魂的脸，仔细一看，又不见了。不知不觉，她走到靠北的那一排房前，她记得从前有一家人，在园子里放一只笼子，养两只灰兔，夏天，她和佳圆来这里喂兔子玩，捡几片树叶子喂它们，拔几棵草喂它们，得到一些微小的快乐。直到有一天，那笼子空了，兔子不知何往，佳圆突然指着一棵柿子树，原来那两只兔子的皮贴在那里风干，肉多半是被吃掉了。隔了两天，那空笼子里，又平白长出两只小兔子来。佳圆还要去喂，佳月不想去了，她从那翕动的三瓣嘴里看见无常，当时还不知道那就是无常，只觉得夏天的颜色和温度一下子都变了，最难过的是佳圆并不理解她，仿佛柔情和伤心是软弱可笑的。在佳圆眼里，这两只兔子和那两只兔子并没有什么不同，她只是喜欢看兔子吃东西的模样。"小兔子更好。"她说，"小的更可爱嘛。"回家路上，佳月没有跟她说话，你怎么可以，她想，别人也就算了，你怎么可以。

　　我连两只兔子都会怜惜，佳月想，我怎么可能盼着奶奶死掉。除非我疯了。

　　她走到那家人的门口，他们家也一样封了院子，园子竖起一人高的篱笆，篱笆上挂着一枚小铁锁，是防君子不防小人的锁，真想进去，小钳子一拧就断，表演着一种属于当代文明人的隔绝姿态，小心地保护，礼貌地拒绝。秀梅说，这个厂子要倒掉了，完蛋了，不再有人专门管理生活区，以前还有人到各家检查卫生，要评出第一、二、三名。于是各种各样的物事都生长出来了，像没人修理的菜园，长出蓬勃的野草，明明白白地划分，明明白白地圈地隔离。她长高了，可以越过篱笆看那兔笼子还在不在，笼子不在了，园子里堆着一些杂物，破桌子椅子，并没种什么东西，时节不对，到了明年夏天，或许是绿油油的。她并没有心理准备，抬眼就看见了那两张老兔子皮，最初的那两只，灰灰黄黄的，四脚平平张开，等待拥抱的姿态，眼眶是空的，风吹干了，雨淋湿了，这些年过去了它们还悬曝在那里，模模糊糊的皮毛像故事里古老的海盗地图。佳月拿出手机来拍照，然后发给佳圆，佳圆回复，元旦我有事，春节见。过一会儿又说，春节后我要开始找工作了。

　　家里打电话过来，是秀梅，问她在哪儿，叫她回去吃晚饭。好像刚吃完一顿午饭，又要再吃，过节就是这样，一顿接着一顿，一桌接着一桌，剩菜拖着长长的尾巴，吃饭像在看一天播三集的连续剧。佳月慢腾腾地往回走，路过乔子成家那一排的时候，碰见乔子成正好要进门，说："佳月，你姐回来了吗？"佳月说没有，她春节才回来呢。他似乎有点失望。回到家，菜都摆上了，她在秀梅旁边的沙发上坐下，不想挨着立生和"那女人"。"那女人"姓赵，立生管她叫"小赵"，立远和秀梅也跟着这么叫起来，仿佛已经承认她是家里的人了。

　　小赵很能喝酒，甚至秀梅也在她的劝说下干了一小杯白酒，大家都笑了。佳月不喝酒，很快就吃完了。她到里屋床上去，把灯打开，从床底下的纸箱子里翻出一本书来看，立远当年买的那些旧书，一本《清宫十三朝演义》，写得很热闹，黄澄澄的纸页上像搭了戏台，一个个死掉的人粉墨登场。忽然门一开，小赵进来，拿起她搁在缝纫机上的羽绒服，她要和立生出去散步去，问佳月来不来。佳月当然不去。小赵还要拉着她，"一块儿走走去，吃饱了就躺着，不消化。"

秀梅拄着拐杖进来，也劝她："跟你爸出去遛遛，别吃完就躺着。"佳月只好起来穿了衣服，跟在那一对身后。小赵重重地拍打立生的肩膀，那里不知道怎么沾了一块白灰，拍干净了，又把胳膊伸给他，绕个弯，手插进他的外套口袋里。佳月想起爸爸妈妈从来没有当着旁人的面挽手。

晚上有点起风了，风一寸寸割在脸上，有的路灯是好的，有的坏了，光明便断成一截一截的。立生也说："这厂子完蛋了，都下岗。幸亏当年我没接班，让我妹妹接，我妹妹也走了。我要是接了班，现在还不知道干什么呢。"

小赵笑着说："那咱俩就碰不到一块儿了。"一边又把胳膊朝立生贴了贴。佳月说："太冷了，我想回去。"立生回头说："我带你买炮去。光我们俩搬不动。"

"上哪儿买炮？"

去的是大院外面的一家小餐馆，夫妻两个经营多年，做过路的卡车司机的生意，还兼着卖花炮，这里天高皇帝远，放炮没人管。她和佳圆长大了，这几年已经不爱放炮了，但是立生每年都买，至少买一挂鞭来放放。她不明白为什么这么早就来买炮，离过年还早呢。跟着进到屋里，老板娘带着他们绕过厨房，来到一间杂乱的储藏室里，里面顶天立地地码着各种烟花的包装箱，立生说："你随便挑！多买点。"

佳月想，我不是小孩子了。又不好推，就随便挑了几种，立生也挑了几种，都是成箱地买，小赵说："还要那个三百响的鞭炮。"盘起来很重的一坨，像火红的巨蟒。结账的时候，小赵抢先付了，对佳月说："阿姨给你买炮仗。"老板娘还多送了一些手里拿着玩的小烟花，一行三人就捧着那些纸箱鞭炮一类往家走。

东西很重，好容易走到杨家门前，眼看到了，立生忽然说："过春节，我跟你赵阿姨要出去旅游，不在家过年，炮都给你买出来，你跟佳圆一块儿放着玩。"小赵说："我们提前订的机票，价格特别合适，下回咱们一块儿去。"

佳月差点失笑，觉得他们整个儿搞错了，以为她是那种因为爸爸再婚便耿耿于怀的女儿，未免太拿自己当回事。她说："好的。"别的话也没有了。以前确实有一阵子，她是站在妈妈的角度，痛恨爸爸出轨的，但是很快她就接受了现状，享受着孤儿般的自由。此时立生试图表达我还是疼你的意思，佳月只觉得一点都不重要。这些炮一拿回家，便堆在里屋的暖气旁边，小赵担心会不会太热了，不安全，立生和立远都说没事，往年都是放在这里。

晚上，立远又到人家里打牌去了。飞凡打电话过来，佳月走出去接。离家最近的路灯是坏的，只靠周围人家的灯光照亮，映得灰蒙蒙的，佳月一边打电话，一边心里防着狗。这些年退休的人多了，养狗的也越来越多，说不定哪里就蹿出一条，或者走过人家门前，突然狂吠起来。奇怪，狗多了，人却显得少了，佳月还记得从前的那种热闹，小孩子到处乱跑，自行车铃零零地响，人们碰面有笑有骂，贺吊往来得频繁，串门的天天都有。她记得许奶奶几乎天天晚上都来串门，张家长李家短说起来没完，每天还有新情节，像听广播剧，那剧里好人坏人分明，婆婆，媳妇，小姑子，女婿，大名，小名，乳名，绰号，秃子，瘸子，疯子，傻子，那些人名和脸都是熟悉的，小孩子却对不上号。小孩就只管听故事，听得入迷，两个老太太眉毛眼睛，你一句我一句地递来递去，简直能演一出戏。佳月常常听得不耐烦，就一个人跑到里屋去看漫画书，从杨斌或者乔子成那里借来的一摞，一个暑假都看完了。

树的枯影子一晃，一只小鸟飞了，是被佳月的笑声惊走的。飞凡跟她讲一个笑话，并不怎么好笑，但是她听得很开心，愿意给点面子。他们滑雪的地方特别冷，一个下午人都冻透了，晚上一定要吃火锅，他说不如咱们去吃的那家好吃，下次再一起去。没什么正经事可说，闲话说完了，要挂不挂的，飞凡说："你来找我吧，在家一天也够了。"

佳月想也没想过，从前她过年、过节、过假期都是在这里，她走了，秀梅这里就没别的人了，太冷清。飞凡说："她平常也是一个人住嘛。你就说想不想来。"第二天一早，她就跟秀梅说，临时要加班，得走了。立远和立生今天也要走，阳历年就算过完了。秀梅坐在沙发上，目送着几个人一起走了。只有佳月觉得奶奶有点可怜，走了几步又赶回来说："我下周休息了再来。"

秀梅不会说什么，只是依赖日深。佳月想这些事总得有人起个头挑破了，想个办法呀。不过他们在一起议论起来，又都是一样的说辞："老太太身体好得很呢。"佳月听着这些话，也觉得自己杞人忧天，人老了不都是那个样子，还指望什么。她也说不清自己在指望什么，只是隐隐觉得哪里不对劲，怀疑是自己想多了，把人想坏了。热热闹闹，亲亲热热，有什么好怕的。不怕，她坐在中巴车的水箱上，一块毛毯当成坐垫铺在上面，热乎乎的，底下的水翻腾着要滚沸了，水箱烧开了，车子熄了火。司机打电话给他的同事，让这些人坐下一班车走。下一班一定挤死了。

一车人就站在马路边，东张西望的，聊天的，抽烟的，立远对立生说："前天妈给我打电话，说要去医院看腿。我说，这老年人的关节炎，无药可治啊。但是作为儿子，她要去看病，我不能说不去，对不对？为人儿女，是不是应该这么做呢？"

立生连连点头，说："对！是！没错！"立远一健谈起来，也像秀梅，滔滔不绝："去年我就去医院问过了，大夫说这是老年病，自然衰退，岁数大了就是这样，她还算好的。我们家楼下的邻居，不到七十岁就关节退化，走不了路。比妈还小十来岁呢。"

小赵说："那应该去医院看看，关节问题可以动手术的。"

"她心脏不好。"立生接了话，"心脏不好，动手术有危险。"

小赵便不说话了。立远对她说："老太太有心脏病，做手术，打麻药，弄不好就醒不过来了。医院的大夫我都问过，风险很大。腿疼要不了命，心脏病可是要命的。"

他们你一言，我一语，聊得密密匝匝，听着也像有些道理。佳月插不进话。她习惯了听人闲聊，听人闲聊有莫大的乐趣，家里人还在拿她当小孩子，小孩的耳朵不算数，她就乐得在一旁偷听，有时候，边听边笑，或者边听边叹，也有时边听边哭，全都藏在心里。此刻她边听边起了疑心，怀疑他们是否真的诚实。他们言之凿凿，听起来似有无奈，也就无奈地接受了现实，有什么办法呢？人老就老了呀。无意中她和小赵对视了一眼，在小赵的眼里看见一丝讥嘲。

下一辆车来了，大家都要上去，加上原来的乘客，车里挤得没一丝缝，佳月努力扭头，将脸朝向车窗外，不然她就要陷在一堆厚重的冬衣中间，闻着热烘烘的人体和衣物纤维的味道。车一开起来，不知怎的，忽然静默下来，没人讲话了。佳月身边挤着一个十几岁的小孩，一直在手机键盘上按，飞快地打字，同谁聊着天。她想起了飞凡，很想快一点见到他，偏偏这辆载满人的车开得这么慢，这条路太长了。

# （八）

大概是1994年或者1995年，佳月有点记不清了，但是佳圆一定记得，她不想去问。为这些小事专门打电话问她，显得很奇怪，姓陈的不兴多愁善感，简直羞耻。那一年，佳月和佳圆期末考试都考砸了。秀梅说，女孩子大了，要分心。

佳月不懂得"分心"是什么意思，只觉得佳圆变了，好像蜕去了一层旧皮，长出一个新的人。几个月没见，她个子又蹿高了，四肢显得又细又长，头发披到肩膀，从前她一直留着短发，给佳月看她带来的一支口红。

"我用压岁钱买的。"

"压岁钱你自己拿着？我都交给我妈了。"

"傻呀，你不会自己留下一点。"她又摸出一面小镜子，镜子背面雕着曲折复杂的纹样，镜子一开一闭，一张嘴变成了粉红色。臭美是有时限的，秀梅在午睡，得在她醒来之前，用卫生纸把口红擦掉，用过的纸也要丢到外面去，别让奶奶看见。当秀梅醒着，她们就是两个可爱听话天真纯洁的乖孙女。

以当时的标准来看，压岁钱数目不少。那时候陈家的兄弟姐妹几个，还正风华正茂，还没有下岗、下海、辞职、偷情、离婚，还在时代和个人的骚动来临之前，还没有被浪头推倒在暗礁上。过春节的时候，一沓沓压岁钱传来递去，佳月和佳圆躲到防震棚去数，计算着能买多少冰棍，自动笔，好看的硬皮日记本，她们对钱没有概念，因为这些钱是要上交父母的，只能拿一小会儿，想象一小会儿。钱放在红纸封里，感受着它们的厚度和温度，是团圆饭的热闹余温。吃完饭，他们打起麻将，又是许多钱摆在桌面上，输赢都得给出笑脸，谁也不能露出不高兴的样子，输钱挂相，要被人笑话的。单单是在灯下数一数这些暂时保管的钱，再想想能买的东西，就够开心了。但是佳圆并未满足，她总是不满足的。

两个人都涂上口红，趁着午后，日静人稀的时间，溜出了门。日头很毒，晒得她们都眯起眼睛。佳月不自觉地舔嘴唇，奇怪的甜香，黏的，热的，要化不化的巧克力似的，她把口红吞下去，隐约觉得肚子不舒服，怀疑自己可能会中毒。她们走出大院，上了公路。这条公路并不繁忙，很久才经过一辆车。佳圆告诉她，她爸爸要退休了。

"大伯有那么老了吗?"

"没有，他要下海。"佳圆毫不迟疑地使用流行词汇，以为佳月跟她一样什么都懂。佳月似懂非懂，却不想开口去问。

大伯是很有本事的，佳月一直有这样的印象。过年的时候，他带来的年货最多，最稀罕，她第一次吃那种曲线窈窕的蛇苹果，第一次吃大个头的海南青杧果，第一次喝到椰子汁，都是大伯拿回来的，他有一股子轻松自在的洒脱气息。天气最冷的时候，佳月记得他也只穿皮衣或者大衣，不系扣子。他决定下海，那一定是因为下海很好，又很难，别人都下不了，只有他行。

还有他说话的方式，也跟自己的父亲不同。在大哥面前，立生显得矮小，瑟缩，唯唯诺诺。他跟外人聊天的时候，也喜欢把"我大哥"挂在嘴上，我大哥在银行当头儿，管贷款的，我大哥给某人找了个工作，我大哥认识好多人，那个法院的副院长，是他的小学同学……仿佛立远是一只巨大的蜘蛛，趴在蛛网的中心，千丝万缕，四通八达，无所不知，无所不晓。

大伯这样的人，要退休，要下海，不再像所有人那样每天去单位上班了，难以想象，又顺理成章。与之相比，佳圆私自藏下几百块压岁钱，根本不算什么大事。她们沿着公路向前走，听说这条路能一直通到山西，山西呀。秀梅每次走这条路，都会提到山西，她有个妹妹嫁到山西，秀梅曾经带着两个孙女去看望妹妹一家，那边的亲戚多得认不过来。秀梅去世前的一两年，她对佳月说，想再去一趟山西，跟你大伯说了，他说他会托人去买车票，让我等着就行。

后来就不提了，愿望像风吹过的水波纹一样，渐渐抚平了，忘却了。他们说她老糊涂了，想起一出是一出，随口胡说，过后即忘，不必当真，佳月知道并非如此，知道秀梅惦念着山西。那天，朝着山西的方向，两个女孩越走越远，比平常散步走得远多了。经过一座面上有裂缝的水泥桥，桥下早没水了，生满了野草。一条隐约的小径沿着干涸的河床边，通向不远处的一座铁桥，那桥上常有火车呼啸而过。

佳圆想去火车洞里。秀梅带着她们去过，深，黑，长，静，不知道火车什么时候来。她们朝着铁道桥走过去的时候，佳月觉得嘴上的口红已经被吃干净了，尝不出味道，同时肚子里那种奇怪的感觉越来越明显了。可能真的中毒了，她想，甚至一瞬间想到了死。对当时的少女来说，死并不切近，是一扇遥远的门，像山西那么远，像天边那么远，但是她就是想到了，自己也知道自己傻，不好意思去问佳圆。佳圆从来没有这些琐碎无聊的担忧，想必她是不怕死的。

铁道桥下的两排柱子粗大得惊人，令人联想到鲸鱼的身体。沿着山坡向上爬，来到山洞口，一阵无根的风猛地吹来。她们一前一后地走进去，沿着铁轨，铁轨冰凉，佳圆走得稳稳当当，像T台上的模特，黑暗中她的身体只剩下一副轮廓。两侧都有上了锁的小铁门，佳月说，你猜这些门里是什么？

佳圆茫然道，什么门？

就刚才那些小门啊，锁着的。

没看见。

那么回来的时候你再看，绿色的，都生锈了。

生锈的破门有什么好看的？大惊小怪。

佳月答不上来。她也说不清楚自己在好奇什么。佳圆虽然离她只有几步远，却似乎徜徉在另一个世界，留给这个世界的只有一个浅淡的影子。穿过这道长长的山洞，出去又是什么呢。上次秀梅带着她们，走了一半就回去了。佳圆一点也没有停下来的意思。佳月说，回去吧，还要继续走吗？

佳圆不回答，只是继续向前走，佳月不得不跟上她。那山洞很长，前头遥遥的一点微光，像沉在水底看太阳，渐渐地，越来越近了，光明越来越大，越来越亮。快走到洞口的时候，风突然变了，一下子暴怒起来，像巴掌一样朝脸上横切过来。佳月还没反应过来，就听见一阵由远处逼近的呼啸，那不是风。她下意识地想往边上躲，本来走在铁轨上，不稳当，一紧张脚底就在打滑，黑色的火车头朝着她们疾驰而来。

是佳圆把她拽了下来，手掌推着她的头，像警察控制犯人那样，将她按在洞壁上，那里是湿的，渗着冰冷的水珠，长长的火车从她们身后驶过，震耳欲聋。也许是几秒，也许是十几秒或者几十秒，却像半辈子那么长。当火车走远了，余波犹存，佳月的一只耳朵贴在洞壁上，听见佳圆说：不许告诉奶奶！佳圆的手松开了，她的眼睛亮晶晶的。佳月浑身发冷。

她们最终还是走出了山洞，是另一座桥，另一座她们从来没见过的桥，从公路上看不见这里，四面都被山围住了，盛夏时节，像一所浓绿的牢房，遮断所有视线，桥那边，是另一个山洞。佳圆说，还想钻山洞吗？佳月笑了，摇摇头，回家吧。

回到家，秀梅午睡方起。姐妹俩闭口不提刚才遇险的事，提了一定挨骂，但是佳月记得，即便过了很多年，她也记得是佳圆救了她。虽然当时什么也没说，过后也不再提起，她知道自己欠她一命，就像秀梅故事里讲的那些因果报应，欠别人的一定要还。

关于生死，秀梅有着顽固的迷信。她喜欢重复一个关于死亡的故事，就像她喜欢讲夜里做的梦一样，梦见活人和死人，梦见老天爷，那还是她小时候做过的梦，一直讲到老年，好像那是她最值得炫耀的经历，梦见自己会飞，飞到天边看见一个老头端坐着，低头闭着眼睛，没人告诉她，她就知道那是掌管人间事务的老天爷，老天爷睡着了。她想把他叫醒，不知怎的就坠落下来，跌在自己的炕上。那个故事也跟老天爷有关，她年轻的时候，刚生了两个孩子，立春和立远，立远还在吃奶。她去旁边的村里糊纸袋，村里的妇女都干这个，她刚结婚的时候，因为上过小学，识字，到村里当过识字班的老师，有人便给她介绍了这份工作，累是累的，但是并不厌烦，一屋子人，一边干活，一边聊天。

那天她走进干活的那间屋子，第一句话就是，差点儿来不了了。众人忙问为何，她就绘声绘色地讲起来，怎么样做饭，吃饭，刷碗，喂奶，一看时间到了，匆匆忙忙出门，急急火火走路，为了抄近路，走到铁道边上，那段铁道到底是哪一段，在哪个方位，佳月一直没搞清楚，秀梅很少在讲故事的时候把地理说清楚，重点在于她的体验，那样生动而真实。她来到铁道边，偏偏有一盏铁道边的照明灯是坏的，天也黑透了，她没听见火车来了，脚刚迈上去，就感到一阵震动，火车头近在咫尺了，幸好她反应快，向后退了两步，火车头冲过眼前。

幸好，佳圆说，不然就没有佳月，只有我了。

佳月说，怎么会听不到呢，火车声音很大的呀。她疑惑着，半信不信。故事的高潮不在这里，还没讲完呢。过了两天，她听说另一个妇女，跟她一起糊纸袋的，被火车轧死了，跟她不同姓，名字也叫秀梅。秀梅说，许是小鬼拿错了人，本该我死的，结果她死了，换我这几十年阳寿。后来，她托人去给那个秀梅上过坟，烧过纸，替自己念叨念叨，多亏了你呀，可得谢谢你呀，你好好投胎吧。她说是老天爷救了她。

有过那次在山洞的经历后，佳月终于信了，原来人在某一瞬间，会鬼使神差地失去判断，失去感知甚至意识，好像之前和之后是两段人生，两个世界，像跨越又像跌落，像死里逃生，像峰回路转。很多年后，她在一个海边的城市旅行，走迷了路，盲目地穿过一些小路、小巷，和许多吵闹的摩托车擦身而过，走着走着，一拐弯就看见一片晶莹的海，一下子就找到方向了，仿佛只要耐心等待，答案总会送上门来。她渐渐变得像秀梅一样，以为冥冥中一切有注定。实际上她有手机，可以导航，可她没有打开，因为她正享受那迷路，一切都显得陌生，不可信，不牢固，然后大海就来安慰她了。

佳圆花很长时间照镜子，左脸，右脸，口红涂完了，又用手指轻轻擦着边缘。这是晚间，她坐在打开的沙发床上，电扇左右摇头。是她主动提出自己睡外面的沙发床，让佳月跟秀梅睡，从前她们都是要抢着跟奶奶同睡，总是佳圆赢。这次回来，她突然有了做姐姐的样子。关了灯，佳月在床上翻来覆去，吃掉的口红在她肚子里作祟。秀梅问她怎么了，她支支吾吾的，说了实话，问吃了口红会不会中毒，秀梅说别涂脂抹粉的，女孩子一知道臭美，学习就要分心了。佳月说完就后悔，觉得自己背叛了佳圆，背叛了救命恩人，同时肚子更难受了。第二天早上，她发现自己来了月经，模糊的担忧终于变得实际，她想这是老天爷对自己背信的惩罚。后来秀梅把佳圆说了一顿，叫她别臭美，别带坏妹妹。佳圆整整两天不理会佳月。

（九）

佳圆找到一份新工作，接着就在公司附近找房子。她在网上搜索，看有没有人找合租，不想去中介公司找，还要花中介费。这些天她一直住在快捷酒店，乔子成在附近的商场里上班，卖乐高玩具，佳圆时常去找他吃饭，一起吃碗面或者别的快餐，没事的时候，她到他们店里，一坐大半天，看那些带着小孩来逛商场的家长。大学毕业不过两三年，她觉得自己一下子沧桑了，看见童年觉得很遥远。乔子成穿着店员的统一服装，他老板时常不来，店里只有他和佳圆两个人，佳圆问他这里一个月店租多少，人工多少，别的费用多少，乔子成一一说了，末了笑道："你也想开店啊?"

"我没钱，我还欠我奶奶钱呢，出国之前借的。"

"跟你爸要呗。"

"他更没钱。"

"不会吧? 我听说你爸赚了大钱。"

"谁说的?"

"我爸说的。"他爸爸和立远是小学同学。

"说什么?"

"说你爸倒卖石油。"

"这么好的生意，我怎么没听说。"

"他跟我爸一块儿打牌的时候说的，还说他输了很多钱。"

"输得越多，越没钱，越爱吹牛，我知道。"

有客人来了，询问有没有前年出的某个限量款。乔子成在电脑上找，又从一个角落里翻出来，最后一套，价格不菲。佳圆又问他每年利润多少，问得细了，他就答不出，毕竟不是老板。她用商业的眼光打量这家店，这个繁华的商圈，人流多少，毛利，纯利，成本，市场。在国外念书的时候，她常常打瞌睡，因此每节课都尽量坐在后面不起眼的角落。商学院的课堂很活跃，学生有年轻的，也有年纪大些的，一个学期下来，她没交到什么朋友，主动和她结交的，不久也疏远了，她独来独往，落个清净，看起来像很孤傲，只有她自己知道，是因为羞耻。

第一次跟他的朋友们见面，他就当着所有人的面说，是我们家出钱让她来的。佳圆大吃一惊，仿佛淋了一盆冷水，浑身湿答答地被人围观，有人递毛巾过来了，是个女生，她说："这么漂亮的女朋友愿意来陪你，你应该感到庆幸。"佳圆想说，我不是来陪他的，我自己也想念书，直到那顿中国留学生的聚餐吃完散了，这句话还像根鱼刺似的卡在喉头。

有一段时间，佳圆抓住"漂亮"这两个字，像落水的人抓住一截浮木。十三岁那年她开始意识到美丽的用处，所有的镜子都在向她低语，说你是美丽的。秀梅说不许臭美，越这么说，她越要试试，一支口红，涂在嘴上，蘸湿了印在手心，再扑在颧骨上，再用手指肚往眼皮上淡淡一扫，浓淡相宜，无师自通。刚上大学，她就开始买高跟鞋，用自己课余时间打零工的钱。她经常打零工，把自己的时间像蛋糕一样一块块地切开卖掉。她在快餐店里打过工，也在路边发过传单，在学生宿舍里推销洗发水，她卖得挺快，过后被发现是假货，有人找她来退货，她给双倍的钱，让对方不要出去说。卖完了那一箱假货，她又去参加了专门到校园里的美妆培训，讲师是二年级的师姐，脸上涂得很厚，教室的日光灯一打，五官快要看不清楚了，两道长长的眼睫毛像昆虫的翅膀一样扑扇着。她拿了一大袋试用装回到寝室，分给同学，帮她们化妆，互相涂眼影和腮红，然后排队去卫生间里洗脸，红红黑黑的水流啊流，她告诉大家，喜欢哪样可以找她代买，她认识那个做代理的师姐，有优惠。没告诉同学们她自己也是一层代理，也赚钱的。

别人在图书馆的时候，她在闲逛。她时常对着一棵花树发呆，对着一片草地发呆，对着操场发呆，一本书拿在手里，大半天不翻开，好像放过了时间，时间也就放过了她。一晃到了三年级，暑假，她在必胜客打暑期工，端过盘子，扫过卫生间，也做过收银员。她喜欢听机器打印小票的声音，短促，有力，迅速地撕下来。有一天，一个人接过她递过去的小票，用柜台上的笔在上面写了几个字，又递回来。她接过来，扫了一眼，什么也没说。后面有人在排队等候结账。

从此跟良晨认识了。她不想提那名字，名字使一切回忆都清晰起来。他不用打工，暑假用来到处玩的，劝她把这个小时工的工作辞了，陪他去旅游。那年，去了广州和三亚，晒得漆黑，却很快乐，笑声卷在细碎的浪花里，她说，真美，以后我要带我奶奶还有我妹妹一起来，以前暑假都是跟她们在一起。湛蓝的海水映在她的墨镜里。

是他把她从浑浑噩噩中惊醒了，使她获得一种实实在在的、正在生活的感觉。她不再无缘无故地发呆，变得忙碌起来。短信要经常看，不然他会不高兴，他用撒娇的方式表达不满，上课也不行，上课也可以回复短信嘛。他的言语又是那么甜，黏，腻，像热腾腾的食物，用爱做成的食物，时常令她饱胀，消化不良甚至昏昏欲睡，但是谁会放弃从饥荒到粮仓的机会呢？他毫不费力地说那些甜言蜜语，一半宠爱，一半嗔怪，是不能示人的私语，不能告诉任何人，拥有秘密的感觉像拥有一件宝物，她不知道那宝物只是爱的赝品，爱的模型，以为那就是爱本身。被骗过一次之后，她又花了许多年去寻找爱的真身，佳月说你在浪费生命，她自己却不以为然。无数次，她深夜挂断电话，被黑暗和宁静轻轻地围绕着，像一叶孤帆漂浮在海上，无所依傍。佳月只见过他一次，就明确地说，我不喜欢他。

又不是你要跟他在一起。

佳月不说话了。她们在佳圆学校附近的一条商业街上逛，佳圆买了一些酥皮点心让她带回学校，当早餐吃。临分别时，送佳月去公交站，佳月说，你留着吧，我不爱吃甜的。

胡说，你最爱吃甜的。

你留着吧，你太瘦了。

我在减肥。

你还需要减肥？

他说我太胖了。

胡扯，别信他的。

最终，佳月把点心塞了回去，上了进站的公交车，站在车厢中间，隔着玻璃窗向她笑着挥手，车一开走，她就眼睛一酸。其实不必，两所学校相距并不太远，但是她们已经很久没见过，也不知道下次什么时候再见佳圆，佳圆似乎有点躲着自己，短信常常隔天才回，约她出来玩，总说没时间。

所有的课余时间，都跟他在一起，快乐是快乐的，满足也是满足的，但是佳圆说不清是为什么，自觉地把自己同周围环境隔离开来，好像钻进一只隐形的笼子，只有他来打开笼子的小门。那些点心，晚上被他看见了，拿过去没收，说你别吃了，容易长胖，减肥要有毅力，他拿去都吃掉了。

身体轻飘飘的，头脑也轻飘飘的，那是她最漂亮的一段时间，全是托了爱情的福，爱情的滋润，爱情的约束。每天晚上，她躺在床上，是个上铺，听着别人嘻嘻哈哈，传递零食，她就戴上耳机，用吵闹的音乐驱散对食物的渴望。控制不了体重的人就控制不了人生，他说，杂志上看来的话，他是那么的坚决笃定，听起来确实颇有道理。他经常用电视上的广告语来开玩笑，做女人，挺好，说着又嫌她瘦了没胸，手移上来，轻轻一捏。

这也不是越大越好，穿衣服不好看。

瞎说，当然是越大越好。

于是佳圆夹在两难之间，怎么也不能令自己满意。她记得，取悦他并不痛苦，甚至感到一种快乐，他一开心她就开心，他不开心，那就两个人都阴郁。他是光明，不是太阳的光明，是电灯的光明，灯绳悬空垂下来，握在她手里，有时候她握累了，一不小心，电灯就被她拉灭了。光明消失了，黑暗涌上来。笼子里的黑暗。

还是开心的时候多，笑的时候多，哭的时候少，还是划算的，心里一本账，账面清清楚楚。她觉得，爱不是不计较，不算账，而是各取所需，双方均有利可图。

她把一切看作交易，当然不是那种肮脏的真实交易，交易只是一个贴切的比喻，可以帮助她理解这些事。巴掌和甜枣怎么换算？微笑和泪水汇率多少？她是学商务专业的，什么都沾一点，什么都不深入，后来回想，在学校学到最有用的东西，是礼仪课上的化妆技巧。她被当作老师的模特，叫到台前，几十双眼睛盯着她，老师把两种粉底混合起来，遮盖她脖子上已经浅淡的瘀青。看不见了，就当成平复了。

良晨说，我们一起留学吧，她一下子就同意了。人在床上，浑身赤裸的时候，最好说话。他自己租的房子，放着学校宿舍不住，偏要出去租房子，说是为了方便。晚上，他骑自行车带着她出去吃夜宵，中间要下一段长长的坡，她下意识地抓紧他的衣服，夜风要把她夺走似的。有时候她情愿被风刮走，想象那种自由和轻盈，体重的下降仿佛减少了她与大地的关联，像一只落不了地的热气球，只能向上飘。不知飘到何时休止。

寒假到了，他说想带她回家，让父母看看，这是女朋友，要跟我一起出国。她想来想去，拒绝了，说家里老人生病，这次一定要一起过年，怕没有明年了。他问是什么病，问得清清楚楚，她答得面不改色，滴水不漏，最终他放弃了，说如果我父母见不到你，不一定肯为你出钱，她说那就不去了嘛。他微笑着没说话，第二天佳圆要回学校上课，他先走了，早餐做好放在厨房，她吃完饭，准备走时，才发现门从外面反锁了。给她的钥匙也不见了。

你什么意思？电话不接，她发短信问。

你一个人反省一下。回得很快。

反省什么？

这都不知道，更要反省。

我上午有课。

我也有课。不回复了。

她拆开一包薯片，找出影碟，坐在地板上看了一部科幻电影，好像遥远的故事可以帮她反省，或者帮她逃脱。她沉浸在影片里，用力地投入，坐地日行八万里，虽然门是锁着的，碍不着想象的自由。中午他回来了，带回一份她最爱吃的咸蛋黄肉松炒饭，是从他们常去的一家店里买的，他说排了好久的队，你等饿了吧？

她没把饭扣到他脸上，而是一粒粒地吃光了。后来想想，那是一次多好的机会，本来她可以借机扭转局势，趁着他内心还有点愧意。他在试探着看她反应，结果她一句话也没说，好像什么事也没发生一样。她过于震惊以至于不敢相信，他竟然心平气和地带回一份炒饭。一走出楼门，她就忍不住地奔跑起来。

好像迎面的风可以洗涤污秽似的。甚至她都没想过要怪他，只觉得自己不对劲。在学校的影音室里，她找来所有的爱情电影，想要从中发现一点相似，发现可以说服自己的东西，一些情节，几句台词，那些温柔缱绻，那些歇斯底里，阳光和冰激凌，暴雨和眼泪。都是她所熟悉的，她熟悉恋爱的所有元素，灯前的，月下的，花间的，海边的和床上的，每样都足量供应，每样都栩栩如生。这些元素严密地咬合起来，就像一个又一个塑料小积木搭出一个精细的模型，爱的模型。

音容宛在，她想到这个词，仿佛过去的自己已经被一些纸花簇拥着，遥遥地供奉起来了。同他在一起的时候，其实过得还不错，他们俩有许多共同话题，共同喜欢的歌和电影，共同爱吃的菜。有时候她想，这就够好的了，她的爸爸和妈妈之间，连这些都没有呢。有时候她又想，难道每个男人都会打女人吗？也许是她自己的问题，不管跟哪个男人生活在一起，她总得挨打，从爸爸到他。

他已经比爸爸好得多了，不那么容易暴怒，也不那么经常打人，一代代总有进步，仿佛进化链中短短的一环，微小的进步。杨桂思见过他一面，等他们走后，打电话问佳圆，第一句是他对你好不好，第二句是将来他家里可要负责买房子的。佳圆觉得自己一下子被推出去，推到半空无依无凭地往下掉。到了国外，她很快就后悔了。人生地不熟，他开始肆无忌惮。回了家，关上门，里面便成了方外之地，化外之地，法外之地。

佳圆上班的前一天，乔子成说："带你去吃点好的，庆祝庆祝。"两个人坐地铁去了一家挺有名的川菜馆，订的是像火车厢的小隔间，帘子放下来，像个包厢，墙壁，地板，灯光都是红彤彤的。菜很好吃，乔子成是个活泼开朗的人，打小就认识，没什么好顾虑的，话题散漫。乔子成给她加了两次酸梅汤，终于忍不住问："你今天怎么了？不爱吃吗？"

"爱吃啊。"她答。

"你刚才好像走神了。"

"没有啊。"

"下次拍下来你走神的样子。"乔子成说，"挺好玩的。"

佳圆用勺子搅动冰粉。"你也觉得我有毛病？"语气尖厉起来。

"没那个意思，我开玩笑嘛。"

"别跟我开玩笑。我不喜欢玩笑。"

连热腾腾的牛蛙锅都仿佛跟着冷了下来。乔子成说："好吧，对不起。虽然我也不知道为什么，还是对不起。"

佳圆没说什么，在这个接近封闭的小空间里，她的忍耐快耗尽了。忽然，她讲述了起来，关于他的一切。乔子成完全没有听这些事的心理准备。陈佳圆，人人称羡的陈佳圆，她在说什么？她为什么要对我说？为什么要在今天说？他其实没太听明白。她为什么不分手？为什么不甩掉那个人渣？不是很容易吗？但是此刻也只有听，让她痛快说完，中间服务员来添了一次热水，他让服务员把热水壶留下，不必再麻烦了。

她说完了，像卸下了一个沉重的包袱，一时间又轻松又空虚。乔子成给她续了一点热水，叫服务员结账。佳圆要跟他AA，他不要，说你上班领了工资，再请我吃好的。两个人一路走到公交车站，方向不同，佳圆已经租了一间屋子，在新公司附近。乔子成应该到马路对面去等车，他踌躇着仿佛想说什么，正在斟酌字句。夜风一吹，佳圆已经冷静下来，后悔自己不该对他讲那些事，他会怎么看呢？明明没喝酒的，却像醉了。她说："你别跟家里人说这些事。"她怕风言风语传到秀梅耳朵里。

"放心，我不说。我平常很少回去。"佳圆要坐的车到了，分别之际，乔子成忽然说："你睡前定个闹钟吧。明天要早起，第一天别迟到了。"

佳圆点点头，赶快上了车，找个位子坐下。幸好车上人并不多，没人看见她流眼泪。

# （十）

早春，秀梅住了一次医院。病发的时候，家里没有旁人。平平常常的一天，比前些天冷些，倒春寒。天气预报说，华北地区的这一轮降温将持续一周，然后便是大幅升温，升到二十摄氏度。这里的春天不是缓缓走来，是一下子蹦到跟前的。她早上起来，和往常一样在床上坐了一会儿，这是电视里教的，年纪大的人，早上起床要慢，动作要缓。她保持坐姿，用手指去梳头发，这也是电视里教的，说可以活化血管，防止栓塞。人老了，就全身上下都不通畅。下床时也没事，助行器立在床边。她的脚缓缓落地，僵硬感始终存在，四肢好像都是借来的。

起床这个动作被稀释到半个多小时的时间里，像慢放的镜头，好在家里只有自己，别人眼不见心不烦。她挪到客厅，再挪到卫生间去刷牙洗脸，再挪到沙发上。沙发边上伸手可及的地方，放着一些饼干和利乐装的牛奶，是她的早饭，吃完早饭才好吃药。她靠在沙发上，一动不动，开始感觉到身体的异常。

在医院里，她对前来探视的每个人重复她那天早上的症状，头晕，想吐，眼前忽远忽近，四个屋角都朝自己压过来，房倒屋塌，接着就吐了。幸亏了小杨，她说，小杨用煤炉子烧开水，天天给她送两壶，早上一壶，晚上一壶，借着送水来望她一眼，真是好人。他发现不对劲，就用秀梅放在茶几上的电话簿子，给家里人打电话。

立远先是没有接，这时候多半还没起床。立生接到电话，说自己要送领导去机场，在路上呢，不能立刻回去，"给我大哥打电话！"他说，一手握着方向盘，急着挂了电话。立远还是没有接。

立春接起电话，要跟秀梅说话，秀梅有气无力地说了几句，立春说："给立远打电话呀。他离得近。张昆出差了，我今天走了，辰辰放学回来，没人给他做饭了。"立远还是没有接电话。

再往下就是佳圆和佳月，佳圆一样没有接。她正在地铁里，被挤得双脚几乎离地，随着人群轻轻摇摆。手机放在包里，包也被挤着，她腾不出手去拿。再打给立远，立远终于接了，很快就来了，然后打120叫救护车。

等救护车来的工夫，立远又给佳圆打电话，在电话里不知为什么，他有点笑嘻嘻的，低声说奶奶想你了。佳圆没反应过来，立远又说："是呀，想你想得生病了。"佳圆本来在办公室坐着，这时候走到外面的走廊，才说话："你有话能直说吗？"

"就是想你。谁让你老也不回家。"立远说，"你回来瞧瞧奶奶吧。一会儿就送医院了。"

佳圆让秀梅接电话，秀梅上气不接下气地说了生病的事。电话挂断以后，佳圆请了一天假，在公司门口坐上公交车，再转到郊区的长途车，直接坐到县医院，大半天已经过去了。立远的含混不清让她既困惑，又愤怒。回国以来，她很少见到父母。因为之前恋爱的时候，立远见过良晨一面，当面没说什么，过后也没说什么，只有杨桂思说，你爸说你那男朋友，那种货色，根本不用拿他当人看。当时他们马上就要走了，走之前，佳圆不知怎的，脑子一动，带他分别见了父母，吃了两顿饭。

既然有这样的意见，为什么不当面对我讲？佳圆想，但是她没问出口，只是讪笑着，然后杨桂思才问，他对你到底好不好？他家要负责买房子呀，不买房子可不行。当时，为了父母这几句风凉话，她就铁了心要跟他在一起，毁了自己也不怕，害了自己也不怕，他就是恶魔也不怕。她提起箱子便走。

回国之后，她有点怕见亲人，或者亲人其实也不是亲人，是知根知底一针见血的仇人。打边锣，敲边鼓，哪壶不开提哪壶，成套的技巧和本事，因为他们虚长几十岁。她走进医院，问了导诊台的护士，找到住院部。秀梅在内科的病房，楼道里来来往往的人。病房是住满的，每张床边都有或坐或站的人。秀梅在靠窗的一张床上坐着，见她来了，笑得仿佛有些不好意思。

立远找地方抽烟去了。佳圆把包放下，她急着赶来，没带什么东西，就看见床头柜上好大一串香蕉，秀梅说，是你二叔拿来的。

"二叔人呢？也没看见。"

"来了又走了。他还得上班。"

佳圆想，就像探个不冷不热的朋友似的，放下东西，说几句客气话，走了。说不对，好像也没什么不对，人家忙嘛。立远进来了，看见她，就说："我先回去了，我的降压药都没带，降血糖的药也没带。"

秀梅说："你走吧。这里没什么事。"

佳圆去值班室问了医生，医生报出一串病名，让她吃了一惊。那小医生的态度很冷淡，显得有几分嫌弃，问佳圆是女儿吗？佳圆说不是，是孙女。医生听了，态度稍微和缓一点，也许觉得佳圆还是个可以说话的人，大意是，基础病很多，很多需要治疗，还有营养不良，不仅仅是肺炎这一个问题，肺炎比较严重，她不发烧，是因为发烧都烧不起来，太虚弱了……受了一番教训，佳圆回到病房，立远已经回家去了。

秀梅躺回床上，还在输液。她问佳圆，大夫说要住几天医院？佳圆说不知道，听大夫的。伸手又摸一下秀梅的额头，大夫给她看了拍的片子，是肺炎，但是既不发烧，也没咳嗽，连表现症状的力气都没有了。佳圆感到一阵奇怪的恐怖，死亡的影子像个火柴头似的一闪。立远在电话里说，你奶奶想你了，都是因为想你了。

这不算撒谎，她确实很久没见秀梅了。秀梅见到她，就开始解释自己生病的事，好像是做错了什么，见人总得为自己分辩一下，并不是自己小题大做。佳圆见秀梅还是很爱说话，声音也不低，便把医生的话放下了。佳月打电话过来，问情况怎么样，她爸爸告诉她了，佳圆告诉她没什么事，不用特意跑回来了。佳月说自己已经在路上，很快就到。

跟她同来的还有一个男生，瘦瘦高高的，穿一件牛仔外套，佳月背着一个学生气的双肩包。秀梅客气地请男生坐下，让佳圆把凳子让给人家。佳月只介绍了他的名字，叫蒋飞凡，没说明是什么关系。秀梅虽然病着，但是人并不糊涂，一看就知道是怎么回事。

秀梅这个人，只要有人同她聊天，她就能挑起精神来。从前在家，有人来串门，说到深夜不散是常有的事。佳圆在床脚处站了一会儿，秀梅支使她去打点热水——一进医院，立远就买了好些一次性水杯放在床头柜里。佳圆打了水回来，一进门，就听见飞凡说了句什么，秀梅哈哈笑了起来，像没生病的时候一样。

嘴是真甜。她想，不知道人到底怎么样，这傻妞别给人欺负了。她拿出几个纸杯来倒热水，佳月接过去，转手递给飞凡，自己才拿了一杯。病床前这一小块地方成了一个暂时的客厅，秀梅最熟悉的情景出现了。

飞凡告诉秀梅，自己老家在成都，父母都退休了，没事喜欢打麻将，亲戚都住得不远，可以常见面。秀梅就说我们家的人都很忙，一住院就耽误了他们上班。佳圆问佳月要不要去卫生间，佳月跟着她一起出来，支支吾吾的，不肯承认是男朋友。

"就是在一起玩。本来晚上约了要去唱歌的，我说家里有事去不了，明天也得请假。他就说要陪我一起来。"

佳圆也不揭穿她，她总觉得佳月还是个不懂事的小姑娘，把谈恋爱当成过家家，不知道所谓爱情中的沟壑和深浅。跟良晨在一起时，发生的那些事，她每每想跟佳月倾吐，话到嘴边又咽回去，难以启齿，好像一说出来就等于认了输，认了罪。失败的经验不足为凭，她想，算了，说了也没人懂，只会看不起我。

这次见面，佳月觉得佳圆变了，虽然她也说，也笑，但是看得出她并不开心，外人不知道，佳月看一眼就知道了。她有点后悔带着蒋飞凡一起来，本来也没到让他见家人的地步，他主动说要陪着一起来，还说自己可以在病房外面找个地方待着，不进去，万一需要帮忙跑个腿之类的，他可以代劳。

佳月不好意思让人家在楼道里待着，只好带进来。秀梅喜欢热闹，人越多她越有精神，飞凡很擅长跟老人聊天。秀梅听他是从南方来的，夸他普通话讲得好，没有口音，飞凡就讲了几句家乡话给她听。在病房外，佳圆问佳月："你爸怎么没来？你那后妈呢？"

"他们都要上班。"

"那我们也得上班呀。这些人真是的。"

然后两个人对视一眼，心领神会，也不必多说了。飞凡不方便留在病房里过夜，佳圆让佳月带他先回家去，今夜她来守着，明天一早他们再来替换。将两个人打发走了，秀梅才说："那孩子挺懂事的。"

关于佳圆自己的事，秀梅一个字也不提起。越是不提，佳圆越是疑心她已经知道了，说不定就是乔子成嘴巴不严，想起他，她总是一阵走神。晚上秀梅想喝粥，她到医院对面的小饭馆去买，粥，小菜，一份油腻腻的包子。这小馆子因为正对着医院大门，又靠近公交站，生意很好，要多等一会儿。她坐在一个窗边的位子上，忽然看见斜对面的一家麦当劳里走出一对年轻男女，手拉着手，是佳月和飞凡，飞凡帮佳月拿着背包。

她笑了，笑得有些轻飘飘的孤单，望着那两个人扣着双手，走到公交站去等车，车一来就张嘴把他们吞了进去，慢慢开走了。当然是恋人，一下子就能看出来，看上去是个老实人。老实又怎么样，连他也是老实人，在同学和朋友中口碑也很好，性格开朗，脾气温和，跟人交往又很大方。她要出来指责他，根本就没人会信。老实人的面孔也会变。

今天的药都输完了，秀梅在喝粥，佳圆在吃那份包子。秀梅说，这包子有没有我包的好吃？佳圆摇摇头，说差得远了。秀梅露出微笑。那微笑像是一块干枯的土地忽然裂开了，佳圆不知怎的，又一次想到死亡。这是必然的，只是不知道何时到来，怎么到来。这都是难免的，她想，人就是那么回事，决定不再细想。

晚上，佳月打电话来，说大伯去杨叔家睡了，家里只有她跟蒋飞凡，已经吃过饭了，可以过来换班。佳圆说不用，明天早上你们再来，我只有一天假。明天要回去上班。这一夜她在凳子上直挺挺地坐着，直至晨光微明。秀梅睡醒了，佳圆帮她坐起来，秀梅说，多亏了你，带着几分不好意思。佳圆头一次觉得她和奶奶在一起，情势倒转过来，自己成为那个照顾者，同时她也有了一种隐约的预感，秀梅身体越来越坏，这个问题不久就会摆在明面上，谁来负责她的晚年生活呢？这一家人，她在心底暗暗过了一遍，想不出谁能靠得住。头一天办住院手续时忙忙碌碌，都忘记跟医院订餐，她又去外面买早饭。回到病房时，佳月和蒋飞凡已经到了。飞凡说自己已经请好年假了，可以在这里帮忙。佳月就催着佳圆回去上班，知道她是新找的工作，刚开始上班没几天，别耽误了。

佳圆走后，佳月和飞凡就轮班来守夜。两个人都休了年假，本来是打算一起出去玩的，结果都守在医院里。虽然出乎意料，但是飞凡觉得，这样也不错，认识认识佳月的家人。他这个人，一谈恋爱，就联想到结婚种种，也是他妈妈常常耳提面命的成果，他从没抱着随便玩玩的心态去结识女生，跟同龄的男孩子比，他缺少点年轻人的洒脱气，正好佳月也看中这一点，她觉得飞凡是个令她感到安全的老实人。

秀梅住院这几天，两个人一起陪护，倒比一起出去旅游更亲密了。飞凡觉得佳月照顾人很有耐心，和这样的人结婚，将来一定过得不差。这念头只是一闪，佳月就让他去找护士换输液包，按了两次铃还没来。

趁他走了，秀梅说："这孩子看着很不错。"佳月笑了，第一次真正谈恋爱，就像第一次学游泳，脚刚沾湿了一点，心就跳得不行，需要有人在背后推她一把。秀梅又说："你爸妈见过他吗？"

佳月说没有，过一阵子再说。秀梅点点头，她今天精神渐好，对周围的人事发生了兴趣。不一会儿就同旁边病床的家属攀谈起来，打听人家是哪里人，生了什么病，还要在这儿住几天。佳月在一旁听着，觉得熟悉的奶奶又回来了，不像前两天那么委顿。医生也说，差不多可以出院了，药还得继续吃。最后一天出院的时候，立远来了，帮着办出院手续，催着秀梅动作快点，他找的朋友的车，在楼下等着，人家一会儿还有事呢。佳月想，完全可以自己叫一辆出租车回家，非要欠个人情。从前家里人说起大伯，仿佛他十分有本事，哪里都有认识的人，手眼通天。现在她长大了，发现这一套其实毫无必要。她习惯了什么都靠自己，大多数事情都可以花钱解决，而不是像上一辈人那样，习惯托关系找人。她相信钱能解决一切问题。关于秀梅的未来，她也想好了，谁都管不了的话，她就出钱请保姆。经过这几天，她也看出来了，指望上一辈已经不可能，他们各自有各自的生活，各自有各自的难处，在他们的生活地图里，秀梅是角落里一块多余的飞地。立远带秀梅回了家，说要在家多住几天，让佳月和飞凡回去上班。一离开医院，两个人都松了口气。

飞凡先送佳月回去，她的年假休完了，又多请了两天事假，这个月的全勤奖没有了。她有些小小的抱怨，这抱怨在飞凡看来也是可爱的，现在他看她做什么都觉得很可爱。她的奶奶也可爱，她的家也可爱，她那个大伯人也很好，对自己很热情。第一天夜里，他就睡在秀梅家客厅的沙发上，早上被一些鸟声惊醒，睁眼就看见一只野猫从半空中走过，踩的是暖气管道。他第一次看见架在半空中的暖气管道。

那天早上，佳月起来，见沙发上的被子已经折得整整齐齐，飞凡人不见了。她一边刷着牙，一边推门出去找他，见他在一个通向暖气管的梯子下面，仰着头，举着手机拍一只狸花猫。佳月觉得好笑，一只猫有什么好新鲜的，拍来拍去。飞凡见她来了，就说："它刚才差点抓到一只鸟。"

"什么鸟？"

"不认识。比麻雀大点，尾巴长点。"他边说边比画着。

"喜鹊？"

"不是，喜鹊我认识的。我一来，它就愣了一下，鸟飞走了。"

"那你赔人家一只。"

"我可赔不起。"

谈话中断了，有人从南边过来，经过他们身边，走得慢慢的。飞凡不觉得，佳月的脸已经红起来了。她当然不是什么传统女人，青年男女在一起算什么稀奇事。她只是不喜欢那种目光，尤其是一大清早手里拿着漱口杯的时候，好像被捉奸在床。她能想象那种口口相传的八卦，流水绕孤村式地流淌，不一会儿人人都知道了：陈佳月带个男人回来。

佳圆和她，十三四岁的时候，有一次放暑假，跟杨斌一起骑车出去玩，借了两辆自行车骑着，绕了好大一圈才回来。天已经擦黑了，各家都在做晚饭，佳圆骑在前头，杨斌在中间，佳月在后面，一起悠悠荡荡回了家。一进门，秀梅脸色就不对劲，沉得像挂了千斤重物，皱纹都被拉平了，说："以后不许跟男的出去瞎转！"

杨斌忽然变成了"男的"，意味着自己变成了"女的"，姐妹俩措手不及。第二天杨斌又来找她们去骑车，佳月说不出去了，有作业没写完，只有佳圆跟他走了。秀梅出去买菜，回来后，问你姐姐呢，佳月撒谎说不知道。秀梅说，女孩子别天天出去乱跑，让人说闲话。这规矩以前没有，是全新的，陌生的，严厉的，不得辩驳。晚上，佳圆说，我跟杨斌一直骑到大坡下面，一路冲下去的，太爽了。她那样一说，仿佛佳月也感受到那凉风，那速度，那自由，那快乐的背叛，以前她从来没觉得自己和男孩有什么不一样，和杨斌有什么不一样，从小的玩伴是无性别的，秀梅指出这一点，让她们俩都吃了一惊。其实不提更好，不提的话，大家还能心无旁骛地在一起玩。佳月想象不出杨斌是个"男的"，她印象中的"男的"都是自己的父亲和叔辈那样，高高地站在一道隔绝成年人与小孩子的城墙头上，投下浓重的阴影，他们抽烟、喝酒、大声嚷嚷、天南海北似乎无所不知，那样才是"男的"。和他们在一起，秀梅总是笑着不说话——在儿子或者别的什么人吹起来的疾风之中，饭桌上那种疾厉的风。这种风一刮起来，女人都得沉默。

一想到杨斌那个小屁孩也是个"男的"，她就想笑，甚至过了好几天，见到杨斌还是想笑，杨斌被她笑得摸不着头脑。不过，三个人在一起玩的时候变少了，幼稚的儿童游戏都玩腻了，新的游戏还没想出来。佳圆带回来一些言情小说，姐妹俩常常在卧室凉席上，看一个下午，电风扇缓缓地摇头，封面上一男一女抱在一起，衬着沙滩白浪。

谁跟谁在一起，谁跟谁分开，谁插足了谁的爱情，她们热衷于此，当成天大的事。佳圆看得投入，跟着哭哭笑笑，把故事跟佳月又讲一遍，夹杂着自己的评论。她激烈地抨击第三者，或者男的变了心，或者喜欢这个又喜欢那个，摇摆不定。佳月觉得爱情本来就是飘来荡去的，水无常形，爱上谁都很正常，佳圆说那是因为你没经历过。

"说得好像你经历过一样。"

佳圆将打开的书盖在脸上，耳边的头发被电风扇吹得飘摇起来，她没想到这对情侣居然中途分手了，长长叹息。佳月拿起覆在她脸上的书，佳圆说："我喜欢我们班的一个男生。"

佳月愣住了，"啊，那怎么办？"

"我也不知道。从书里找找办法吧。"

她们带着查词典的心情去读爱情小说。佳月没法想象佳圆会进入任何一种爱情，没法想象她说那样的情话，烫那样的头发，去那些比市区的公园还浪漫一百倍的地方，在那样缱绻的星光下。她不敢想象，也无从想象，但是佳圆全部记得牢牢的，好像走到了一处埋着宝藏的洞口，穴中深暗，隐隐闪着金子的光。

敞开了这个秘密，佳圆一下子变得话多起来，给佳月讲他们之间接触的一些小事，抄作业，借书，还书，放学一起走一段路，分享一包零食，那一段路就像一日三餐之外的小点心。佳月听得有滋有味，佳圆承继了秀梅的长处，一描述什么事情就有声有色，极小的事也显得很有意思。如果可以，佳月可以一直听她说，随便说什么都可以，但是这种能力在她成年之后就消失了，她不再绘声绘色地讲自己或者别人的八卦故事，而是经常出神发呆，好像短暂地进入另一个世界。从上海回来后，这是佳月头一次见她，觉得她整个人都变了。

"你姐姐是做什么的？"

"她刚从国外回来，在一个旅行网站上班。"

"你们俩长得有点像。"

"我没她好看。"

"你比她更自然。"飞凡说,"你更像是这种环境里长大的孩子。"

"你直接说我土好了。"

"当然不是土。"佳月不等他说完后面的评语,就转身走了。受够了这种比较,两个女孩,你得一分,我得一分,看看最后谁得分最高。没人问过她们是否喜欢这种竞赛,好像年龄相仿的姐妹俩就是货架上摆着的商品,谁都可以拿起来掂量掂量,比较一番再放回去。其实飞凡是想恭维她的,见她忽然走了,就跟着进去。佳月煮了一锅方便面,蒋飞凡从她旁边伸过一只手,把调料包挤进锅里。两个人一边吃一边说今天的计划,没必要两个人同时守在病房里,轮班就可以了。立远昨天走了就没再来,别人也没出现过。佳月不指望他们,想办法撑过这几天算了。直到要出院了,她才打电话给立生,立生说知道,老太太没事就行了。他已经跟小赵住在一起,不知道领证没有,佳月懒得去问,更不想看见他们。

因为这件事,她总觉得欠蒋飞凡一份人情。惠惠说,那算什么,人情就是用来拖欠的,就要欠着才好,彼此两清了还有什么意思。渐渐地,他们几乎每天见面,下班之后一起吃晚饭。到了要写论文的时候,飞凡天天陪她去学校的图书馆坐着,头顶上几排白亮的灯,底下数不清的长长的桌子和一排排的椅子,坐满了人。

只听见翻书页和在本子上记笔记的声音。有时候，飞凡去旁边的阅览室看杂志，或者拿着佳月的水壶去帮她买咖啡，自己就拿个纸杯，回来的路上就喝完了。佳月笑他是在饮牛饮马，这也是从秀梅那里学来的土话，把飞凡逗笑了。

晚上回家，他们爱搭公交车，因为公交车要绕着圈子，路途长，时间也长，晚间坐车的人不多，常常有座。飞凡和佳月一起下车，然后他再反方向坐回去，谁也不觉得这是浪费时间。两个人在一起，话也不多，路上分享一点吃喝或者几首歌，听着听着就到家了。有时候，佳月回到家，躺在床上，想着不知道佳圆当时谈恋爱是什么感受，什么情形，为什么分手了，想同她聊聊。每次问她什么时候有时间，她总说很忙。

有一天晚上，车没到站，就下起雨来，北方的春雨是越下越暖的。第二天是星期日，佳月说要回家去，奶奶说家里的杏花开了。这是秀梅的一个暗号，含着几分怯意，暗示孩子应该回家看看，这个暗号只对佳月和佳圆使用，她们一下子就能听懂。飞凡说，不如明天找个公园去逛逛，想看什么花儿都有。佳月说，你可以跟我一起去，今天就睡在我家，明天早上咱们一起走。

这次不是临时应急，而是正式的邀请，飞凡不能拒绝了。佳月在床边的地板上铺了一条厚褥子，拿了被子和枕头给他，关了灯，两个人在黑暗里闲聊。佳月把自己家里的一些事情告诉了飞凡，她父母离婚，爸爸跟别的女人在一起生活，奶奶独居，没人照顾，她大伯也是一个人生活，很早就没工作了，两个姑姑过得还可以，有一个在上海工作，很少回家。还有一个，她说，还有一个叔叔从来不出现，家里人都不提他的名字。

"好像每家都有这么一个人，一个大家都不提的人。"她说，"你家有这样的人吗？"

飞凡说没有，"为什么你会这么想呢？"

因为是真的啊，她说。所有从小听来的流言蜚语，陈年八卦，裹在舌尖和唇边的一串串名字，都证明着有这么一些人存在。他们也活着，也吃饭，睡觉，做梦，死掉，但是他们只在别人家的闲话中出现，自家人很少提起，仿佛这个人没有实体，一出现便是幽灵。佳月的三叔陈立民就是这么一个人，他本来有一份稳定体面的工作，忽然下岗了，就在家里待着。渐渐地，他就消失了。所有的节日他都不过，每一次聚餐都不通知他，更不指望他会出现，他只在旧相册里偶然闪现，马上就翻过去了。谁要是不小心想到他，提起他，都要先叹一口气，或者骂个简短的脏字，然后再绕过去；如果说到哪件往事不得不涉及他，就要飞快地掠过他的名字，像踢开路上的一粒石子。

佳圆和佳月应该叫他三叔。小时候，她们对三叔还有些印象，烫着鬈发，穿着粗厚的工作服，下面却搭着一双皮鞋。无论是酒桌还是牌桌，他都不爱说话，一支接一支抽烟，眯着眼睛，面前放着一只红色烟盒，上面摞着一个白色打火机，整整齐齐的，车间工人随手整理码放的习惯。

他结过婚，后来老婆带着孩子跑了，在秀梅看来，这是丑事一桩，十分丢脸。在家里的两本相册里，还有他同他媳妇恋爱时的合照，鬈发，圆脸，白衬衫灰裙子，两个人身量差不多，齐芳穿上高跟鞋还稍微压过他一点。虽是黑白照片，一眼看去长得很艳丽。有这样一张照片，跟三叔有关的印象就不是完全的奇异乖离，他原来也是一个活生生的人，现在也是，但从家里人的眼光看来，他跟死了也没什么两样。

"他从来不回家。"佳月说，"下岗之后，拿到一笔买断工龄的钱，不知道花完了没有。房子是原来单位分的。听说大伯给他出的主意，让他把房子卖了，换点钱，租个房子过，这样又能吃几年。他不肯，从前的同事偶尔给他送几个馒头。

"佳圆考上大学的那年，我大伯张罗着请家里人吃饭，通知了他，也没指望他来。那次他突然来了，穿了一身新衣服，大家聊天都刻意绕开他，不提他也不问他，他吃完饭，给了佳圆一个红包就走了。后来，过了很久，奶奶突然问我，三叔是不是来断绝家庭关系的。

"他跟我奶奶关系不好，因为我三婶带着孩子跑了，我奶奶就骂他没出息。我记得，有一次三叔在家，我奶奶让他去买鸡蛋，他骑自行车去的，把鸡蛋放在车筐里，专挑颠簸的石子路走，把一网兜的鸡蛋都磕坏了。他是故意的，还说，谁让你叫我去买？你自己去不就得了。

"下岗之后，他就一直在家里，他也没什么朋友，听说现在连电都不通了，因为他不交电费。每天就守着一个收音机，收音机只用两节电池。

"但是，越是不提他，他就越明显。每次家里人一起吃饭，都有这种感觉，好像应该给他摆一双筷子，好像他就站在一边看着。有一次，隔壁的杨叔也在，跟我爸和我大伯喝酒，喝到一半，说有人看见他了，他就在楼底下坐着，一坐大半天，那个人送了他几袋方便面。"

"各人有各人的活法。也许这种活法就适合他。"飞凡打了个呵欠。

"那个人认识杨叔，知道是我奶奶家的街坊，让他给我们家人带个话，让家里人好歹帮帮他，别不管他。奶奶就哭了，我从来没见过她当着这么多人哭。佳圆说像他那种人，活着跟死了也没什么两样，说不定死了更是解脱。他有很严重的糖尿病，但是既不吃药也不忌口，有一点钱就去买酒。他早晚会喝死的。"

飞凡早已睡着了。佳月也不知道自己是怎么了，为什么要同人家讲这些不相干的事，说到底这和自己的生活有什么关系呢？三叔不过是个亲戚，没来往，没有利益关系，他的死活其实不与自己相干，想到这里她意识到一种真实的残忍，从心底升起，呼应着眼前的漆黑。有时候，她为自己拥有的生活感到愧疚，愧疚像种子，当土壤松动，有阳光雨露，就会开始萌发。人需要清除它就像园丁定期地清除杂草，才能保持心的表面平整。她有义务解决这些杂乱的问题吗？任何人的生活都是咎由自取，旁人犯不着为他们唏嘘，或者仅限于唏嘘。

## （十一）

挑了一个天气和暖的好日子，立远出门去讨一笔欠账。一年前，一个做生意的朋友向他借钱，当面写了借条，他随手扔在一边，以示自己并不在意。写完借条，两个人接着喝酒。他当天就去银行转账，转完就剩下一百来块钱，干等着下个月的退休金。好在国家是守信的，退休金从来不错日子。今天想找到那张早就过期的借条，翻来翻去怎么也找不见。

他走在街上，外套敞开着，四月天气一下子就热起来了。他在路边走着，一辆车停下来，从车窗里探出一个头，笑道："老陈！"

是从前的同事，比立远资历浅，立远当科长的时候，他是科员，管立远叫师父。他停了车，下来跟立远寒暄几句，两人很久没见，人家已经高升副行长，问立远在忙什么。立远含糊过去，说还有事，跟某个局长约了喝酒。黑色的奥迪轿车开走了，他摸出烟盒，一边走一边抽烟。路过一家卖金鱼的铺子，老板也是认识的，立远说一会儿回来要拿两条纯黑的狮子头，刚有人送了一只新鱼盆。路过游戏厅，也进去打个招呼，老板是熟识的，他在那里拥有两台老虎机，算是一点小股份，挣几个零花钱。要说忙，立远每天也是忙的，下棋，打麻将，看篮球、足球、围棋和桥牌，平常看电视的时间最长。只要在家，电视机一定是开着的，他喜欢家里有点嘈杂的声音。

佳圆很少回家，这女儿养了跟没养差不多。老婆也不回来，离婚是肯定的，就是不知道什么时候要离，得过且过，眼下跟离了婚也没什么两样，只是欠个手续。杨桂思常年住娘家，他认为是不合礼法和妇道的，出于一种宽宏大量不跟女人计较的心态，他也不去挑这个礼。她愿意回来就回来，愿意走就走，一年到头极少的几次，佳圆要回来一趟，她才回家，三个人吃完一顿饭就散。这顿饭往往很丰盛，有鱼有肉，立远亲自下厨，要问好几次："能吃不？"在他的语言中，能吃比好吃更高级——微妙的骄傲。

佳圆客气地敷衍他，虚伪，又带着点怜悯。立远强调自己的红烧排骨，一粒盐都没有放，全靠酱油。做完了饭，他并不动筷子，坐在沙发上抽烟，看着杨桂思和佳圆吃。他们家没有餐桌，围着茶几放两个板凳，立远比她们的位置高一些，一边吞云吐雾一边俯视。烟雾笼罩在一碗红烧排骨上。

昨天晚上佳圆打电话来，说要回家一趟。立远想去买点肉菜，一看钱不多了，就想起了那笔欠账，一大早便出了门。走过两条街，看见有一处迎春花开得热闹，拥挤在一处小铁门边上。看见春光，他也在心里感慨，又一年了。如此一年年虚度，他也有衰微之叹，年轻时也是读诗的，也是写过诗的，现在老了，读过的写过的诗句不期然浮上心头，和着春光一起，兑成一杯苦酒。

那迎春花是个路标，欠钱的人就住在这铁门后面的那栋楼。他站在楼下，抽了一根烟，把烟头扔在地上用脚踹踹，才走进幽黑的门洞，穿过一些堆放在楼道里的杂物纸箱，上到二楼，咚咚咚敲起门来。

门开了，是个女人，那人的老婆，见到立远，忙不迭地喊"大哥"，回头又叫："老孙，老孙，起来，大哥来了。"老孙头发蓬乱，只穿了背心和内裤，趿着拖鞋，见到立远，招呼坐下，让女人去泡茶。

这是一套老房子，客厅是一个狭长阴暗的过道，摆着一张折叠桌和两把椅子，立远坐下来，两个人先东拉西扯地说了一些朋友的事情，谁又在做什么生意，谁开车出事了，撞了人，要赔多少钱。两人说到钱的时候，都是一种轻佻的态度，仿佛浑不在意，多大数目都不当回事，都在笑谈中。坐了好一会儿，一杯茶喝完又续满，立远才说："老陈那里欠我的钱，他说现在拿不出来，过两天我要去广州，老陈的妹夫在那边盘了一家宾馆，让我去看看，一块儿入个股，我这边钱就不凑手了。"

老孙听完，说："我先拿一半，成不成？我妈还在住院，我弟弟我妹妹都甩手不管，住院的钱都是我出，确实太紧张。我本来打算下个月再出去借一点，凑齐了一起还。"

立远问："老太太得了什么病？"

原来是中风，已经住了一个多月。农村人，没有医保，全靠自费。老孙说，实在不行，我就把这房子卖了，说着，眼圈一红。他老婆在厨房听见，走出来说："大哥，他们家哥们儿姐们儿好几个，都不管老太太，欺负他是老大，就让他一个人管。"

立远："谁让你是老大呢。别人都不管，老大得管。家家都一样。"

老孙连连点头，最后，立远并没有要回他的钱，反而又给他留下两百块，说是意思意思，给老太太买点好吃的。夫妻俩死活不收，最后拗不过他，收下了。

从老孙家出来，日头仍是旺的。回家路上，路过那家金鱼店，他没去拿那两条黑狮子头，因为身上没钱了，口袋空空荡荡，这下明天买菜的钱都成问题了。离发退休金的日子还有一个星期。

幸好佳圆晚上打电话回来，说要加班，暂时不回去了。他暗暗松一口气，第二天就去了家附近棋牌室，两桌人炸金花，全是老熟人。立远会赌，越到没钱的时候，赌运尤其好，一个上午赢了不少，至少菜钱没问题了。到了下午，手风突转，一直在输，输到傍晚不仅输光了，还欠了账。他依旧笑着，面不改色，晚饭也没吃，到深夜又赢了回来，一算总账差不多持平，把欠人的账还清了，口袋里还有一百多块钱。

那几张钞票放在裤袋里，贴着大腿，像块烧灼的铁片。他知道怎么偷牌，极为隐秘，但是通常不使出来，一起玩的都是熟人牌友，他觉得没必要。今天晚上，眼看越输越多，他使了几次花招儿，他爱赌，但是又鄙视赌徒，觉得他们都是堕落，而自己只是玩玩，消遣消遭。这回他作了弊,一边想着,反正赌徒的钱就是用来输的,不算不义之财,一边觉得那钱是烫的,烫平他的羞耻心和虚荣心,人人都喊"大哥"的陈立远,仗义疏财的陈立远,曾经写诗的陈立远。

佳圆每回打电话来,叫一声"爸",他的羞耻心就沉重一分,总怕女儿是来要钱的。她出国之前,问过一次有没有钱,她想借一点,过两年工作了马上就还。他没有借,理由不是没钱,而是不能给你这么乱花,借势教训她一顿,摆出她上大学期间一共花费多少,指责她不长出息,不够独立,跟男人一起跑出去,还想让我出钱,不可能。佳圆没哭,坐在床沿上听着。立远又说起自己当年插队的苦,什么也没有,一个布书包背起来就走了,不像你,出门要买几百块钱的箱子,我们当年哪有这样的条件?最后,他的临别赠言是,晾衣架要多带几个,把家里的塑料衣架大方送给她了。

其实,他只是不肯承认自己没钱,怕丢面子。毕竟平常吹牛习惯了,一下子认尿,说不出口,只好去指责佳圆。佳圆以前还有几分信他,以为爸爸真的做生意赚了钱,毕竟他经常把一些别人生意上的事挂在自己嘴边,仿佛几十上百万都不在话下,不放眼里。这么一试,她明白了,无论立远怎么说她,她都不觉得委屈,只觉得爸爸很可怜,转头去向秀梅借钱,秀梅一个字也不多说,立刻答应,并不问佳圆为什么不朝你爸爸去要。

她们所小心维护的,是立远的一点面子。在他吹牛的时候，不戳破他，脸皮越厚的时候，面子就越薄，泡沫似的经不得一碰，她们只是安静地听，让立远把话说完。他说完了，佳圆开始冷静地盘算，奶奶手里该有一些积蓄的。

为了这个事，立远骂过佳圆，说她没良心，没出息，花你奶奶的棺材本。佳圆任他骂，只觉得他越骂越虚弱，越没有底气，佳圆只说我是一定要去的，别的你就别管了，我自己想办法。立远说你都二十多了，我不能再惯着你了，你自己看着办吧。自从佳圆上大学之后，他就喜欢强调"独立"，说自己十七岁就上班，自己养活自己，还往家里拿钱呢。言下之意，佳圆还是不如自己当年有出息，二十多了还要父母供养。当然他怎么说都有理，说了自己也深信不疑，女儿就是个讨债鬼。在这一点上，他跟杨桂思倒是一致，都觉得女儿好虚荣，好攀比。从上高中开始，佳圆在学校住宿，别人是按月，只有她是按周领取生活费，以确保她每个周末都必须回家——为了钱也得回家。

他自问对女儿仁至义尽，至于将来如何，就要看佳圆的良心还剩几两。这些纷乱的念头，关于恩与债的，关于前半生的，常在深夜或清晨时分涌来，四周黑漆漆的，牌局散了，在回家的路上，或者躺在床上，或者将要起床时，突然升腾起来。他想起从前的小徒弟悠然地从汽车里探出头来，他想起老孙抚摸着头顶，一脸为难的样子，他想起秀梅拄着拐杖在地上挪动双脚，他想起立民在狭小的屋子里转动收音机的滚轮，停在信号最清晰的位置，他想起佳圆在国外，花着奶奶的钱潇潇洒洒，他想起杨桂思那张呆板的扑克牌的脸，夫妻间长达数年的不言不语。年轻时她不是那样的。人都变了，变得更坏，更没良心，不知孝顺和感恩，他原谅他们，包涵一切。那年，杨桂思的父亲得了中风，她借机去娘家照顾老人，从此一去不归，只有佳圆回家的时候，才露个面，伪装成一户人家的样子。

他自以为问心无愧，抛开这个家的并不是他。杨桂思承担了佳圆的学费和生活费，这是应当的，因为从前他赚的钱都交她，工资上交，交了好多年，后来不给了，是因为退休之后，他发现收入骤减到一个令人难以置信的数字。单位的财务告诉他，这就是退休人员领的基本工资啊，原来的工资是加上奖金的，他全误会了，以为收入和上班一样，没搞清楚就坚持办了退休，同事们都劝他，哪怕停薪留职呢，他不肯听。他一向看不起这些人，只会坐办公室，社会上的人脉一点没有，自己怎么能跟这些人一样，怎么能听他们的话呢。

从那时起，他便觉得妻女对他都有所图谋，就是图他的钱。杨桂思总是穿得破破烂烂，有一次回家，裤子正面竟然有个洞，他瞪了她一眼，杨桂思就是这一点不讲究，欠体面，不像他，口袋里一文钱没有，出去也是干净整齐的。他知道杨桂思是很有钱的，为人却极悭吝，佳圆出国留学，钱的问题连提都不跟妈妈提起。

第二天中午，他打电话给杨桂思，说佳圆有事不来了。杨桂思说，是因为姥爷去世了，今天火化，我们刚从火葬场回来。立远吃了一惊，老头子卧床不起已有多年，一直很稳定，想不到突然走了。岳父从前对他不错，岳母曾经极力反对他和杨桂思结婚，岳父坚持站在女儿这一边，成全了这门亲事，可惜后来的事并不如他所愿。那天立远喝了酒，回到家，几句不和，动手打了人，醉中不知道轻重，醒来后杨桂思不见了，打电话不接，猜她是跑去了娘家。她没有别的地方可去。

她一去就不回了。过了好几天才知道老头子突然中风，送市里的医院去了，还是一块儿下棋的朋友告诉他的，那个人跟杨桂思的弟弟在同一家炼油厂上班。他又给杨桂思打电话，对方的口气非常冷淡，告诉他不用来医院了，人手够用。他想，那不行，女婿怎么能不露面？要叫人说闲话的。坐上进城的公交车，到医院门口，在旁边的小商店买了一些水果酸奶之类，打听着找到了病房。杨桂思娘家的人都在，见他还是客客气气的，客气中包含着冷淡。杨桂思的右眼周围还是乌青一片，他装作看不见。

他坚持留下来，陪了一夜，坐在病房边的椅子上，杨桂思睡在另一张行军床上。深夜里只有仪器的指示灯还亮着，他坐得腰背酸痛，头一次感觉自己老了，壮志未酬人就老了。那些当年处处哄着他，一口一个大哥，求着他帮忙贷款的王八蛋倒是全发了财，没一个人是干净的。有些人一得意就换了年轻的老婆。杨桂思盖的那条毛毯拉到脸上，露出一蓬头发，毯子随着呼吸轻轻起伏。在医疗仪器的微光中，看得出她头顶有一撮白发。

在那一刻，他是想要好好过日子的。上次打她，全是酒喝多了的缘故，平常也就打两下算了，没下过重手。他知道自己脾气不好，祖传的急脾气，来得快，去得也快，男人不都这样？杨桂思也不应该说他游手好闲，不出去挣钱，女儿上大学一分钱也不掏。她那一套陈旧的抱怨，像紧箍一样越勒越紧，迫使他立掌如刀，出拳如风，往常她一挨打就闭嘴了。但是，夫妻总还是夫妻。岳父生病住院，他不能不管。

没想到杨桂思一去不回头，就此与他分居。他当然不会去求她，结了婚的女人长期赖在娘家，不管自己的家，放在哪朝哪代都说不过去，都不占理。他渐渐习惯了一个人生活，抽烟喝酒都没人管了，看电视通宵也可以。他日夜颠倒，黑白不辨，越过越混沌，白天浑浑噩噩，夜间却时常清醒，到早晨才睡着。杨桂思那头挂了电话，他干脆倒头又睡一觉，醒来已近傍晚。不知怎的，岳父一去世，他觉得跟杨桂思是非离婚不可了。当年唯一支持他们在一起的就是她父亲，立远对他是很尊重的，不管夫妻俩怎么闹，翁婿关系一直不错。从前，一想到离婚，他就觉得无法面对岳父，即便老人瘫痪多年，连话都说不清了。

晚间他又去棋牌室。麻将桌三缺一，他来了正好补上。坐在对面的那个女人，比他小了快二十岁，晚上出门化着艳妆，灯光一照，令人目眩神迷。人是认识的，经常在这里碰见，只知道姓沈，不知道大名，还知道她有个儿子在老家。她自己是住在单位的宿舍，没办法把孩子接到身边，离过婚，前夫进了监狱。麻将一打就打到深夜方散，这一回，牌局散了，立远和小沈没有散。她在一处部队的驻地工作，给厨房做采购，一听就是有油水的工作。黑天半夜，立远陪着小沈走回住处，一路上知道了她的大名，知道了她老家在哪个省哪个市哪个乡，知道她儿子在上幼儿园，还知道她想把儿子接来身边上学。

同时，沈一芳也知道陈立远打算跟老婆离婚，女儿已经大学毕业，独立生活，不用他操心，还知道他有房子，而且，听起来他似乎很有钱。到了门口，正说到单位的狼狗生了一窝小狗，还剩下一只没送出去，一芳让立远帮忙问问有没有人想要，立远说他要，两人就约定了时间，立远到她单位去接小狗。

实际上他也不想养狗，而是送回了秀梅家，拴在菜园子的香椿树下。佳月和飞凡周末回来，没进屋门就看见它趴在地上。佳月说，好了，这下热闹了。原来他们在佳月家的楼下捡来一只流浪的小猫，想来想去，租房子没办法养，干脆装在背包里带回来了，路上还买了猫粮和罐头。秀梅看着他们逗弄小猫，忽然说道："我们老人还不如猫狗。"

佳月一怔，只能笑着说："奶奶。"用了半撒娇半嗔怪的语气，小孙女的语气。

秀梅也笑了。园子里拴的小狗是杨叔每天喂着，和自己家的猛子一起养。飞凡出去找小狗逗着玩，把它的链子松开，让它满地乱跑，又打开猫的罐头喂给它，它吃得精光。不一会儿飞凡又给它套上脖链，牵出去玩。

秀梅在屋里跟佳月说话，说你大伯来向我借钱，说要做什么生意，我把我的存折都给他了。佳月听了也是无言，只能问秀梅现在缺不缺钱，从钱包里掏出几百块来塞给奶奶。秀梅不要，她硬要给，正推拒的时候，飞凡在外面喊佳月的名字。

佳月把钞票直接塞进秀梅的裤兜里，转身出门。原来杨家的那条黑狗猛子也在外面，两条小狗闹在一起，互相舔着，很友好的样子。飞凡拿出手机对着它们拍照，他那么轻松愉快，一副来乡下人家游玩散心的样子，佳月觉得心里有点别扭，然而他也没什么不对。

午饭是飞凡做的，秀梅对他赞不绝口，叫佳月跟人家好好学学手艺。有外人在跟前，秀梅还是爱说爱笑，但是佳月知道，奶奶不像从前了。她现在眼神不好，不能看书了。白天常常在沙发上一坐几个小时，枯坐，找她串门的人也少了，很多认识的老太太，要么跟着儿女搬走，要么死了。看电视，只看那几个固定的节目，《天气预报》《中医保健》，佳月知道，自己一走，奶奶就重回寂寞。飞凡特别喜欢赛虎，就是立远带回来的小狗，走的时候，又喂给它一个肉罐头。过了几个星期，秀梅打电话过来，说了一些闲话之后，说那条小狗又长大了，长得可快了。小狗长大了，小猫长大了，香椿树抽出嫩芽，杏花开了，她专门打电话给孩子们，看有没有人回家来看看，哪怕是为了小猫小狗也行。

（十二）

春雨下过一场，天气就暖和一分。华北的阳光在这个时节最逗人。上午，秀梅拄着助行器，挪到门外，坐在一把雨淋湿又晒干的藤椅上。这椅子是小杨从厂里拎回来的，堆在那里没人要，白糟蹋了，他拿回来擦拭干净，放在秀梅的小院里，让她晒太阳的时候坐坐。

浓荫之下，太阳被切碎了。秀梅坐了一会儿，跟一个捡破烂的聊了几句，跟一个推着自行车去买菜的街坊聊几句，问豆腐多少钱一斤。过了一会儿，人家用盘子托了一块豆腐回来，非要送给她，知道她走不远，买菜费劲。她大声地客气几句，连盘子一起放在厨房，中午炒豆腐，从冰箱里拿出煮熟冷冻的香椿芽，化开了凉拌。这些香椿芽还是上次佳月和飞凡来，帮忙用钩子摘下来的，一个用钩子摘，一个拿着袋子在下面捡，装了满满两大袋子，只要最嫩的芽尖。她见过外面卖的香椿，叶子又大又老，一小捆里头藏着树枝子，要二十块钱一两，蒙人呢。

每到春天，为了这一口新鲜的香椿，孩子们流水似的回来。头茬的香椿最好吃，二茬的差一点，第三茬的就不能要了。今年新出的第一批淡紫色的嫩芽，先是佳月摘了好些，剩下的让小杨去摘，让过路的人去摘，随便谁想要，进来说一声就行。谁摘完了都给秀梅留下一把，秀梅一个人吃不了，就洗净焯水，挤成圆球，冻起来保存，好像春天的一小块标本。她去世后，冰箱里还存着头一年的冻香椿，黑黢黢一团。收拾冰箱的人是小赵，她不知道那是什么，随手就扔掉了。

因为行动不良，她就在沙发上歪着午睡，似睡非睡之间，听见门开了，她蓦地睁眼，见一个人走了进来，俨然死去多年的陈志平，她想这是梦，怎么会梦见他呢？这些年从没梦过那个死人。正在纳闷，死人开口管她叫妈。

不是梦，来的是她的小儿子陈立民，多少年没见过他了。她清醒了，凝固的时钟转起来，瞬间走过五六年，第一句话是："你吃饭了吗？"

"没吃呢。"

有剩的豆腐，剩的凉拌香椿，剩的小米粥，他坐下来大口吃这些剩饭，额角的皱纹一次次收紧又舒张。几个孩子中，陈立民长得最像志平，年纪上来就更像了。秀梅瞅着他吃饭，一时没别的话讲。他吃完了，往后一靠，点起烟来。烟雾缭绕中，脸看不真切，秀梅说："你住两天？"

"嗯，住两天。"

"这豆腐是爱生她妈给的，一会儿你把盘子给人家送回去。"

"爱生她妈？前几年听说得淋巴癌了，还没死？"

"早就好了。那年爱生在大门口跪着，胸前挂一块牌子，让大伙儿给她妈捐钱，我给了一百块钱，还有五斤鸡蛋。"

立民说："爱生还在厂里上班呢?"

"早就不在这儿了。厂子都快倒了,没几个人上班。"

沉默的烟雾,或者是烟雾掩饰着沉默。立民收拾了桌子,把人家的盘子洗干净,还了回去。回来的时候,手里拎着两瓶二锅头,秀梅一看就知道他打算多住些日子,恐怕是没钱买饭吃了,回家来吃饭的。没想到那两瓶白酒,第二天晚上就喝完了。酒喝完了,人满脸通红地靠在沙发上,一声一声短促地呼吸,像满足,又像呻吟。

"少喝点酒。"秀梅说。这两天陈立民就像长在沙发上一样,贪婪地看着电视。他很久没电视看了,家里不通电,他拖欠电费太久了。酒喝够了,人想走了,走之前向秀梅要钱,秀梅给了他三百块。她存了心眼,怕给多了他又拿去买酒喝,少给点,够他吃饭就行了。她不知道陈立民已经到了不吃饭可以,没酒喝就要浑身发颤的光景。他本来是有个家的,老婆二十多年前跑了,带着三岁的儿子不知所终。那孩子,秀梅倒是时常梦见,梦见长大的样子,她只见过他幼儿时的模样,梦里却一眼认出自己的孙子。

拿到钱,立民就走了。除了进门的第一声,他没再叫过妈,除了吃喝,几乎没日没夜地看电视,看到深夜不休。秀梅把遥控器让给他,他看电视,老太太就看着他,或者看着茶几上的玻璃烟灰缸,一会儿就满了。满了倒空,空了又堆满,立民的生活以香烟和白酒来计量时间。他走后，屋里的烟味直到傍晚才散尽。

晚上，许老太太来串门，她消息灵通得很，知道陈立民回家了。一坐下，秀梅就说起立民来，说他抽烟不停，喝酒无度，有糖尿病，却一点不忌口，也不吃药。许老太太陪着她感叹一番，说起立民小时候的事，偷后面老乔家的桃子吃，被他爸爸暴打，边打边骂，骂声整排房都听得见，却听不见孩子哭。都不敢劝，知道越有人劝，打得越凶。志平用他的铁巴掌立下这个规矩——别人不许劝，孩子不许哭。

"轩轩的妈，当年多俊啊。"许老太太感叹道。当年她作为老街坊，跟着新郎去接亲的，一伙人坐两站火车去新娘家。人家安排两桌茶点招待接亲的诸位。新娘子端坐在卧室的床上，房门关着，贴着大红喜字。一会儿房门打开，人走出来，穿着红绸上衣，红裙子，肉色丝袜和红皮鞋；脸上涂抹得喜庆，黑的黑，白的白，红的红，艳丽又分明；盘头用一支红簪子，簪头上攒着一朵红绢花。众人不由得轻轻喝彩，有人扛着录像机跟拍。这是九十年代了，排场比起立远和立生的婚礼铺张得多。立民结婚最晚，新娘子年轻貌美，样样称心如意。

录像带里，新人一路走，彩色的纸片一路抛撒如雨，沾在他们的头发上亮晶晶的。立民有点害羞，眼皮低垂，看向自己的红领带。新娘子挽着他，穿上高跟鞋，比他还要高半个头。办完事的第二天，秀梅就对齐芳说，你不应当穿高跟鞋，显得立民个子矮了，齐芳答道，结婚当然要穿高跟鞋，他长得矮，不能怪我呀。秀梅听了很不高兴。

这一件小小的往事，被她嚼来嚼去，说过无数遍了。她模仿齐芳的声音和神态，惟妙惟肖，仿佛小女儿上身。她讲故事向来学什么像什么，有角色，有性格，有褒有贬，有声有色，齐芳的形象一下子呼之欲出，一个娇生惯养的、虚荣的、只知道打扮的女人。生下轩轩之后，她不愿意喂奶，也不会带，当然这些都是秀梅说的，秀梅就把轩轩带到自己身边。当时佳月和佳圆都已经长大上学，不在奶奶身边。轩轩又是一个新的婴孩，新鲜的脸蛋、四肢和哭声，五个儿女，两个孙女，一个外孙，最后是轩轩……她一遍遍地回到她熟悉的、充塞着急迫哭叫的空气之中。

几年后齐芳带着刚上幼儿园的轩轩走了。夫妻间的内情，陈立民从来没有向家人详细讲过，她的离开像一个骤然的惊叹号，喝止了一切疑问，将所有人都震住了。过了很久，秀梅才向邻居提起这件事，简单的三个字"她跑了"。三个字尽得风流。一个结了婚，有了孩子的女人凭空跑了，找到单位，才知道她早办了停薪留职。蓄谋已久，必定有丑事，没脸再继续待下去了。可怜了轩轩，没有爸爸了。

秀梅自有一套讲得通的故事，或者暗示，让大家以为全是齐芳的错。对内却一直在数落立民，她的数落并不是对着立民本人，而是抓住家里每个人重复一样的话，没出息，没本事，从小儿就看得出来，往死里打都打不出一声屁来。通常，她说这些话时颇有些恶狠狠的，带着母亲特有的非常准确的轻蔑，让人无法反驳，只能赔笑。但是，当陈立民走到她面前，告诉她"我回去了"的时候，她默默无语，拿出几百块钱，让他回去买点东西吃。

"我的存折让你大哥拿走了。"她说，仿佛是在解释这几百块钱代表的小气，"你大哥跟人做生意，说他的钱暂时拿不出来，借我的钱用一用。"仿佛钱这东西不会消耗，像个铁铲似的，怎么用都保持原样。

立民听了，短促地冷笑一声。他这冷笑是从前没有的、新习得的一种笑法，好像是有一只枯瘦如钩的手从他喉咙深处掏出来的，托在手心里向人一晃，手指又合上了。合拢之后便是更深的静寂。他走后，这静寂包围着秀梅，她听见自己的呼吸声，仿佛从地底下传来。

他走后，过了不到一个月，又来了，吃饭，喝酒，看电视，临走时向秀梅要钱。立远前两天把退休金的折子还回来了，于是秀梅又给了二百，他接过去，一脸鄙薄，不知是笑话秀梅，还是笑话自己。总之，嘲弄是他仅剩的面容，他笑话世界更笑话自己，秀梅瞧着他像瞧着一处废墟或者遗迹，他没死，但是同死了也没什么两样。白酒一桶接一桶地买，一杯接一杯地喝。从此，他走了又来，来了又走，每次回来都是要钱，要了钱去买烟酒。有一次，秀梅说，你买点药，糖尿病要吃药，要控制。他说，我不吃药，我就是要作死呢。秀梅不语，他带了几分酒意，又是那种冷笑浮上来，接着又说，你也别吃那些药了，老太太活得那么长，有什么用？老不死的。

他走后，秀梅气得发抖，拿起沙发边上的电话打给立远。立远听了，表达出十分的愤怒，说要去教训他，让他知道厉害，竟敢骂自己的亲妈，造了反了。这头放下电话，立远就出了门，见到熟人，先聊了几句，又见到一处下象棋的，对弈双方他都认识，看了两局棋，后一局胶着很久，下个平手。天色已晚，有熟人叫他去喝酒，是棋牌室认识的熟人，小沈也在。

最后，他喝得半醉，小沈送他回家。夜色深了，人行道虽然铺得平整，醉酒的人难免深一脚浅一脚，身体随着意识飘荡，一阵阵的波浪涌起又退下，而小沈在旁边，像一只惶惑无助的小船似的，贴着他走，其实她一直在用力扶着立远的背，免得他栽倒。席间他一直在说他弟弟的事，说要去找他弟弟算账，狠狠揍他一顿，替老娘出气。

饭桌上的人都在劝他，只有小沈在旁说了一句，大哥说得没错，打他一顿不冤枉，打他是为了他好。立远听了十分高兴，立刻跟她喝了一杯，一芳是能喝酒的，十分豪爽，不扭捏，不拿腔拿调，一点不像杨桂思那种女人——只会抱怨他，不让他喝酒，不给他面子的女人。

很快他就把立民忘了。这一顿酒颇为尽兴。到家后，小沈没有立刻就走，也是他没让她走。过后，小沈又来了几次，每次来都会给他带些生活用品，新的拖鞋、门口的地垫、一只新的电饭锅，都是她单位发的福利。还有吃的，炖猪肉，酱牛肉，腌的各样酱菜，她从单位食堂拿回来的，附带几只厚实的白瓷盆，这些东西隔三岔五地出现在立远的冰箱里、饭桌上，带着一种旧日大食堂的实在味道，让立远想起他从前上班的时候，从单位食堂买猪肘子拿回家，给弟妹们吃。他们吃，他就在一旁看着，脸上挂着一丝满意的微笑。

小沈年纪比他小得多，行事像一个年轻的秀梅。她肯给男人面子，脾气中带着一点撒娇，抱怨也带着笑，不像杨桂思那么直来直去，遇事只会硬邦邦地指责人。立远忍不住拿小沈跟前妻做比较，一比较，杨桂思便暗淡得像一张久远的旧画，而小沈则是真真切切的一座女像，鲜明的，立体的，不知内里真心假意，反正看上去栩栩如生。她是递到跟前的一杯茶，倒在眼前的一杯酒，却之不恭，受之不愧，立远笑呵呵一饮而尽。

佳圆撞见过他们在一起。那天，她没打招呼，突然回家，是个大清早。门一打开，立远便听见了，他睡觉一直很轻，床脚边便是房门，老式的房门，横的插销，来不及插了，情急之下，他用脚用力抵住那股推门的力量，外面的人显然没做好遇到阻力的准备，一下子就被推回去了，他顺势起来，快速插上插销。这房间原来是佳圆的，放着一张单人床，这一夜两个人挤在这张单人床上。离婚以来，立远一直睡在这儿。

推开门的一瞬间，佳圆瞥见了三条赤裸的腿，第四条呢，往哪里蜷着。她站在客厅里，调匀了呼吸，然后进了另一间卧室。靠墙一张双人床，床脚处有一张窄小的双人沙发，上面放着两摞衣服，叠得整整齐齐的，中间有几件女人的衣服。红的粉的，缀着花边或者飘带，又俗气，又蓬勃。

佳圆把衣服挪开，小心地不把它们搞乱，然后坐下来等。静默中，轻手轻脚也似地动山摇，无声比吵闹更直白。最后大门咔嚓一响，佳圆方站起来，拉开门往客厅一望，没有人，只有一种斯人刚刚离去的余波。立远的房门依旧紧闭着。

佳圆这次回来，想收拾一些童年的旧物，挪到妈妈那边去存放，杨桂思买新房了。杨桂思的父亲去世后，母亲把存款给几个儿女分了，老人是离休干部，存款数目不少，杨桂思还有自己的积蓄，加在一起终于买了一套小房子，不用再挤在娘家。她让佳圆把自己的东西收拾一下拿过去，以后妈妈也有家了。

立远终于起了床，佳圆装作若无其事的样子，把一些书本，小时候爱玩的布偶娃娃，装进箱子，拖着就要走。立远问她吃早饭没，她撒谎说吃了，临走时，立远叫住她，递给她一只瓷鸳鸯，还是当年结婚时买的陈设。鸟背是挖空的，从前杨桂思喜欢用它盛一些针头线脑，软尺扣子一类的，本来是一对，另一只早摔碎了，夫妻打架时，立远拿起来摔的，剩这一只幸存。

佳圆接过来，心里一动。她跟父亲之间虽然疏远，几近冷漠甚至有恨，却有一些心有灵犀的时刻，彼此不言，各自明白。立远无缘无故给她这件东西，仿佛在表达终结的意思，鸳鸯不再成双成对，孤单一只，也拿走吧，彻底断干净了。他这个人，离婚前常常恶形恶状，离婚后独自一人，竟洒过几滴眼泪。有一次是喝多了，回到家，深夜给佳圆打电话，舌头打着结，几句话嚼来嚼去，说我跟你妈早晚是要复婚的，你放心，你放心。佳圆听了，也不回答，任他在那头往复来回，像个笼子里的松鼠似的，转了一圈又一圈，从未离开原地。复婚当然是胡话，但是佳圆猜想，或许后悔是真的，午夜梦回，泛起两分悔意，要用酒一层层地淋浇，直至湮没如常。

佳圆接过鸳鸯，见它背上空空的，仿佛装过烟灰，底下一层深黑的痕迹，装进随身的背包。走出楼道，迎面一阵寒风，要入冬了。她叫了一辆路边等客的黑车，开到相距不远的杨桂思家里，到了门前她才想起来，妈妈并没有给她钥匙。

杨桂思很快到了。大门一开，一股新装修的味道扑面而来，四壁雪白，地板发亮。杨桂思引着佳圆看了一遍，指着一间朝南的卧室说，这间屋是你的。屋子空着，并不显得很大，窗户朝南，亮堂堂的。

佳圆伸出手指在白墙上轻轻一抹，墙没留下痕迹，手指上一点浮灰，这房间方方正正，一进来便知道，床该放哪里，书桌该放哪里，衣柜该放哪里。妈妈在扫地，说自己每天有空就过来收拾，家具都快到了，又说，你自己房间的家具你自己买。佳圆听了，以为妈妈是怕买了自己不喜欢，就说无所谓的，什么样子都行，我不挑。

"我的意思是，你要自己出钱买。或者我买了，把小票给你看。"

佳圆好像被敲了一棍，明白过来，是自己太不懂事了，这么大了，留学回来，上班挣钱，连这一层都没想到，还当自己是小孩呢。那地板本来就不脏，扫完了再拖一遍，湿漉漉地闪光。拖完地，杨桂思就要走了，去姥姥家帮忙做午饭，让佳圆一会儿也去吃饭，路上买点东西，不要每次空着手，不像样子。

晚上回到住处，佳圆将房门一关，隔断了其他租客说话、炒菜、看电视和冲马桶的声音，在床上躺了好一会儿，快要迷迷糊糊睡着了，才想起还没洗漱，明天上班用的背包也没收拾。拉开拉链，那瓷鸳鸯碎在里面，露着森森的白碴，剩下一个完整的，孤零零的鸟头。

在姥姥家，当着八十岁的老人，佳圆跟杨桂思大吵一架。为了留学的事，杨桂思对女儿大失所望，出国留学，多好的事，为什么中途放弃，跟男朋友分手，跟上学有什么关系，勤工俭学的人多的是，为什么你不行，为什么不珍惜机会。杨桂思有着全天下母亲都有的本领，每一句都准确地敲在关节上，像个手熟的外科医生，把女儿寸寸剖解。佳圆跟她吵起来，说了什么都不记得了，只记得自己说得又多又急，又委屈，又痛快，银瓶乍泄，晓日初升，吵到最激烈处，她拿起背包，开门便走，背包在门框上猛撞了一下，想必是那时候碰碎的。

在家二十多年没事，离开家，一天就碎了。佳圆小心地把几个碎块拿出来，向室友借了一支502胶水，坐在床上，仔细地粘了起来。她并不在乎这东西，也没什么伤春悲秋之情。修理这件瓷器，让她觉得踏实和平静，均匀地涂抹，牢固地黏合，直至裂缝微小到几乎看不见，伸手去摸才能感到些微的不平。她把它放在窗台上晾着，等胶水慢慢变干。

隔壁那一对情侣，又吵起来了。佳圆一只耳朵听着他们在互相指责，一只耳朵塞着耳机，听着一首柔缓的情歌。好几次，她跟乔子成一起坐公交车——最近他们常常下了班见面，四处去逛，两个人便分享音乐，一人挂一只耳机，仿佛彼此交出一半身体，一半精神，一半世界，像两个交集一半的同体积的圆。每当此时，佳圆便觉得又舒适，又恐惧，坐上过山车的那种恐惧，明知道是安全的，好好的，乔子成是从小就认识的熟人，老实人——仍然忍不住想尖叫。杨桂思边吃饭边说，女孩子要自重，要知道荣辱，这一句不紧不慢的闲话，混合着凉拌黄瓜被嚼碎的咯吱咯吱声，彻底激怒了佳圆。

立远这边，很快就让沈一芳正式搬进家来住，单位的宿舍退掉了。一芳的东西不多，只有一只箱子，两个手提包。她一进门，到处清洁焕然一新，立远颇为满意，一芳说要把儿子也接过来上小学。

# （十三）

不久，佳圆交了一个新的男朋友，是公司另一个部门的同事，职位比佳圆高。乔子成大吃一惊，大受打击，面子上还装作无事。这一天，佳圆带着沈慕去子成工作的店里，沈慕有个大学同学的孩子过两周岁生日，请他们去，要挑个给小男孩的生日礼物。最后他们挑了一套火车积木，子成给打了八折。佳圆尽量不去看他的眼睛。

买完东西又吃晚饭。沈慕开车送佳圆回家。他比佳圆大十岁，在公司是中层。两个人还是地下恋情，怕同事知道，一曝光，就得有人离职。以沈慕的看法，要走也是佳圆走，自己有望继续升职，前途大好。佳圆再找别的工作不就得了。

佳圆没有跟他争论这件事，也不愿多想，只要享受当前的热恋。沈慕这个人，相处以来很体贴，把佳圆当成小孩子一样，给她起各种卡通风格的昵称，都是叠词，冒着粉红的傻气。和他在一起，好像坐在一间幼儿园的教室里，老师半教半哄，她也半推半就，扮演小孩子使她觉得放松，安全，仿佛沉入一个深深的怀抱，无边的柔软，探不到底。

在车上，沈慕常常拉着她的手，或者用手轻轻抚摸她的头顶，像在摸一只毛茸茸的动物。在他面前，佳圆也觉得自己变小了，比少年还小，比儿童还小，小成一个懵懂的婴孩，被他轻轻环抱，被他带着去往任何地方。

沈慕送她到家。她从车里钻出来，风一吹浑身打个激灵，脖颈间还留着亲吻的气息。沈慕去过她家一次，便劝她换个地方住，嫌那里人多，环境也不好，不如搬得离他近一点，或者愿意的话，搬到他家也行。佳圆想，这房子是从二房东那里租的，这个二房东人很好，是乔子成的朋友，当初约定好的租期还没有到，就说她想先帮房东找到下家，再提搬家的事，别让人家空着受损失。晚上到家，她把想搬家的事跟乔子成也说了，对方很久才回复一条，说再去问问，看有没有合适的新房客。

佳圆看着手机屏幕，从字里行间感受到一种新鲜的冷漠，果然，这是她应得的。与乔子成之间只差把话挑明，或者不挑明，也几乎是默认了恋爱关系，可她这么一来，打得人家措手不及，今天算他很有风度，沈慕完全没看出有什么不对劲。但是佳圆并不后悔，甚至有几分兴奋，好像斗兽场上的观众，看见倒下的公牛迸出鲜血。它没来得及抵抗，也没有过多挣扎，就断了气，悬于一线间的性命，一扯就断。她庆幸沈慕出现得及时，不然她真不知道怎么甩开乔子成，他说话的声气，他的目光，他的神情，全指着同一个方向，可是她不想要爱情，她受够了，她想要一个窝，双臂弯成的温暖的窝也好，钢筋水泥的冰冷的窝也好，无论如何，是将她围裹得严严实实，让她闭上眼睛任意沉入的一个窝，沈慕来了，他正好就是。与其说他在追求，不如说他在召唤，他比佳圆成熟得多，一眼就看出她是什么样的人，什么样的女人，她缺什么，她想要什么。手到擒来。

在沈慕的身边，她安心做一个傻瓜，自己都快不认识自己，总是他在说，她在听，带着一丝叹服的微笑。其实他并不怎么高明，喜欢对所有人和事发表评论，说起来滔滔不绝，一种充满了单薄经验的陈词滥调。佳圆并不反驳他，因为当他说话的时候，她总在走神，魂游四方，身旁的喋喋不休只是一层背景，一块衬布，将她的安静衬托出来，仿佛坐在一起只是为了离散。而沈慕一离开，不在身边了，她又开始想念他。她被这爱情弄得轻飘飘的，在轻飘飘中又有一丝疑惑，疑惑自己为什么会喜欢这么一个人，跟沈慕在一起就像喝白开水，索然无味但是最能解渴。或许这才是正确的，爱情故事都在骗人。

沈慕带她去看自己的房子，离公司远，租出去了，他自己又在公司附近找了住处。他们把车停在路边，沈慕给佳圆遥遥地指出那扇窗户，是我们的，他说。佳圆像被火星儿烫着了，身体不由得一缩，笑道："你的，不是我的。"

"我们在一起，就是我们的，你这小猪。"他说，"走吧，下车，我带你上去看看。"

"有人住着，不太好吧。"

"我自己的房子，想看就看。"

佳圆随他下车，走到楼里面去，开门的是一个中年的女人，身上的围裙还没摘下来，手里拿着一把笤帚。沈慕介绍说，这是我女朋友，我们来看看房子。房客连忙将他们让了进去。佳圆一走进来，就闻见一阵浓重的烟味。沈慕说："在屋里抽烟，墙壁会熏坏的。"

　　在客厅里抽烟的那个男人把烟摁灭在烟灰缸里。沈慕对佳圆说："将来装修的时候，墙壁的颜色你来选。你不是最喜欢粉色吗？"

　　佳圆不记得自己什么时候说过喜欢粉色，说："我觉得现在就挺好。白色最干净。"

　　两个人在房子里转了一圈，沈慕说："你们把卫生间弄得太脏了，走之前要好好清理一下。厨房也是，怎么这么脏。"

　　佳圆看了一眼，并不觉得很脏，只是正常使用的痕迹。等他们出了门，沈慕说："这些年遇到的房客，没有一个爱惜别人的财物。押金要扣掉的。"

　　佳圆说："这也难免。收回来好好装修一下就可以了。"沈慕说："你不知道，这些房客都很刁蛮，租房的时候挑东挑西，这里那里嫌不好，要修理，走的时候，就什么都是好的，坏的都跟他们没关系，遇到好几个人都是这样。现在的人心就是这么坏。"他说这些话的时候，眉头和眼角的肌肉仿佛在打架，眼角向上，眉毛就向下，眼角下撇了，眉毛又向上扬，佳圆一时竟看得想笑，又忍住没笑。笑声就在胸腔里闷着，闷到沸腾。到家之后，她关上门，趴在床上，用被子捂上脸，开始大笑，直到肚子都痛了。她确认自己不爱沈慕，而且永远也不会爱他。但是，这又有什么关系呢？

不久，恋爱的事就被同事发觉了。开始有人拿他们开玩笑，主要针对佳圆，也有好心的提醒她，公司不允许办公室恋情，要她小心，被叫去谈话很麻烦。佳圆想，我自己是很谨慎，奈何你们到处传播，传得多了，又回头说我不小心。她跟招她进来的人事专员是同一个大学的校友，对方也提醒过她。佳圆问她，有没有找沈慕谈过，对方说没有，你比较麻烦，万一领导知道，离职的肯定是你。

她们约了一起吃午饭，在办公楼一层的咖啡厅，学姐说这是没办法的，我要是领导，我也会让你走而不是他，毕竟公司培养他这么多年。句句在理，佳圆当然否认不了这道理，投入产出的道理，权衡得失的道理，怎么说自己都是被放弃的那个，还要附赠一句咎由自取。周五晚上，她和沈慕一起去朋友家的生日聚会。临下班的时候，公司领导找她聊过了，意思是你看怎么办，调岗还是离职。调岗的话，可以去做前台。

佳圆说考虑一下。沈慕一听，就极力建议她去做前台，工作又轻松，见面又方便，几乎是领导给他的福利了，换作别人，女朋友必须得走。佳圆才意识到，这是沈慕替她求情了，他觉得这是个很大的好处，至少不用失业。话里话外，你应该感到庆幸。佳圆拿着这份人情，一时又想留，又想丢，最后她说："我不想当前台呀，有什么前途。"

"你不需要前途。"沈慕说，"我的前途就是你的前途。"

好像紧闭的门被推开一条细缝，里面黑漆漆的。佳圆曾幻想里面是个安乐窝，像童年时期，在秀梅身边的那种安乐窝，孩子的安乐窝，可她早不是孩子了。那天晚上，他们去了沈慕的朋友家，参加小孩的生日聚会，热热闹闹的，杯盘狼藉。吃完饭，女主人在厨房拉着她聊了很久，说了沈慕许多好话：脾气好，会做家事，会赚钱，将来一定特别疼你，跟佳圆对他的印象一一印证。没错，一点没错，这样好的一个人，不爱他简直不识好歹。佳圆和沈慕站在一起，是一对璧人。等人都散了，两个人没有急着回家，在朋友家楼下的小花园里散步，深夜无人，佳圆走着走着，闻见一股臭味，说这是什么味道，原来是落在地下的银杏果，转眼已是深秋。

沈慕说："你知道吗？银杏是雌雄异株的，授粉成功才能繁殖。雄树从来不结果，只开花。结果的是雌树。"

"那么就应该多种雄树。这果子太臭了。"

"做绿化是应该用雄树。不过小树不太好辨别。"

"为什么要跟我谈树呢？"佳圆问，"你是想说，公的母的天生就不一样，就应该各有职责吗？"

"不是，我前几天看了个讲植物的纪录片。"

佳圆失笑，挎住了沈慕的胳膊。沈慕转过头来吻她，被吻的感觉，像钻进在阳光下晾晒的厚棉被，温暖中带着微微的窒息之感，尽头一点微光。她猛地睁开眼睛，原来他也睁着眼在看自己，这个吻立刻就终止了。

沈慕计划一过年就把房子收回来，春天收拾一下，和佳圆一起搬过去住。佳圆对这个计划并不热心，也没跟任何家里人提过。和乔子成说，房子先不退了，再留一段时间。乔子成没有回复她，过一会儿，发来一张照片，是他从卧室窗户向外拍的景色，左下角落的建筑，正是佳圆住的那栋楼。

佳圆想起来，今天是星期三，是他的休息日，店里一周休息一天。他既不说别的，佳圆也不知道还能聊什么，发这张图又有何意。乔子成忽然说，你还记得咱们小时候，我家院子靠着你家的窗户，你家的窗帘上面，画着很多椰子树，有一次你跟你妹妹把窗帘盖在地灯的灯泡上面，烧出个大洞。后来用一块花布补上了。

是我奶奶补的，用的是佳月小时候的一条旧裙子。她还舍不得，哭啼啼的，不让剪，我说有什么舍不得的，一件破旧衣服。

你这个人一点都不念旧。

我不会无谓地浪费感情，佳圆说，我吃够亏了。

那你应该报复让你吃亏的人，不应该报复我。

不知道你在说什么。

你根本不喜欢那个姓沈的。

你以为你是谁啊？

佳圆生气了。不要以为你了解我，别装作对我很熟悉。

乔子成那边沉默了，空白了，她的指责成了空谷回音。这下好了，她想，我又失去了一个朋友。过了好一会儿，子成说，晚安。

佳圆这一晚并不安宁。她梦见自己在一条路上跑，背后有东西在追，不知道是什么，梦中身体僵硬，也无法回头看，只能往前跑，失脚一跌，恐慌之际，人就醒了。醒来满室黑暗，她醒着到了天明。

从这一夜起，她开始失眠。起初，她以为只是偶尔的入睡困难。喝一杯热水或者热牛奶，看一会儿书，等睡意涌上来，她就关上灯，闭上眼睛，睡意便渐渐消散，神志越发清明。为了入睡，她打开灯，看一本枯燥的书，如此循环往复，令她想起杨桂思。从前杨桂思患有神经衰弱，总是早早睡觉，半夜起床，在客厅和厨房之间走来走去。她常常自制面膜，用蛋清涂满全脸，或者用奶锅煮速溶咖啡，倒出一碗深黑色的苦水，放多少糖也盖不过焦煳的味道。佳圆常常听见她的脚步声，远了又近，近了又远，早上问她夜里在做什么，她说："我也不知道该干什么，睡不着，就走来走去。"

杨桂思说，她在办公室里感到压抑，不快乐，立远对此嗤之以鼻。"就是懒。"他说，"哪个女的像你这么懒。"每天晚上，吃完晚饭，杨桂思就去睡觉，房门关得严严实实，立远出门去打牌，或者根本就不回来，在外面喝酒。佳圆得以安静地做完作业，打开电视，音量放到最小，凑近了才能听清对白。"噢，我的小南瓜"，是《成长的烦恼》里面的美国妈妈，她的头发烫得又卷又蓬。他们家看起来真时髦。

现在，轮到她了，早早地就困了，躺下却睡不着。夜里睡不着，却常常在约会时打瞌睡，眼皮沉重，甚至在吃晚饭的时候就强烈地想躺下睡觉。沈慕送她回家的路上，她在副驾驶座位上就睡了过去，在楼梯上，在人行道上，在排队等着买午饭的写字楼食堂里，在结账的收银台边上，可以免费挑一小盒酸奶，要原味、杜果味还是黄桃味，一闪念间，她几乎完全失去意识，睡过去一秒钟。

整个白天，她都在与睡意做斗争。当时她已经坐在前台的工位上了，领导说，你们是公司的门面，要精神起来。渐渐地，她练就一个新本领，坐得直直的，眼睛也睁着，人已经睡着了。有同事过来办事情，或者有访客进来，旁边的女孩会往她肩上轻轻一拍，她立刻回过神来，思维敏捷，口齿伶俐，应对自如，好像此刻的聪明机警才是梦中。醒着的时候，反而觉得自己混沌如梦。

渐渐地，这种状态开始影响她的生活。周围的一切开始显现出不确定的轮廓。同时，沈慕变得越来越清晰而笃定，他对未来的规划像一张条分缕析的思维导图，一张色彩鲜明的财务报表，因果相循，无懈可击。他又升了一次职，春风得意，女朋友都不必离开，看在他的面子上，给一个闲职养着她。接下来就可以考虑结婚，房客被赶走了，房子重新粉刷，佳圆挑了半日，从色卡里选择一种淡淡的珍珠粉色，像健康的指甲泛出的颜色。她说，她喜欢这个颜色的名字。

他微微一笑，他懂得商业的奥秘。回家的路上，他讲给佳圆听，做市场营销，起个好名字有多重要，倘若一件衣服，叫"珍珠粉"可以卖五百块，叫"烟粉"或者"雾粉"，可以卖三百块，要是再笨一点，直接叫"肉粉"，虽然是最接近实际的，估计一百块也卖不出去，骗的就是你们这些感性大于理性的女人。他在这边滔滔不绝，佳圆早就睡着了。与其说放松，不如说是绝望地呼呼大睡，她一分钟也忍受不了这个男人。

但是，当她醒着的时候，她知道沈慕很好，很优秀，很体贴，没毛病可挑。她甚至感到一点愧疚，为了自己并不爱他，几乎是在欺骗他，他不仅信了，还深信不疑，那种坚信对方欣赏自己，甚至崇拜自己的自信之情，又常常令佳圆感到恼火。当她睡着了，这些问题便不存在了，于是，她睡得越来越多，越来越频繁，也越来越深沉。在空白的梦里，她与所有人都互不相欠，互不相连，互不打扰，她的世界从来没如此清澈而宁静，好像封冻在万年的冰块中，或者凝固在上亿年的琥珀里。短短地睡着几分钟，从与沈慕的相处中抽身几分钟，使她觉得时间没那么难以忍受。醒着，时针，分针，秒针，每动一下，就在她身上轻剐一刀。

暗暗地，她给自己的睡眠起了一个好听的名字，她叫它兔兔，因为她只要一想象着太阳，草地，一只蹦跳的毛茸兔子，浓重的睡意就像乌云一样袭来，瞬间遮蔽了阳光，将她引入黑暗。那只兔子始终用屁股对着她，她努力地想多坚持几秒，眼看它就要转过身来，却从来没有成功过。她总在看见兔子的正脸之前睡了过去，下次它再出现，依然一个圆圆的屁股和毛茸茸的短尾巴。

如此这般，她给自己寻找了一个新的目标：看见兔子的正面。它仿佛生活在她的眼皮里，只要合上眼睛，它就出现，她越追，它越跑，引着她跑进睡眠。直到有一次，她停住脚步，弯下腰，温柔地叫它，引诱它，它也慢了下来，耳朵微微抖动，犹豫地侧过身子，一只眼睛盯着她。

慢慢地，它转过脸来，佳圆猛地惊醒了，有人来了，跟她讲一个文件寄快递的事情，语气很不客气，是公司的老板。她迅速地回归工作状态，眼前还留着那只兔子灰色的残影，直到把老板应付走了，她才长出了一口气。身边的同事说："怎么叫你都不醒，你要不要回家休息一下？"

佳圆摇摇头。她站起来，走出公司的大门，进入写字楼的卫生间。在最里头的隔间里，她坐在马桶盖上，将脸埋进双手，想要接续那个梦境，回不来了。她怎么也睡不着，之前的困倦一扫而光，她觉得那兔子再也不会回来了。就在那一秒，或者千分之一秒，她想，梦里的时间怎么计算？

她认出了那只兔子。小学五年级的暑假，佳圆和佳月喜欢去邻居家喂兔子。在一片菜地里，放着只铁笼子，上面压着一块木板。她们用从家里拿的白菜叶和带泥的胡萝卜喂它们，也捡树叶和拔草，一样一样地尝试，看它们喜欢吃什么。兔子永远吃不饱，永远翕动着三瓣嘴，佳圆给两只兔子起了名字，名字是什么她已经忘了。有一天，菜都喂完了，兔子还在要，佳月说，走吧，没了，佳圆说，你看他们家的菜园子，种了这么多菜，把兔子放出来跑跑。说着，她就去搬笼子顶上的木板。

佳月说，不要，这是人家的兔子，要骂我们的。佳圆没有理会她，把压在木板上的几块碎砖头拿下来，木板掀开，兔子直立起来，接着纵身一跃，跳进青翠的菜园中。佳月压低了声音，问她，怎么把兔子捉回去？佳圆说，管他呢，让它们玩够了再说。

它们要逃出去了，快追啊。一只兔子已经跑到矮篱跟前，眼看就要翻过去了，佳圆笑了起来，你看它，多灵活啊，天天就在小笼子里，一点没退步。佳月想去抓另外一只，另外一只跑得更快。主人家的房门响了，大人的午睡一结束，小孩的王国就消失了。佳圆和佳月互相看了一眼，拔腿就跑，踩过一团又一团黑色的树荫，穿过一排又一排平房，一直跑回秀梅的家。

她们不敢跟秀梅说发生了什么，说了一定会挨骂。当天晚上，一切如常。晚饭后，佳圆一个人去上厕所，佳月和秀梅在看一部电视剧。片刻过后，就听见有人一路狂奔，上台阶，进院子，猛地拉开门。秀梅说，慌什么呢，女孩子走路稳当点。

佳圆气喘吁吁，脸上都是汗。走到电风扇前，对着直吹，一直吹到汗水冷了，心跳渐渐平缓。刚才的情景依旧鲜明，一个人坐在低矮的马扎上，面前摆着一个脸盆，在黄黄的路灯光下，那灯光像黄金的流泉，轻柔地洒落在他身上，而他手下正滴着水。或者是血，淅淅沥沥，滴滴答答，她向前走了两步，一下就看清楚了。他正洗剥兔子呢，兔子从他手上垂挂下来，仿佛被抽掉了骨头，通身光溜溜的，粉红色的肉，茶色的眼睛眯成一道缝。

一路跑回家，电视剧正演得热闹。秀梅和佳月看得入神。她想说说这件事，她知道的所有字像一群惊起的鸟儿，挤在喉头盘旋，一只也飞不出来。电视上的人正在哭哭笑笑，都是好大的事，天大的事，他们大吵大闹是为了什么，反正不会为了两只无关紧要的、别人家的兔子。她不能显出多愁善感，显露出无用的感情，姓陈的这一家子都看不起这种感情。他们以粗豪为乐，以冷漠为常，以多情为耻，佳圆学会了，无论何时都要显得满不在乎，装作若无其事。这有什么大不了的。

从那以后，她再也不敢一个人去外面的厕所，而佳月误以为她是害怕壁虎。直到秀梅家盖了新房，装了自己的卫生间，佳圆才渐渐淡忘那只兔子的往事。现在它又出现了，像某种警示，或者预兆。糟糕的事情要发生。当太阳下山，当天空变得阴暗，当任性的快乐结束了，大人睡醒了，惩罚就要来了，以一种意想不到的方式。

同时，沈慕加快了走向婚姻的步伐。几乎万事俱备，杨桂思对他很满意，几次打电话跟佳圆说，要快点结婚，多好的一个人啊，你看看像你爸那样的男人，又不养家，还打人，我看小沈挺好。你也不小了，以前也谈过男朋友，人家都不介意的。她一说起话来，就自顾自地说起很多旧事，统统是关于她自己。在杨桂思的故事里，立远一无是处，但是佳圆知道爸爸并不是彻底的无情无义。那只鸳鸯鸟粘牢了，迎着光仔细看，才能看出几道细痕，她把它放在床头柜上。有一次沈慕来她家，帮她搬一些东西到他的新房子里去，看见这只瓷鸟，说正好放在床头，装避孕套用。佳圆愣了一下，说算了，旧东西不要了。

## （十四）

立生跟小赵要结婚了，正式摆酒，选在端午假期的第二天。立秋从上海赶回来了，住在秀梅家。她这次回来，一是为了婚礼，二是为了讨债，立远欠她的钱打算什么时候还？她先跟秀梅说这件事，秀梅说，你自己问他去，我哪儿管得了。立秋知道老太太偏心，就不多说了，想着，钱可以要不回来，但是该说的话必须跟他当面讲明白。

摆酒那天，立秋租了一辆车，带秀梅去订好的饭店。秀梅很久没出门了，两眼不住地往外瞧。立秋把车窗摇下一点，让风吹进来，秀梅今天心情好，头发昨天剪过了，是一个老街坊给剪的，立秋帮忙洗了澡，从里到外都换了干净衣服，连助行器都擦得亮晶晶的。她很喜欢小赵，小赵勤快，嘴也甜，比林慧文好多了。立秋还没见过新娘子，一直听秀梅在夸，小赵如何如何，给女儿看自己手腕上的一只绿玉镯子，是小赵送的。

立秋看了看，看出这东西并不太值钱，恐怕不是小赵告诉秀梅的价格，也不说破，只说好看，哄老太太嘛。车经过水泥厂，秀梅说，能往里开开吗？立秋说，往里去干什么？一边问，一边依她的话，转了向。看门的人不在，车直接开了进去，这地方原来这么小，汽车转一圈用不了两三分钟。早年，立秋在这里上过班，当会计，接了秀梅的班。更早的时候，秀梅干的是体力活儿。现在这厂区冷冷清清的，看不见人，都放假了。从前厂子红火的时候，是日夜三班倒，生产不停的。

"这厂子就跟我一样。"车子离开的时候，秀梅说，"老了，没用了。"

立秋说："这种污染企业，就该早点关掉。看看这边的树，树叶子上都是一层灰，多少人得肺病，得矽肺。"

"厂子关了，工人上哪儿去？"

"爱上哪儿上哪儿。我辞职了，现在过得也挺好。"

"你有本事，他们有什么本事？"秀梅说，"就咱们家这哥儿几个，谁也不能像你一样。"

立秋惊讶地看了秀梅一眼，秀梅从来没承认过她比哥哥们强。她当初辞职，几乎跟家里决裂，好几年没联络。后来，立远找到她，问她在那边干什么工作，挣多少钱，算是重新联系上了。当时，大哥说有个朋友要开酒店，找人入股，说得天花乱坠。立秋当时还在珠宝柜台当销售，有一些积蓄，被他说得动了心，都拿了出来。立远说要是赔了，就算是我借你的，本金我还给你，要是赚了，就算是你的股份，都归你。她知道大哥为人一向如此，不会在钱上计较，就放心地把钱给了他。

她问过很多次，那酒店到底在哪里。立远给过她一个地址，她去看了，是一片老旧的居民区。她从纵横交错的晾衣绳下面慢慢地走过去，仔细观瞧，看看哪座房子像是大哥说的"酒店""宾馆""饭店"，有一次还说成了"度假山庄"，听起来十分堂皇。她当时还很年轻，二十多岁，从北京郊区的老工厂来到上海，在一个宽敞明亮、装修豪华的商场里工作，地板总是亮亮的，映出倒影。陈列着珠宝首饰的宽大柜台，玻璃柜里装着灯，台面上放着灯，头顶一排灯，无数灯光汇集在一粒粒钻石的星芒里。年轻人一对对地走过来，一只只戒指试戴。立秋是金牌销售，因为业绩好所以升迁到总公司。一开始让她整日坐办公室，她还不习惯，有空就喜欢出去巡店，转着转着，顾客还是那些恩恩爱爱的年轻人，她自己却不算年轻了。有一次跟秀梅打电话，听秀梅说话颠三倒四，一句"你吃饭了吗"重复问了三四遍，心下不由得一阵凄惶。当年春节，她回家过年，成了大院中的一桩新闻。秀梅到处跟人说，立秋从上海回来了，当经理了，小女儿成了有出息的代表，成了还在上中学的侄女佳圆的偶像。

到了饭店，立生和小赵迎上来，小赵穿着一件海蓝丝绒的连衣裙，披挂着金灿灿的首饰，让她们坐在靠前的第一桌。立远还没到，立生说他还在路上，立春一家已经坐好了，佳圆和佳月也在，还有一个男人坐在佳月身边，立秋不认识，立刻猜到是佳月的男朋友，秀梅提过的，听说姓蒋，叫什么名字她忘了。

新郎新娘都是二婚，仪式很简单。立生发表了几句感谢亲友的话，小赵没说什么，站在那里，胸口微微起伏，像蓝色的海浪。隔着圆桌，立春问立秋："你看她那项链，那么粗，是真的吗？"

立秋说："这么远哪儿看得出来。结婚时候戴的，应该是真的。"

"立生真舍得给她花钱。"立春说，"房子也重新装修了。我们早上去新房看过了，光一个窗帘就要七千多。"

张昆打断她说："是全屋的窗帘，一共七千多，哪儿是一间屋子？你也老糊涂了。"

"谁老糊涂了？你当着我妈说老糊涂？"立春有些不高兴了。

"是你记错了嘛。"张昆有点讪讪的，他们的儿子张昊辰一直在嗑瓜子，面前一堆瓜子壳。他高考考砸了，四百多分，比预期差得远，上了一个大家没怎么听说过的学校。立春和张昆为此大吵一架，立春认为这全是张昆不管孩子的缘故，反正坏事总得有个缘故，那缘故必不在自己身上。昊辰自己倒没什么，从小到大，他一直被看作好孩子的榜样，成绩好，什么都好，最后考砸了，他倒觉得一下子轻松解脱。考上大学，秀梅给他三千块钱作为祝贺，他全部花在游戏装备上，终于离开家，没人限制他了。

"记错了怎么着？你脑子好使，你才是老糊涂呢。"

"得啦得啦。"秀梅说，"多大点儿事，吵吵什么，丢不丢人！"

立秋问佳月："你去你爸的新家看过吗？"

佳月摇摇头。秀梅和立秋来之前，立春和张昆正在议论奶奶，说老太太岁数大了，真糊涂了，立生是二婚，老太太还给了一笔钱，二婚算什么，也来找老太太，说要装修房子。佳月听着这些话，有些坐立不安。他们之间说闲话，从来不避着晚辈和外人，好像他们还是听不懂话的小孩似的。飞凡悄悄把手放在她膝盖上，轻轻摩挲着。

热腾腾的席面上，佳圆像一根不化的冰棍，又冷，又硬，冒着寒气。立秋问她，沈慕怎么没来？她只说，他要加班。立秋知道这个人，家里有什么新人新事，秀梅都要打电话跟她念叨一番。没人和她说话的时候，佳圆的目光便聚焦在一瓶白酒的商标上，久久不动，看起来只是出神，其实快要睡着了。佳月用手肘轻轻碰她一下，提醒她新人过来敬酒了。

谁也没想到，年纪最小的昊辰竟能喝酒，干掉一杯几十度的白酒像喝白开水一样。立春都诧异了，问他："谁教你的？"

张昆说："你别管他。十八了，喝点就喝点。"

立秋半晌没说话，等立生和小赵敬完酒，转到别桌去了，才说："昊辰越长越像立民，男孩像舅舅，喝酒的样子尤其像。"

一桌都笑了。立春也跟着笑了几声，说："可别像他三舅，没有出息。"

秀梅忽然说："怎么没叫立民来？应该叫他来。"

"叫他，他也不会来。"立远说。他迟到了，刚坐下，他这个人一向没有准时的观念。

"我三哥这大半辈子，过的可是神仙日子。"立秋说，"不上班，不干活，有口吃的就行，什么欲望也没有，他当初结婚就不应该，谁能跟他那种人过下去。"

佳圆挨着秀梅坐，蒙眬着又要入睡，眼前仿佛笼了一层纱，那些人都在纱帘外坐着，坐成一个圈，她也吃菜，也喝饮料，别人同她说话，她也应答，看上去并无异样，只有她自己知道，这一切都在半梦半醒中进行——只用一半的清醒来应付外界，是她的新本领。在另一半的睡眠中，她不停地梦见陌生人，各种各样的脸，每一张脸都和善地微笑着，只有她自己，怎么用力也笑不出来，最终他们都失望而去，伸出的双手又缩了回去，笑容消失了，甜美的面容变得冷漠僵硬，一个个背过身去。到此时她就会自动地醒过来，这些糟糕的梦使她难以进入长久的真正的睡眠，只在睡眠的表面浮浮沉沉地飘荡。佳月又碰她一下，问她："你今天怎么了？怎么总是走神呢？"

说来话长。佳圆拿起杯子喝一口跑了气的可乐，佳月越来越漂亮了，并不是长相的变化，而是她整个人变得大方舒展，像初春的杨柳或者仲夏的荷花，正合其时。佳月没怎么跟飞凡说话，他们的一举一动又仿佛一直在说着默契的话。

佳圆想，我大概是出了什么毛病。从前，佳月总像是她的影子，她从来不关注影子，现在，影子忽然变得立体，丰富，层次分明，影子长了脚，脱离她而去了，使她觉得脚下一凉，背后空空。立远坐在她对面，仿佛没看她，在一堆废话中间，忽然冒出一句："佳圆瘦了。"

"减肥呢。"她说。立远跟张昆碰杯喝酒去了。佳月低声同她说："我上次回来，碰见乔子成了，他带着女朋友。"

"他女朋友好看吗？"

"没有你好看。"

佳圆像被刺了一下。她想也许乔子成把什么都告诉佳月了，她能想象他那个倾诉的神情，委屈中带有几分愤怒，受了挫折的幼稚的热情，像路边的小草，被她这辆无情的坦克碾轧了。

立春听见了，说："哪个乔子成？是后面乔秃子的孙子吗？"

"是，乔秃子死好几年了。"

"他真不是个好东西。"立春说，转头又问立远，"你记得他那时候打咱爸？开批斗会，抽大嘴巴。他儿子跟老子一样，更不是个玩意儿。"

"乔三儿是领头的。"立远说，"他领着院里所有的孩子，不让大伙儿跟我们玩。"

这些话，佳圆和佳月从小到大听过无数遍了。只要聚在一起，一定会骂到姓乔的一家，但是并没妨碍她们跟乔子成一起玩到大。乔子成的爷爷，乔秃子，是个脾气很温和的老头，经常给她们拿零食吃，她们在外面吃完再回家，不让秀梅知道。偶尔知道了，秀梅还要骂一顿。

"因为你爸爸，我们受多少气啊。"秀梅说，"你爸爸早死，跟那时候挨打挨骂都有关系，他脾气多倔，受了气就憋在心里。"

"不过，"秀梅说着又笑了，"他早死了也好，他活到现在，估计我该气死了。我跟你们说，都记住了：将来我死了，绝对不要跟他并骨。"

一桌人都觉得这话荒唐，但是佳月知道，这是奶奶的真心话。不要并骨，不要并骨，她抓住时机就重复一遍，说给儿女们听。她不会郑重其事写遗嘱，大家都避讳死亡，正经的遗愿在闲谈中流露出来，被当成笑话，听完就过去了。

佳圆说："那清明节还要上两处坟吗？多麻烦。"

"另点一个坑，把我跟他隔开就成了。"秀梅说，"上坟还嫌麻烦？我死了，你给我烧纸不烧？"

"烧，烧，给您烧好多钱。"佳圆笑了，秀梅也笑了，死亡也在一旁轻轻地笑。席散了，立春一家开车走了，佳月和飞凡去等公交车，佳圆要和立远一起回家去取点东西，立秋和秀梅一起回家。临分别时，旁人都散了，立秋才提起那笔钱的事，她故意当着老太太的面提起，问立远什么时候还钱。

"钱随时可以给你，但是还了钱，就没有分红了。"立远一边抽烟一边说。

"我急着用钱，想买房，我不等分红了。再说，都这么多年了，一分钱也没见着。"

秀梅说："你买房差多少钱？"

立秋说出一个数字，天文数字，秀梅不吭声了。

立远答应着，中巴车来了，便和佳圆一起上了车，车厢里挤得满满的，门一关走了。路上，立秋跟秀梅说："以后不要拿钱给任何人，尤其是我大哥。"秀梅没说什么，立秋觉得，她这警告也许给得太晚了。

"以后，我见他一次，就要一次债，看他的脸往哪儿放。"

"他也不容易。他离婚，杨桂思把存款都拿走了。"

"我没要他的存款，我要的是我的投资。"

车窗外面，落满灰尘的叶子轻轻摇动。秀梅睡着了，她近来睡得很多，早上起来，常常坐一会儿又睡着了，下午也睡，夜间却不困，常常醒到快天亮才蒙眬睡去。时间被睡眠切成一段一段的，有时候她睡一觉醒来，一阵迷糊，想不起现在是早晨还是下午，或者还停留在梦里，恍惚中以为自己是个小女孩。

不止一次，她把佳月恍惚看成立秋，等立秋把她叫醒时，她又以为是佳月。汽车已经停好了，她醒过来，说："到了？"

"到家了。"

秀梅展开助行器，往家里走，立秋陪在一边，秀梅忽然说："你大哥到底欠你多少钱?"

"别问了。我知道他没钱。"

"他有钱。"秀梅说，"你就找他要去。"

"他哪儿来的钱? 成天吹牛。"

车停在另一头，回家要经过好几户人家，交错扯着一些晾衣服的绳子和细铁丝，晒的衣服硬邦邦地飘扬，纸片似的摇晃，地下的树影子与矮篱笆的影子交错画出一道道的斑纹。秀梅好久没走过这条路了，平常她不出门，让隔壁的小杨帮她买菜。

立秋这次回来，觉得秀梅又老多了，走路越来越困难，但是秀梅不肯承认，说我能自理，等不能自理了，再去找你们。立秋在心底盘算着，这些人有谁靠得住呢? 将来恐怕是个问题，她也不愿意多想，自己过两天就走了，老太太有什么事，自己管不了，多多给钱就完了。

在家住了三天，立秋要走了。临行前，她给秀梅包了一些饺子，冻在冰箱里，按个数分装好了，一次煮一袋，正好够一顿，秀梅很高兴，说这个主意真好。秀梅越高兴，立秋越不放心，她已经看见老人的行动如此迟缓、吃力，除了留下一些冷冻饺子之外，她也没别的办法，饺子填满了冰室，也总有吃完的时候。这不是常法。

临行的前一晚，她一边收拾行李，一边跟秀梅聊天，说："要不请个保姆吧?"

秀梅说："不用，我能自理。等不能动了再说。你大哥跟我说，等天凉了，带我去医院看看，要是能做手术，就做手术换膝关节，听说做完的都能走路。"

"我大哥说?"立秋冷笑，"他这话说了几年了? 等
完天凉，又等天暖。"

"等天凉了。"秀梅重复道，"现在天气太热了，不
适合做手术。"

立秋没能要回她的钱，这是意料之中的结果。立远
既没有说还钱，也没说不还，只是跟她陈情利害，想让
她相信，这时候把钱拿回去是极不划算的，说着说着，
信号忽然不好了，他就挂了电话。

走的时候，秀梅行动不便，送出院子就停下了，立
秋一个人拖着箱子，出了家属院，再爬一段缓坡，去公
路上等车。万向轮咯吱咯吱作响，太阳暴晒，晒得脖子
后面有点痛。刚才，秀梅望着她，眼睛竟湿了，她不得
不加快脚步，让自己的背影快点消失掉。冰箱本来空空
荡荡，现在塞满了够老太太吃一个星期的饺子，直到上
了车，她才终于松了一口气，心里陡然一轻，把老家抛
在身后，几天以来担忧的阴影终于驱散了。

在火车上，她掏出手机，想给佳圆打个电话，想想
算了，不要把这种焦虑传递给下一代的孩子们，她们有
自己的生活。她想好了，到最后，真的没有人肯管老太
太，她就来兜底，左右不过是花钱请人。这么一想，更
轻松了，而后面发生的事情，是她此时此刻根本没有料
到的。

（十五）

立远见了沈慕一次，印象非常坏。他觉得，沈慕的言谈举止，隐约透出一种对未来岳父的轻慢，仿佛看不起自己。那天，立生的婚宴散了，佳圆和他一起回家，要拿些东西，其实她也没什么要紧东西在家里，收拾的都是一些不穿的旧衣服，一些旧书，每次回来零星地拿一些，蚂蚁搬家，一点点把自己的东西都拿走了。

立远喝了酒，脸是红的，坐在沙发上抽着烟。这个家里，处处留着沈一芳的痕迹，衣服，粉红的拖鞋，卫生间里的唇膏和缠着长发的梳子，佳圆小心着尽量不要碰到。对于这个陌生的女人，她听秀梅讲过，说人很好，很勤快，长得也好。佳圆猜测，沈一芳大概很年轻，这么一想，莫名的厌恶感就更深了。父女俩从来没有谈过这个事情，或者说，他们父女俩什么事情也不谈。他们没有谈话的经验。

佳圆经过客厅，觉得烟太呛了，随口抱怨一句，立远便大怒起来，骂道："翅膀硬了，嫌弃我了，白眼狼！"

佳圆觉得莫名其妙，她正在开窗户，让空气流通，听见他一骂，顺手又把窗户带上了，咣唥一响，这一声巨响便是战争的第一枪。起初是脚步声，然后便有肉色的东西一闪，佳圆挨了两个巴掌还是蒙的，好像有一只大鸟扑扇着翅膀攻击她，她抬手格挡，那肉色的鸟儿拍打得更猛烈了。像旧梦重温，只不过是噩梦。杨桂思就是这么挨打的，佳圆小时候也是这么挨打的，自从她上高中开始住校，杨桂思在娘家长住，这种事很久没发生了。他边打边骂，佳圆应接不暇，不知道为什么，痛是痛的，怕是怕的，痛和怕中间又有一丝熟悉感，仿佛回家了，终于回家了。她恨自己胜过恨立远。过一会儿，打完了，他穿上鞋出门，佳圆收拾好背包，背在身上，走的时候还把垃圾带到楼下去了。她曾无数次发誓再也不回这个家。

沈慕和她说，马桶要买带按摩加温功能的，就像他们上次在温泉酒店里试过的那种，同品牌，同型号，太舒服了，必须买。佳圆说好的，她显得随和，不挑不拣，怎么样都可以。有一天，沈慕说："你这个人，怎么好像没有自己喜好的？"她说："我觉得什么都很好，你也很好。反正都比我好。"

他似懂非懂地看着她，好像她说了什么哲人的难解的话。佳圆的家庭，他不怎么喜欢，但是他觉得这不重要，反正他们在一起，将是一个新的家庭，新的开始，过去的就丢在过去。佳圆那父亲简直像个流氓，佳圆也有阴晴不定的脾气和时不时发作的粗鲁态度，但是他相信，这性格会改掉的，他相信自己改变别人的能力，他相信佳圆能成为一个理想的妻子。在他的生活里，他什么都有了，房子，汽车，工作，娱乐消遣，就缺一个女人，现在拼图完整了，可以镶上一个华丽的边框，挂到墙上去了。他只是模模糊糊地意识到，这种完整的生活是无聊的，甚至蕴含着某种危险，瓷器摔碎的危险，静水兴波的危险，平地惊雷的危险，但是他有意无意地忽略了，就像他忽略佳圆时不时地入睡，不去想她究竟怎么了。他给她起可爱的外号，困困猫，困困猪，困困娃，困困宝贝，这些充满爱意的称呼把真正的问题掩饰掉了，仿佛这只是个好玩的游戏。

房子收拾好了，一个周六的上午，晴朗的日子，他们去新房子里，门一开，一个脚手架孤零零地立在客厅，阳光透过落地的玻璃窗，落在上头，像一块轻薄的纱巾，仿佛伸手就能揭起来。房子空空的，反而比满满当当的时候显得更小了，她想象不出之前这个小屋子里怎么挤住下一家三代人，别人居住的痕迹都抹去了，三面墙，一面窗，令人想起那种小孩子用来捉昆虫的塑料盒子，顶部留一个小小半球形的观察窗，虫子从里面向外张望。

沈慕约了设计师来量尺寸，人来了，沈慕同他聊着天，设计师滔滔不绝，佳圆听得断断续续，清醒也是断断续续，越是应该开心的时候，应该兴奋的时候，应该充满幸福的时刻，她越容易入睡。卧室的地板角落里丢着一只矿泉水瓶子，装修工人落下的，她用脚尖轻轻一踢，瓶子骨碌碌滚开了。他们议论着要把这间屋子的一面墙全做上衣柜。佳圆继续踢那瓶子玩，注意力十分集中。如果没点事情做，她就困得快要躺倒在地板上了。

沈慕很好，只是无聊，坏人尚且可以改过向善，无聊是无药可救的。跟他在一起，佳圆感到一种绝对的安全，绝不会有任何惊人之语，绝不会有任何出人意料的事情发生，他将此视为人生的胜利，在每一个阶段，他都赢了，赢了不知多少人。这种对自我的满意，像一团跳跃的火苗，别人一接近便禁不住要跳开。佳圆觉得自己要被热化了，熔化在沈慕的怀抱里，沈慕的生活里，化成没头没尾的一摊，反射着七彩阳光的一摊泥水，幸福的泥水。他说，衣柜能做成步入式的衣帽间吗？里面安装两排炽亮的灯管，由冬到夏，依次排列，尺寸精细到厘米，严丝合缝，毫无间隙。一切运转良好，沈慕搂住佳圆的腰。一对璧人。

设计师走后，佳圆踢瓶子踢得累了，坐在墙角的地板上。沈慕看见说："你把墙靠脏了。"佳圆说："脏了就脏了。脏了又怎么样？"

"这是咱们的新家，爱惜一下。"

"是我的家，我想靠哪儿就靠哪儿。"

"你是不是又犯困了？"

"不是。我刚睡醒，我在梦里踢皮球，刚醒来你就说我。"她忽然撒起娇来，沈慕哧地一笑，伸手把她拉起来，她懒洋洋的，打着呵欠，总也睡不醒的样子，好像对所有事情都没有兴趣，这样倒好，将来她也不会失去兴趣，沈慕想。他这个人，凡事总是朝好处想，要说佳圆并不爱他，他是死也不会承认的，原因在于他就不怎么相信"爱"这个东西，对此，他也有一套理论，认为爱是世人造出来的障碍，自寻的烦恼，倘若人人都不讲爱，不追求爱，不强求爱，不放在嘴上说，更不放在心里惦念，日子就简单容易得多。当然他是喜欢佳圆的，喜欢佳圆有许多具体的理由，她年轻，长得好看，性格开朗，她还会做饭，做得挺好吃，她家世不好，父母离异，她父亲差不多是个无业的混混，因此她渴望一个温暖的稳定的家，这推论是十分自然的。佳圆想到那只昆虫盒子，他就是捧着昆虫盒子的那个人，定时投喂，时时观赏。她怔怔地朝窗外望着，伸手抹掉一个玻璃上的灰点。

佳月劝她去看医生，发过来一串医生的名字，××医院××科××主任，专家，主治医师，佳圆上网去搜索这些人名，履历，看他们在网络上回答患者的问题。很多人像她一样有睡眠问题，考试失利，恋爱情伤，待业在家，夫妻不和，产后抑郁，老年孤独，有的彻夜难眠，有的嗜睡不醒。也有人像佳圆一样，一下子就能睡着，看起来却是醒着的，那个人说，这是他妈妈的病症，他想替她约一个面诊，因为他妈妈本人并不愿意就诊，甚至觉得这不是病，而是一件大好事，为什么逼她去看病。佳圆不禁一笑，她的想法和这个人的妈妈一样，这明明是一种难得的禀赋，好像随时捏着一把通往另一个世界的钥匙，任意穿行。

她不觉得自己需要治疗，而佳月却认为佳圆生病了，病了就要治，身体的，心理的，精神的，专家分门别类，你应该叩响他们的门，而不是深夜给我打电话，佳月说，她听起来睡意蒙眬，但是她对佳圆永远有耐心。过了许多年后，佳月回想这段日子，常常在凌晨两三点钟被电话吵醒，佳圆的声音在静夜里格外清晰，她说，我真恨他。

谁？

对方不出声了。那种绵绵不绝的，时深时浅的恨并没有具体的内容，是空白画纸上孤零零的一个落款。她不说，佳月也在听，听见那种恨的波声，只在夜深人静时方听得见，只有佳月才听得见。


佳月说，我周末去看奶奶，你也来吧。咱们爬山去。

佳圆拒绝了，那些破山有什么好爬的，爬到顶，也就那样，到处脏兮兮的，到处是灰。

奶奶也想你啊。

周末我要去看新房子。

等你家收拾完了，我要去看看，送你什么温居的礼物呢？还没想好。

佳圆笑了，手机贴在脸颊上发热，比热吻还热，可信的人那么少，而亲近的人却太多了。可信又可亲的，大概只有佳月，然而佳月又有了蒋飞凡。

她叹气，好像已经过完大半生似的那种长长的喟叹，书生读史的叹息，英雄迟暮的叹息，还有她，一个当代年轻女人的叹息，一出口便消散于混沌之中。她觉得自己很无聊，居然去嫉妒妹妹，嫉妒她那么快乐，平静，坦然，嫉妒她总有好运气，而自己，好运气都消耗在秀梅当初的偏爱上头，背着佳月，奶奶多给她一块士力架。偷偷地吃，特别的甜。晚上，人都睡下了，窗帘上映着月光，勾勒出黑色的椰林树影，想着，等长大了，要和奶奶一起去那么远那么美的地方，带上佳月。就连这个愿望，也是佳月实现的，而不是她。

佳月学她，笑着叹气，除此之外，她不知道怎样逗佳圆开心。佳圆前男友的事，她隐约猜到一些，那男生她一见面就不喜欢，当时怎么劝都不行。回来后，佳圆就仿佛变了一个人，像一件衣服被洗变了形，或者一张画褪了颜色，是她又不是她。她怎么喜欢上沈慕的？沈慕跟那个人有一些相似之处，有些眼神和语气简直一模一样。

电话挂断，佳月带着担忧和困惑，闭上眼睛。这些深夜的疑团常常融进梦里，预兆似的梦，梦里是糟糕的事情，她安慰自己说梦都是反的，坏事不会像预先担心的那样发生。的确如此，只是她没想到，坏事比她梦中的情景还要坏得多，那真是做梦也想不到。

每次去看秀梅，佳月都能感受到，秀梅的平静像薄冰欲碎，只是体面和尊严使她不出声抱怨，而佳圆的平静是火山待发，她在蓄积着什么，也许是报复，也许是别的什么，总之佳圆绝不是肯吃暗亏的那种人。小时候，孩子们在一起打架，佳圆必须要赢，她必须是打最后一下，骂最后一句的那一个，不然她能气得晚上睡不着觉。在这一点上，她跟秀梅很像，受过的委屈早晚会以另外的形式爆发。话说回来，姓陈的这一家，从来没有深入而认真交谈的习惯。他们笑嘻嘻地隐忍，或者某一天借酒发疯，突然爆发出无限委屈，然而又是酒后乱语，没人会当回事，只当成笑话听，当成笑话讲。

佳月和惠惠终于写完了论文，带上飞凡和李柯一起去吃饭庆祝。吃完饭，四个人挤在李柯的车里，开去后海，租了一条船，划到水中央，波光夜色围涌上来，旁边的船上还有人吹拉弹唱，一个戴着鸭舌帽的游客端着摄像机。李柯说，咱们也应该请个船娘来唱歌，像古装戏里的花花公子。

惠惠说，我给你唱，说着果真唱起来，她会唱粤语歌，特别婉转深情。唱完了，佳月说："哇，像林忆莲，像我姐姐。"

"你姐是林忆莲吗？"

"我姐就是我姐，她唱歌也好听。"

"那你下次把她也带来。你老是提她。"

"她太忙了，她马上要结婚了。"

佳月坐在船头，将身子探出船沿，用手去撩那水面，水是冰凉的。两个男人蹬着脚踏，船下的桨叶裹着水微微作响。一只五彩的画舫游了过去，那船上照得通明，坐满了人，佳月无意瞥了一眼，灯光交映之中，她看见一张脸，仿佛在哪里见过，非常眼熟，却怎么都想不起来。转眼两条船就错开了。

本来并不是什么要紧的事，想不起来也就算了，但是佳月心底有种奇怪的预感，好像那张脸很重要，一定要从记忆中挖掘出来，辨认清楚。在哪儿见过？水面映着船上的灯光，有桨声，歌声，浪声，惠惠和李柯在说着什么，一会儿又笑了。飞凡兢兢业业地踩着脚踏，让船一直向前走。今晚只有他是来划船的，另外两个卿卿我我，佳月在那里出神。

飞凡只看着她，看了好一会儿，佳月才惊觉，说："你盯着我干什么？"

"我总不能盯着那两位吧。"

那两位正分享一对耳机，一人挂一个，沉浸在属于他们的音乐中。飞凡说："你不理我，我一个人踩船好孤单。"

佳月从船头走过来，坐在飞凡旁边，还有一对脚踏空着，她就蹬起来，速度加快了。小船轻快地划行，朝着湖中心的月影子去了。过了一会儿，一块云移过来，月影子消失了，船越来越少，渐渐冷清下来，李柯和惠惠相互靠着睡着了。飞凡和佳月也不踩了，佳月说："真不想回去。我那个新来的室友是自由职业者，天天晚上在屋里跳操减肥，早上又不起床，还嫌我早起影响她休息。"

"明天是休息日，你也可以多睡会儿。"

"明天要早点起床，坐车回家。"

飞凡猜到她所说的家，并不是她爸爸和继母的房子，也不是她妈妈那里，而是奶奶那个家，说："奶奶的腿好点了吗？"

"怎么会好，不会好了。"佳月说，"不过我明天不是去奶奶家，去看我妈。"

飞凡很少听她提起自己的母亲，更未见过。听佳月的口气，也没打算带自己一起去，就说："明天我也没事。"

"我妈跟我姥姥住在一起，我姥姥那个人，比较奇怪。她们还不知道我谈恋爱了。下次再带你一起去吧。"

飞凡以为，她父母离异，难免有一些家庭的烦恼，因此也不多问。等月亮再次从云彩后面露出脸来，已经接近午夜，游船更少了，岸上的那一排酒吧还热闹着。两个人把船开回岸边，叫醒了熟睡的那两位，几个人离舟登岸，沿着湖边慢慢走向停车的地方。惠惠打着呵欠说："在船上睡，好像睡在摇篮里，真舒服。"李柯说："本来，所有的生命都起自水，水就是摇篮。你这样说倒也没错。"

惠惠说："真会拉扯。你看有学问的人就是这样。"李柯是数学硕士，在公司里做软件开发，惠惠认识他的时候，还没毕业。跟佳月熟了之后，她对佳月说过，她男朋友超级聪明，理科生，脑子好使，她就喜欢聪明人，受不了蠢货。

两个人一说话，就爱互相吹捧，没边没沿，旁人听了要发笑，他们两个却乐在其中。佳月对惠惠说，没见过你们这样的一对，拍对方的马屁，也不嫌肉麻。惠惠说，嫌弃肉麻，那何必谈恋爱呢。

李柯坚持要送他们回去，按着路程远近，先到飞凡家，飞凡走后，惠惠说："你们俩为什么不住在一起呢？分开要交两份房租。"

"没想过。"佳月老实答道。

"我们俩开始存钱了。"惠惠在船上睡了一觉，这时候精神了，"李柯打算出国念书。我陪他一起去。"

"什么时候？"

"明年。"

"好羡慕。"

"羡慕什么，你也可以啊。"

"我得照顾奶奶，要经常去看看她。"

"这算什么理由？家里没有别人吗？"

"都不能指望。"

"你们家好奇怪。"惠惠说，"她现在不是一个人生活，可以自理吗？"

"但是情况会越来越坏，越来越需要人。"

"那你也不可能守着她，你得工作，你还有自己的生活。"

"在同一个地方，心里就踏实一点。"

"唉。"惠惠叹气，"你太好了，家里人就欺负你。"

"谁欺负我？"

"你奶奶啊。你随叫随到，有事就依赖你。那么多孩子，她怎么不去找别人？"

佳月说："你不懂，别瞎说。"

"怎么不懂？这种事很常见。心软的那个总是被欺负。她怎么不要求你姐姐每周回去，给她做饭洗衣服？怎么不要求儿女们呢？"惠惠说，"你得想个办法，让有责任的人都参与进来，不然他们就会袖手旁观，还觉得你很轻松呢。"

"哪儿有那么容易？"

"哪儿有那么复杂？你就说，这周你要加班，你要约会，或者你要考试，你不能被一个老太太拴住啊。"

"她没有拴住我。"佳月有点不耐烦，"你说的完全不是那回事。"

惠惠忽然老成起来，也许人一到深夜就容易显得老成，说："早晚有一天你会想明白的，记住我今晚说的话。"

后半程几个人都没说话，佳月在后排，坐得有点困了，下了车让夜风一吹，昏蒙蒙的。她不喜欢惠惠的阴谋论，惠惠完全不懂，甚至佳圆也不懂，更别提旁人。为什么要贬低我呢？她想，好像我只是傻。秀梅也说她傻，实诚孩子，听不出褒贬，而秀梅夸赞起佳圆的时候，那种炫耀的语气，常常刺痛佳月。跟在佳圆身后，她连影子都比姐姐小了一圈。

第二天上午，她坐公交车去看望林慧文。在楼下的水果摊上，佳月买了一些水果，林慧文有糖尿病，不吃这些甜的，姥姥却十分爱甜，口味像小孩子一样。林慧文跟老母亲挤在一起住着，屋子小小的，堆满了老人家舍不得丢的各色什物。这房子原本是工厂分的福利房，这些年过得好的人家，陆续买了新房搬出去了，许多陌生人搬了进来。老住户已经很少了。

林慧文的头发蓬在脑后，没有染，几乎全白了。女儿一来，她就搬出许多吃的，中秋早过了，还有月饼，削苹果时挖掉烂的部分，留下好的切成小块。佳月说：

"烂苹果不要吃了，有毒素。我买了新的苹果。"

"哪里买的？"

"楼下的水果摊。"

"那家特别贵。"慧文说，"也不是很新鲜。你下次不要买东西了，不会买，浪费钱。"

姥姥只往佳月脸上瞧，说："这是涂的口红吗？"

"不是口红，是带颜色的润唇膏。"

"这口红真好看。回头，给你姐也买一个，让她也打扮打扮。"

"我姐？"佳月愣了，她上次来还是五一休息，那时候，姥姥还没有糊涂得这么厉害。

"把你当成你小姨了。"慧文说，"你就顺着她说吧。"

佳月便不说破。小姨很早就生病去世了，而姥姥的语气好像她昨天才来过，对佳月说："你昨天把头巾落下了。我给收衣柜里了，让你姐姐给你找去。"说着，便喊慧文，嗓门极大，又笑着说："你姐姐也老了，耳朵不好，说话总听不见。"

她喊了三四声，慧文不理会她，便不喊了，慧文其实一点也不聋，只是不想理会。姥姥便自顾自地转向下一个话题，冒出许多新的旧的人名，有些是家里亲戚，有的佳月从未听过，或许有些人已经死了。姥姥在时间里来回游弋，像一条自由的小船。

佳月不需要搭话，姥姥就一直絮絮地说下去，从这里到那里，句子之间奇特的连接，毫无逻辑却十分顺畅。慧文说："你不来，她一个人坐在那里，也能说上半天。你不用理她。"

慧文去厨房了。这套老房子，一进门是客厅，卧室连着阳台，靠窗放着一张铁床，铺得平平整整，阳光照在大红花的床罩上。这床罩佳月认得，是原来家里的旧东西，不知怎么到了这里。阳台上晾着一排花花的裙子，长的短的，红的绿的，是林慧文跳广场舞的行头。窗台上摆满了花，月季，长寿花，栀子花，都开得好好的，一派热闹。姥姥坐在一张旧沙发椅上，八十多岁了，身材精瘦，双眼有神，说话中气十足，只要不开口，一点看不出有病。

佳月被她催着，去衣柜里找那条不存在的头巾。听她描述，是蓝底白花，真丝的，她在一堆棉被和呢子大衣里翻来翻去。最后，还是慧文从厨房走过来，说："我拿出来了，搁在门口，一会儿她下班就来拿！"这才算过去。

慧文让佳月下楼去买一包红糖，她要做红糖烙饼，佳月巴不得离开一会儿。到楼下的小卖店里，老板娘递过红糖，佳月看见老板娘的脖子上倒系着一条蓝底白花的丝巾。红糖烙饼又香又甜，一定要热着吃，佳月吃了好几块，姥姥说："她爱吃这个，你多做点给她带走。"

佳月说："不用带，我平常不在家做饭。"

"怎么能不做饭？你不做饭，小秦吃什么呀。"

她指的是小姨原来的丈夫，人家早就再婚了。慧文说："小秦出国了，看您糊涂得。"

"小秦出国了，看我又给忘了。等他回来，你们再来，让你姐姐给你们烙饼吃，红糖烙饼。"

姥姥笑眯眯的，其实她并不是头脑混乱，这个病使她变得通透了，生病之前倒是个固执的老太太，疾病扫荡了她，把她变成一个新人，随着病程进展，越老越新，从前佳月是有点怕她的。到她家里，一定要规规矩矩，不许这样坐，不许那样站，女孩子要有女孩子的模样……她不喜欢陈立生，说姓陈的那一家子，简直是一窝野人。佳月听见这样的话，心里不高兴，也不敢露出来，但是慢慢就不喜欢来姥姥家了，过年过节来点个卯，拿了压岁钱就走。林慧文说她，姥姥家的狗，吃饱了就走。

吃饭的时候，林慧文总是朝佳月脸上瞧，看一眼，又看一眼。佳月说："干吗老盯着我？"

"看你好像黑了，还是瘦了？"

"没有瘦，胖了好几斤。"佳月硬邦邦地回答，每次林慧文没话找话的时候，她就忍不住一阵烦躁。

"不要光吃不动呀。胖了不好找男朋友。"

她们还不知道蒋飞凡。佳月说："不找就不找，一个人挺好。你不是觉得一个人挺好吗？"

"那总是要结婚的。结完婚，要是过得不好，可以再离婚嘛，但是这个过程一定要有，不然一辈子就不完整。"

佳月的嘴被一大口菜堵住了，嚼来嚼去嚼不烂，最后吐出来，说这肉怎么这么硬，根本咬不动。

"高压锅坏了。我用铁锅炖的，时间有点短。"

"你妹妹上回拿回来那个高压锅呢?"

"就是坏了啊。"

"胡说,她拿回来的是新的,新的就坏了?"

"都用了二十年了。"

"胡说,去年才拿回来的。"转头又对佳月说,"你妈比我还老糊涂。"佳月笑了,点点头。

林慧文把牛肉端回厨房,重新开火炖上,说晚上再吃。姥姥还没忘记那口锅,对佳月说那锅有多好,多高级,德国进口的高压锅,你小姨单位发的,她单位整天发东西,她都给我送过来,不像你妈,你妈对我最小气了,什么都舍不得给我。明天我叫你小姨来陪着我,让你妈回家去。

佳月想,我妈没地方可回,她的家就是这里了。林慧文在厨房洗碗,女儿回来一趟,大部分时间,她都在厨房里待着。以前,姥姥饭后会午睡,现在她不肯睡了,精力十分旺盛,电视开着,音量放得很大。看着看着,她跟电视里的人还说起话来,仿佛一问一答,电视机在她面前成了一个活物,一只宠物,她甚至伸手抚摸那温热的顶盖,像爱抚一只猫。

林慧文告诉佳月,开着电视,你姥姥还能安静一点,要是没有电视,她就一直说话,颠三倒四,累死人了。她抱怨起来也没个完,佳月便听着,反正她习惯了林慧文的抱怨,从前她抱怨爸爸,现在抱怨姥姥,虽然听起来很烦,但是于人无害,反正她只是说,从来不想办法解决。佳月说,去医院看看,老年痴呆也是有药吃的。

"人老了，那就是无药可治。"林慧文说，"再说，她也不肯去医院。"牛肉汤再度烧开了，缓缓地咕嘟着，佳月觉得，这样说未免太消极了，她无法理解这种消极，就这样束手就擒，拒绝一切变好的尝试与可能性。

林慧文压低了声音，又说："你姥姥的妈妈，我的姥姥，晚年就是这个样子，后来就跟疯了一样。你姥姥也是这样，估计将来我也是，你也是，这就叫遗传，没办法的。"

佳月说："这算什么理由，遗传病也不能不去医院。"

"不要迷信医生。"林慧文说，"人老了，就要顺其自然。"离婚前的那两年，她的枕边放着《了凡四训》，佳月看见简直愤怒。那时候，已经有了小赵这个人。佳月当面问过林慧文，到底想怎么样，她说："你不要问我，去问你爸爸，问你奶奶。"她恨秀梅比恨陈立生还要多得多，因为秀梅没有替她做主，没有替她大骂出轨的儿子，虽然她一向逆来顺受，受不了就躲回娘家，一旦记了仇，却记得十分深刻。

"你奶奶身体怎么样？"慧文问。佳月知道她又要开始了，就说："还行。"

"你爸爸出轨，我告诉你奶奶，结果她说了好些不三不四的话。"姥姥在客厅里，跟一个电视主持人聊起天来，说得十分热闹。

这些抱怨佳月听过无数次了，仿佛是想把女儿拉回身边的一种手段。那些委屈，被一次次地拿出来暴晒，失去鲜活的水分，变成了陈年干枯的展品，连女儿都不再同情她了。佳月的电话响了，使她有机会走开。

电话是飞凡打来的，没什么事，问她晚上在哪儿，能不能见面。林慧文耳朵很尖，电话一挂，就问佳月："是谁啊？"

"朋友。"

"什么朋友？"

"朋友就是朋友呗。"

林慧文便不说话了，看着佳月。佳月从来就受不了那种注视，林慧文好像能从女儿的脸上看出什么撒谎的痕迹似的。就算是撒谎，也是被你烦的，佳月想。在如此审视目光的笼罩下，佳月变得冷冰冰硬邦邦的，面无表情。

"晚上出去，不安全吧？"

"有什么不安全，晚上到处都是人。"

"一个女孩子呀，夜里瞎跑，多不安全。"

佳月想，她无非是想套话，看自己是不是交男朋友了，但是这种套话的方式既笨拙又令人反感。佳月打定主意不说，说了又得解释一大堆，解释了，她又好像听不太懂，不大相信，一副狐疑的模样，猜测女儿又在撒谎。

面对林慧文，佳月习惯了撒谎，甚至一些无关紧要的小事，也不想说实话，一说实话就要面临质疑，那么干脆不要告诉她。此念一生，谎言就在佳月脸上镀上一层特别的颜色，林慧文一望即知。

所以，跟妈妈相处不能太久，三四个小时是极限。

林慧文的凝视在人身上烧出一个又一个洞，她不去戳破佳月，但是佳月知道自己已经被看穿了，再不走就来不及了，再不走又要吵起来了。

"是交了男朋友吗?"林慧文轻声问，用目光摩挲着女儿。

"不是! 别问了!"佳月拿起她的背包，往外便走。明明什么也没做错，跟林慧文在一起，却总是觉得心里有愧。那样的目光，冰冷的，带着怀疑和探寻，甚至还有一丝嘲讽的意味，只要一对上，佳月就觉得自己像一只被手电筒罩住的老鼠。

午饭后只待了一小会儿，佳月便匆匆地走了，每次离开都松一口气。外头的阳光一照到身上，寒意就消散了。林慧文就像那半阴半晴的天气，总是含着一包雨，就是不肯落下来。她读的那些佛书，教她忍耐。佳月想自己或许也是妈妈忍耐的一部分，从来不说实话的，好撒谎的女儿，姓陈的都是那个样，姓陈的，个个都是撒谎精。在林慧文看来，姓陈的那一半基因，大概是劣质的。

小时候，林慧文曾经对佳月说，你改成我的姓吧，随我姓林，林姓很好听，林佳月，好不好? 佳月使劲摇头，也说不出为什么，问妈妈为什么，她就笑笑，说没有什么原因，就是改个姓，改不改?

她把这话说给奶奶听，秀梅听了只是冷笑。转眼跟街坊聊天，就说起佳月的妈，脑子有问题，想一出是一出，想让佳月改姓。那哪儿行，孩子自己也不乐意，她妈是有些疯病遗传的，她妹妹不就是疯病死的？听说是自杀，他们家人都不肯承认，对外说是心脏病。二十多岁哪来什么心脏病呀，怕她姐姐嫁不出去才这么说的。当初立生要跟她结婚，我就不乐意。

两个老人坐在屋里，门帘放下来，佳月坐在院中的小板凳上，闲言碎语，断断续续地飘过来，像忽远忽近的蚊虫，嗡嗡着躲不开。她面前有一条青绿色的毛毛虫，从树上掉下来的，蠕动着向前，一起一伏，从树影子里爬到阳光底下。谈话的声音和电视声混杂在一起，《动物世界》，两条长蛇纠缠着交配。许奶奶过来串门，佳月正在看电视，奶奶们说到林慧文的时候，佳月就躲出去了。一个人坐着好无聊，她想，要是佳圆在就好了。佳圆跟着父母去了北戴河，下个礼拜才回来。她一定晒成黑炭了，像《动物世界》里的非洲人。

林佳月，好听，但是不对劲。佳圆会怎么看呢？她会说，哎呀，那你还算是我妹妹吗？妈妈真是莫名其妙。不过，从那以后，佳月也多了个心眼，再也不在大人之间传话了。

晚上果然同飞凡在一起，在一家饭馆吃了饭出来，沿着护城河走，河水浑浊，晚上看不出来，都是黑沉沉的，映着金灿灿的灯火。天冷了，还有人下水游泳，匀速地画出一道直线。两个人在一起，尽说些废话，或者为一点小事笑个不停，彼此都不觉得无聊。

在什么地方看到过，恋爱也是一种精神病症状。激素消退了，爱情的感觉也就跟着消失，剩下的是恋爱中留下的习惯，爱情的痕迹，爱情的遗骸。飞凡说了句什么，佳月便笑着说："你的嘴怎么这么甜，甜得像骗子。"

"你不喜欢嘴甜的?"

"我不喜欢骗子。"

这话是从何说起。飞凡搂着她，这女孩什么都好，就是时常有一些异于常人的念头，比如，甜言蜜语多半是为了骗人，而不是真的表达爱，她总是摇头，拒绝别人的夸赞，甚至显得有些小家子气，这种羞怯是远远落伍于时代的，也许是家庭保守的缘故。但是，她的家庭又没有想象中的传统家风，几个长辈出轨离婚或者坚持独身主义，都是齐全的。为什么佳月会有种从古画里走下来的拘束感? 也不是所谓的封建，她当然是个受过教育的现代女孩，飞凡形容不出，也许是自己见识太少了，也许就是因为佳月身上的矛盾感，他才喜欢她，像遇着一道解不开的谜题那样放不下来，她激起了他的好奇。

"我说我爱你，你就问我是不是骗子，是不是你以前遇到过骗子?"

佳月想，何止，我自己就是个骗子。嘴上却说："书里都是这么讲的。"

"哪本书?"

"故事书啊，小说啊，电视剧啊。"说着她自己也笑了。夜风一吹，半醺半醉，或许是晚饭时喝的那杯水果酒闹的，甜甜的水酒也有度数，后劲慢慢上来了。

"那你就只学会了辨别坏人，没学会认清好人吗?"

"我妈说，男人都是坏的。"

"那她太不负责任了，说这么武断的话。"

这一点佳月倒是同意。林慧文不算坏母亲，她只是不负责任。比起真正的、显明的"坏"，不负责任更常见，更难于指责，更隐蔽，令人有口难言。因为自己姓陈，有一半陈立生的血统，所以林慧文总是不信任这孩子，总是怀疑女儿在说谎骗人。"姓陈的那一家子都不是什么好人。"佳月听见妈妈对姥姥这么说过，那时候姥姥还不糊涂。

"你们结婚的时候，我就不同意呢。"姥姥说，跟奶奶的说辞又对上了。

既然两边家长都不同意，难道是冲破家庭藩篱的真爱故事？一点也不像。离婚了，大家总算都松一口气，靴子落地。水面上的风吹来，将两个人吹裹在一处，像打着旋儿相互围绕的两片落叶，人只有在亲吻的时候是什么都不必想的，光明正大的一片空白。佳月喜欢这种空白感，好像空间也消失了，时间也停止了，像被一头巨兽轻轻衔在嘴里，又湿润，又温暖，片刻间成了那世间无敌的皇皇巨兽的孩子。

护城河走不到头，人行道被截断了，于是又走到街上，车一辆一辆地从身边过。佳月说："我们去划船的那天，我在另外一条船上看见一个熟人，当时想不起来是谁，后来想起来了，是我姐姐以前的男朋友，一起去英国的那个人。"

"你说过他们早就分手了。"

"是，但是好像分得不太愉快。佳圆不肯细说，我觉得，她最近不太对劲，是不是跟这个人回来有关系？"

"去问问她不就行了。"

"她不肯说，她从国外回来后就一直这样，问多了就烦。"

"她有她的生活。"飞凡说，"再说她看起来也不像是会吃亏的人。"

"那倒也是。"佳月说，"从小到大，只有她欺负别人，轮不到别人欺负她。"

话题虽然结束了，但是佳月隐隐的担忧并未停止。她一想起来那个人是谁，当时就打电话给佳圆，佳圆显得很漠然，"回来就回来呗，他本来也是要回国的，又不是为我。"

"他再找你，怎么办？"

"怎么找？电话都换了，地址也换了，怎么找？"佳圆顿了顿，又问，"你怎么会担心这个呢？莫名其妙的。"

佳月答不出，她总觉得佳圆和那个男人之间的问题并不简单，不是普通的恋爱分手。佳圆近来并没什么喜气，叫她出来一起玩，她也不来，说累，周末只想睡懒觉。直觉上，佳月一直隐隐地担忧，奶奶，佳圆，她从前最亲近的两个人，在身体和精神上都显出一种危险的摇摇欲坠，而佳月丝毫没有挽救的办法，她想要维护的那个小世界，由祖孙三人组成的，旧的，和平的，暖洋洋的小世界不复存在，除了她无人在意。只有她还努力地想寻回那片树荫。

## （十六）

　　眼睛一睁开，先是天花板，墙壁，衣柜，镜子，镜子里有一张床，床上睡着两个人。秀梅说，镜子不要对着床，不好。怎么不好？又不说了。"就是不好。"因为不好，所以噩梦连连。

　　噩梦并不全是吓人的，里面也没有怪物。相反，梦里很舒服，四面包裹着，像水，也像细密的织物，推不开，也不想推了，因为又香又软，又甜又暖，吸引着她一次又一次地回去，走也走不远，逃也逃不开，便放心享受。可是心里又明白，那是一个噩梦，是诱人的陷阱，鲜花点缀的监牢，虚伪的梦境是一场漫长的软禁，她醒来的时候，总是流连不舍，又暗暗松了一口气。

　　镜子里，佳圆翻身下床，把衣服穿起来。落地的大镜子，对着床脚，照见人一早起来最狼狈的模样。租来的房子，不能讲究那么多，等搬到新家就好了。镜子藏在步入式衣帽间里，暗暗地，幽幽地藏着。那房子装修一新，处处明快鲜亮，可是佳圆却丝毫没有欢欣期待的感觉，好像临渊望鱼，好看是好看的，生动也是生动的，一幅宁静的淡彩的画，铺在那里，悬在那里，与自己是没有关系的。只有看，没有想象，融不进去。

　　这是沈慕与佳圆在出租屋里过的最后一夜，东西早都搬走了，没拿走的都不打算要了。她穿好衣服，轻轻地开门，来到客厅。手机在客厅充电，未接电话好几个，短信也有，她匆匆地翻看，那些话语，那些数字，正与噩梦相合。

佳月说，我看见他了，他回来了，他找你了吗？她大概是怀着八卦的心情，想跟佳圆说说，或许她想知道更多，她猜到了什么？她看出自己在上一段恋爱里是完全失败了，败军丢的是城池和性命，她丢的是尊严，自信，爱，甚至不知道为什么恋爱会像一场战斗，因为他总在进攻？不停地提要求。而她以为恋爱就是不断地满足对方的要求，像解开一道题，又来一道题，她总是在做题，做题做出习惯了，向往更难，更难，等着别人给自己打出高分。

离家出走的契机，既不是争吵，也不是冷淡。决裂发生在一夜之后，就像刚刚过去的那一夜，像一种顿悟，或者忽然到来的月经初潮。在那个决定性的时刻，突然心地澄明，街道，绿树，行人，公寓对面的咖啡店招牌，流浪汉，统统有了不同的意义。二十多年，活成一团糊涂，如今在异国他乡，阴雨绵绵的早晨，另一个人还在熟睡，她独自站在窗前，玻璃上映出人影，那人影仿佛在问她，为什么哭了。

一夜狂欢似梦，分不清好梦与噩梦。她用手指头在窗户上写字，像小时候那样，心无杂念，一笔一画，写完吹口气擦掉，又是干净透明的一片。人生也能这样擦除重来就好了，她想，什么痕迹也留不下。

她买了时间最近的机票，趁他不在家的时候收拾行李，一只箱子，一个人，利索地消失了。临走时不忘把房间整理得干干净净，一丝不苟，像等着迎客的旅馆，他回来一定先是惊喜，你终于变勤快了，这才像个好姑娘嘛。吃惊是后来的事，一天不见人，至深夜上街找她，找不到便顺路去买醉，都是同学后来告诉她的。多少表演的成分，她一想到就忍不住想笑。

戳破他的虚伪是很容易的，难的是看破他的真情，简直是要看破红尘。怎么能忘记那些温柔呢？怎么能否认那些心动的极美的时刻呢？那些时刻一遍又一遍地冲刷着她，像泉水冲刷岩石，磨到光滑如镜，什么都站不住。好的回忆使她忽略坏的一切。

沈慕轻轻地呼吸。她也轻手轻脚的，先到厨房，晚饭的餐具堆在那儿没有洗。她把水龙头打开了，冲着碗碟，水声淅沥沥的，然后才接起振动的电话。醒来这一会儿，又打了好几个电话过来。她怕出门的响声惊动沈慕，出门接电话显得更奇怪了。

他的声音低沉又绵软，一点没变，电话打得很急迫，接起来，又慢悠悠的，说的全是好听话，没有埋怨，只是说见一面，说清楚，分手要有仪式感嘛。佳圆拒绝了一次又一次，但是他不急不恼，仿佛没听懂，自顾自把时间地址说出来，说我在等你，你来，我们好好分个手，你还有一些东西落下了，我还给你。

她想不起有什么重要东西丢下了，如果有，也是不要了。这天沈慕要回公司加班，问佳圆要不要陪他一起去，在办公室看看剧，中午一起吃饭。佳圆拒绝了，说要洗洗衣服，收拾一下屋子，退租的时候干净一点，免得房东找麻烦。她在窗口看着沈慕的车开走了，消失在拐弯处。

像部电影，紧张的时候到了。她动作很快，仿佛急管繁弦催促着，不打扮了，免得他误会，运动衣，运动鞋，一副晨跑的样子。到了指定的地方，他竟然留了一圈胡子，她差点笑出来，几乎忘了那些恐怖。

他拿出一些没要紧的零碎东西，不值钱的玻璃耳钉，毛线帽子，两本没看完的小说，那段生活的碎影残片，包裹得很小心，好像多么珍重似的。还有信，天哪，她还写过信给他，古老的写满字的信，像被掠走的文物，漂洋过海地又回来了。一开始在一起，她就喜欢他在小事上的细致，不用说生日，连第一次相遇的日子，第一次约会的日子，第一次看电影，第一次上床，大大小小纪念日，每天都有点意义，每天都有内容。她从没见过这样的人，从前她只知道陈立远和杨桂思那种，糊里糊涂的，得过且过的人，一边生活一边嫌弃眼前的一切的人。青春期，立远对佳圆说，你的胳膊怎么这么粗，这么胖，真不像个丫头。

他却从肩头密密吻到手指。现在当然知道了，此人并非良配，但是良配又如何呢？想到沈慕，忍不住泛起笑意，被他看到眼里，以为她回心转意了，于是也跟着笑起来。他一笑，佳圆又警觉起来。

一顿饭吃得刀剑无声。他说，还有一只你的行李箱放在我家，不方便带的，你跟我去拿一下？那箱子是出

217

国之前买的，当时为了这箱子，还被立远抱怨一通，说起自己当初插队，只有一个破背包，里面装几个晾衣架，哪儿像你，买几百块钱的箱子。佳圆听了他这些话，也不反驳，不辩解说这已经是最便宜的货色了。跟奶奶借的钱，要省着花。立远并不过问女儿的学费和生活费是从哪里来的，是不是勤工俭学，没钱朝你妈要去，你妈那么吝啬，你有本事就跟她要嘛。

如此度过大学生涯，遇上他，就像从当头暴晒的日光里走进一个凉爽的房间。他温存有礼，说话的时候，脸上常常带着一些斟酌的神气，小心翼翼的，怕哪句话说错了惹佳圆不高兴。一开始，佳圆简直有些怜悯他，摸他的头像摸一只小狗，等反应过来已经是很久以后，什么都晚了。

她不要那破箱子了，轮子坏了，颜色奇丑，那个颜色最便宜。但是，鬼使神差地，她跟他上了同一辆出租车，一路上，他轻言缓语，好像那些不愉快，殴打，羞辱，全都没发生过，好像他们还是刚认识时候的模样。车一直开到楼下，停下来，他掏出钱包，佳圆猛地惊醒过来。

上了楼就下不来了，她想，可怕的是她竟想到那种情形的好处，与人隔绝，不用上班，不用见沈慕，不用操心任何事，只要"反省"。他用这个词也是深思熟虑过的，有时候佳圆觉得，他不像二十多岁的人，像活了几千年，携带着古老病菌的人，这病菌在许多人身上潜伏，伺机发作。得意了，便是他，失意了，便是另一个陈立远。佳圆从他身上嗅到熟悉的味道，虽然他年轻志满，拥有一切，而陈立远几乎什么也没有，两个人的侧影却十分相似。

"反省反省。"立远说，"没挣钱就开始奢侈浪费。几百块的箱子。"说完便站起来走了，又冷，又酷，又帅。因为向奶奶借钱的事，立远大骂女儿不知羞耻，嫌她失了自己的面子。

随他上了楼，就等于再一次默认。最后关头，她拒绝了。下了车，阳光暖洋洋地晒在所有人身上，不偏不倚，一视同仁。她没进那扇门，此后再也不会进了，无论他显得多么失落，哀伤，愧悔，掏心掏肺，佳圆都不会再走进去。太阳暖暖地照着，他无法在光天化日众目睽睽之下去拉扯她，像闹着玩似的，把她关起来，还假装是个情侣间的趣味游戏。有些事情，佳圆当初离开他的时候还没想明白，现在她全部明白了。无论他们吃什么东西，谈论什么话题，是话不投机还是相见恨晚，精心打扮还是粗服乱头，一切一切，都指向同一个方向，同一个终点，那条路，那扇门，那张床。题目出得复杂难解，答案却十分简单。他总想把她带回原地。最后一次，佳圆转身离开，觉得自己像一个胜利者。不是赢过了他，而是赢过了自己。

晚上，沈慕问她白天做了什么，她只说出去走了走，晒晒太阳。从这一天起，佳圆的睡眠症消失了，睡意不再偷袭她。白天的生活不再过得像一场梦游，一切变得清晰分明。她告诉佳月，不需要去看医生了，她好了。佳月在电话那头长出了一口气，问她，这周末要不要一起去看奶奶，她总是念叨你。

"当然可以。"佳圆说，"我有很多话想对你说。"


# （十七）

秀梅终于决心要去医院，不管天冷与天暖，因为她总也等不到那个温度合宜的日子，孩子们又正好有空。立远说，我先去医院问一问，像您这样的，能不能治。秀梅信了，便等着，过了一周，立远告诉她，不能做手术。

"心脏不好，血压高，不能动手术，大夫都说了。"立远的语速又快又急，显得十分关心，"这就没办法了。"

秀梅不得不信。不信又如何呢？佳圆听了，心里觉得爸爸肯定是在撒谎，他根本没去过什么医院，哪个大夫不见病人就下断语的？

佳月说："换一家医院再看看。"她说做便做，立刻行动起来，联系到一个学医的同学，又拐弯找到了另外一家医院的骨科专家，主任医师，网上搜得到名字的大夫，预约了时间。这次回来，佳月请好了假，星期一就带秀梅去看病。

佳圆说："以后有事不要找我爸，他没用的。"这时正吃着饭，秀梅不知怎的忽然来了火气，说："不找你爸，找你？你连个面儿都不露！你妹妹每个礼拜都来呢。"

"我要加班啊。"佳圆说,"再说我住的地方比她远多了。"这又是谎话。

佳月来打圆场,说:"姐姐比我忙。"

"忙什么?"秀梅说,"你们没人拿我当回事。"

这么一说,又把佳月一道指责了,于是佳月也不言语了,默默吃完饭。洗碗的时候,佳月对佳圆说:"奶奶现在有病,所以脾气不好。"

"她以前也不是什么好脾气的人。"佳圆笑着说,"其实她说得没错,家里这么多人,应该排一个班,轮流来照顾老人,不然她又孤单,又行动不便,心情一定不会好。"

"那要奶奶自己去说啊,我们小辈怎么去说?一说,他们肯定不高兴,显得我们驳他们面子,指责他们不孝似的。"

"那就是事实啊。我看他们都想装傻,想蒙混过去,都不想管老人。"

"那怎么办?咱们离得又远,还要上班。你先跟大伯说说吧。"

佳圆应着,心里却想,你大伯是这家里第一个浑蛋,你还不知道呢,你们都被他骗了。立远总是一副义薄云天的模样,着实骗过不少人,甚至秀梅也最信任他,直到盖房子克扣款项的事情之后,为了顾及长子的面子,她没有到处跟人说,但是也对他存了疑心,再加上立秋关于他借钱不还的那一番控诉,更不信他了。

这次佳圆回来，她把这些事都同佳圆讲了，为此专门让佳圆晚上同她一床睡。两人一躺下，关了灯，秀梅就絮絮个不停，说立远的种种不是，然后话锋一转，又说，这都是你不管你爸爸的缘故，他离婚了，一个人住着，你要经常去看看他。

佳圆说："您不知道？他早跟一个女的好上了。"

"谁？"

"您不认识。那条狗就是她送给我爸，家里养不了，送到这儿来的。"

说着，那条半大的狗在外面轻轻吠了两声。秀梅追问："她是干什么的？有正经工作吗？"

"不知道。"

"比你妈强吗？"

佳圆本来闭着眼睛，听见这句，又睁开了，"比我妈强？哪里比我妈强？"

"干活儿勤快吗？"

"不知道。"

"你妈就是太懒了。"秀梅说，声音渐渐低了。

"我妈现在挺好的。"佳圆说，"她买了房子自己住，自由自在，没人管。"

秀梅哼了一声，说："老了以后就知道了。老了，动弹不了，身边没人，死在家里都没人知道。"

佳圆说："反正她现在很满意。"

"人年轻，身体好，什么都满意。等老了再看。"

"您年轻的时候，对我爷爷满意吗？"

"不满意又能怎么样？那时候不时兴离婚，不像现在，男的，女的，说离就离。家不管了，孩子不管了，男人也不管了。"

在黑暗中，佳圆笑了，从前她也怨恨父母，现在不怨了，只是看不起他们，他们都是虚张声势，其实是怯懦到底的人，甚至秀梅也包括在内。当她学会用审视的眼光观察他们，心地便宽容起来，好像飘浮在高空，向下垂望。他们便变得很小很小，微不足道。

今天佳月一个人睡在外面，她带了电脑回来，要加班。等秀梅睡着了，佳圆悄悄起来，溜到外屋，见佳月坐在沙发床上，膝头盖着棉被，棉被上放着电脑。这里没有网络，佳月在做一个PPT。佳圆也钻进被窝，皮沙发的靠背冰凉透肤。

便说起了上一次恋爱的种种。听着听着，佳月就停止了在键盘上敲打，把电脑合上。唯一的光源消失了，一室黑暗，窗户上印着斑驳的树影。黑暗使佳圆更有勇气，光天化日的时候，她反而不想说，不敢说，好像光明会责备她，灼伤她。这些事绝对不能让奶奶知道。

起初她们只是挨着坐，渐渐地佳圆朝着佳月的方向靠过去，此时此刻，妹妹是这世界上唯一的实在，代表着普通而正常的世界。她后悔自己不听话，如果像佳月那么乖，那么保守，那么听话，就不会有这样的遭遇了。从此她决心循规蹈矩。

最后，佳月说："除了他呢？"

"什么意思？"

"除了他，别的事情，别的人，你念的专业，你回来想干什么工作？"

"都记不得了。"佳圆把头埋进被子里，手做的棉被，绸面滑滑的，像水。都被遮蔽了，因为在恋爱上栽了大跟头，吃了哑巴亏，于是便急匆匆地找个人结婚，想要证明自己还能过上正常的生活，越难，越错，越要去做，好学生不肯认输。

佳月说："过去的都过去了。但是沈慕，你真的喜欢他吗？"

"或许我不喜欢的才是好人。"佳圆说，"我对我自己的喜欢与否，已经没有信心了。我不敢下判断。当初我还觉得，他是我遇到的最可爱的男生，结果呢？"

"你知道吗？"佳圆又说，"我想过报复。你告诉我他在北京的那天，我去买了一把刀，藏在衣柜里，怕被沈慕看见。他约我吃饭的时候，我带去了。吃完饭，他让我跟他回家拿东西，我也答应了，上了出租车。坐在车上，那刀就放在我的皮包里。最后关头我改了主意，没有跟他上楼。"

"那把刀呢？"

"扔了。"

佳月搂住姐姐的肩膀。佳圆的叙述是断断续续，犹犹豫豫的，直至她说起那把刀，仿佛在眼前的漆黑中闪着寒光。只差一点，她就把自己的生活毁掉了。佳月胆子小，光是想想就觉得深深后怕。竟然有一把刀。

她们相互偎依着睡着了，佳月的电脑掉到地上都不知道。一觉醒来，鸟鸣啾啾，是新的一天。佳月向一户邻居家借汽车，人家很仗义，说不要钱。早上就开车带她们进城，秀梅很久没出过门了，眼睛一直朝窗外看。

"树叶儿都掉了。"她喃喃地说。

"咱家的树叶儿也掉了呀。"佳圆和佳月坐在后排。"全世界的树叶儿一块儿掉。"佳月像在哄小孩子，不知道为什么，今天有种秋游的心情。

"全世界的树叶儿一块儿掉。"佳圆笑着重复一遍。

全世界的树叶儿一块儿掉。萧萧落落的，像一句歌词。路途不近，司机在车上听邓丽君，秀梅跟他聊着邻里间的闲话，她这个人，无论何时，说起旁人的是非，总是兴致勃勃。秀梅绘声绘色，模仿别人说话的神情语气，一个人便是一出戏，在一众爱嚼舌的老太太中间都算出彩。听惯了秀梅，听别人说闲话都没意思了。

在儿女之间，也是如此。她有偏爱，并且毫不遮掩，人人都知道她偏爱谁，并且等着看她笑话。她一直维护长子，长子骗她的钱，还有佳圆。佳圆那孩子，真是没办法，跟她爹一个样。

佳月看不出他们哪里一样，但是立生这么说，她就听着。她习惯了听家里人互相抱怨，说坏话，当面客气，背后不屑，以为这是家庭的常态。尽管她常常替不在场的人感到刺痛，不明白这些怨恨究竟从何而来。

有时候，秀梅把几十年前的旧事拿出来说，三个儿媳，逐个点评，后来是两个，再后来一个也没了，像是某种诅咒。秀梅一遍遍地咀嚼这些旧事和回忆，似乎忘了那些人再也不会出现在她面前，只有她们的好处与坏处，优点与缺点，还在时时浮现。前儿媳们是秀梅后半辈子的重要注脚。

"像我这样的婆婆，全天下找得出几个?"灯下闲聊，对方点头称是。做婆婆的都是好的，可惜年轻人不知福。

佳圆凑过来，在佳月耳边说:"奶奶是不是老糊涂了?"在路上，秀梅说了三遍，树叶儿都掉了。除此之外，她一直在夸赞佳月，说得佳月不好意思，同时也觉得自己责任更重了。司机也附和着。佳月想起来，从前奶奶也是这样夸佳圆的，她夸起人来，这个人便什么都好，什么都可爱，什么都优秀，一旦贬损就变了。秀梅还会模仿人说话，负面人物用的是一种细细的声气，扭捏，小气，瑟缩，而正面人物总是一副粗豪的口吻。一个人演一出黑白分明的样板戏。

在她的描述里，佳月快不认识自己了，诚实，朴素，不爱臭美，孝顺，有良心，从来不说瞎话……在秀梅的描述中，佳月像一个几十年前的，宣传招贴画上的红领巾少年，或者挽着袖子的工厂女工。和佳圆一起听这些夸奖，她的脸有点泛红。佳圆看出妹妹的窘迫，便发了一条短信，说:"这不是在夸你，是在骂我呢。"

"不是。奶奶怎么会骂你呢?"

"所以要夸你啊。老太太就爱指桑骂槐。"

有那么一刻，佳月想对秀梅说:"你不知道她经历了什么，别埋怨她了。"这样一句话就是说不出口，因

226

为秀梅并没有直接指责佳圆，而是用自己特有的方式去表达。也许佳圆要面对许多无声的奚落，她父母的，奶奶的，甚至自己的。有那么一刻，就连佳月也在想，你怎么那么傻，那么笨，怎么不早点逃，不甩他一巴掌，简直活该。如此一想，便浑身一凉。

秀梅还不知道那么多，只嫌佳圆不来看她。假如奶奶也知道了，会怎么说呢，下贱？

秀梅总是对的。她无法想象秀梅捏着嗓子嘲讽佳圆的样子，太可怕了。

昨晚她还不觉得，现在她明白了，佳圆付出极大的勇气，才把自己的经历讲出来，讲出来的痛苦甚至不低于当时承受的痛苦，当时她只是懵懂，现在走出来了，却是越说越痛。眼泪湿了白色的被头，从前奶奶手缝的被子，绣得花团锦簇。佳圆笑眯眯的，假装听不懂秀梅的话里有话。

到了医院，佳月先去分诊台借轮椅，让老太太坐上去。排了很久的队，进到诊室，医生看了看，让去拍片子，拍片子又要好久。在医院里病人的时间最不值钱，到处都要等。等待的时候，秀梅说："这些大夫就是要赚黑心钱。上回拍的片子怎么不算数了？"

"那片子拍了快十年了。"佳圆说。

"还是你二姑带我上医院的那次，那时候刚开始有点疼，还不严重。"在她开始说二姑当年的旧事之前，佳月把她推进检测室，等片子的时候，二姑还是没逃过去，秀梅说："你二姑也不结婚，浪着不像个样子。"

"又来了。"佳圆笑道，"不结婚有什么不好?"

秀梅说起来还是那老一套，佳月在旁边，听着奶奶同姐姐你一言我一语，半开玩笑似的，抬杠的语气。家里人说话常常是这样的，你说一句什么，那我一定要反对，仿佛不争论几句就不显得亲密。有一次，飞凡对佳月说："无论我说什么，你都会反对一下。""不是"或者"你这样不对"成了佳月的口头禅。他以为这是女友的情趣，撒娇似的。飞凡说："从前你不是这样的。"他指的是在一起之前。

飞凡对待她很是认真。这认真时常让佳月感到一阵重负，她只知道亲人之间互相讥刺嘲讽，以为亲密，她不知道温厚的好意怎么应对，一开始是惊喜，渐渐有些害怕，害怕明天他就变了。明天没有变，那么一定是后天，大后天，反正他早晚会变的。甚至无暇去想自己究竟是不是真的喜欢飞凡。他对她好，那还不够?

从医院出来，头上是一大片响晴的深秋的天。秀梅说："这大夫不行，让我去看心脏病，心脏病哪里有治得好的? 分明是不想给我做手术。"

佳月说："我们下周再来。预约一个心脏方面的专家号，看看能不能动手术。膝关节置换是很成熟的手术，做了就彻底解决问题。"

"不来了。"

"没事，我可以请个假。"

佳圆说："我不能再请假了。"

"我一个人就可以。"

轮椅没有急着归还，推到街边，天气冷下来之前，往往有几天阳光特别明媚温暖。秀梅很久没出门了，她在家里，基本不出小院。今天出门，眼睛四处张望，花白的头发随着微风飘动。头发也长了，该理发了。

佳月说，咱们剪头发去。找到一间连锁的美发店，佳圆在这里办过会员卡，门口的三色彩灯转得热闹。秀梅说："理发店门口，为什么都放这么一个玩意儿呢？"

"这样老远就能看见了。"

"这么大一个店，还怕人看不见？"秀梅说，"现在的人就爱瞎折腾。"

佳圆和佳月合力把轮椅抬上台阶，店里的员工迎上来，说要等一下。秀梅说："今天没干别的，尽是等了。"一边说，一边往旁边的镜子里瞧，白发垂下来，几乎遮住眼睛。"像个老疯子。"秀梅自嘲。

佳圆说："要不要顺手染一下，我有这儿的卡。"

"不用染。染黑了也是个老东西。"

最后还是染黑了。秀梅跟理发师聊得热闹，老家是哪儿的，来北京几年了，离开家多不容易，我有个闺女去上海上班，我们家只有她一个胆子大，什么地方都敢去，不愿意在北京，不愿意在家。佳圆和佳月坐在一旁的沙发上翻杂志，那杂志被人翻得多了，软了，旧了，有点熟腻腻的。

只要有人跟秀梅聊天，她就打开话匣子。店里除了风筒的声音，剪刀碰撞的声音，播放的流行音乐，就是她的说话声。对方只要附和几声就够了，她能滔滔不绝地说下去。

佳月说："奶奶在家闷坏了，出来像监狱放风一样。"

"人老了，身体就成了自己的监狱。"

"你怎么变得这么有哲理。"

"我一向很有哲理。"佳圆说，"那时候他把我关起来，我有大把的时间思考。只是我跑得太快了，再过两年，我会变成哲学家的。"

佳圆的侧脸再度变得冷冰冰的，好像昨晚的倾诉不过是小题大做，可以拿痛苦开个玩笑了。佳月不知道怎么安慰人，尤其是如此骇人听闻的故事。佳圆大概是后悔了，后悔告诉妹妹。她懂个屁。

其实我也懂的，佳月想，手指在美发模特的脸上画来画去。昨夜过去了，泪水干了，白天不需要安慰，于是她们又疏远了。秀梅还在闲话家常，她的头发变成一团乌黑。

从理发店出来，在近旁的一家小吃店里吃面。等面的时候，秀梅问佳圆刚才花了多少钱，佳圆不肯说，秀梅从随身带的一个手编的小包里，掏出皱巴巴一张百元纸币，两个人就在饭桌边推拒起来。

最后，佳圆拗不过，收下了钱。工作日的中午，面馆坐满了人。秀梅说："这儿是不是离你大姑家不远？我看着周围有点眼熟。"昊辰刚生下来的时候，秀梅在这边住过一阵子。

"应该是吧。"

"昊辰就在这家医院生的，我想起来了。"

二十多年，街景早就大变，但是那家医院的楼房还是原来的那栋，记忆中是很堂皇的建筑，如今显得矮小陈旧，周围新修的高楼把它淹没了。秀梅坚持要回去再看一眼。于是，吃完饭，她们又顺着原路回到医院，秀梅指着病房楼的窗户，说："就在那边，你大姑生完昊辰就住在那儿。大夫让开窗户，我不让开。"

那几扇窗户此刻也是开着的，秀梅说："大夫也不懂事，哪有生完孩子让吹风的？"

她很久没见过立春了。佳月说："我给大姑打个电话，告诉她您来看病了。"

"给她打个电话。"

电话过了很久才接通，立春显得很忙碌，问怎么了，然后说今天太忙了，家里搞大扫除，正在擦玻璃，出不去，没工夫，没两句便挂了电话。佳圆提议，既然出来了，索性在外面走走，晒晒太阳。轮椅咕噜咕噜地轧在人行道上，有些颠簸。路过一处新修的街心公园，便绕进去，常青的灌木丛里塞着几个饮料瓶子。树叶儿快掉光了，头上两片云缓缓挪动着。近几年城里修了很多街心公园，像车水马龙中的一个个逗号。

秀梅抬头望，"我怎么觉得，城里的天儿，比咱们那边的天儿，显得低了呢？"

"因为楼房太多了，楼高，就显得天低。"

"因为空气有污染。你看天都灰蒙蒙的，今天还算是晴天。"

"我家的玻璃，一个月不擦，就是一层灰。"

“咱家的玻璃，好多年没擦过了。”

“今年我回去给您擦。”

“我也去。我俩一起擦。”

仿佛说着说着，灰尘便消失了，到处都透亮了，晶莹了，一切都很好。春节很快就到，又是新的一年。又拖过一年。

流云是灰色的，悠悠的。轮椅在小公园里行进，有的地方铺着彩色的鹅卵石，秀梅低头去瞧，她的好奇心十分旺盛，像小孩子一样，也是因为好久没进城了。她对北京的记忆停留在许多年前。在立春家带孩子的那几个月，几乎足不出户；再往前，就是工厂组织工人一起春游，逛天安门，北海，劳动人民文化宫。那次出游，她学会了坐地铁。

“一个地洞伸下去，伸得老远，地底下照得跟白天一样亮。”

“后来，我们去纪念堂。”秀梅说，“别人进去了。你爷爷坐在外面，给大伙儿看包。”

“爷爷是个好人。”佳圆突然说，志平走得太早，佳圆还没有挨过他的打。

秀梅笑了。

今天的太阳也很晒，但是阳光总是过去的更灿烂，灿烂得像块热烙铁，烙在深深浅浅的回忆里。陈志平独自坐在晒热了的地面上，面前一堆各种各样的尼龙袋、帆布包，当时离他去世不到十年。大伙儿转完一圈出来，见他还在原地，一动不动，像一尊雕像。那时节城里没有这么些高楼。

阳光在秀梅刚染黑的头发上匍匐着不走。在街心公园里她们坐了很久，直到秀梅的话匣子也倒空了，日影西斜，才慢慢回到医院，还了轮椅，叫了一辆出租车。先顺路送佳圆回去，她明天要上班，然后佳月送秀梅到了家，路上说，咱们也买个轮椅吧。这话提过好几次，秀梅每次都不同意，好像说自己是废物了一样，说："真要用的时候，跟杨家借一借就行，平常用不着。"碰巧这回，杨叔带着杨毅出门几天，轮椅也带去了，只好到了医院再借。

这次她答应了。下车的时候，她抢先把钞票塞给师傅，不让佳月付钱。佳月告诉秀梅，佳圆临下车的时候，把那一百块钱塞回自己手里，您还是收着。秀梅接过去，说："瞧，我都花上孙女的钱了。"

佳月说："那您可要使劲活着，多花几年。"

"使劲活着。"秀梅重复道，用双手撑起上半身，在沙发上挪了挪位置，方便靠在扶手上，然后拿起遥控器，电视广告欢快的声音响了起来。佳月要做晚饭，发现家里什么菜都没了，一问，才知道因为杨叔出门，这两天没法买菜。倒有几个包子，秀梅说是你许奶奶送来的，你瞧瞧，她发的面真是不行，不软和，比我蒸的差远了，几十年她都没学会做面食。

佳月看着这冰箱，空空如也，赶快出去买菜。天黑以前，门口还有几摊卖菜的，她把剩下的一些青菜都要了，又拣了一大块肉。太阳落山，风就冷起来了，佳月拎着几个沉重的袋子，想着今晚还要回家，不然明天上班来不及了。对佳圆还有一点怨气，你要上班，我也得上班呀，就抛下我走了。

于是，折腾到晚上，佳月赶了最后一班回城的公交车，在车上睡着了，一醒来，坐过站了。车窗不知怎么开了，夜风吹得头痛，慌忙下车。再往回坐，又倒了两次车，到家已经很晚了，到了家一头躺倒，困得睁不开眼睛，一觉睡到半夜，醒来去刷牙洗漱，觉得鼻子有些不通，应该冲点感冒冲剂喝喝，可是太困了，懒得折腾，刷个牙又去睡，早上被室友拍门叫醒，问："你今天不用上班吗？快十点了。"

佳月有点发热，只好给公司打电话请假，然后爬起来翻出一包感冒冲剂，顾不得看保质期，先喝了再说。喝完了将碗丢进水池，返回房间爬上床，拥被而卧，想再睡一会儿，又睡不着了，耳朵听着隔壁的电影声，室友是自由职业者，不用坐班的，成日在家。

烧得轻飘飘的，那电影的乐声和笑语断断续续传来，像梦的背景音。合上眼，耳边是佳圆的声音，很平静，很稳，却搅得心里慌乱。昨夜她一夜乱梦，昨夜的情景现在又续上了，那是她，又不是她，佳月跟在姐姐身后，藏在她的影子里，忽然那影子不见了，那处阴凉不见了，日头火辣辣直射下来。

皮肤是热的，内里却是冷的。深夜，佳圆的泪水像融化的冰，从石膏像的眼里流下来。想要安慰她，但是自己也吓坏了。一定有夸张的成分，佳月想，姐姐擅长这个，她一向小题大做，甚至大惊小怪，无论跟谁在一起，她总要当头儿，要拔尖儿，奶奶这么说她，语气中带着赞赏，她跟奶奶是一类人。

一定有夸张的成分。她怎么可能不反抗呢？他一定力气很大，态度很凶，把她吓住了，怎么可能是温柔的呢？怎么可能有爱抚呢？像野兽的舔舐，衔着口水。恐怖故事，藏在平淡甚至压抑的语气中，别人不会懂，只有佳月能懂。她找准了倾吐的对象，让妹妹分担一半，可是痛苦是无法分担的，痛苦在旁观者身上会变质，会成为愧疚。那时候，她和奶奶在海边，清凉的甜甜的椰子水，酷热的晴天，有情似无情的烈日。

那时候佳圆在做什么呢？或者说，她没做什么呢？她没做的比她做过的更恐怖。那些无声的暗影，潜行的罪恶，状若无事的出门，去上课，去图书馆，去吃午饭，她说她临行前向一个不太熟的同学借钱，求对方不要说出去，说回了国立刻归还。那个同学是好人，没有多问，就把钱借给她，说了一句："其实我们都知道的。"

圈子不大，尽人皆知。一盆冷水，一身冷汗。拿到钱，计划便启动。两个人的护照他随身带着，不让她自己拿着，说要统一保管，这样不会丢，证件不会丢，你也不会丢。执行计划的每一步，她都是冷静的，仔细的，没空去想这究竟有多么可悲而荒谬，一直到坐在飞机里，才大哭出声。空姐过来问她怎么了，需要什么帮助，她哭得更厉害了。

恋爱片，惊悚片，公路片，她是女主角，悲惨的，痛苦的，依然是女主角。佳月搂着她，听她哭泣，一个死里逃生的人。那死当然不是真的死，然而如今的生也不是真的生，而是将生活变得像梦一样脆弱，只有深夜最真实，而白天都像做梦。佳圆承认她不爱沈慕，她也不爱乔子成，她只是害怕一个人独处，被锁在孤独里，拿钥匙的人扬长而去。

佳月听懂了，但是她没有点破佳圆的谎言，你不是害怕一个人，佳月想，你只是要在跌倒的地方站起来，你要证明你可以获得幸福。表面上看，逻辑很通顺，实际上，你走了一条南辕北辙的路。你应该抢回钥匙，而不是转头把它交给另一个人，哪怕他是一个好人。一夜之间，姐姐的脆弱让佳月一下子成熟懂事起来，而这种成熟消耗太多，太累人了。

佳月从浮沉的梦里醒过来，快到中午了。室友又来敲门，问她好点没有，要不要煮个面一起吃。用一小块清淡的火锅底料加水煮面，放两个鸡蛋和一大把青菜，两个人一人一碗，热腾腾地吃下去，室友说，她要退租了。

虽然关系不算很熟，佳月仍是一愣，问为什么，对方说，要回老家，接着便大倒苦水。机会太少，赚得太少，消费又太高，家里时常还要贴补她。现在催着回去，催着结婚。

"所以你要回老家，找个人结婚？"

"他们是这么说的，但是我不想。我换个地方试试，换个消费比较低的城市。反正我的工作都在网上接，人住哪儿都行。换个房租便宜的城市。"

整个下午，室友都在收拾整理东西，不要的衣服，杂物，厨具，有用的留给佳月，没用的都丢了。佳月收到一只海豚模样的小音箱，音乐从肚皮上的小孔冒出来，一个煮蛋器，一个小煎锅。烧退了，她倚在卧室门口，看着室友的东西摊在客厅地板上，各种毛绒玩具和大大小小的布娃娃装满两个纸箱，好像幼儿园大搬家。

"这些玩具都要带吗？"佳月说，"花很多运费呢。"

"要带。"室友说，"它们陪我好多年了，有的像孩子，有的像朋友。"

佳月知道，室友的大半张床都被这些女孩玩具占据着，自己只睡一条窄边。有几个娃娃，是她从小就有的，走到哪里带到哪里。

"我跟我姐姐，小时候只有一个娃娃，抢着玩儿。后来不知道丢哪儿去了。"

室友从地上捡起一个，穿白裙子的黑发女孩，说："这个是去年买的，感情还没有特别深，送你吧。"

"我不是这个意思，就随便说说。"佳月连忙推辞。

"知道。但是我就是这个意思啊。给你留着吧。"

室友还说："上午你发烧，我去看了你几次，你怀里抱着个枕头，抱得死死的，还哭。为什么呀？"

佳月低头抚弄那漂亮的布娃娃，当然早过了玩这些玩偶的年纪。

"为我姐姐。"

"除了生死大事，我从来不会为别人哭的。"室友说，并不多问。虽然一起住了快一年，她们之间很少交谈，要谈话，只是关于水费，电费，今天轮到谁打扫厨房和卫生间了，对彼此几乎一无所知。直到今天，佳月才发现，室友是个很好的人，没能成为更好的朋友，可惜。

因为要分开了，以后多半不会再见，所以干脆敞开心扉，互相当个树洞。室友抱怨自己的父母，既不理解，也不愿意支持，说女儿"又没赚到钱，又没找到男朋友。双料的失败"。

"就算是失败吧，失败也很正常。大街上走着的人，十有八九都是失败者，怎么了？地球不转了吗？"

"能让地球不转的人，就不可能是失败者。"佳月说。两个人都笑了。

佳月对她说了佳圆的事，室友惊讶得睁大眼睛，说："那她为什么不报警呢？"

"当时算是谈恋爱。"

"竟然有这种人。"

"你是说我姐姐吗？"

"我是说那个男的，简直畜生。"

"你觉得这不是女生的错？"

"当然不是女生有错。女生是受害者呀。"

室友离开后，那屋子空了几天，二房东天天带人来看房子，一面通知佳月，到期要涨价。佳月对飞凡抱怨，房东没有一个是好人。飞凡迟疑了一下，就说：

"你可以搬到我那儿去。"

佳月拒绝了。并不是她对同居有什么保守的看法，是因为她觉得保守一点，似乎更安全。潜意识里，她觉得在佳圆的遭遇里，男的固然是人渣，女的也不够检点，如果她再谨慎一点，不要随随便便跟男人生活在一起，也许就不会有那些事情。室友说，女生没错，但是佳月从小受到的告诫是，女孩子应该小心一点，投入世界如同跌进陷阱。

深夜里，她同情佳圆，到了白天，又有一丝丝责备的意思，这责备同佳圆对自己的责备一模一样。这也是为什么佳圆第二天便后悔将这一切告诉佳月，因为，这丫头懂个屁。

## （十八）

是一个夏天的夜晚。萤火虫袅袅地从草丛中升起，眼睛盯着萤火虫，一切声响便听不见了。不久，罐头瓶便星星点点亮起来了，照亮乔子成的脸。他是捉萤火虫的高手。

"再抓几只。"佳圆说。

于是往草丛深处走走，再往前是密匝匝一大片玉米地。

大院的门外没有路灯。黑漆漆的，只有萤火虫点点的光，又抓了几只，放进罐头瓶。瓶盖上扎了小孔。

瓶中的萤火虫越聚越多，渐渐地分不清彼此，像一盏灯，这灯被托在手里，在黑暗中游动，几个孩子一前一后地往家走。走着走着，佳月落后了，佳圆和乔子成在前面，两个人挨得近，看不清楚谁捧着灯。

一丝风也没有，从白天起就窝着一场雨，左等右等，也不落下来。这两天闷热极了，像裹着一层潮湿的被子，秀梅今天腿疼，天气又热，晚饭后便没出门。佳圆和佳月找乔子成出来玩，一直玩到这时候，所有人家都熄了灯。

"几点了？"佳月轻声说。佳圆戴着一块电子表，米奇头的表盘拍一下便亮起来显示时间。

她没听见，她正跟乔子成说话，议论一部电视剧，然后两个人都笑起来。

快走到家，两个人默契地安静下来。路过杨斌家，他家也是黑黑的，安静的，秀梅那边还亮着灯。佳圆接过装萤火虫的罐头瓶，佳月说："放了吧，明天都死了。"

"不要。不会死那么快。好不容易抓到的。"

秀梅在沙发上坐着枯等。电视关了。她们一进门，便遭质问："这么老晚才回来，女孩子在外头让人笑话。"

"谁笑话呀。"佳圆说。

"人家谁不笑话？"秀梅少见地对佳圆发了脾气。

"人家都睡觉了呀。"佳圆顶撞。

"人家都睡觉了，你们还不回来？男的女的在外头瞎浪。"

佳圆不说话了，泄愤似的，把腕上的米老鼠手表摘下来，往窗台上重重一摞。

佳圆却涨红了脸，眼圈也红了，十分认真地生气了。晚上，她没跟秀梅睡，跟佳月一起挤在沙发床上，脸朝着里头。佳月想到白天看过的言情小说，封面上两个人，也是挨得那么近。

"你是不是喜欢乔子成？"佳圆没有回答，呼吸起伏，似乎睡着了。

过了半晌，她说："少胡说八道。"此时佳月真的睡着了，这些小事浑然不放在心上，她还没越过童年与少年之间的那道沟壑。佳圆闭上眼睛，听见天上滚雷，雨要来了。不一会儿，大雨唰唰落下，越来越密，笃笃敲打着玻璃。原本他们要深夜相会，看来是不成了。

十五岁。佳圆坐起来，雨声在寂静中增长，增长，像纪录片里破土而出的嫩芽，难以描述的感受在某一刻忽然清晰起来。她看见黑暗中的人影，头发翘起来一簇，脖子细长，他轻轻敲打房门上的玻璃，与雨声混杂在一起，佳圆坐着没动。

良久，他大概湿透了，走了。佳圆坐在低低的床上，事情与她的想象完全不同。不美，不惊险，甚至连耐心都没有。寂静中她听见秀梅费力地翻了个身，屏息等待，打算等奶奶睡熟了再悄悄出门，可是雨太大了，他受不了了。本来也是个游戏，她想，十五岁的恋爱游戏。这是很久以后才总结出来的经验，当时她只想大哭一场，不是失恋，仅仅是失望。

离那时候不过八九年，佳圆的记忆还是很清晰的。

刚回来的时候，跟乔子成一起去看电影，散场的时候，他自然而然地要牵佳圆的手，好像是隔了这些年的牵手，终于达成了。在电梯里，人挨着人，佳圆没说什么，到了街上，佳圆说："那次你为什么不多等等我？约好了的。"

"雨下得太大了。"

"下雨而已，又不是下刀子。"

"我以为你变卦了。"

"我奶奶醒着呢。"

"没想到你还记着这个事。我早就忘了。"

记性好简直是个诅咒，佳圆想，一种精神上的囤积癖，不舍得丢，不舍得忘。她把手抽出来，把自己的手还给自己。那一瓶萤火虫，第二天一早，果然都闷死了，被秀梅连瓶子一起扔掉了。

乔子成再来找她们玩，她们都说没工夫，要看书，写作业，看电视，总之就是不出去。剩下的假期里，她们总是待在家里，把那几本言情小说翻来覆去地看，或者在树荫下面玩五子棋。乔子成有意无意从院子底下过，叫了几次，她们不理，他也就不叫了，昂着头，装作没看见，大步走过去。没过一会儿，又大步走回来。

那天晚上，乔子成要送佳圆回家，她拒绝了，独自上了公交车，回头看见乔子成失望的眼神，隐隐地感觉一种报复的快感，不仅仅是为了十五岁的那个晚上，也是为了后来许许多多的晚上，好像在那一刻，乔子成变成了整个世界的代表，成了一只替罪羊。

一个人伤害你，你报复全世界。她想起这句电影台词。街上的灯，一盏接一盏朝脸上扑过来，人工制造的光明，萤火虫的倒影。乔子成发短信过来，问她今天到底怎么了。佳圆没有回复，她也不知道自己是怎么了，怎么就走到今天这地步，欺负耍弄一个老实人，算什么本事。

过了一周，她就把沈慕带去乔子成店里，表示彻底了结。

沈慕一眼便知，佳圆跟乔子成不对劲。他自有一套敷衍应酬的假面功夫，扮演一个傻乎乎一无所知的男朋友，对他毫无难度。他一早就看出，佳圆不过是个外表唬人的绣花枕头，内里怯弱得很。在他看来，这种女孩总是迫切地要找个依靠，尤其是在了解她的经历之后。

"往后就不会那样了。"他抱着佳圆说，"他如果敢来找你，就给他点颜色瞧瞧。"

而佳圆一说出口便立刻后悔，交出隐痛的记忆比交付身体更加赤裸裸，从此在沈慕面前再无遮蔽。那晚过后，沈慕对她便少了几分客气，多了几分随意和亲昵，在公司走廊里迎头碰见，各有各的事，他还要趁着前后无人，轻轻捏一捏佳圆的手。到后来，便是有人也不避讳了，佳圆说这样不好看，有话下了班再说，沈慕说怕什么，早晚都会知道的。

就这样，佳圆在公司里渐渐被孤立，甚至有些跟沈慕不对付的人，话里话外还讥嘲她两句。若是做了新的头发，穿了新衣服，人人见了都恭维两句，背后却有的舌头可嚼。也是自那时起，她的睡眠症开始出现，发展迅速，后来又莫名其妙地突然痊愈，像一场绵延的雨终于停了，可以继续向前走了。

自然而然地，佳圆和沈慕搬到一起住，婚事慢慢筹划，日子先过起来。一天，佳圆下了班，在公司楼下等着沈慕，她不想在办公室里等他，恩爱不能太露骨了。天冷，她在路边的咖啡店里买了一杯热咖啡，望着游动的车河。沈慕说他不喜欢堵车，宁愿加班，等过了晚高峰再出门。

装咖啡的纸杯是暖洋洋的，红绿灯明明暗暗，身边人来人往，一切并无异样。佳圆的耳朵里塞着耳机，导致她没听见身后来了个人，往她肩膀上轻轻一拍。是他，他跟到这里来了，佳圆向后退了一步，忘记把耳机摘下来。是他伸出手，拉住耳机线向下轻轻一拽，熟稔得好似从未分开。世界转眼分明了。

"听什么歌呢？这么入神。"

音乐依旧隐隐约约地传出来，佳圆钉在原地，跑是无处跑的，背后是一条长路，无遮无挡，跑不过他，跑进公司那栋写字楼里，更不行，不能让同事看见。上次在他家楼下，她成功地脱逃，以为就此撇干净了。没想到他竟不死心。

"你要干什么？"

"我们谈谈，你不要这种姿态，我们能不能谈谈？"

"我跟你没什么可谈的。"

他笑了，一笑眼睛便弯弯的，亮亮的，像溪水。起初她被这溪水吸引了，险些溺毙在里头，如今她站在岸边，知道那水是有毒的。然而，美依然是美的，手在变冷，咖啡杯的温度竟越来越高。

"没的谈？那你站在这儿干什么？你为什么不转身走掉呢？"他说，"像那天一样。你以为你在演电视剧吗？"

话音未落，一杯滚热的咖啡便泼了上去，从头发淌到鼻尖。她当真转身就走。他没有追上来，这不是演电视剧，他不敢在国内造次。在国外，他知道她跑不掉，无亲无故，不敢报警。现在不一样了。佳圆走进办公楼，他既然知道这里，肯定也知道自己在哪里上班，他怎么知道的？佳圆把他们共同认识的朋友在心里过了一遍，和这些人基本都断了来往，没人知道她的近况。

或许是跟踪。这两个字比吞了苍蝇更恶心，她匆匆走进电梯，觉得电梯门关得太慢了。她按下好几个楼层的按钮，在一个从来没去过的楼层停下来，出了电梯，陌生的公司名牌，陌生的巨大绿植，一截陌生的脏脏旧旧的红地毯。她快速走到楼道尽头，从安全通道下楼，来到公司所在的那一层，刷门卡进门时依然觉得背后有人，仿佛鬼压身。只有沈慕那间独立办公室的灯还亮着，灯光映过一层毛玻璃。

灯亮着，门关着，佳圆惊魂未定，来不及多想，便使劲推门，没推开，里面锁着，有人。女人。

佳圆一下子从恐慌中清醒过来，刚才是电视剧，此刻才是现实。门推不开，里面似乎慌乱了几秒，随之便是死寂。佳圆退后两步，望着那磨砂玻璃的大门，外面瞧不见里面，里面看外面是无碍的，羞耻的竟然是自己。又是我，她想，真该去算算命了。

这样等下去，最后等到什么呢？辞职是自己吃亏，分手难道便是胜利？房子都装修好了。如此一计算，佳圆忍不住痛恨自己。一步错，步步错，就算错的是别人，难道你自己便没有一丝责任了？

最后她装作回办公桌拿点东西，坐在那里翻来翻去，翻出一支旧口红，塞进包里，再把抽屉一点点整理好。她是前台，所有人出入公司都不得不经过她面前，等了半天，最后沈慕走了出来，若无其事，手里摇晃着他的车钥匙。

一路上佳圆沉默不语，甚至连叫停这辆车的勇气也没有，下了车她不知往哪里去。沈慕问："你怎么了？"

"他来找我了。"她决意要激怒他。面对一个发脾气的、失控的男人，佳圆非常有经验，而沈慕这样不动声色，反而使她无从下手。

"谁？你前男友？"

"他在跟踪我。"

"你到底怕他什么？光天化日，大不了报警。"

"你好像觉得这件事跟你没关系。"

"你希望我去跟他打一架吗？把他暴打一顿，就出气了，是吗？"

佳圆沉默了。已经不堵车了，速度很快，接近道路规定的上限。沈慕说："我不明白，你还跟他拉扯什么，还跟他见面吃饭。他下次再跟踪你，就直接报警。"佳圆骤然想通了一件事，沈慕会嫉妒，但是他认为这是佳圆自己的问题，应该由她自己解决。他只负责嫉妒——负责任的，有风度的，有限度的一点点嫉妒。

自己的问题自己解决，这倒是她一向的习惯。立远把这句话挂在嘴边，作为对女儿的激励，她很早就知道，父母只提供吃喝，其余事情，求助他们是无用的。找沈慕也无用，甚至不能刺激到他。这世界是公平的，你不爱他，他其实也不爱你。

于是再也不提。自那以后，倒是再也没人来骚扰过。有时候她甚至想，那天的一幕是否只是幻觉？她手里捧着一杯滚烫的咖啡，那咖啡是帮沈慕买的，她上楼去找他，发现门是锁着的。从头到尾，只有那扇门最真实可感，谁让她忽然柔情一动，要帮男朋友买咖啡呢？平常她只是在楼下等着，散散步，逛逛街。那家咖啡很不错，值得分享。

糟糕的记忆常常显得很不真实，仿佛一切出自想象。你以为你在演电视剧吗？这句话是沈慕说的，还是他说的？反正，两个人都表达过差不多的意思，你简直疯了？为什么你的行为总是没有逻辑？

在他们看来，情绪是低等的，理智和冷静是高等的。女人总是情绪化的，美人尤甚，因而美人要哄，但是哄也有个限度，你不能没完没了吧？她转身就走，闹一圈脾气，最后还不是回家。

小时候便是如此。被立远打着，骂着，推搡出门，楼道里没人，幸好，不然十几岁的女孩子只穿着秋衣秋裤，大冬天站在楼道里，太丢脸了。在姓陈的看来，丢脸是世上最坏的事，因此惩罚人也是让她尽可能地丢脸。为了要不要给她开门，陈立远和杨桂思又吵起来了。

再也不要被赶出去，从此只有她离开别人，让别人看她的背影。下了车，沈慕走在前面，走几步，回头一看，佳圆不见了。她从车库的另一个出口离开，沈慕打电话过来，按掉不接。

又来了，沈慕想，女人啊，她们就喜欢干这些没用的事。出走之后，还能不回家吗？你又没有别的家。

又打电话，还是不接。过一会儿再打，现在打多少遍也是没有用。沈慕先回到家，烧上一壶开水，进厨房做晚饭。单凭这一点，杨桂思就以为女儿找到绝世好男人，会赚钱，有房子，竟然还会做饭。言下之意，人家配你绰绰有余。

佳圆走出车库的时候，凉风习习。日短夜长，往何处去？此时她发现，虽然转身离开，似乎很得意，其实自己还是无处可去，总不至于去找佳月，求她留宿吧。或者去住酒店，住一两天可以，再往后呢？走开是走开了，问题依然在。

当然她会回去，如同后来的无数次那样，回去的时候，还顺带买点水果。温馨里面多少无奈。当然她也可以不结婚，可是当时的佳圆认为自己已经没有选择，生活仿佛一道难题，眼前的沈慕便是唯一的解。那扇门后的秘密，就让它永远成为秘密。超市里打折的苹果和酸奶，鲜红醒目的标牌，买到就是赚到哦，又热情又熨帖，商店的广告像是情话，出自一个热烈的情人。千万别错过。

不知不觉间，她把沈慕放在天平上仔细称量。受的委屈与得到的好处是否划得来？她痛恨与鄙视这样的自己。这样的自己，凡事计较利益，计算得失，跟杨桂思又有什么分别？

她买了几只苹果，看着红色的数字在秤上跳跃，预感着今晚要同沈慕大吵一架，质问他为什么不开门？然而吵归吵，别的结果也没有。她没法想象，如果她再一次同居又分手，陈立远和杨桂思会说什么，也许什么也不说，他们会当面沉默，然后趁女儿不在的时候，对着别人一遍遍说她的坏话。

"就不要拿她当人看。"立远讪笑道，"她自己爱干吗干吗。我懒得管。"

这些话，佳圆十八岁时，他就说过了，你自力更生，我可不管你。他只等着看笑话，看那个说大话的女孩，说我以后再也不用你养活、再也不要你的钱的女孩，会跌什么样的跟头。果然不出所料，他眯起眼睛，猜中了结局那般得意。父母早看透了你，你自己还做梦哩。

苹果三斤重，尊严几斤重。提着苹果回家，就像小时候，穿着秋衣秋裤走在夜晚的寒风里，哪个更悲惨。或许从来都没变过，她只会一次次地跌进同一个圈套，以为这就是生活。

最后，她在街上看见了立秋，彼时她还在厂里上班，住在家里，晚上忽然接到杨桂思的电话，说孩子丢了。秀梅就让她过来帮忙找找。立秋是骑自行车来的，十几公里，一个小时，骑得浑身冒汗，热气腾腾的，把外套脱下来给了佳圆，让佳圆坐上她的自行车。自行车穿过一条又一条街，佳圆都没想到，竟然一个人走了这么远。怪不得杨桂思要说孩子丢了。立秋穿的毛衣是立春织的，一模一样的，秀梅，杨桂思，林慧文各有一件，像是家庭制服。新羊毛的味道很重，脸贴上去，有点扎。

回到家，气氛一切正常，像什么都没发生。立秋也留下来吃晚饭，然后再骑车回家。在佳圆看来，二姑几乎是个英雄。带她回来的路上，立秋告诉佳圆，我打算辞职去上海。当时佳圆刚上六年级，还不太懂，辞职意味着什么，只是听起来很沉重，但是立秋的口气又很轻快，像骑自行车一样的轻快。那一刻佳圆便开始羡慕她，仰慕她，一直到现在。

回到家，沈慕早做好了晚饭，在等着她。她一进屋，便直想落泪，地板是她选的，灯光是她选的，墙壁颜色是她选的，一切都怨不到别人，而饭菜又香，人又温柔和气，好像刚才的不愉快从未发生过，她只是出去买了几个苹果。吃完饭，沈慕去洗碗，佳圆就蜷在沙发上，听着那水声淅淅沥沥，睡意袭来。醒来时已是午夜，躺在床上，她是被梦惊醒的，梦里有那扇怎么敲也不开的办公室的门，还有那扇在她眼前关上的家门，她花了几分钟才清醒过来，那是梦，她想，过去的梦不会再发生。沈慕睡得很踏实，绝不会为噩梦所扰，他的态度那么坦荡荡的，那么安然地入睡，一定是没有亏心事，也没有痛苦的事。世界于他是一片坦途，这坦途他愿意与佳圆共享——当然，是有条件的，条件便在他今晚的态度中体现——你自己的事情请你自己处理，我的也是一样，我们的关系不包含处理彼此的麻烦和尴尬。至于那扇紧闭的门，意思是：请你自重。

# （十九）

沈一芳和陈立远领了结婚证，过了好些日子，才让家里人都知道。在此之前，沈一芳和她的儿子已经搬到立远家里，把佳圆原来的房间改造成儿童房，布置得五彩缤纷，卡通动物的床单被套，柔软的泡沫地垫，擦得干干净净，进屋一定要脱鞋。

陈立远极力疼爱那孩子，生怕旁人说他是后爹，苛待了人家的小孩。沈一芳逢人便说，这个人可算是嫁着了，对彬彬特别好，比亲爹还好。这些赞扬的话一传开，陈立远听了十分受用，他这半生，最怕别人看不起他，如今有了这样一个好机会，后爹当得十二分尽兴。

对沈一芳，倒还是原来的样子。打是打过，但是这女人很傻，打也打不走，叫她滚出去，她并不滚。吵不起来，也就算了，她还是每天上班，下班，买菜做饭，立远就负责接送小孩上幼儿园。虽然年龄差了十八岁，几乎是两代人，也把日子囫囵过下去了。

一天，三口人去看秀梅。秀梅已经知道他们领了结婚证，第一次见那男孩，塞了一个红包。沈一芳推辞不过，笑着收了，告诉秀梅，明年才上小学，现在已经认得几百个字了。

秀梅说："跟我们佳圆一样，佳圆没上学的时候，她爸爸给买了一本唐诗，带图画的，从头到尾背下来。"

"大哥会教育孩子。"她一直管立远叫"大哥"。从前一起打牌时叫惯了，改不过来。

秀梅抓一把炒花生给彬彬吃，这花生是附近村里一个老头炒的，时不常来大院里卖一圈，味道极好，比超市里卖的好吃得多。彬彬拿过来，一粒一粒嚼着，立远让他叫奶奶，他就叫奶奶，秀梅笑了。

中饭是沈一芳做的，露了一手家乡菜。秀梅告诉他们两个孙女带她去医院的事情，立远说："她们就会瞎折腾。"

秀梅说："是呢，下回我也不去了。大夫尽是糊弄人的。还要挂个看心脏病的号，心脏病哪有治得好的？"

立远说："小孩子不懂事，一路上，上车，下车，磕碰着怎么办？医院人多，细菌最多，老人没事跑医院去，没病也要惹上病了。"

沈一芳夹出一块鱼肚子的肉，挑出刺来，放进彬彬的碗里。那孩子娇惯得很，吃了两口便不吃了，要喝汽水。家里没有汽水，立远便起身出去，一会儿拎了一大瓶可乐回来。他不在的时候，沈一芳对秀梅说："他会惯着孩子，我要管还不让呢。"

"佳圆小时候，他可不是这样。"秀梅的意思，是你们终究是外人，对外人总归要客客气气的，听在沈一芳耳朵里，却是相反的意思。她笑了起来。

"闹起来就是一巴掌，一巴掌不够，按在沙发上打。不能劝，越劝越打，跟他爸爸一个样。"秀梅是老了，早几年，她是不会说这些事的。人老了，不光身体松弛，意识也松弛了。该说的，不该说的，想说的，不想说的，都在往外涌动。平常她太寂寞了，来个人，她就说个不停。

沈一芳说："在家他从来没打过彬彬，要打孩子都是我动手，他来拦着。"

彬彬吃花生，花生皮落了一地，落在秀梅穿着棉拖鞋的脚上。秀梅想要去拂掉，却弯不下腰，够不着，她的日常生活已经变得相当困难。沈一芳只是笑着，过来帮她拍打拖鞋，一边轻声呵斥，让孩子别乱吹花生皮了。

"真是老废物了。"秀梅说。

"远着呢。您比我爸强多了。"秀梅便探问她家里的情况，母亲早逝，父亲瘫痪在床，弟弟一家照顾着。

沈一芳非常会敷衍老人，把秀梅哄得很高兴，夸秀梅气色好，头发黑，身体好，说话底气十足，经她一形容，仿佛秀梅年轻了二十岁。婆媳俩一时十分和睦。彬彬捧着大瓶的可乐，对着瓶嘴喝，不一会儿就喝下大半瓶。

电视也归彬彬看，立远不跟孩子抢。在足以做彬彬爷爷的年纪，他突然学会了如何当父亲。到了下午，阳光和暖，秀梅去午睡了，立远带着彬彬，把养在园子里的那条狼狗解了下来，牵着去玩。那狗现在是小杨每天喂着，只认得小杨是它主人。立远来了，它伏下身，喉咙里滚动着低沉的吠叫，做出威胁的样子。

立远骂了它一句，彬彬不怕，伸手去摸狗的头，把花生给它吃，过了一会儿，混熟了，拉着它出去玩。立远就跟沈一芳说，孩子喜欢这狗，带回去吧。沈一芳不要，说太大了，立远说，回头再给彬彬找一条小狗养着玩。

杨家养的那只猛子，也拴在他们家的园子里，看见同类被带出去玩了，自己也把绳子拉得笔直，想跑出去。杨家门口放着一只煤炉，炉子上烧着热水，冒着热气，大概是家里有客。不一会儿小杨出来拎热水，看见立远和沈一芳，叫他们过来打牌，正好有人要走。救场如救火，不能推辞的。

这一打便打到黄昏，沈一芳说要回去做晚饭了，这才散场。两个人一起到家，彬彬在看动画片，秀梅坐在里屋的床沿上，听见他们回来，便叫："立远，立远。"

立远走过去，发现她尿床了，一整块褥子全湿了，被子也被波及。裤子更不用说，暖气烧得足，烘出一股浓浓的味道，便叫沈一芳过来帮忙处理。秀梅觉得很羞耻，这副样子真丑。从前也不尿床的，老了只会添毛病。

折腾了半天，收拾干净了，衣服拿去洗，被褥只能明天再晾。可是他们今晚就要走了，明天还有事。秀梅说不用管了，明天我自己拿出去晾。实际上她几乎寸步难行，离了助行器无法行动。

彬彬捂着鼻子和嘴，说："好臭呀，我都不尿床。"立远只是笑。人老了，什么都是臭的，尿也格外臭。

吃完晚饭，收拾干净了，他们便要走。临走时，立远又说："少往医院跑，医院又不是什么好地方！那俩孩子就会没事找事。"

他们一走，屋里又空了下来。隔壁还在打麻将，哗啦啦推牌洗牌。入了夜，很多人家都在打麻将。厂子败落了，这里闲人很多。躺在床上呻吟，等别人给口饭吃的老人也多，秀梅想，她可不要变成那样子。

今天尿床，是一个糟糕的信号。她老了，但并未完全糊涂。有时候她甚至觉得这清醒实在太折磨人，像佳月的姥姥那样，傻了，什么也不知道了，倒好了。助行器靠在沙发边上，沈一芳刚才拿出去给擦了擦，用了很久，早就脏了，擦干净了好好地放回她身边，确保伸手就够得着，这才走了。

秀梅拿过助行器，打开，支好，通常她要试三次以上，才可以从沙发上站起来。关节仿佛粘在一起了，要嘶啦嘶啦地扯开。扯开后又是无力的，艰难迈出第一步，像孩童在学走路。人都走了，她也要睡觉了。被褥换过干净的，弄脏了的还在一张椅子上放着，入睡之前，她想的是，明天谁来帮她晾被褥呢？

第二天一早，新的问题又来了。夜里又尿床了，秀梅花去了整个上午，完成一些简单的动作，找衣服，换衣服，再找出一套干净被褥，这被子是哪年做的？年代久远，时间模糊成一团。今天虽然冷，阳光却很好，适合晾晒。

幸好小杨来送热水。他每天早上用煤气炉子烧水，给秀梅送一壶，够她用一天的。今天过来的时候，顺手帮她把被褥拿出去晾，又说："您身边应该有个人，要么是儿女，要么就请个人。"

秀梅说："都忙，谁都没工夫。"

"那就请个人。"

"保姆没有好的，不如家里人。"

小杨不跟她争论。自这一天起，他每天晚上，没事就过来坐一会儿，说几句闲话，看看没事便走了。秀梅知道他是好意，心里很感激，但是日常生活的许多困难依然没有解决。渐渐地，一切动作，一切需要都变成了障碍，最小的事情都成了问题。她自己的身体跟她处处作对，战斗永无止境，她节节败退。

过了几天，尿床没有再发生。一天，秀梅在厨房煮速冻饺子，锅刚好开了，饺子两个一对往水里放，放到一半，尿意忽然来了，接着就尿了，顺着裤子往下流，秋裤，棉裤，鞋袜，都湿了。

她站在那儿，把饺子煮完了，盛出来凉着，再慢慢

256

摸去换衣服。换衣服又是大工程，等换完，饺子已经凉透。这天晚上，小杨过来坐着，劝解了一番。他走后，秀梅拿起电话，给几个孩子打电话，最后打给佳月，电话那头有些杂乱，她提高了声音，说："佳月，我得去住养老院！"

佳月听了，心里一惊。秀梅的语调非常陌生，有种哭腔是她从未听过的，显然秀梅并不真的想去养老院，不然不至于这样。她和蒋飞凡正在一条步行街上，排队等着买烧烤。她离开人群，走到僻静一点的地方，这点时间足够秀梅恢复一点冷静，佳月重复了一句："去养老院？"

"没人管我呀。"秀梅说。佳月与其说难过，不如说是一种负罪感和羞耻感从心底升上来，堵塞住喉咙，她说不出"我来照顾你"这句话，论情论理，都轮不到她，但事实就是，排在她前面的人，个个都在束手。

养老院未必是个坏选择。后来，立秋与佳月推心置腹，才说自己当时也倾向养老院，但是另外几个人都不愿意出钱，只好算了。立秋虽然有钱，但是责任终究是每个儿女都应承担的，她一仗义，哥哥们更缩头了。她对佳月说："当时只怪你，你不肯答应送奶奶去养老院。"

佳月说："奶奶根本不愿意去。哪个老人愿意住养老院呢？"

"她愿意。她跟我说过，去养老院住，不用儿女在身边伺候，当时她自理都很困难了，老是尿床，尿裤子。"

"她给我打电话的时候，都快哭了。怎么可能是愿意去呢？"

"她自己告诉我的，说想去养老院。"立秋不想再争论这个，转而把话题放在她要送佳圆的婴儿车上，找代购买的，海外运回来要等一个多月，正好赶上孩子出生。

但是，那天晚上，佳月明明白白地感受到秀梅的绝望。虽然亲密，但是祖孙间鲜少表露情感，悲伤，难过，脆弱，仿佛这些感情是丢脸的。如果有人看电视剧看哭了，在这个家里，一定会被看见的人嘲笑，至于吗？别装了，装什么多愁善感，哈哈。那种笑声，带着一种淡淡的调侃的恶意，佳月很熟悉。

秀梅说："家里没人管我。你大伯说，他去养老院了，报名要排队，正在排着呢。"佳月听了，本能地感觉不对劲，大伯的话恐怕不能当真。听这意思，给儿女们的电话打过一圈，最后还是要去养老院，不知道他们还说了些什么，去养老院要排队？托词而已。

这些分析是后来才有的。当时，佳月只能尽力安慰，告诉秀梅，再想想办法，养老院不适合您，我们再商量。挂掉电话，她又打给陈立生，是小赵接的，一听是佳月，便滔滔不绝起来："你奶奶刚刚打电话过来，说她要去养老院，你爸爸说，养老院要多少钱一个月？您的退休金多少钱一个月？你奶奶就不吭声了。老太太想一出是一出。在哪儿也不如在家好吧？你在哪儿呢？吃饭了吗？"

"养老院的费用，要是真去的话，就大家分担一下。再说我奶奶自己也有钱，她每个月都有退休金，还有存款，这些钱应该花在她自己身上。"

"她就是随便一说，岁数大了，想一出是一出。你爸说了，再说去养老院，就告诉她养老院没床位，要排队，不用说别的。"

佳月想起大伯跟奶奶说的那套话，一模一样的，看来他们都知道，奶奶不过是一时气话，至于她为什么忽然情绪激动，他们并不想多问一句，一概归因于"老糊涂"。立生不接女儿的电话，佳月觉得爸爸似乎是在躲着。步行街上，人来人往，一会儿飞凡拿着两根长长的肉串过来，往她手里一塞。

肉是又香又热的，没吃完就被风吹得冷透了。飞凡觉得，这事情固然是个难题，但是也轮不到佳月去解决。"毕竟我们也没这个能力。"他说，"你也不可能到奶奶身边去照顾。让他们想想办法。你何必操这些心。"

烤肉变得凉腻腻的。飞凡的语气轻松平常，他没发现这些话给佳月带来的震动。你不用管，怎么可能呢？他居然会这么想。小时候，她就听爸爸说过，你能长这么大，全是你奶奶带得好，没有她，你早就死了。将来你要孝顺她，不然就是没良心，人没良心，就是畜生，畜生是该死的。

当时林慧文就反驳他，说你怎么能这么讲话，这孩子是没有父母吗？

佳月对那一句，没有她，你早就死了，印象很深

259

刻，这当然是夸张的话，但是为何要如此夸张呢？并不是醉话，平平常常，吃着饭，忽然冒出这一句。佳月当时还小，她只觉得，原来我曾离死亡那么近，原来是奶奶救了我，没有她，我就死掉了。

那时候她还没发展出怀疑的能力，立生说什么她都相信。晚上到家，她给佳圆打电话，说这件事，佳圆说，去养老院可以，很多老人都去，奶奶也可以去。

"问题是她不想去。"

"她自己提出来的，怎么会是不想去呢？"

"你没听见她那个语气。"

"现实就是，没人照顾她，你行吗？我行吗？谁能天天回去守在身边？不管她愿意不愿意，养老院是最后的选择。再说，这问题本该是他们去解决，你不要管了。"

这套话半是安慰，半是推脱，佳月也是无话可说。她并不知道，这通电话挂断后，佳圆辗转反侧，几乎一夜没睡。第二天是周六，她一早便坐车回家，要找陈立远谈谈这个问题。就她个人而言，这几乎是历史性的，因为父女之间从未认真讨论过任何问题。陈立远见到女儿，显出高兴的样子，让沈一芳出去买条鱼。彬彬在自己房间里画画，让他出来叫姐姐，叫也叫不动。那房间原来是佳圆的。佳圆在客厅里坐下，环顾四周，家具还是旧的那些，但是房间的气氛完全变了。沙发罩换成白色的蕾丝布，空调也盖了同样的罩子，佳圆猜，冰箱和洗衣机上估计也是一样，一本正经的，一尘不染的温馨。沈一芳待她非常热情，挑不出毛病的客气的热情，端出一盘冻柿子给她吃，说："这是从你奶奶家那边山上摘的。我跟你爸去爬山，好些野柿子，摔烂了都没人要。"

柿子硬得咬不动，一口只能蹭下一层甜的冰碴。沈一芳去厨房张罗做饭，佳圆便说起秀梅的问题，陈立远显得很有准备，告诉佳圆，他去养老院排队了，拿了一个号，等通知，有床位才能住进去。这谎话太熟极而流，佳圆不去揭破他，无凭无据的，揭破了他也不会承认，还有另一套话等着呢。跟他打太极，没有胜算，佳圆决定单刀直入，看他到底是怎么想的。

"养老院要多少钱一个月？"

"你们不用管，我出钱。不用你们管。"

又来了，佳圆想，这是立远特有的结束话题的方式。他总以为别人找他，无论说什么事情，都是来向他要钱的。昨天对秀梅也是一样，说养老院的钱由他来出，让秀梅放心。只是要排队，要等着，等多久，他也说不好，怎么也要明年了吧。至于今年怎么办，略过不提。

"不是钱的问题。"佳圆说，"你怎么老是谈钱呢？她现在就需要人照顾，身边应该有个人。"

立远忽然开始滔滔不绝了。很快佳圆便陷进迷阵中，摸不清首尾，人和人名对不上，过了半天才明白过来，他说的是三叔，三叔欠着他的钱不还，而他又是如何体恤，不向兄弟去要债，如今老人需要人照顾，又都来找他，因为他是老大，他应该担负这个责任。他一字一句的，咬字格外清晰，显得义正词严，又带着几分委屈，以及对那委屈的毫不在乎，充满了凛然的男子气。

末了，他又说："将来去养老院，你们都不用管，老太太所有费用由我承担。谁让我是老大呢？"

"那现在怎么办？"重音落在"现在"两个字上。

"明天我回去瞧瞧。"说话的工夫，一直在抽烟，茶几上方烟雾缭绕。沈一芳端菜过来，放下盘子，又连忙去开了卫生间门和窗，让空气流通，佳圆往卫生间里一看，果然，洗衣机上也罩着白色蕾丝布。

佳圆追得紧了，说："现在奶奶身边要时刻有人，你回去打算住几天？"

"你别管了。"立远说，顿了一下，又说："你奶奶最疼你了。你要多去看看她，别叫她白疼了你。"

佳圆知道，再多说也无用。他就是这样，无法深入沟通，无法谈论细节，面对问题他会躲着，再追下去，他会发怒的。从前，佳圆害怕那怒火，现在只有轻视，她知道怒火不过是一道脆弱的屏障，遮掩着见不得人的、跟他说出口的那些大话完全相反的、极卑小极自私的东西。

午饭十分丰盛。沈一芳一直催着彬彬叫姐姐，彬彬不肯叫，沈一芳笑着说："他害羞。"

"没关系，我也害羞。"佳圆说，她并不讨厌沈一芳，甚至觉得这女人有点可怜，不知怎么被立远骗到手的。是不是立远说什么，沈一芳都深信不疑，或者她根本无所谓，只要有房子住，可以把孩子接到身边就行。听说她以前是住在单位宿舍，孩子放在老家。

吃饭的时候，沈一芳提起，要装修这套房子，重新粉刷粉刷，换换家具，末了添上一句："我有钱，用不着你爸花钱。"

佳圆只能附和她，同时心里隐隐地有了猜测，关于这房子的真实情况，沈一芳未必知道，立远八成又在骗人。彬彬的可乐不小心洒在腿上，沈一芳抱怨着，带孩子去换衣服，佳圆吃着碗里的饭菜，不期然一抬头，正对上立远的眼睛，他正对自己使眼色呢，眼睛那样一挤，眉头那样一蹙，属于父女的瞬间，二十多年来最亲密的一刻。立远要女儿不要说出实情——房子并不是他的。沈一芳要给孩子办转学，学校要房产证，他就弄回来一张假的房产证给她瞧。

这些事情，是在立远去世后，沈一芳向佳圆哭诉时说出来的。当时，杨桂思已经当面通知她，限期搬离。失去住处，还不是最坏的，最坏的是，彬彬马上要中考了，她害怕孩子失去在北京考试的资格，害怕不得不继续作假。房产证都是假的，还有什么是真的吗？沈一芳一脸茫然，把佳圆当成求告的对象，佳圆便想起今天的这个眼神。父亲与女儿的共谋——不要告诉她呀。

彬彬换了一身衣服出来，沈一芳告诉佳圆，这衣服是你爸给买的，本来我不让买，太贵，小孩子没必要，你爸说孩子喜欢就买，到了学校，孩子们有比头。然而彬彬还没有上学呢，幼儿园而已。佳圆本来对她存了一些同情心，至此，忽然便不同情了。人各有命，佳圆想，你们也有你们的命。最后，他死了，死亡拆穿了一切谎言，真相就像翻倒的酱油瓶一样难以收拾。沈一芳母子离开了这两间屋子，当成自己家那样打理得井井有条的地方，钥匙交给佳圆，佳圆接过钥匙，未曾抬头看她的眼睛。

人走室空。佳圆环顾四周，自从他们装修房子，佳圆就没再来过。后来，秀梅去世，佳圆与立远几乎断绝关系，只在春节打个电话了事，其余再无联络。这两年，佳圆并不知道他身体正在急剧衰退，沈一芳打电话过来，说你爸爸快不行的时候，她正带着女儿睡觉。后事了结，杨桂思让女儿代自己接收房子。佳圆到各处看了看，只有那几件原来的旧家具，后来新添的东西都不见了，沙发上的白色蕾丝盖布都拿走了。卧室的五斗柜上，立着一张立远的遗照，办葬礼时彬彬手捧的那一张黑白照片，照片前头，放供品的小碟子还在，是空的。香炉上插着几截残香。

沈一芳哀哀的哭声犹在耳边。感情是有的，佳圆松一口气，在这个家里，总算还有一个人真心为他哭泣。不然，这一生未免太可悲。还有彬彬，彬彬垂着头捧着遗像的样子，居然与照片上年轻的立远有几分相似，真是一家人了。可惜。佳圆想，可是，要是他没有死，那张假的房产证，能骗多久呢？虽然拿回了房子，佳圆并不感到高兴，在空房子里，她只觉得空虚。她想起上次来的时候，和立远谈秀梅的养老问题，他顾左右而言他，东拉西扯，说一些敷衍塞责的废话。转眼都入黄泉。

那天，佳圆离开时，沈一芳非要给她装上自己做的红烧带鱼和糖醋排骨，沉甸甸的两个玻璃饭盒，这两样菜让人想起过年。沈一芳有本事把每一天过得像过年，那么热气腾腾，那么累。佳圆坐在床上，床上残留着人睡过的凹痕。一根拐杖立在床边，沈一芳算是尽心尽力地照顾立远，而他直到去世之前，开始交代后事，都不肯将实情告诉她，只说房产证的原件在单位存着，给她一个单位领导的名字，让她去找人家拿回房产证，这个名字找不到，那还有下一个名字。立远去世后，沈一芳就迷失在这些名字里，人名都是真的，只是谁也不知道陈立远的房产证在哪里，去找过好几次，成为整个单位的笑谈之后，有知情的好心人告诉她："这房子落在他前妻名下。"

最后，只有杨桂思对这结局很满意，说，白住了这些年，真便宜他们了。


# （二十）


佳圆到家的时候，佳月早就到了，把尿过的裤子、被褥，能洗的洗，不能洗的拿出去晾晒。佳圆来了，帮忙一起收拾，弄到干净清爽，秀梅午睡去了。两个人出去闲逛，佳圆说："你看，这个院里，闲人多的是，很多人四十多岁就退休了。找个闲人来当保姆，不是正好？"

佳月也觉得这个主意不错，以她对邻居家的一些了解，心底拟好几个名字，回去跟秀梅一说，秀梅一口便否定了，原来那些人不是馋，就是懒，要么是离婚的，或者自己家有老人要伺候，要么是对自己家老人都不好好照顾的，哪个也不行。最后佳月也泄气了，说："这也不行，那也不行，怎么办？去养老院？"

秀梅不说话，叹了口气。佳圆说："我爸说他明天过来。您再跟他商量商量。"

"行。"秀梅说，过了一会儿，又说："他要是能在家住几天就好了。"晚饭吃的是佳圆从沈一芳那里拿来的排骨和带鱼，佳月说："这两个菜真好吃，像过年。"

"现在我做不动了。"秀梅说，"咱家过年也没人做菜了，只好买些熟肉。"

"让佳月做。她会做，她男朋友也会做饭。"

"他只会做家乡菜，辣死了。"

"让他不要放辣椒。"

"四川人不用辣椒就不会做菜了。"

"反正要让他来露一手。你别老藏着人家。"

"没有藏着。不是见过面了嘛！"

"过年带他来，我要吃川菜。"

秀梅说："过年人家肯定要回自己家。"佳圆这才罢休。晚上她们一起搭末班的公交车回城，佳月说出自己的担忧，秀梅的养老问题如今迫在眉睫，得想个办法。家里人有谁可以帮忙呢？

佳圆说："我爸现在不上班，在家闲着，其实他可以的。"

"那你跟大伯说一说。周末我可以来替换。"

"还有三叔。"

佳圆一提醒，佳月想起还有陈立民这个人，他是有点怪，但也是一个可以利用的闲人。她们都沉默了一会儿，思考这种可能性，像拼图一样严丝合缝，一个年老，有收入，体弱无依，需要人照顾，另一个年轻，没有钱，还有把子力气，能够照顾人，不是正好放在一起吗？如此陈立民的生活问题也解决了。

这些话一挑明，仿佛天都亮了。怎么所有人都想不到呢？不是明摆着一个大闲人吗？佳月一到家，便给秀梅打电话，告诉她这个办法，秀梅说："不知道他愿意不愿意呢？"

佳月说："我去问问。"

秀梅说："他连电话也没有。"

"我去他家找，我认得路。"

"你一个人去？佳圆你们俩一块儿去吧。"秀梅的语气中，带着犹疑，"你大伯明天回来，让你大伯去找他也行。"

放下电话，佳月松了一口气。在她看来，这件事算是解决了，各得其所，两全其美。第二天立远到了家，秀梅将佳月的话说给他听，他也同意，说："我去找他，叫他过来。"

陈立民还住在结婚时那套单元房里。立远也有好些年没去过了。他去街坊家找了一辆车，给人几十块钱，让人家送他去陶瓷厂家属区，一路上又是高谈阔论，胡吹一通，让人家以为，陈家的老大发了多大的财。

到了立民家楼下，等司机找钱的工夫，立远看见一个灰色的身影从楼那头绕过来，走得很慢，手里拎着一袋雪白的馒头。他接过司机找回的钱，大略数一数，便下了车，一只手插进裤兜，另一只手取下嘴里的烟头，往地上一扔，用脚踩灭。

陈立民见了他，叫一声"大哥"，脸上并无什么表情。两人一前一后上楼，立远记得是三层，实际是二层。他上次来这里，还是立民结婚的时候。多少年了，立远暗自想，立民的头发都白了。

一进屋，屋里十分干净整洁。人虽落魄，家具什物都是旧的，却是一尘不染。一张巨大的婚纱照挂在墙上，上一段婚姻的遗容。当年的两个人非常般配，新娘艳红的嘴唇映着新郎的大红领带。立民给立远拿出一双旧拖鞋。

沙发上坐定，立远掏出自己的烟盒，给立民一根，是立民平常抽不到的好烟。立民从茶几下面摸到一个打火机，打了好几下，打着了。烟雾缭绕，盖住脸，兄弟俩这才说话。

立远先问他的糖尿病，现在吃什么药。立民说，没吃什么药，不吃药，也不忌口，语气十分不屑，仿佛轻视无声无息的慢性病，也轻视自己。

"酒还喝呢？"立远看见酒柜里的白酒，最便宜的二锅头，码着一排。

"顿顿都喝。喝酒就着馒头。"

跟兄弟一比，立远觉得自己有资格说说他。酒要少喝，烟要少抽，糖尿病要忌口，立民只是笑笑，也不争辩。立远说这些话，与其说是出于亲情的关心，不如说是出于长幼次序的教训，他引经据典，从报纸上、电视上看来的只言片语，加上他自己的理解，一股脑儿倒出来。

"早上起来，先喝一杯盐水，要温的，清理肠胃。睡前喝蜂蜜水，槐花蜜最好。"

立民说："我早起二两，睡前二两。一觉睡到天亮，连梦都不做。"冷笑两声。

阴天，屋里有些暗，暖气倒是烧得很足。立远站起来去开灯，灯不亮，立民说："没电，我都不交电费。晚上用手电。"

立远笑了，"那水费呢？"

"水费也不交。天然气也没有。一个礼拜，一袋馒头，咸菜，酒，够了。平常就听收音机。哪个来找我收钱，就俩字，没钱。"

茶几上果然放着一个老式的长方形收音机，天线扯到最长。

"我到小区回收电池的地方，捡回来的电池。"从沙发边上拿起一个纸袋子展示给立远看，半袋子电池，各种型号都有。

"你倒是极简生活。"立远说，从电视上学来这个词。

"凑合活着，过一天是一天。"

立远也不再跟他废话，把来意说了。立民听完，说："老太太让我回去伺候她？"

"你去跟妈住着，一方面，你照顾她，另一方面，妈有退休金，够你们两个花，不然你自己在家，连电都没有，电视都看不成。到晚上，家里乌漆麻黑，叫什么日子。"

立民半晌无言，末了说一句："怎么？她现在不能自理了？"

"做饭还行，走路费点劲，脑子都清醒，就是尿裤子，尿床。按道理说，咱们都有义务，有钱的出钱，有力的出力。实在没人管，要请保姆也可以，去养老院也行，也不用你们出钱，我可以承担所有费用，但是老太太不愿意，她说还是家里人最好使。你又没什么营生，老太太有退休金，这不是正好吗？"

"你不是也退休了，你是老大，你也可以去照顾。"

"彬彬明年上学，我得接送彬彬，给他做饭。"

立民这才知道立远再婚的事情，他跟家里人是完全不联系的，原来那孩子叫彬彬，几岁了？跟你叫爸爸？真是个便宜爹。心里这么想，嘴上并没这么说，只说："我回去先待两天看看。不行，你们再请保姆。"

又说："请保姆，我可没钱出。"

立远说："不用你们出钱，要是请保姆，我一个人包了。"到了饭点，立远带立民出去下馆子，点了三四个菜，同他喝了不少酒，小饭馆的老板认得立民，经常过来买馒头的，过来说："您那馒头还赊着呢？要不先结了吧？"

立远把饭钱和赊欠的馒头钱都给了，又给了立民几百块钱，幸而离发工资的日子不远，钱包还鼓着，到下半月，手头就没这么宽绰了。兄弟俩吃完饭，出了门，冷风一吹，酒劲涌上来，立民走着走着，摇晃起来，晃着歪着，呕吐起来。吐到地上一摊五色的糊糊，反射着灯光。立远站在不远处看着自己的兄弟，暗想，这家伙真没用，从小到大，半点出息也没有。上楼的时候，还是搀了立民一把。楼道有灯，进屋没灯，立民立刻就睡下了，平常他不进卧室，就在沙发上睡一整夜，皮沙发被睡得塌陷了。立远帮着他安顿好，室内仅有蒙蒙的光。醉倒的人鼾声大作。

立远拿起一只手电，到厨房，卫生间等各处看了看，都是整洁的，没有丝毫凌乱。卧室的门是关着的，一推，门框吱扭作响，一股灰尘的气味扑面而来，这屋子的窗帘没有拉上，外面的灯光映进来，轮廓依稀可见。这是陈立民结婚时的新房，那段婚姻不到四年就散了，双人床靠墙放着，被罩铺得平平整整。五斗柜上错落摆放着一些相框，齐芳的单人照，也有几张两人的合照，肩并肩，微笑着。还有一张，是齐芳抱着初生的婴儿，与婴儿对视。

立远轻轻地把门关上了。走回客厅，把口袋里的半盒烟掏出来，放在茶几上，打火机也留下，放在烟盒上面，这才离开。外面冷风一吹，酒醒不少，他把皮夹克的拉链拉上了，从前就是一件皮夹克过冬，也不觉得冷，现在不行了，初冬就冷得打哆嗦。他上了一辆趴在路边等客的黑车，到家门口，下了车，琢磨一下，又走去一个朋友开的麻将馆。麻将馆在一间游戏厅里面，老板是他的朋友，夏天刚刚开业。之前老板问他要不要入股，买两台老虎机放在他那儿，按月分成，立远答应了，拿出存款来交给人家，这件事没告诉沈一芳，到现在为止，他并没拿到分成。类似这样的事，所谓的投资，这些年干过好几回了，每个都没有下文。

他一进去，就有熟人打招呼，都叫他"大哥"，老虎机前面坐着一些半大的孩子。打麻将的坐了几桌，他看了一会儿，就有人站起来让位，要回家了。他便接着打，不知不觉便到了天亮。

回家的路很短，他却走得轻飘飘的，清晨像一张清新的画布铺展开来，街道寂静，店铺的门都紧闭着，药店，银行，花鸟鱼虫店，超市，饭馆，这条街是他生活的全部。那些店里的人他几乎都认识，平常一路走来，总要寒暄几句，今天格外清静，而立远最怕清静。一清静，心里的一些事就翻腾起来。彬彬明年要上学，沈一芳跟他提了几次，外地户口的孩子需要房产证，而房产证在杨桂思手里拿着，离婚的时候判给她了，立远只是借住。他也知道，有这套房子，有本地户口，沈一芳愿意嫁给他，未必不是出于利益方面的考虑。毕竟自己比她大了十八岁，几乎两代人，她图什么呢？快到家的时候，偶然一抬眼，看见一处墙根下印着广告，"刻章办证"，一串电话号码，他把那个号码保存在手机里了。老刘。手机上几十个未接来电，沈一芳打的。

一进门，沈一芳坐在沙发上，看样子是预备吵一架。习惯性地，立远嘴里又冒出一串名字，谁请他喝酒了，谁拉他去打牌了，牌桌上有谁，输赢多少，手机在外套里，没放身边，听不见响铃。

沈一芳一开口，立远就觉得，女人怎么全都一个样。杨桂思是这样，沈一芳也是这样，她们喋喋不休地抱怨，责怪他一个大男人夜不归宿，夜不归宿怎么了？我跟你过去不也是深夜打牌吗？打牌就没好事？那你以前天天抹得跟猴儿似的，你去勾搭谁？

沈一芳说，我爱谁就勾搭谁，跟你没关系，反正不是你。

立远扑上去用拳头打她的头和脸，动作既快又猛，像鸡啄米。沈一芳来不及出声，就跌跌撞撞地后退，落在雪白的沙发上，蕾丝盖布被揉皱了。

原来那段婚姻中，沈一芳的前夫也打过她，还打过别人，因为打别人打出了毛病，被送进监狱，这一回她只是自保，并不还手，很快就过去了。立远脾气暴躁，但是他并不残忍，并不是把人按着朝死里打，他像一个五十多岁的孩子，对着一件玩具发泄怒气，这怒气，这业火仿佛是天生的，天注定他就是这么一个人，改不了。打得气消了，他就走出家门，街道醒过来了，店门纷纷开了，他去一家早点铺子买了包子油条，满满一盒馄饨，提回家时还热着。沙发已经整理好了，复归原样。

把彬彬叫起床，吃早饭。彬彬早醒了，听见大人打架，缩在被子里不敢动。吃饭的时候，立远主动说起房产证的事情，说下周就去单位取，取出来也要个流程，申请完了还要等两天。沈一芳听了便安下心来。过了一周，立远果然拿回一张红彤彤的房产证，告诉她复印好了，孩子上学要用，原件还得交回单位保管。他说什么，沈一芳便信了，留下一个复印件，立远去世那天，拿出来给家里人传看，表明这房子理应有她一份，如果佳圆要来争产，要赶走他们母子，这便是凭据。在场的人个个默默无言，都不肯告诉她，这证件是假的，他骗你的。

立远走后的第二天，陈立民就回到秀梅家，两手空空，除了一身衣服什么也没有，连换洗的内衣都没带。秀梅给他一些钱，让他到大院门口的商店去买，再买些菜。这一去便去了两个多小时，回来的时候，不仅仅买了内衣，还买了白酒，烟，花生米，体育彩票，秀梅问他，菜呢？他说，你要吃什么菜？有花生米还不够？

于是午饭就是咸菜花生米，立远喝白酒，给秀梅煮了一锅白米粥，还不错，粥都会煮了，秀梅想，这小儿子从前是油瓶倒了都不扶的。下午，秀梅说，晚上炒两个菜吃，立民问：钱呢？秀梅又给了他五十块钱，他买了几个土豆和胡萝卜，一块连肥带瘦的猪肉，晚饭炒的土豆肉片，肉片又厚又老，秀梅咬不动。

"这肉片忒老。"

立民喝着白酒，眼睛盯着电视，电视里的人正哭哭闹闹着谈恋爱，儿子一到家便夺去了电视遥控器，好像那是什么权柄，权力所钟。肉片是老了，他嚼着嚼着也都咽下去，秀梅爱吃不吃，老太太就是事儿多。有人把饭摆到面前了，还挑剔什么。

他冷笑一声，从鼻子和咽喉之间挤出来的，细细的尖叫似的冷笑，这声气极为陌生，秀梅心头也是一凛。这种声气从未有过。立民变了，其实他早就变了，只是秀梅刚刚发现。今天她还在替立民计算，再过几年，立民就够年龄可以领退休金了，到那时候，他就有了保障。好歹在我这里混过这几年。

要不是没饭吃，也不上我这儿来，秀梅想。立民想的却是，要不是你现在老得动不了，没人伺候，你也不叫我回家，谁管我死活呢。他这个人，十几年失婚独居，下岗在家，几乎与世隔绝，日日饮酒，常常带着一股醉意，这种醉不是轻快的微醺，而是飘忽不定的迷乱。有时候，他看着看着电视，忽然大骂里面的人物，这女的真贱，那男的也不是个东西，骂一阵，又乐一阵，秀梅瞧着他，几乎辨认不出自己的儿子，从前他不是这样的。从早到晚，她长久地枯坐，对着门口发呆，立民则坐在正对着电视的长沙发上，电视机从早到晚开着。

立民看什么，她就跟着看什么。立民问她，带着一股嘲弄的神气，"还知道看电视呢，老糊涂，你看得懂吗？"

秀梅感到受侮辱，说："怎么看不懂？我怎么看不懂？"同时感到一种令她恐惧的陌生感，这个人只是套了她儿子的皮，这个人她完全不认识了。

立民冷笑两声，鬼怪似的笑。自从他来了，小杨每天晚上也不过来了。天冷之后，秀梅更不出门，母子俩被这漫长冬天锁在一处。不知怎的，连佳月也不再每周过来看望她，墙上挂着的那皇历本，停留在十月份的一个日子，宜出门，宜破土，宜什么她也干不了，甚至连日历都忘记撕。有一次，她叫立民去把那日历撕到今天，立民装作没听见，一动不动。或者嘲笑老太太两句，你记得节气有什么用？你看皇历有什么用？你整天就在这儿傻坐着，哪儿也去不了。秀梅精神好时，同他争吵几句，精神不好，就忍着不出声。

这段时间，佳月松了一口气。她也觉得，这是最好的安排，大家都放心，三叔的吃饭问题和秀梅的养老问题，一并解决了。现在的公司因为一些人事变动，她打算换个工作，正在寻找机会。这一天下了班，和飞凡约好了去游泳，傍晚，水里人很多，大家排着队游起来，飞凡游得快，总是超过别人，在另一头等着佳月。佳月原本只会狗刨式，飞凡教会她自由泳，两个人泡在水里的时间很长，等人少了些，飞凡还给她表演了他的蝶泳，水花四溅，浪里白条。

飞凡给她讲小时候学游泳的事，小学六年，天天放学就去训练，三千米自由泳，那是热身，后来上了初中，眼看着天赋有限，出不来成绩，进不去专业队列，就放弃了。他妈妈风雨无阻地送他去训练，坐在泳池边织毛衣。他觉得小时候穿过的那些毛衣，都沾染一些潮湿的氯气味道。他们在一起，佳月总是听他说，童年的事，少年的事，她自己却无话可讲，想不出有什么趣事，尤其是跟父母在一起，记忆更是苍白，他们给她饭吃，给她衣穿，给她交学费，别无其他。尤其后来，林慧文常年在娘家住着，立生认识了小赵，佳月只觉得自己的存在是多余的，简直没处摆放。刚上高中的那段时期，她拼命减肥，因为佳圆说了一句你太胖了，别吃主食了，她一个学期没吃一粒白米，在学校住宿，晚饭也不吃，瘦到校服裤子快挂不住才停止。即便如此，那种自觉庞大又碍事的多余感依然存在。

在秀梅那里，秀梅偏爱佳圆，如果疼爱是阳光的话，她只得到一些余晖。待她百分之百好的，只有眼前这个蒋飞凡。站在水里，飞凡把她托举起来，平平地浮在水面上，指导她划手和打腿，直到他可以松开手，让她自己游走。健身房要关门了，两个人才从泳池里爬出来，佳月冲完澡，裹着毛巾站在衣物柜前面，刚打开柜子，手机就响起来，拿起一看，好几个未接来电，是秀梅打来的。她心里一震，知道不是好事情。

在电话里，秀梅强作镇定，说我把你三叔赶走了，他骂我，骂我老不死的。

佳月一下子呆住了。这种事，她从秀梅和街坊邻居的闲谈八卦中，听过好多次。那些不孝子孙的故事被秀梅讲得绘声绘色，或者听得十分入神，是最受欢迎的永远嚼不烂的谈资，秀梅说别人家闲话的时候，那语气，那神情，表示这些笑话永远不会发生在自己身上，她对自家的家教是颇为自豪的，尤其是陈志平，那脾气是眼里不揉一点沙子，哪个孩子胆敢顶一句嘴，都要挨上一顿暴打。谁想到今天小儿子竟敢骂自己的母亲。

　　"我告诉你爸爸了。"秀梅说，"你爸说，他再骂我，就让我拿拐棍教训他。我哪儿打得了他？又给你大伯打电话，你大伯说，要回家来狠狠地揍他一顿。"

　　"现在呢？"

　　"刚走了。"

　　那就意味着，秀梅明天的生活便是个问题，可能连饭都吃不上。除了担忧，她又感到愤怒和无奈，爸爸在搪塞，大伯只管赶人，表面上是替老娘出了气，却不管明天。从游泳馆里出来，她跟飞凡诉苦，说不知道该怎么办了，飞凡说："你们家的事，我也不方便多说，但是有个建议，你爱听就听，不爱听，就当我没说。"

　　佳月让他别卖关子。飞凡便说："人都是要逼一逼的，现在一有什么事，有个风吹草动，就来找你，因为他们知道你放不下，所以乐得撒手，什么事都不管，反正有事叫佳月就行了。这又不是你的责任，你就装一次傻，实在没人管了，你再想想办法。但是在此之前，应该让他们明白自己的责任，现在的问题已经不是你一个人可以解决的了。"

"那明天怎么办？"

"明天你只管上班。到后天，要真是没人管老太太，我们就一起请假回去。总是这样，一有事就指望你帮忙，将来怎么办呢？将来你也有自己的家要照顾的。"

天是很冷，而这番话更冷。飞凡是十分清醒的，佳月想，他一眼就看出别人的爱与怕，看出症结所在。这个人冷静极了。饿上一天，是饿不死人，但是佳月被那想象中的情景吓住了，孤单一人的秀梅不知道这是一场戏，她会很害怕吧。

不知道为什么，一想到秀梅的害怕，佳月也跟着害怕起来，好像双腿僵硬，被困在屋子里的是自己。飞凡说，只是一天，就一天，晾着他们，看他们打算怎么办，不尝试一下，你就永远解脱不了。

佳月心里揣着飞凡的建议回到家，像揣着一块坚硬的冰块，久久不化。夜里她净梦见凌乱的情景和奇怪的形状难辨的物体，在空中飞，像小火花，又像小纸片。第二天一早，上班路上，秀梅又打电话过来，佳月正挤在公交车上，腾不出手去接，铃声一遍又一遍地响着，到公司一看，奶奶打了三四回电话。

等了一上午，电话没再打来，工作也做得不踏实，吃午饭的时候，又想奶奶在家是不是没饭吃，忍不住跟飞凡说，飞凡劝慰她，一天不会出什么事，晚上你再跟奶奶联系，看看情况怎么样。

下午开了漫长的会议，老板在那里长篇大论地讲一些废话。佳月低头发短信给立生，奶奶那边现在有没有人过去，立生回复，我开车带着人呢。你别管了。

那么到底有人没人？她一个人不行呀，得有人回家陪着她。

不知道，我在开车呢。

六点多才散会。佳月走出会议室，到安全通道里面没人的地方，给秀梅打电话。秀梅说："你杨叔在这儿，把他做的饭给我端过来，刚吃完，他说明天再来。"秀梅的语气有几分欢快，显示自己很知道领情，杨叔大概还没走，为了顾及面子，秀梅不会在外人面前诉苦。佳月说："要是明天还是没人回去，那么我就请个假。"

"不用，你上你的班。"秀梅说，"小杨说他明天还来，他蒸的包子真香。"

明天她确实也不好请假，领导开会，交代了一些重要的事情，工作分派下来，都是急着要处理的。晚上飞凡约她看电影，她拒绝了，说要加班，其实加一会儿班和看电影的时间也不冲突，就是不想去。到家胡乱吃了一些零食，就上床睡觉。一晃好几天过去，秀梅没再打电话过来，佳月也渐渐地放下心来。飞凡说，你不需要知道那么多，知道得越多，你越焦心，你又不可能整天陪着她。

周末，飞凡拉着佳月去爬山，冬天的山光秃秃的，又冷，其实没什么好看。因为没什么好看，所以游人稀少，空空的山谷里就他们两个，十分清幽。夏天这是一道溪谷，泉水淙淙，从山顶流下来，几道小瀑布直直地跌落。到了冬天，水流细细的，再冷一点就要冻住了，溪边尽是乱石枯草。

无论哪里的山，都让佳月想起秀梅家附近的那些山。山对于她，永远有一点怀旧的意味，越是普通的无名的山，越让她觉得亲切熟悉。后来她去过许多名山，那些高山是要人拜望，要人香火的，不像那些无名的野山坡那么谦逊，和佳圆一口气奔上山顶，下山更是疾跑如风。

她对飞凡说："明天我要去看看奶奶。你也来吗？"

飞凡叹口气，似有无奈，说："好吧。那就一起去吧。那附近有什么好玩的地方没有？咱们顺便在附近玩玩。"最近李柯和惠惠分别去父母家小住，作为出国前的告别。李柯把车钥匙留给了飞凡。

第二天到家，秀梅照旧坐在沙发上，头向后仰着，睡着了。佳月从未见过秀梅在这个时候睡觉，便轻手轻脚地进屋拿了一条毛毯，往老人身上一搭，她便醒了。

"你来了？"佳月又是一惊，这声音不似平常，像受潮的老门扇被推得吱扭一声。

"吃早饭了吗？"

秀梅慢慢坐起来，用手捋着头发，说："没有吃。"此时已经快十一点了。

佳月往沙发边的纸箱里看了看，牛奶没了，饼干也没了，便叫飞凡去买一些，顺便再买点肉和青菜，准备做饭。飞凡应声而去。等飞凡走了，秀梅才说："昨天夜里，又尿炕了。人老了，真没出息。"佳月便拿了被褥出去晒，能拆的套子都拆下来，放进洗衣机。

洗衣机里还有一条男式的裤子，想必是三叔落下的。怎么办，她也不知道，这个方案破产了，下个方案是什么？左想右想，等飞凡回来，让他在家准备午饭，自己又去商店买了一条烟，一瓶酒，一大瓶可乐，两斤绿豆糕，两手提着，来到杨家门口，周末杨斌总是回家的，帮忙照顾下哥哥，让爸爸歇歇，杨毅已经快两百斤，一个人搬动他很费劲。她一进门，杨叔在厨房，油锅正响着，见她来了，说进屋待会儿，他们哥儿俩看电影呢。

杨毅和杨斌在看一部外国电影，用DVD播放的，影碟的包装袋放在茶几上。佳月坐下来，随手拿起来一看，是一部很老的科幻电影，没有显示字幕，佳月就说："没有字幕，你哥看得懂吗？"

杨斌还没说话，坐在床上的杨毅说："能听懂，不难的。"他的语气很自信，杨斌说："我哥的英语比我强多了。"

佳月这才注意到，杨毅的床靠窗户放着，窗台上一摞英文书，还有几本翻译理论书，说："原来你在搞学问呀。"

"我自己在家上大学。"

"我哥比我还用功。"杨斌说，"他要当翻译家。"

闲聊间，猛子溜进屋来，它已经长到半人高，绕着她边嗅边哼哼，很友好的样子，佳月见了狗就下意识地想躲，杨斌说："不用怕，它不咬人，它跟你要糖呢。"说着，他就从面前的果盘里拣一块奶糖，剥开来放在手心，狗凑过去舔着糖，也舔着他的手心。屋里暖烘烘的，他们家自己加盖的这间屋并不大，暖气却装了好长一排，因此十分温暖。杨斌也让佳月吃糖，告诉佳月，这是爱生的喜糖。爱生是他们从小一起长大的玩伴，中专毕业就上班了，上个月办的喜事。佳月吃了一惊，说："她跟你一般大，都结婚了？"

"她都怀孕了。"杨斌说，"我也想快点毕业，挣钱。"

佳月想起秀梅的话，说杨斌这孩子好是好，有他哥哥这样的负担，将来女朋友怕不好找，便把话题岔开。说话间杨叔端着两盘菜进来，问佳月平白无故买这些东西干什么，好一番推辞，佳月赶紧长话短说，大意是辛苦您常去看我奶奶，我奶奶让我买点东西来看看您。还有，我们想找个保姆，最好是咱们院里知根知底的人，您帮忙问问？

杨叔问："是你奶奶自己想找保姆，还是你爸爸他们商量好的？"

佳月一愣，没想好怎么回答，显然杨叔想得比她多。

他又说："咱们两家是街坊，一块儿住这么多年，老太太腿脚不好，我过去帮帮忙，都是应该的。现在需要请保姆，想找熟人，我去问问人家乐不乐意过来，也就一句话的事，这院里闲人不少，肯定有人愿意。只要你们家里人商量好了就行。"

从杨家出来，佳月看见赛虎在菜园里转悠，飞凡喜欢狗，每次一来就把狗链松开。这时候飞凡在厨房里做饭，隔着窗户看见佳月从手里剥开一块糖，往远处扔，让赛虎去捡。狼狗长得很大，模样有些吓人，但是佳月并不怕它，因为它是自己家里的狗——她头一次跟一条狗有这样的交情。

对于请保姆的事情，秀梅也是同意的，又说，去找你三叔，把我的工资折子要回来。原来自从立民回来，让他取过一次钱，存折就放在他那里，他走的时候并没留下来。佳月说："钱是小事，先找到合适的人再说。"


（二十一）


佳圆考上高中的那年，暑假，秀梅对她们说，咱们去趟山西吧，她妹妹结婚后，随着丈夫迁到大同，秀梅很多年没见过妹妹了。那天，她们午睡方醒，吃着西瓜，把西瓜子吐到月季花底下，期待那里长出西瓜苗。

"山西！"佳圆重复了一遍，兴奋地，不可置信地，"就咱们仨？"

"就咱们仨。不带他们。"秀梅说，"他们都懒死了。"

空荡荡的午后空气一下子充盈起来，要跟奶奶出去玩了。秀梅以前没出过北京，她从娘家嫁到这里，不过十几里地，上班的地方走路只要二十分钟，更没有出过差。对她来说，北戴河都是神秘向往之地，这下子，她要去山西了，更远，更厉害了，她还要带着两个孙女一起。

东西就收拾了好几天，恨不得四季衣服都带上。穷家富路，饱带干粮热拿衣，秀梅一边念叨着，一边在一件长袖衣服里面缝个兜，钉个扣子，里面藏钱。手提的尼龙袋子翻出好几个，长久不用的都洗干净了，装满了。给他们带的东西有自己剥的核桃仁，自己炒的花生，有栗子，还有别的，松子还是榛子，总之是她认为好的东西，担心妹妹他们穷，吃不起。临走了，又开始打烧饼，秀梅最得意她的芝麻烧饼，芝麻撒得极多，不像外面卖的那么小气，数得过来的几粒，里面分层也多，热着吃，外头酥脆，里面软香，放一点花椒面和盐。花椒面也是自己炸好花椒，捞出来用擀面杖细细碾碎的。

上午打了几十个烧饼，下午接着打，佳圆说，要带这么多吗？吃不了。

吃不了，给你小姨他们吃。说完才意识到口误，什么小姨，你们要喊姨奶奶啦。

光烧饼就装了一口袋。又带佳圆和佳月坐公交车到镇上，去商店里买新衣服，一人一条连衣裙，佳圆先挑中样式，一样的买两条，佳月那时候没有佳圆高，也瘦一些，那裙子在她身上像一件大人衣服，心里不太喜欢。

不想跟姐姐穿一样的，佳月说。

一次买两件，跟人家好砍价，秀梅说。

佳月只能听话。能出门旅行是做梦都想不到的好事，还计较什么衣服。秀梅给自己买了一件短袖的印花上衣，摊主指天画地以命赌誓，绝对是真丝的。又买了三顶草帽，上面都缀着蝴蝶结，佳圆笑道，奶奶也戴蝴蝶结呢。

蝴蝶结怎么了，能遮太阳就行，老来俏。那天，她们还在饭馆里吃了晚饭，其实只是一个支起来的棚子，下面摆几张桌子，三块五毛钱一碗面，五毛一个包子。佳圆往面条上加了不少辣椒油，吃得满头是汗。一条野狗在附近晃荡，低头寻摸着，指望捡点剩饭。

蹭到佳圆脚底下，佳圆挑了一筷子沾着辣椒的面条，往地下一丢，那狗便抢着吃，被辣得呜一声跑开了。佳圆笑起来，佳月说，你真坏。你的倒是不辣，你也不给它啊。佳圆回嘴道。过一会儿那狗又跑回来了，别的食客有给它包子面条的，也有踢一脚叫它走开的。

狗肚子下面垂着一排红通通的乳头。秀梅说，这狗刚下了崽，便把自己正吃的包子掰一块扔给它。狗得了吃的，便不走了，吃完了便坐在地上，眼巴巴瞅着这一桌。

佳月又喂一块，也吃了。秀梅说，别招它了，对母狗说，走吧，走吧，扬起筷子作势要打，那狗才跑开了。

吃完饭，太阳已经落到山后面，不那么酷热了，祖孙三个趁着这凉爽，决定走回家去。路不算很长，秀梅说，她年轻的时候，走十七八里地回娘家，一天打个来回，还背着孩子，牵着孩子。佳圆说，那孩子更厉害了，跟着大人走一天。

就是你爸，秀梅说，你爸小时候，走一天也不哭，不叫累，背筐里是你三叔，坐筐里一会儿就睡着了。回来的时候，背筐里除了孩子，还有粮食，那时候农民家的粮食比工人多，秀梅的娘家时常接济他们，玉米磨成面，背二十斤回来，冬瓜，南瓜，再拿几个，那时候秀梅的弟弟还小，不到二十岁，陪大姐走回来，两手都拎着东西。那时候还没铺柏油公路，全是磕磕碰碰的土路，走这一趟尘土飞扬，衣领子都黑了。秀梅留弟弟在家吃晚饭，跟姐夫喝两杯酒，再乘着月色走回家去，自行车是后来才有的。他走了，志平睡了，秀梅还要接着给孩子们做衣服，冬天的棉袄，夏天的布衫。

回家路上，佳圆从沿途的椿树上捉一种硬壳的昆虫，树皮颜色，捏住就不动了，放在手心里，装死装得真像，小铁球似的，不久便握了一把，要是把它们往空中一扬，机灵一点的便展翅飞了，笨一点的还执着于表演，直挺挺落在地上，过一会儿才悄悄爬开。秀梅管它们叫"锁儿"，锁儿有大有小，大的有花生米那么大，小的像黄豆大，佳圆喜欢捏着它们玩，看它们装死的样子。

经过一条黑黑的河，水泥桥面上有巨大的裂缝，露出粗大的钢筋，护栏上有半人宽的缺口，底下河水滔滔流着，打着漩儿，溅出一道狭窄的白色浪边。佳圆停下来，看那裂缝和裂缝下面浑浊的河水，又在那道裂缝上面跳来跳去。

"这桥会不会塌？"佳月说。

"谁知道，说不定哪天塌了。这是大卡车撞坏的。"秀梅说的是那块缺口，一根水泥栏杆不见了，只剩下底下短短的一截。又一辆载满石头的卡车驶过桥面，一阵震动。

"这要掉下去，可好玩了。"佳圆说。

"掉下去就摔死了。"

起初，黄昏的天空像玫瑰色的床帐，笼着一层漫漫的薄纱，渐渐色彩变得浓重，星星浮上来了，经过的汽车都打开了车灯。她们缓缓地走上长长的斜坡，先上坡，再下坡，家在一处山坳里，那么偏远，小时候都不觉得。路灯都亮了，灯下是出来散步的人们，她们拎着自己的新衣服，戴着新帽子，还有一些苹果和梨，慢慢走下去，无论遇上谁，打个招呼，秀梅都要告诉人，我们明天要上山西，坐火车，瞧我妹妹去。

到第二天，早早起床，洗漱吃早饭。吃完早饭，又清点东西，忙乱一会儿，祖孙三人都收拾整齐，又把水电的开关该关的都关好，可以走了。秀梅站在屋子当中，戴上她的新草帽，忽然说："这帽子行吗？把这蝴蝶结拆下来吧。"说着要去找剪刀。

佳圆说："不用拆了，快走吧。"她已经一分钟也待不住了。佳月站在门口，看着院子里的树影子，影子里浮着灰白色的鸟屎。

秀梅又说："你说，咱们仨，坐火车那么老远的，行吗？也没个男的。"

"当然行！"佳圆有些不耐烦了，"我看着东西，丢不了。再说，姨奶奶家有人去火车站接我们啊。"

"那就走吧。"秀梅仿佛英勇就义一般，提起一只紫色的尼龙袋，底下是换洗衣服，上面堆着干果。

　　门一上锁，仿佛大局已定，跟日常生活告别了。先要坐中巴车，到镇上再转进城的长途公交车，到城里还要再转一趟，到火车站前下车，一见那高高的钟楼和红字，颠沛流离的滋味便有了。站前的广场上全是人，祖孙三个，三顶浅黄色的宽边草帽，像轻飘飘的小船在人流中穿行。售票窗口前几排长长的队伍，佳圆说，咱们一人排一个队，哪边快就在哪边买，被秀梅坚决否定了。"绝对不许走散了。"她说。

　　买完票，进站，乘电梯到二楼，在候车区找到两个空座，秀梅和佳月坐了，佳圆不肯坐，要到旁边的小卖店去看看，秀梅给她一些钱，一会儿她带着三串糖葫芦回来。在佳月的印象里，那糖葫芦是她吃过最好吃的，世间无匹的糖葫芦，糖衣裹得像一层厚厚的冰，一咬就是冰面碎裂的声音。

　　时间到了，排队上车，走下一截长长的楼梯，铁道上的风吹来，与外面的风大不相同，带着异乡的、远方的感觉。这种感觉使人们都沉默着匆匆向前走，仿佛听着一首悠扬的电影插曲。

　　秀梅腿脚慢些，走在后面，佳月跟她速度差不多，而佳圆已经一溜烟跑到站台上，裙摆被吹得鼓胀。到站台上，又等，直到火车停下来，窗户上的棉布帘有的垂下来，有的挑开了。佳圆说，这是软卧，这是硬卧，哇，还有餐车呢，我们是硬座。

上了车，按着车票找到位置，她们带的东西多，座位底下都填满了，还有放重要东西的一个尼龙袋，秀梅放在腿上抱着。站台上卖东西的推车来来去去，方便面，玉米，雪糕，有个老太太还卖草帽。佳圆说："奶奶快看，她卖的那个草帽跟咱们的一模一样。"

果然，卖草帽的老太太自己也戴着一顶，底下一张脸又黑又瘦，布满皱纹，颇有风霜，帽檐上系着粉蓝的蝴蝶结。

秀梅说："打开窗户，问问多少钱。"

佳圆将玻璃窗向上推开，秀梅便高声问："草帽多少钱？"

对方说："三十五，买三个给你一百。"

秀梅说："哈，比咱们那个还贵二十呢。"窗户又放下，老太太推着手推车走开了。

又说："岁数大了，戴这个也不好看，这是小姑娘的式样。"她从刚才那老太太身上看见了自己。佳圆懂得哄人，说："谁说的，您比她富态多了。"于是秀梅又笑了起来。那草帽后来一直挂在里屋的门后，挂了许多年，粉蓝的蝴蝶结变得灰扑扑的。

火车开动了，先长长地叹一口气，接着齿轮运转，轻轻磕碰，窗外的景色便缓缓流动起来。秀梅眼都不错地盯着外面，矮房子，电线杆，荒草，库房，立交桥和桥上往来的车流，最后是无尽的黄与绿相接的北方平原。

佳月忘了来接她们的都有什么人，只记得有姨奶奶，老姐妹相见，各自红了眼圈，没说几句眼泪便掉下来。到了家，秀珍的儿女都来了，有的带着他们的孩子，闹哄哄一屋子人，橱柜上摆着家庭相片，结婚照，满月照，百天照，穿博士服的姐姐，骑旋转木马的小男孩。佳圆和佳月穿着一模一样的裙子，一高一矮，在沙发上坐下来半天了，草帽还捏在手里。窗外的天灰蒙蒙的。

吃饭挤满一张大圆桌，菜盘子放不下，层层叠叠摞起来。吃完饭又喝茶，到晚上，家里人都走了，各回各的家，只剩姨奶奶一个人在家，她丈夫前些年去世了，立生来奔的丧。姐妹俩说了又说，别来话长，怎么也说不到头。眼看过了半夜，秀珍说，叫孩子们到小屋睡去，说着便引她们到一间小卧室，大半个房间被一张横在窗下的双人床占据了，佳圆和佳月白天也跟着喝茶，喝多了，这会儿睡不着。门一关，门缝处仍有灯光透进来，秀梅和秀珍仍在低低絮语。

佳圆小声说："你看见柜子上那张照片了吗？"

"哪一张？"

"那个穿着博士服的姐姐。姨奶奶的外孙女，去美国的那个。"

"怎么了？"

"将来我也要像她一样。"

"你也想去外国？"

"我也想当博士。博士服多帅气。"

佳月不语，静静躺着，静静地想。博士，一个女人当博士，她想也没想过，对她来说，最远大的目标也就是上个大学。

"高学历找不到对象。"半天只冒出这么一句，从老太太们的闲聊里听来的。

"胡说八道。"佳圆不屑，"高学历能找到更好的对象。"

话语声渐悄，她们都睡着了。秀梅和秀珍一直说话到后半夜，天空微微泛蓝，才去躺了一会儿，不一会儿就都起来。秀珍的大女儿也住在同一个小区，一大早赶过来帮忙做早饭，就是那个女博士的母亲。佳圆一边吸溜着粥，一边偷眼看人，冷不丁冒出一句："怎么才能出国留学？"

"你先好好学习，考上大学再说。"女博士的母亲说。秀梅让佳圆和佳月叫她姑姑。

"考上大学就可以出国吗？"

"对，考上大学就能出国。"她把早饭的餐具都收拾完了，又去厨房和面，预备中午包饺子。电视开着，佳圆和佳月挤在沙发上吃零食，看动画片，秀珍说明天带你们去"云岗石窟"，后来大了才知道叫云冈石窟，是当地最有名的古迹。第二天是星期日，秀珍的儿子开一辆红旗车来接祖孙三人，他是当地领导的司机，极受信任，除了开车，还帮那大官办许多私人的事情。提到这些，秀珍喜洋洋的。

人熙熙攘攘，巨大的佛陀端坐着向下垂望，挤不到前面去看介绍和说明，就随着人流走。秀梅一直怕她们走丢，又说："这么大的石像，得费多少工，那年月什么机器也没有，靠人一点一点凿。"

"奶奶怎么老想着做工。"佳月说，"又没有人让您去凿石头。"

"我们工人可不就想着怎么做工。"秀梅笑了，阳光填满脸上的皱纹，"人活到哪儿，都忘不了本。"

游玩了一天，本来第二天就要走，秀珍苦留，又多住一天，到这一天无论如何也要回家了。秀珍给她们装了许多当地特产，六只手拎得满满当当。红旗车将她们送到火车站，秀珍一定要跟着来，一直送到站台，上了车，车窗打开，还要说话，直至火车鸣笛，老姐妹洒泪而别。

没过多久，就听说姨奶奶心脏病突发去世了。过了两年，爆出大新闻，姨奶奶的儿子，那个大官的司机，跑到美国去了，发了一笔横财。财是怎样发的，说不清楚，只说是跟某个贪官有关系，他帮人家洗钱，从中食利，贪官倒了，他跑了。

这些话都是听秀梅说的，秀珍去世的时候，她大哭一场，立远代表全家去奔丧。那个逃去美国的表叔，在国外接着做生意，做得很大，置办庄园家产，老婆又生了一个儿子。佳圆要高考了，平常住校，周末回家。有一次回家，正在写作业，杨桂思走进房间，坐在床上，有话待说不说的样子，佳圆便问她怎么了。

"我想，你到美国去念大学，怎么样？"

佳圆放下笔，摘下耳机，随身听也关了，一瞬间她心里升起某种期待，家里发大财了？我爸中彩票了？

杨桂思说："你看，你姨奶奶家的那个表叔，在美国做生意，生活条件很好，把你送去，跟他们家一起生活，怎么样？"

"学费从哪儿来？"

"学费，你自己去打工就能赚，美国赚钱很容易的。你就勤工俭学。"

"怎么突然想到人家呢？"

"哈哈，就是早上起来突然想到的。"杨桂思笑了起来，"他们那么有钱，多养你一个也不算什么。让你爸爸给他们去个电话，商量商量。"

佳圆重新戴上耳机，音乐放到最大声，杨桂思再说什么，她也听不见，不想听了，不值得浪费时间。

自此她只有一个念头，尽快离开家，离开他们，离开这些羞耻，莫名其妙，异想天开，除了会做美梦，她觉得自己的父母什么也不会，自己实现不了的梦，想让女儿实现，然而又不想伸手帮她一把，只嫌她累赘。怀着对未来的希望，却嫌恶当下，嫌她花钱了，一周五十块，包含吃饭和其他一切，还嫌她花得多，让她报上账目来。所以，当有人表示可以承担佳圆留学的费用，她一下子开心起来，实现梦想，还不用自己花一毛钱就实现了梦想，划算。

然而划算的事情难免出点毛病。佳圆回国后，杨桂思对女儿失望至极，这失望像一条湿答答的被子缠住佳圆，她觉得佳圆应该努力再找一个男人。

"男人有什么用呢?"佳圆问自己的妈妈,"这些年我爸除了打你,对你有什么好处呢?"

"总归是要结婚的,哪怕结了婚再离婚,都比一辈子不结婚要强。"

佳圆很清楚,从父母那里自己什么也得不到。从高中到大学,只要佳圆同杨桂思有争执,杨桂思回应的办法只有一个,不给零花钱。钱是一周一周给的,周末必须回家才可以拿,后来进步了一点,给她一张银行卡,一百一百地往里面转钱,用完了再要,佳圆被迫常常打电话要钱。杨桂思这个人,虽然嘴上并不抱怨佳圆花钱浪费,但是她擅长使用沉默,电话里的空白就像电视直播上的空白,几秒钟就够了,足够让佳圆想要尖叫。后来佳圆找到快餐店的事情做,经济上终于少受一些辖制。一连两个月,佳圆没有朝她要过钱,然而,杨桂思也并不多问,可能她以为女儿终于学会了省俭——这孩子太虚荣了,或者修炼成餐风饮露。很多年后,佳圆曾经向杨桂思提起,那么久不给我生活费,你觉得我在靠什么生活?

杨桂思说,没有的事,我什么时候不给你生活费了?再说,你不是交了男朋友吗?佳圆唯有苦笑。

所以,当良晨问佳圆,你为什么这样辛苦打工?你的钱不够用吗?佳圆便以为他是善良的好人,竟然关心自己有没有钱用。仿佛在暗室中,有火苗倏忽一闪,佳圆便凑过去了,也顾不得那微光的背后,映出什么样的面容。

从山西回来后，秀梅把这几天旅程的见闻，火车站卖的贵价草帽，卧铺车厢雪白的窗帘，山上凿出来的佛像，山西的醋就是好吃，蘸饺子还有专门的饺子醋……翻来覆去地讲给别人听，嗓门很大，眉飞色舞，闻者也都称羡。

　　佳圆和佳月也很高兴，那裙子做客时穿了两天，带回家洗了，两条一起晾在院子里，飘飘扬扬，如同胜利的旗幡。杨桂思非常罕见地打电话过来，问佳圆在家怎么样，佳圆就把去山西的事情说了，电话那头好一阵数落，怎么就你们三个，多不安全，你奶奶可真行啊，想一出是一出，末了加上一句，你们姓陈的真是，都是些什么神经病!

　　佳圆跟她吵了几句，委屈上来，又哭又叫。秀梅买菜去了，不在家。佳圆摔下电话，觉得又伤心，又丢脸，佳月在看电视，假装没听见。

　　本来，秀梅说好了，明年暑假，咱们还出去玩，不去山西了，咱们去海南，坐火车去，火车拆成一节节车厢，运上轮船，漂着过海，秀梅听别人提起过，十分向往。佳圆和佳月非常高兴。回到家，被各自的父母批评了，叫她们不许再跟奶奶出门，理由是，不安全，而且不安分。"瞎折腾什么。海南那么远，是你们老的老，小的小，随便就能去得了的?"

　　秀梅也被儿子们教育了，这么大岁数，别出门了，带着孩子更不行。秀梅听着，最后说了一句，行，明年不去了，哪儿也不去了。她觉得，这是孩子们的关心，虽然这关心并不令她感到舒适，然而关心始终是关心。

佳圆和佳月并未死心，依旧满怀期待地等着第二年夏天，第三年夏天，后来佳圆考上大学，假期去快餐店打工，不再到秀梅这里长住，秀梅的膝关节开始经常疼痛，祖孙三人一起去海南的事就再没提起过。

秀梅去世的那天，人死了立刻拉去火化，片刻都等不得，火化后直接下葬，与陈志平同穴。事毕之后，回到家里，佳月收拾老人的遗物，翻出一个笔记本，上面记着一些琐事，一些红白喜事的人情往来，哪天换了煤气罐，哪天交了电费、水费，哪天谁打来电话，佳圆借钱的记录，翻着翻着，忽然看见一行字，"1997年去山西，看望秀珍一家，住三天"。佳月心里一动，继续往后翻，又见"2008年去海南，是佳月带我去的，第一次坐飞机"。仿佛是无数个夏天的日子，重叠成同一天，年幼的，年轻的，年老的和更年老的，重叠成同一张脸，那脸是笑着的，笑着笑着又泛起眼泪。后面还有字，正要看时，立春进屋了，拉开抽屉翻找老人的金戒指，金耳环，佳月便把那本子悄悄收起来。秀梅的遗物中，她只取了这一样。

（二十二）

沈慕和佳圆的婚期定下来。一天晚上，两个人在一起推敲请柬的样式，在网上挑各种各样的电子模板，发给设计师看，婚庆公司又发来婚纱照的小样，让他们挑选要洗出来放大的照片。

佳圆只觉得那套照片把自己拍得很丑，沈慕呢，是又得意又丑，看了半天，说挑不出来，想睡觉了，便留沈慕一个人在客厅，自己去洗漱准备上床。手机放在床头柜上充电，等她洗完澡出来，看见沈慕手里拿着自己的手机，站在床边，仿佛有什么事。

"有人给你打电话。"他说，将手机递过来，"我听见响了好几声，就替你接了。"

那一串数字，颠倒排列无数次她也记得。怒气先朝着沈慕发泄，"你怎么随便看别人手机？"

"你最好解决这个问题。"沈慕挺起胸膛，显得光明磊落，义正词严，"他不只骚扰你，还骚扰我们的生活，太烦人了。"

佳圆只裹着一条浴巾，她用手紧紧拢着那柔软丰厚的毛巾，对沈慕说："你先出去，我要穿衣服。"

"我为什么要出去？有什么不能看的？"

佳圆捡起床尾的一件睡裙，走进卫生间，穿好后对着镜子观看自己，湿漉漉的头发，湿漉漉的脸。她曾经无数次地观看镜中的自己，仿佛镜中有什么秘密，镜中空荡荡的，身后无限深邃。他就像镜中来的幽灵。

回到北京，他没找工作，白天晚上各处游荡，想起佳圆，就打电话给她，有时候她在工作，有时候在吃饭，睡觉，或者跟沈慕在一起。沈慕从不追问，表面上看，他给了佳圆足够的尊重和空间，实际上他对她的痛苦视而不见，放手不管。这个人爱讲公平交易，我是清清白白，坦坦荡荡同你在一起的，希望你也是。

良晨也不吵，也不闹，平平和和，安安静静的，就求佳圆听他说几句话，几句心里话。有时候佳圆一阵恍惚，觉得那些事是不是全是想象？全是她梦里的情景？她到底跟这个人有过什么样的纠缠？他准备纠缠到死吗？"死"字将她吓了一跳，不，不至于绝望到那个地步。

无数次她迅速地挂掉电话，也换过号码，无用，他们有共同认识的朋友，良晨总能找到她，抓到她。而他也没有过分的要求，不叫她出来，不用见面，也不找借口，直接对她说，没什么事，只想听听你的声音。

那么你听到了，佳圆挂断电话，关掉手机。镜面上一片雾气蒙蒙，人映在里面，深深浅浅，浮浮沉沉，像个捞不起的影子。与沈慕一夜无话，亲热时也无话。第二天沈慕要出差，五点多就起床，蹑手蹑脚地离开。门一关，佳圆便睁开眼睛，打开手机，电话拨过去，那边也是睡意蒙眬，佳圆的咒骂像一盆冷水泼过去。

听着听着，他反而笑了，低低地笑，好像对方是个耍脾气的小孩子，而他是耐心无限的幼儿园老师。

你骂够了吗？骂累了吗？你男朋友不在身边吗？

跟你没关系。

你真喜欢他吗？

跟你没关系。

那你为什么打电话给我呢？

你看，他继续说，你从伦敦跑回来，一句话也不说，你不觉你还欠着我吗？

钱？我可以还钱，你报个数吧。

他又笑了，笑得更舒畅了，怎么可能是钱？给你花钱我是心甘情愿的。

那我欠你什么？

你欠我一个回答。

什么回答？

我说过，我爱你，你不吭声。我就问你，你爱我吗？你也不吭声，你欠我这个回答。

我希望你早点死。

这不是答案。回答，你爱我吗？

不爱。

你以前为什么不说？

你没问过。

你忘了，我说的话你全忘了。

忘了又怎样？

忘了没关系，我会让你想起来的。

电话挂掉了，然而余音袅袅，从日里到梦里，萦绕不去。从佳月在船上那一瞥，到佳圆心里沉重得像吞了一块足金，相隔几个月，这个人从一片记忆中的虚影子，变得越来越切近，越来越实在，佳圆避无可避。

有一次，他说，我还记得你奶奶，她身体怎么样了？

佳圆说，很好。

我记得她腿脚不好。

现在好了。

有时间，我还想去看看她。

此时天刚蒙蒙亮，他喜欢这个时辰，喜欢早睡早起，像个乖乖的中学生。几年过去模样也没有丝毫变化，像一座站在清晨雾气中的冷冰冰的石像。恶人竟得永恒，佳圆想，真不公平。

同时，她日渐憔悴，消瘦，常常无意识地走神，在没有人跟她说话的时候，人就不知道想到哪里去了，眼神空空的，像一口无波的深井。直到有一天，沈慕也发现她不对劲，因为她对做爱都没兴趣，或者他无法再唤起她的兴致，她只说累了，太累了。沈慕默默地翻过身，给她一片宽阔无言的脊背。

佳圆对佳月说，我担心他去找奶奶。

找奶奶干什么呢？

不知道，也许他想报复我，他知道奶奶住哪里。

不会的，你不要胡思乱想。

你不了解他，佳圆不耐烦了，你们都不了解他，你们什么也不懂。

我又不是三岁孩子，为什么我就不懂呢？

因为你没经历过，你不可能懂，你就是个小屁孩！

于是不欢而散。他并没有去找秀梅，但是他时不时地提起，好像一片薄薄的刀刃探进门缝，上上下下地划动，试图挑开门闩，从前他可没有这些耐心，他会按住外面的门把手，使劲摇晃，连带着整间屋子都在摇晃。

那个时刻，让佳圆感到恐惧，同时又有一种恍惚，那种强对弱的，大声对小声的，暴怒对抽泣的，立远对她的那种气势又重来了，仿佛不是在谈恋爱，而是复习一遍童年。

那是一次假期中的旅行。在摩洛哥，茫茫沙漠中的酒店像一个光的孤岛，客房住满了。他们是随着一个旅行团来的，下午去购物，傍晚满载而归，说笑声回荡在一楼的游廊里。游泳池边散落着一些躺椅，外面便是茫茫的沙漠。他们为了小事争吵起来，佳圆从躺椅上站起来，回房间去了，他随后便跟来。佳圆将门锁上，想让彼此冷静一下，门卡在手里。他使劲地拍门，摇晃外面的门把手，故意弄出很大的响声。

响声是第一个关键，佳圆闭上眼睛，好像闭上眼睛可以切断连绵的记忆。那响声吸引了许多人的注意，外国人，中国人，有人朝这边走过来了，是服务员，当然，当然可以帮先生开门。她把钥匙在手里握紧了，钥匙是细细长长的一把，握得温热了。

门一开，服务员便点头离去。他走进来，神情严肃，佳圆假装在看书，一本明朝后妃的传记，写得很是热闹好看，一路来读了一多半，这书是从朋友那里借来的，也是两个人共同认识的朋友。他首先把那书夺了过去，一撕两半，还不够，继续撕，撕得第二天打扫客房的服务员直皱眉头。那位朋友很珍惜这本书，因为是人家收到的礼物，借给佳圆时，叮嘱她小心保管，不要弄脏、弄皱了。现在满地碎纸。

后来便记不清了，人能记得清一次暴风雨的所有细节吗？记得每一次雨点敲打窗棂，每次风吹过残叶，闪电撕破天空吗？那铜制的钥匙虽是细细长长，当武器还远远不够，她知道，倘若一击不成，转眼他便会加倍报复。这房间隔音吗？在风雨稍停的间隙，她想的竟是这个问题。

这一层，左右住的都是团友，中国人不少。第二天，他们坐大巴前往下一个城市，天蓝得像一个颤颤巍巍的梦，黄沙杳无边际，一路上，车里欢声笑语，几位年长的阿姨戴着各色草帽和艳色的丝巾，导游在讲当地的历史逸事，偶尔插进一两个黄色笑话。

中途休息，在一个加油站，大家纷纷下车去卫生间，女生那边要排队，一直排到外面洗手池边，佳圆不小心看到镜中的自己，墨镜一直戴着，幸好墨镜够大。排在她后面的一个姐姐，中国人，凑过来对她说道："你男朋友是不是打你呀？太过分了，打得都能看出来。"

她呆住了，好像在黑暗中摸到一只手，那只手是软软的，滑滑的，抓住便溜开了。旅游大巴孤零零地停在太阳下，人陆陆续续走上去，车开走了。佳圆才从卫生间的隔间里走出来，摘下墨镜，看向镜中的自己。

在异国他乡的一条荒凉公路上，佳圆被丢弃了一小会儿，可能前后不过二十分钟，车上的人便发现了这个乌龙。她是故意藏起来的，停车的时候，他还在车上睡着呢，看他会不会发现？果然没发现，没有人发现佳圆不在车上，大家都沉浸在美丽的风景之中，而她没有钱，没有证件，两个人的护照和钱都由他保管，她跟着他，像孩子被父母牵在手里。那二十分钟里，线断了，她获得了自由，同时又完全失去了自由，没有钱，没有证件，靠一双腿只能走进无边沙漠。她看看手机的电量，把手机也关上了，一次逃离的试验。这种事有过第一次就会有第二次。她体会过那种感觉，哪怕只是片刻自由，也会用尽力气去实现，去重现，在学会反抗之前，先学会挣扎和尖叫。在热辣阳光的烧灼之下，她再也不怕丢脸了——再也不想保持安静。

回到北京，他的胆子又变小了。他这种人，胆子一小，连带着身体也显得飘忽，甚至透明，他无处不在，又处处不在，对佳圆来说，他只有一种声音，没有形影。这声音一直在对她诉说，向她提问，像一条蛇藏在家中看不见的地方，知道它在，又看不见，摸不着。佳月担心她，每天晚上打电话确认她没事，建议她报警，但是佳圆有自己的想法。她一直有自己的想法，谁也改变不了她，她决定自己解决问题，找到那条蛇然后杀死它，头也不回地走进新生活。渐渐地，佳月开始怀疑，佳圆所说的一切是否真实，说不定她在编故事，掩饰自己没拿到学位的失败。这种事她绝对干得出来。

小杨帮秀梅找到了保姆，都是熟人，人家很爽快地答应了，价钱开得很低，跟这里的收入相比，也是一笔钱了。佳月说，不用找三叔要钱，我出就可以。秀梅坚持要把自己的存折拿回来。

"那是我的钱。"她说，又重复一遍，"那是我的钱，国家给我发的退休金。""我"字咬得很重。佳月哄她，说下个礼拜就去，秀梅不听，"给你大伯打电话，让他把存折要回来，今天就去。"

佳月无法，只好当着秀梅的面，给立远打电话，打了两三遍才接。立远醉醺醺的，舌头发硬，含糊答应了几句，就挂掉了。佳月说："今天太冷了，大伯说明天再去。"

秀梅没说什么，低头整理身上那件红毛衣的毛球。那红毛衣还是许多年前立春织的，家里的女人一人一件，厚厚的拧花，穿旧了，衣襟上结满毛球。佳月看见，记住了，隔了一周又来，给秀梅带回一件羊毛衫，也是大红色。

从前，给秀梅买新衣服，她是很高兴的，也乐意穿，穿出去对人家说，这是我孙女给我买的，越鲜艳，她越喜欢。这一次她并没什么兴致，只说，别给我买了，这么大岁数，不知哪天就死了，置那么些衣裳干什么。

佳月依她的意思，把新毛衣叠好收起来。秀梅又让她找一件蓝色的大衣，也是佳月买的，鲜亮的蓝色，像硫酸铜。佳月在衣柜翻了半天，没找到，秀梅说："我那件衣服上哪儿了？不知道谁拿去了。"

"您给了谁，忘了吧？"

"谁也没给，我最喜欢那个颜色。怎么找不到了？"

佳月想把奶奶的注意岔开，就说可能是收床底下的箱子里了，改天再找吧，反正现在也穿不到。一会儿，保姆做好饭，她向来不在这里吃饭，给秀梅做完了，还要回自己家做午饭。她一走，祖孙俩吃饭的时候，秀梅才说："那保姆偷钱，偷东西。"

佳月吃了一惊，说："不会吧。都是熟人，怎么会偷？"

"她家里那男的，跟你三叔一样，早下岗了，也不干活，就靠她一个，家里穷得很。我那床头柜里，有五百块钱，上次你给我的，这两天找不着了。大衣也丢了。"

"她偷衣服，也没法穿出去啊，不会的。"佳月一边说，一边想奶奶莫不是糊涂了，这样疑神疑鬼。那个来帮忙的邻居，佳月从小就认识的，见面要喊姑姑，怎么可能做贼。

"你知道什么？"秀梅说，"小秦她姐姐就有精神病。小杨说叫她来，我心里就不愿意，谁知道精神病有遗传没有？她姐姐疯得不认人了，一闹起来，两个人都按不住她。"

佳月想起来，院里有一个衣装整齐，头发梳得一丝不乱，总是系着艳色纱巾的女疯子，从小就认识的，很久没见过了，原来病情加重到这个地步。秀梅又说："她姐夫下岗，现在开黑车去了，她天天中午回家得给她男人做饭，还得给她姐姐送饭，家里这么些事，还能管得了我？每天不到十二点就走了，下午三四点才来，我跟她说，你要这样，那工资得少给点，她就站在那儿傻乐，不答应，不言语。"

秀梅一口气说了这些抱怨的话，佳月听着，就着饭菜吃下去。不管怎样，至少菜烧得很好吃。秀梅说，我现在只好凑合活着，活一天算一天，死了就解脱了。

晚上佳月要离开的时候，经过杨家，正碰见杨叔从菜园里的棚屋走出来，手里拿着一两样工具。佳月与他寒暄两句，正要走，杨叔说："小秦怎么样？干了半个多月了，老太太满意吗？"

"满意，满意。"

"那么，你们跟老太太说一下。现在只要来个人串门，就跟人家说小秦偷钱，人家没偷，一个院里住着，传出去不好听。她跟好几个人说过了，我也听说了。小秦不是那样的人，要是那样的人，我也不可能往你们家介绍。"

佳月只能答应着，心里忽然冒出一个主意，转身回到家，小秦阿姨正在厨房洗碗，秀梅在看天气预报，佳月说我落了样东西，找一找，到里屋去转了一圈，出来时，手里捏着五百块钱，对秀梅说："这钱在枕头底下压着。"

秀梅说："我记得在床头柜的抽屉里。"

"就在枕头底下。"

"哎哟，真老糊涂了。"

佳月把钱交给秀梅，叮嘱奶奶要收好，这才走了。当然这钱不在枕头底下，是佳月自己钱包里的，她想的是，把这件事抹过去，不然惹恼了小秦，人家甩手不干了，上哪儿找这么合适的保姆呢？她不想破坏这好不容易得来的平衡与安宁，私心里，就算小秦有什么不好，她也希望秀梅能够容忍，每个人都多忍耐些，把日子好歹过下去。

那时候，她以为一切矛盾都是双方缺少忍性的结果，本来一切都可以安排得很好，三叔有饭吃，奶奶有人照顾，生活不就是这样？找一块拼图，拼上去，卡住，正好合适，外人看来，一切都很好。老太太有福气哩，到老了身边有个至亲的人，母慈子孝。结果三叔非要闹。

多年回头看，其实大厦将倾，她还奋力在那里修修补补，试图维持一个正常家庭的表象，这是无用的，佳月拯救不了衰退的老人，她也无力凝聚那些失散的人心。秀梅想象中的那幅美满的家庭图景，是不可能实现的。秀梅知道自己死之将至，她只怕死得不体面，担心成为别人的笑柄，她对尊严的理解便是面子，失去面子便失去一切。

后来，秀梅不止一次地对佳月说，恨不得立刻死去。白天我坐在这儿，就想找电门，电门在哪里，怎么能一下子就死，不受罪呢？佳月像所有人一样，笑着说您尽说这些傻话，但是她心里明白，这不是傻话，这是呼喊。小秦干了不到三个月便不来了，说家里有事，照顾不过来。关于她偷了五百块钱的传言依然在流荡。

小秦不干了，立远来住了两天。他来的那一天，秀梅只吃了早饭，因为早饭的饼干和牛奶伸手就够得着，没吃午饭，立远买了些酱鸡香肠之类的下酒菜，给老太太切了一盘子，熬了一大锅白米粥，还准备了一小碗咸菜。秀梅一个人吃饭，立远拿着剩下的酒菜去找小杨，在小杨家喝酒，喝完酒又打麻将，深夜方归。

第二天仍是吃粥。立远没说什么时候走，也不提他走了之后怎么办。秀梅放下粥碗，说："我还是去养老院。"

"养老院不是说去就去，要排队。"

"上哪儿排去？"

"去人家那里登记，等通知。"

"排多长时间？"

"往最少了说，也要排半年。"

秀梅渐渐地也猜到一点了，立远在说谎哄她呢，只有说谎的人才会如此流畅，毫不迟疑，不存在的养老院，不存在的排队，她不愿意把儿子想得那么糟糕，因此总是半信半疑，半是希望，半是失望。有时候，明知是假，她也不去戳破，害怕得罪儿子，尤其大儿子是她最倚重的，一有什么事，不找老大，去找别人，别人都觉得奇怪。

您先找我大哥去，立生如此说。

立远住了三天，第三天，沈一芳打电话来，问他什么时候回去，他说再待两天，当着秀梅说了半天，说这里需要人。放下电话，秀梅说："你有事就回去，我自己凑合两天。"现在，她要站起来，双手不能离开助行器，不然只能坐下，无法自己煮东西吃。她现在时刻需要支撑，床的，沙发的，拐杖的，还有轮椅的——轮椅是佳月买来的，平常折叠着靠在墙边，只有佳月回来的时候，让她坐上去，推她出去转一转。

立远说："那孩子发烧，小沈请不了假。"他用的是一种无关痛痒的语气，仿佛他是无所谓的，不用理会那对母子。

秀梅只能说："你去吧。我这儿没事。"

"没事，不用管他们，她就爱小题大做，屁大的事也打电话叫我。"

"孩子发烧得有人看着。"秀梅说，倒劝起他来，"你回去吧，我有事就找小杨。"

立远穿好外衣，戴好那顶万年不变的鸭舌帽，站在门前，对老太太说："过两天没事我再来。"

过了半个月，他并没来。一开始是小杨每天过来，给秀梅送点饭菜，周末佳月回来，才知道小秦走了。于是又开始找保姆，杨叔说，这个院里，找不到合适的人，得去外面找，让佳月别发愁眼前，有他在，老太太饿不着。

佳月便去找中介公司问，推荐了几个人，有的开价太高，有的不愿意来，总算有个条件合适的，北方人，会做面食，领到家里来，人家只干了一周便走了。那一周秀梅非常高兴，这个保姆人勤快干净，说话爽利，整天笑哈哈的，愿意跟秀梅聊天，不像小秦是个闷葫芦。没想到，这样好的人，竟是个骗子。

"那天，她说买菜去，手里拎着一个大提包，鼓鼓囊囊的。"秀梅说，还模仿着保姆的语气，"我问她，买菜用得着拿那么大的包吗？她说，多买点，还要买点肉，做红烧肉吃，您尝尝我的手艺，我做的红烧肉最好吃。我就信了，她走了就没回来。"又伤心，又气愤。

佳月只好安慰奶奶，说："可能是她家里有急事。"

"什么急事？就是骗子。她走以后，我把东西都看了一遍，看她偷没偷，戒指、耳环都在，东西倒没有偷。"

佳月这才注意到，秀梅原来戴着的首饰都摘下来了，便说："耳环怎么不戴了？戴着好看。"

"人都快死了，还要什么好看。"

工资支付了一个月，剩下的自然要不回来。找中介公司，对方也没办法，说联系不上，只能再推荐一个。于是又来了一个，南方人，说话乡音浓重，领回来一见面，秀梅当面没说什么。等保姆出去买菜，秀梅便对佳月抱怨说，我都听不懂她说什么。

这时候佳月也在外面跑了大半天，累了，也有点烦，就说："有人肯来就不错了。别挑三拣四了。"

"她会不会做面食？会做面条吗？"

"不知道，没问。"

"要是不会做面食，天天就光吃米饭啊？"

"再不好也比我三叔强。"

秀梅不言语了。

佳月压抑住自己的不耐烦，她觉得自己也在变，变得越来越冷漠了。也许飞凡是对的，飞凡说，你少操点心，让别人去管，老太太总不好意思什么事情都找你帮忙，毕竟她还有儿女。他还说，责任是责任，良心是良心，听起来像个哲学问题。

他懂得多，看得清，所以，应该听他的。在佳月心里，飞凡的声音越来越大。找到新保姆的这一天，她到家很晚了，蹑手蹑脚进门，新室友的生活习惯十分健康，每晚十点之前一定上床，这时候已经睡熟了。佳月推自己的房门，房门没锁，她记得走的时候是锁着的，紧接着便撞上一个穿着毛衣的胸膛，她抬手去摸电灯开关，飞凡却急急地说："别开灯。"

连窗帘也拉得严严实实。眼前一片漆黑，忽然燃起一根烛火，两根，三根，她背靠着门，门上的挂钩还挂着飞凡的羽绒外套，靠上去软乎乎的。她在微笑。蜡烛点完了，一切都有了轮廓。飞凡用手机放生日歌，他自己也跟着哼唱，他跑调了，但是他真可爱。佳月的生日落在寒假里，总是跟秀梅和佳圆在一起，吃一碗炸酱面当作长寿面。除此之外，便是今天，便是他。

生日快乐，当然快乐。这快乐是小时候骑着三轮车，冲下大斜坡的那种快乐，是从煤球堆上滚下来的那种快乐，是爬上桃树又被大人抱下来的那种快乐，是凉爽的，痛快的，冰镇汽水一般的快乐。爱情真好，真舒适，她看到了爱情美好的那一面，像一间布置温馨的小客厅，她还没看见嶙峋的、崎岖的那一面，她知道有，因为从佳圆的故事里听过，先前她半信半疑，到此刻她彻底不信了，哪儿有那么坏的男人，哪儿有那么傻的女人，佳圆更不可能那么傻。

夜色涌上来，像涨潮，船在海上，水涨船也高，离月亮更近了一点，月亮又圆又白，离星空更近一点，星空是轻软的深色织物，是洒着杂色花点的厚毛衣，使佳月想起很久以前的那些夜晚，抬头看见猎户座的三颗星横在当空，万古的寂静，那一刻与此刻隐隐相通。此刻，她有许多问题想问飞凡，但是每个问题，都未出口便被冲散。

几乎醒着到天亮。上一次这样失眠，还是高三的暑假，格外轻松愉快的假期，考得不错，去了想去的大学。佳圆暑假去打工，秀梅夸她勤工俭学，有出息，不靠父母。白天，佳月和杨斌、乔子成这些人到处荡，还有一个叫爱生的女孩子，她妈妈也在厂里上班，爱生没考上高中，念了中专。

爱生和杨斌是初中同学，她喜欢杨斌，哈哈，一个人尽皆知的小秘密，小笑话。爱生长得瘦小，十七岁了，还像个初中生，她父母离婚，她跟着妈妈生活，是姥姥和姥爷把她带大的，全家都住在这个大院里。爱生没什么固定的朋友，碰见谁，就跟谁玩一会儿，佳圆不爱带她玩，因此佳月也不爱带她玩。佳圆不在，爱生胆子也变大了，主动来找他们，跟在后面，跟杨斌有一句没一句地闲聊。

从阴凉走到太阳底下，又从太阳底下走进阴凉，他们去乒乓球室打球。这间屋子很凉快，虽然玻璃窗坏掉了没人修，球网也倒了，但孩子们还是喜欢来玩。爱生打得不好，佳月说，我不想跟你一边了。

杨斌说，你过来，我跟你一边。于是变成了男女混双，乔子成也很差劲，佳月还不错，这样两边打得有来有回。佳月对乔子成倒是很宽容，不责备他，反而笑得很开心。

打输了的人要请客买汽水喝。杨斌打得特别好，带着爱生击败佳月和乔子成，乔子成就拿出零花钱来请客，他爷爷总惯着他，给不少零花钱，四个人就去门口的商店买雪糕和冰棍。绕到院墙后面，在原来放露天电影用的两层小楼下面，墙根底下很凉快，吃喝完了，垃圾随手一扔。面前是一大片高高的玉米地。

小时候爱玩的那些事，抓蝈蝈，藏猫儿，都玩腻了，太幼稚了。他们无所事事，又鼓动着新的冲动。外面正在搞工程，要把一片玉米地改建成花园，不知道钱是从哪儿来的，不是说这厂子要完蛋了吗？

一堆堆的水泥，砖块，绿色的围挡，下午暴晒的时分，大家都不干活儿，躺在树荫底下，用帽檐遮住脸。一个水泥亭子已经立起来了，灰扑扑的八角飞檐，还没涂抹五彩，一袋袋铺石子小路的石子也运过来了。这些天，凉快的时候，总有人站在这里看施工，跟干活的人聊几句闲天。还要修一个篮球场，水泥已经铺上了，他们走过去瞧，水泥还是湿软的，杨斌淘起气来，在边上轻轻踩了一脚，印上鞋印，爱生非常迅速地也踩上一脚。那边有人呼喝一声，他们便笑着跑开了。那一对浅浅的鞋印便永久留在球场上，直到篮球架变得锈迹斑斑，篮筐只剩下一个光铁圈，那时爱生的孩子都会拍球了。

最喜欢的，还是跑到乔子成家里，玩游戏机，看电影，看漫画。佳月一直是埋头念书的好孩子，家里一本漫画书也没有，到了乔子成家里，像老鼠进了米仓，一下子理解了那些在课堂上偷看漫画的同学。乔子成的爷爷耳朵聋，在新加盖的一间小屋里睡午觉，听不见他们折腾。

还有一些电影，暴露的，男男女女十分缠绵，画面并不清晰，但是看一眼就被粘住了，忘不掉，在心里来来回回地琢磨，爱生早明白了，一看就笑。后来，杨斌和爱生经常在一起玩，佳月和乔子成心领神会。为了避人耳目，他们俩一前一后地骑车，跑出去很远，到周围的山里，甚至到坟地里待着，在荒草中间一同走着，说说话。流言蜚语是有的，佳月听见一些闲言闲语，都在说爱生，说她不好，不检点，秀梅说得更是难听，学习不好，只考上中专的丫头没出息，就知道搞对象。言下之意，她家的女孩好多了。

没了那两个，再跑去乔子成家就不方便，秀梅也不让，说一个大姑娘家成天往小子家里跑什么？你们都大了，不像小时候了。要是佳圆在就好了，佳月想，她不在，少了一个中心人物。她把乔子成的漫画书借回家几本，醒着就翻看，很快看完了，还回去再借几本，因是借书还书的斯文事，秀梅就没说什么。

有一天，她去还书，乔子成的爷爷不在家，她敲了门，也没人开，手一推门就开了，来过很多次，也不客气，便往里走。乔子成躺在一个长沙发上，脸朝里，电风扇摇着头，吹出阵阵微风。佳月将书在他身上一拍，他便醒来，迷迷糊糊地对佳月说："你什么时候回来的？"

佳月一愣，说我一直在啊，你睡糊涂了。

见是她，乔子成也笑了，有点不好意思，打个岔蒙混过去。他的漫画书在房间里扔得到处都是，佳月正在看的那个系列，东一本西一本地散落着，费了一会儿工夫才找齐，抱在怀里厚厚的一摞。佳月说："我姐放假打工去了。"

"我也想打工，挣点零花钱，她在哪儿打工？"

"好像是个西餐厅。"

他便不言语，佳月知道自己该走了。时间长了，秀梅又要念叨，姑娘小子，半大不小，不得不防。她抱着书回到家，一看又到了吃晚饭的时候。吃完饭，秀梅叫她一起去散步，她不想去，秀梅便一个人走了。

黄昏天气，仍是十分闷热，她看得入迷，有人敲窗户也听不见。那个人便绕到前头来，自挑开门帘进屋。这里不时兴锁门，夏天，家家户户大敞着门，垂着帘子。那用挂历纸和曲别针卷的门帘左右一分，哗啦一响，佳月才抬起头，看见乔子成走进来。

这一天，秀梅回来得晚了。她遇上一个刚出院回家的街坊，拉着人家，把这些天邻里间的琐事都说了一遍，而另一头，乔子成来找佳月，他走进来，坐在沙发上，仿佛有话要说。佳月合上漫画书，问他有什么事。她有些装模作样的，看过的偶像剧和言情小说都涌上心头，末了乔子成说："你姐姐的电话号码是多少?"

佳月从茶几底下，拿出秀梅的那个记事本子——记电话号码和一些琐事，翻了几页，找到佳圆的电话，那一年佳圆有了手机，她用自己打工的钱买的。佳月报出一串数字，乔子成就念叨着那一串数字，他出来的时候忘记带纸笔，就在嘴里念着，一遍又一遍，小跑着回了家。

佳月接着看漫画，找不到刚才看到哪里了，每一页都很陌生，每一张脸都很相似，短短的圆脸，巨大的眼睛。这套是乔子成推荐给她看的，他最喜欢的漫画。她把书合上，扔到一边，躺在沙发上，电风扇开到最高挡，吹出强硬的风。还是嫌热，今天真热，闷着雨不肯下。

秀梅回来时，看见佳月躺在沙发上睡着了，书掉在地下，电风扇呜呜地直吹，她就把电风扇关上，拿一条毛巾被往佳月身上搭。佳月一下子就醒了。

醒了也就起来，度过一个平常的晚上。晚上睡下时，关了灯，闲谈几句，快要睡着的时候，秀梅说："女孩子别胡思乱想，一胡思乱想，就不好好学习。你看爱生，上初中就谈恋爱，搞对象，连高中也考不上。"

佳月睡着了，第二天她把所有漫画都还给乔子成。乔子成说下午骑车去西边爬山，佳月说我不去了，我没有自行车。

"我可以带你啊。"

"不去了，天太热，我还是在家看电视吧。"

于是乔子成、杨斌和爱生三个人去爬山。佳月坐在家里，只能想象那山坡，那羊肠小道，那太阳和树荫，那果实累累的酸枣树，长刺的扎人的细枝，那三个人细长的影子。她坐立不安，心事重重，看着日头渐渐偏西，渐渐柔和，渐渐熄灭，杨斌还没回来。杨叔过来问："你看见杨斌没有？"佳月摇头，说他跟乔子成出去玩了。

"是不是还有爱生？"

佳月说："我不知道。"顿了一下，又说："是有爱生，爱生天天跟杨斌一起玩。"

吃完晚饭，佳月跟秀梅去散步，佳月说往西边走，好久不往大桥那边去了。祖孙俩就顺着公路向西走，经过她和佳圆曾经走过的铁道桥，桥下灰白的桥墩上画着炭黑的大字和一些无意义的杂乱线条，桥下的一道浊水滔滔流着。不知道他们爬的哪座山。

走到桥根底下，水边杂草丛生，风一阵阵吹过，地上有黑色的羊屎。秀梅说，这些山，你大伯，你爸爸跟你三叔都爬过，摘酸枣，摘柿子，你大伯摘得最多，你爸就会耍奸，书包都是空的，临到家，跟你大伯说，大哥，我帮你背一点，从你大伯那儿匀两把，好显得他摘的也不少。你三叔呢，一个也不摘，到山上，找个平整的地方一躺，说你们摘完了叫我，就睡着了，别人摘果子，他晒着太阳睡一大觉。一提到年轻的立民，秀梅总是笑着的，很怀念的样子。

两面的山向远处延伸，在极远处交会。蝙蝠时不时地飞过，她们在桥底下坐了一会儿，享受水边的微风，佳月被蚊子咬了几口，秀梅用蒲扇给她拍打着，轰赶蚊虫。放羊的又回来了，等羊群走完了，土路上又落下新鲜的羊屎，飘散新鲜的味道。秀梅说，回家去吧。

回家路上，秀梅碰见相熟的老太太，边走边说话，速度慢了。佳月独自走在前面，听见后面自行车铃响，刚一回头，乔子成就从身边飞掠而过，紧跟着的是杨斌和爱生，三个人都骑得飞快。

爱生看见佳月，停下来，说："你上来吧，我带你。"

前面是一段下坡。佳月坐在爱生身后，爱生松开车闸，速度越来越快，越来越快，真痛快，佳月想，想到这条公路上出过的惨烈车祸，载满石头的大货车撞了摩托车，桥杆都撞断了，人当场死了。

"你是不是喜欢杨斌？"佳月大声问，盖过耳边的风声。

"是！"

到坡底，继续滑行，然后又是一段上坡，佳月从后座上下来，爱生也跳下来，推着车走。乔子成和杨斌早不见了，后面秀梅也不见了，两个女孩默默地走，心事仿佛被山，被田地，被高出地面的水渠和一排排的树木吸收掉了，融解掉了，未来得及成形。后来，过了好几年，有一次佳月去秀梅家，下了长途车已经很晚，中巴车已经停运，又叫不到出租车，干脆走回去。走着走着，有人在身后叫她，回头一看，是爱生，好久没见了，她还骑着那辆旧自行车，后面装了一个儿童座椅，那孩子快三岁了。

爱生也不骑了，推着车陪她一起走，佳月说不用，你快回去吧，孩子都困了。她说没事，这段路太黑了，我陪陪你，两个人走不害怕。两个人许久未见，随口闲聊，爱生问佳月什么时候结婚，佳月说，我没有男朋友，也不想结婚。彼时她刚刚与蒋飞凡分手。

爱生说，那样也好。她说起带孩子的种种辛苦，又说起小孩子种种可爱的地方。孩子已经在后座上睡着了，身上披着一条毛毯。两个人慢慢地走回家。快到大门了，爱生说，你要不要去我家坐会儿？她结婚之后，租了另一套房子住，现在大院里空房多的是，老人去世了，儿女在别处生活，按理说旧屋应该交回厂里，等待重新分配，但是厂里已经没人管这些事，他们就把旧屋租出去，价格极便宜。爱生住的是原来许老太太的屋子，许老太太几年前在家里摔了一跤，没多久就去世了。佳月说，下次吧，我先回家。

爱生的孩子醒了，揉着眼睛打哈欠，爱生说："你要是有什么不痛快的，就跟我说说。我觉得你不开心。"

佳月差点哭出来，匆忙与爱生作别，逃跑似的走开了。爱生那么敦厚的一个人，也一眼看出她有苦恼，那苦恼大概是印在脸上了。她甚至嫌弃这样的自己，为了一个男人，真没出息。没想到第一个安慰她的是爱生。

那年夏天，坐在爱生身后，听爱生说出秘密。爱生的秘密随风飘远，佳月的眼泪也被风吹干了。快到秀梅家了，佳月看见一窗灯光，不管灯下坐着谁，那光总是万年不变的。秀梅很喜欢飞凡，总是夸赞他。佳月只字不提他们分手的事情，一直瞒到秀梅去世。


（二十三）


佳月的生日过完没多久，飞凡就和她搬到一起住。两个人开心得像玩过家家，买好看的盘子、碗，成对的马克杯，成套的茶壶茶杯，阳台上摆了一对藤椅，佳月买了一对亚麻椅垫放在上面。

"可以在这里喝茶。"她说，头顶上垂着晾到半干的衣服。

然而两个人都忙，没时间喝茶，连吃早饭也是匆匆忙忙。他们搬到这里，是一套独立的一室一厅，位置偏远，两个人上班的时间都比过去延长了，一天两个多小时花在路上，晚饭各自解决，回家都是又累又困。相处的时间反而比分开住的时候更短了。

也考虑过搬得近一点，一看房子的租金就息了心。两个人希望结婚的时候，手里能存一点钱，不要什么都指望父母，也说好了春节要去飞凡家里，顺便在那边玩几天，回北京过元宵节。

这一天佳月加班到晚上，出了公司，到一间小吃店吃晚饭。秀梅打电话过来，声音小小地说："你三叔回来了。"

周围尽是吃烧烤喝啤酒的食客，吵吵嚷嚷的，佳月有些听不清，就走到店门外，找清静的角落说话。秀梅说："他问我要钱。"

"不要给他。要什么钱？"

"我说我没钱。他问我，你的钱，死了打算给谁？我说我还没死呢。他喝酒了，满脸通红。"

佳月紧张起来，"他现在去哪儿了？"

"不知道。进来说了一些醉话，就出去了，门都没关。外面风大得很。"

佳月的头发也被风吹得往脸上拍打。她说："别怕，我给我爸打个电话。"

"我不怕，不知道他上哪儿去了，喝得醉醺醺的，我怕他出事。"风越发猛烈了，隔着电话，佳月也听见奶奶那边的屋门被吹得哐当一声，关上了。

挂掉电话以后，佳月想了想，先给陈立生打了电话。他接了电话，竟也是半醉的，舌根僵硬，桌上还有哄笑声，一问，原来是跟立远在一起，两对夫妻，还有另外几个朋友，凑一起喝酒。正好，佳月把事情一说，立远便说："行了，知道了，你三叔就是那个德行。"

"他到家里吓唬我奶奶。你们得管管他。"

"好了好了。你下班了吗？"

第二天，佳月才知道前一天晚上的闹剧。立远和立生，加上沈一芳和小赵，四个人等酒席散后，打了一辆路边趴活儿的黑车，便往秀梅这里来。一进门，立民又在茶几上喝白酒呢，就着一袋花生米。

都是醉鬼，可想而知。立远先问他怎么又来了？立民说，我妈的家，我不能来？立远说，叫你不许再来，再来就揍死你，你都忘了？立民说，你来啊，来啊，不动手就不是人养的。立远就进厨房，拿了一把菜刀，挥舞起来，立民一动不动，立生在中间拦着。立远红了眼，立生来拦他，他竟朝着立生脸上打了一巴掌。沈一芳上去拉他，也被推到一边。

菜刀被小赵夺了下来。没想到她竟是个女中豪杰，立远虽然带了几分酒意，也知道弟媳的面子不能不给，立民依然端坐，喝他的酒。秀梅坐在旁边，气到说不出话。

最后，小赵把这场争斗止息了。秀梅向佳月讲了这件事，末了说，要是传出去，多丢脸呢。佳月当时不明白，只隐约觉得不对劲。多年之后，当她走向中年，才终于明白，秀梅和她的儿女们，从未过上一种真正的生活，或者他们以为生活就是这样，被别人的目光笼罩着，别人之外还有别人，结成一张无尽的茫茫的网，他们就是粘在网上的昆虫——什么事都不重要，只要别让外人知道。

立民回来的第三天，保姆走了。无论佳月怎么说，承诺涨工资，人家也不愿意干，只说家里有事，有儿子在家，也用不到我了。问秀梅怎么想，秀梅支吾着，说你三叔在家就够了，别瞎花钱了。

不知怎的，佳月觉得有点受伤。秀梅说"瞎花钱"的语气，好像这件事跟她自己没关系，同时她又在掩饰什么，声音细弱，犹犹豫豫。佳月生起气来，你明明不是这样想的，你明明知道，三叔根本不是来照顾你，他只是没饭吃了。让他走，他有手有脚，让他自己养活自己去。

保姆走了。秀梅不再诉苦，直到她去世，她再也没有向佳月诉过苦，好像放弃了希望，沉默地接受一切。立民酗酒，酒醉便骂人，或者借酒盖了脸，清醒着骂人。有时候，他骂身边的人，骂秀梅，有时候，他骂电视里的人，骂新闻主播，骂足球解说员，更多时候，他骂抽象的人，看不见的人，好像他过往的生活全沤成了仇恨。连飞凡都听见过，有一次，两个人一起去看望秀梅，佳月收拾出一些旧的英文书、小说、杂志，带回来送给杨毅。飞凡在厨房做饭，秀梅说了句什么，大意是飞凡是客人，你去做饭，立民没动，秀梅又说了句什么，立民便骂秀梅，你这老不死的，怎么还不死呢。秀梅一声不吭，飞凡将一把青菜扔进油锅。

分手之后，有一段时间，他们还保存着联系方式，偶尔闲聊。飞凡得知秀梅去世后，来慰问了几句，忍不住把这件事告诉了佳月。佳月说："当时为什么不说？"

"说了有什么好处呢？"

"好处？凡事一定得有好处才说吗？"

"我为什么要背后说人闲话，这是你们家里的事，与我无关。"

"你应该告诉我，我来想办法。"

"你老觉得自己无所不能，是正义使者。然而各人有各人的活法，人各有命啊。"

他说这话的时候，竟然显得苍老，刚过三十岁呢。

"那你的命是什么？我的命又是什么？"

"就是我们无法在一起。"

"为什么？"佳月脱口而出，立刻后悔。

"你老是想问为什么，很多事没有为什么，就自然地变了样子。"

"反正你总有道理，都是借口。"

"你要答案，我总得给你一个。"飞凡说，"其实，当时就去领证结婚也没什么不可以的。"

"是你说要结束的。"

"是我，责任都在我。"他声音轻轻的，"不要纠结在这里，向前看。"像一个有耐性的长辈。

并不是别人要她向前看，而是除了前方，她无处可去。从前，跟飞凡在一起的时候，她常常感到愧疚，因为她知道有人在受苦，自己在享受每一天，而秀梅在忍受每一天，盼着快点死去。她的这种思维常常让飞凡感到困惑不解，好像佳月的一半寄生在秀梅身上，替秀梅过生活似的。老人固然是要照料，也是惹人同情的，可是这与我们的快乐有何相干？与我们的生活有何相干？

你不懂，佳月说，她甚至说出"良心"二字，令飞凡大为震惊。他可不想背负这种重担，事关良心可太离谱了。良心被滥用之后，往往成为落在好人身上的诅咒。佳月被诅咒而不自知，飞凡对她说，责任是责任，良心是良心，同情是同情，这里头的界限你可要分清楚了，分清楚对自己有好处。

他们欺负奶奶。

所以呢，你能挡在中间吗？人家是母子。

你好像总想要说服我，好像我做错了什么，或者我想错了什么。

我只是提个建议。

谢谢。

当时，这只是小小的分歧。那段日子虽然忙累，总归有希望，考虑的是将来结婚的事，买的家具东西，都想着要用好多年，要仔细挑选。有一天，佳圆来佳月公司的附近逛商场，顺便约她吃晚饭。佳圆先到餐厅等着，她今天满载而归，纸袋子在两个椅子上放不下，又放在地下。

佳月来了。佳圆一见她，就说："变漂亮了。"

"因为你心情好，所以见我都觉得漂亮。天天忙死，没工夫打扮。"

"真的变漂亮了。飞凡呢？"

"他加班，来不了。"

两个人许久没见了，絮絮地说一些琐事。吃完饭，沈慕来接佳圆，佳月笑嘻嘻地喊姐夫。沈慕扫了一眼那些纸袋，就说："你姐姐就会花钱，家里一面墙的衣柜都要爆炸了，还买。"

佳月说："我姐是美人，美人当然要打扮。"

"真美人用不着死命打扮。"

佳月觉得，沈慕这个人，说话不怎么讨人喜欢，比飞凡差得远了。但是佳圆也不示弱，一句话不爱听，两个人就对着呛起来。沈慕开车送佳月回家，佳月在后面有点坐立不安，想着要不要找个借口下车。本来，未婚夫妻拌嘴，几句话就平息了，佳圆却突然激动起来，高声说你当着我妹妹，一点也不让，你到底想怎样？

沈慕这才不出声了，他们的婚礼就定在下个月，佳月打圆场，说大概是结婚前太紧张了，婚前焦虑。两个人都沉默着，不接她的话。这时候正好到家，佳月逃命似的下了车。她觉得，佳圆这脾气也太急躁了，跟大伯一个样，一言不合就要争吵。

那边佳圆和沈慕，到家之后，佳圆把那堆纸袋往卧室地板上一丢，自己倒在床上。沈慕跟在她身后，把那些纸袋一个个立起来，整齐码放好，就势坐在床边，把手放在佳圆头上，摩挲着她的头发。

佳圆一动不动，脸埋在柔软的枕头里，轻微的窒息，深长的无奈，她也不知道，几年下来，怎么走到这个地步，让妹妹看自己的笑话。沈慕的手，从头顶到脖子，到腰背，再往下，在大腿上停留一会儿，又原路返回，佳圆不理会他。沈慕说："你吃不吃夜宵？"

佳圆仍不出声。沈慕就去厨房，煮一盘速冻饺子，配啤酒，打开电视看球赛，边吃边喝。观众山呼海啸，这才是永恒不变的声音，众人的声音永远一样。佳圆在那里想，真的要结婚吗？像做梦一样，不是美得像梦，而是假得像梦。客厅传来的声音是熟悉的，跟小时候一模一样，他怎么能如此安然，笃定，他从没有过一秒钟的犹疑甚至恐惧吗？他什么也不担心，不害怕吗？真不公平。

球赛打完了，接着播广告，沈慕在厨房洗碗，淅淅沥沥的流水声。夜渐渐深了，像潮水涨起，城市随着漂浮起来，轻轻地摇晃。沈慕走进来，脚步稳稳当当，毫不迟疑，佳圆顺着他的意思翻转过来，又把手背靠在眼睛上，也被他移开了。

"行啦。"他低声说，"小美人爱买多少买多少。"

佳圆哭了出来。

沈慕尽力地安抚她，用声音，用手掌，用嘴巴和皮肤，直到她安静下来。沈慕抱着她，低声说："佳圆，我觉得你不爱我。"

这几乎是两个人一生的婚姻生活里，最亲近的一刻，破除了爱情这道迷障，反而将彼此看得更清晰了。佳圆感到懊恼的是，这么一句有勇气的话，竟然还是他说出来的。

他继续说："我知道你以前受过伤害，觉得时间长了，你自然会忘掉，时间长了，你也会越来越喜欢我。现在你想不开，是因为时间还不够长，你相信我，我比你大十一岁，我有经验，知道是怎么回事。"

"你什么也不知道。"

"我知道。"他停顿了一下，"他找过我。"

"他是谁？"

"就是你说的那个他。"

佳圆感到一阵晕眩，方寸之间，一切都粉碎了又重

328

新组合，新的形状，新的颜色，新的沈慕。她愣愣地盯着他。

"他对你说了什么？"

"你的事。"

"他撒谎。"

"他说他非常爱你，你也非常爱他，你们之间有一点误会，导致你没有完成学业就回国，现在他已经接受了现实，只求你能够原谅他。他只想要一个原谅。我说，请他别再出现，不要再骚扰我女朋友，就可以了。"

佳圆翻过身，堵起耳朵。

佳圆侧躺着，脸被手肘挡住了，看得出她在颤抖，一开口，声音都变了："他不承认，他否认他做的那些事，他说他从来没有拿走我的护照，打我，他说那些全是我的臆想，他说我脑子有问题。"

"你不能像一个女鬼似的活着。"沈慕说，一边试图拨开她的手臂，看看她的脸。

"他承认他对不起你。"

"这不是对得起对不起的问题！"佳圆吼道，这下真正像个女鬼了。

"这不是感情问题！"她继续叫嚷，多年的积郁倾泻而出，"不是男人和女人，男朋友和女朋友之间的那些事，你到底有没有一丁点的判断力！"

"我去给你倒杯水吧。"

他果然倒了一杯水。佳圆盯着那杯清水，是的，他何必理解一个女疯子，她只是需要一点水。

"这些事，除了道歉你什么也得不到，还能报警不成？算了吧，你只能为难自己。"

沈慕是那样一个体面的人，行事得体，风度合宜，他的建议自然是对的，是好的，合理的，他不会义正词严，只会循循善诱，他开解她，仿佛耐心地解开一个死结。佳圆望着他，听着他，知道他正努力拿出最好的一面，试图安抚自己。她把他推开了，推开他，自己又无处可去。她开始咒骂他，用最刻毒的话，用激烈的语气，直到嗓子撕裂，嘶哑，直到话不成音。沈慕说，你不要这么大声，有邻居听见了，多丢人。

不，她想，吵闹不可怕，安静才可怕，可是你们都想要安静。我偏不要，我偏要大声地吼出来，我偏要不体面。她把过往的愤恨全部倾泻到眼前这个男人身上，他没有还嘴，像被暴雨冲刷的石像那样一动不动，凝立中显出深长的肃穆，好像全身披挂着的是尊严二字连缀而成的锁子甲，风雨不透，冷静，又慈悲。这可怜女人。

佳圆的泪水，佳圆的崩溃，经他映照，就像一个笑话。这不是长久以来的熟悉图景吗？冷静理性的男人，受情感驱使的歇斯底里的女人，他一看便知，等她自己冷却下来，她会后悔的。他觉得佳圆的一切问题，都是情绪问题，她需要时间，他给她时间。

"两个人里总得有一个是冷静的。"他说，觉得自己是定海神针，"我不会怪你。"

他说到做到，第二天便像什么事都没发生一样，做了早饭，叫佳圆起床。相对无言，餐桌上那瓶花却开得热热闹闹，像平常一样，他们一起下楼，走到车库，佳圆站在一边，等着他把车开出来。他的表情是那么自然，那么平和，于他确实是什么也没发生，雨下过，又晒干了，仅此而已。十年之后再看沈慕，只有时间在他脸上留下痕迹，其余丝毫未变，他接受一切，适应一切，又藐视一切，对他来说，痛苦的消散不过是轻轻拂去大衣上的灰尘，佳圆快被回忆吃掉的时候，沈慕对她说，你忘记就好。

他消失了，不再打电话，不再尾随，不再像一个粘在夜晚窗帘上的人形。长久以来，他的存在像一件煊赫的收藏品，狩猎小屋里挂着的熊皮，狼头，鹿角，炉火摇荡中暗影森森，她抱膝坐在那火旁，它围绕，环伺，作势欲扑又失了力气，它是死的。不止一次，佳圆大叫着要他现身，他不现身，他就躲起来，沈慕在明处看她，他在暗处。他们都爱看她，但是他们都不爱她。

你想听他说什么呢？你想听他道歉吗？道歉再真诚，也是一文不值的，道歉改变不了过去。过去是没有意义的，有意义的是将来。他说这些话的时候，身上就沾染了未来的光芒，明亮的，清晰的，澄净得一览无余，像这间干净整洁的屋子，像屋顶上点亮的灯。沈慕是确定无疑的，他是飘忽且模糊的，仅有他说过的话时时在耳边，时而温存，时而讥讽，她是一团软肉做的美人，她什么都能忍受。

一念及此，佳圆便升起报复心。当初逃得狼狈，而今余恨未消。那恨是低沉的，深邃的，曲折幽深的，与这城市的晴天丽日，车水马龙丝毫不般配，那恨拿不到太阳下来，一拿出来便逝如冰消，一说出来便像小题大做。女人哪，是沈慕那种人的语气，对佳圆他自以为了如指掌。

"他说他不会再找你了。"佳圆蜷缩着，手依旧遮着脸，沈慕关了灯，爬上床躺在她身边。果然他未再出现，婚礼时他送了一束大红的玫瑰花，混在婚庆公司布置的花束里面，佳圆那天累得迷迷糊糊，没注意到，沈慕看见了花束上的卡片，叫人立刻移走。佳圆换衣服去了。这一天新娘子非常美丽，婚纱换掉，穿出一身水光潋滟的红绸裙子，动起来像晚霞倒映水中。短暂的不快烟消云散，沈慕扶起她的手臂，那手臂一片冰凉，走下台敬酒的时候，佳圆低声说，我又看见他了。

在哪儿。

现在不见了。刚才还在，就那边那一桌。

她所指的是自己娘家人坐的那一桌，位子空着一个，秀梅没来，沈慕将手放在佳圆的背上，背也紧绷绷的。

不要怕，他说，他不敢在这里闹事。

酒席乱哄哄的，藏个生人还不容易？新人一直微笑，新娘的酒统统由伴娘代饮，佳月酒量颇豪，一圈下来，丝毫不乱。等敬完酒，佳圆让佳月陪自己回二楼一趟——他们办酒席在酒店的一层，二楼租了一个套房，一早过来化妆。

佳圆坐在床上，床上散落着雪堆似的婚纱，头纱，白手套，她对佳月说，你看见他没有？

没有，大喜的日子，提他干什么？

佳圆站起来，走到落地窗前，把盘发的梳子一把拉了下来，头发随之披散。佳月说，哎呀，还要重新梳头。佳圆说，我不想再过这种日子。

你今天结婚，佳月说。婚纱的质地柔腻不失筋骨，捏成一团再缓缓松开。

好天气，佳圆被镶嵌在阳光里，想那明明不是我的错，为什么仓皇逃窜的却是我？逃回国，逃回家，一直逃到这里，他还跟着。她想要尖叫，把恐惧化为愤怒，更令她愤怒的是周围人的平静。

他们对一切都见怪不怪了，佳圆想，早晚自己也会这样，不过是一场失败的恋爱，不甘心的前男友，纠缠几天，累了也就算了。她有一百种讲述的办法，有一千个悲惨的细节，对方的反应却如出一辙，好可怜，好遗憾，女孩子可要当心哪。

今天笑得太多了，脸上发酸，或许痛哭一场更解恩仇，可是人人都劝她别哭。都是过去的事了，你哭有什么用？等你不哭了再说话，你这样呜呜咽咽的，我听不清。不，你听得清也装作听不清，你情愿永远听不清。听不清使你心安理得。为了体面，人人闭上眼睛，闭紧嘴巴，捂住耳朵，不想知道那些脏污。为了体面，佳圆独自在幽暗处哭泣，在明亮处微笑。她那红裙子只穿过一次，后来套上防尘袋，长久挂在衣橱里，直到蒙上一层浅浅的灰。刚学走路的小女孩伸手去抓那裙摆，她被红颜色吸引了，胸前的口水巾湿漉漉的，小女孩探寻地望向裙摆深处。

在生命的各个节点，佳圆都会看见他，她已经学乖了，不告诉任何人。在灯光惨白的产房里，在女儿的满月宴上，在秀梅和立远的坟边，他或远或近，或显或隐，或明或暗，他萦绕于每时每刻，飘忽而来，一动不动，只望着她，不说话，而最吓人的地方，就在于那不说话。


（二十四）


秀梅说，佳圆是有福气的，她一出生，咱们这里就盖了锅炉房，通上暖气，大家能用上暖气，冬天不挨冻，全是托她孙女的福。佳圆一岁多时，门前来了个串街算命的，秀梅抱着孙女正在树底下乘凉，跟街坊聊天，算命的停下来，问老太太要不要算一卦。

算就算，倒要瞧瞧你准不准。

问了生辰八字，便说秀梅幼年时家境贫寒，有一弟一妹，年轻早婚，婚后多子女，多操劳，三十五岁始转为安，后面一路顺风顺水，晚年福康，一子送终，特意加了一句，晚年福康比花艳。秀梅听了，心想可了不得，他怎么说得这样准，又让他给佳圆算。

算命的问过佳圆生辰，看看她的脸，犹豫了一下，说这女孩是个男孩的命格。

什么叫男孩的命格？

男孩子性情刚强，女孩子性格柔弱，都是有道理的，男强女弱，男刚女柔，是天意。她性格刚硬，婚姻坎坷，年轻时因此吃过大亏，影响很大，要化解嘛，也很难。秀梅问他，怎么化解，他不肯再说，大约是给的钱不够了。秀梅听着话头不好，不再多问，这件事她当作笑话讲给别人听，算命的说我们佳圆是个男孩的命！

暖气是佳圆带来的福气。几天的工夫，遍布整个大院的暖气管子在半空中连通纵横，锅炉烧起来，嗡嗡响着，听惯的人并不觉得吵闹。几十年过去，油漆斑驳脱落，野猫在锈迹斑斑的铁管上静悄悄潜行，接近一只呆愣愣的鸽子。佳月和飞凡偶然捡回来的那只小猫长得很大，后来又渐渐老了。自从立民回来，秀梅完全成了一个木偶，立民极少同她说话，做饭，吃饭，喝酒，小杨仍旧每日送一壶开水，倒在秀梅脚边的热水瓶里，够她一天喝水喝药。

偶尔也想到那个算命的，骗子，一点不准，说佳圆婚姻坎坷，她明明嫁了个好人。老人常常痴望一处，越过门窗，越过下面那一排人家，越过锅炉的烟囱，再越过那一排高高的杨树，落在山尖上，连绵的形状已经看了几十年，还能再看多久呢，关于死亡她只能想到这里。

立民对她怎么样，骂她，嘲笑她，奚落她，她已经不大敏感了，习惯了，显得木僵僵的，又没有完全糊涂，完全糊涂倒也罢了，像佳月的姥姥那样，听说全傻了。傻有傻的好，傻子免受气。人坐在那里，理智尚存，偶尔来个人，也能好好地敷衍，听人说一些东家长，西家短，露出会意的笑容。立民这时候便斜倚在沙发扶手上，电视的光在他脸上跳动。

佳圆结婚时，秀梅本来要去，沈慕说他开车过来接，让奶奶先到酒店住一晚。安排妥当了，秀梅要穿佳圆早先给她买的那件羊绒衫，让立民帮她翻出来，立民不动弹，也不出声。秀梅又说了一遍，让他去找那件衣服，立民就骂起来了，你也不嫌丢人，走都走不了，叫人扶着，叫人抬着，还要上人家婚礼上去丢人现眼，真不要脸。

秀梅说不出话。晚上，她打电话给立远，说了这件事。立远先是安慰，说自己下次回家，一定好好教训他一顿，让他老实一点，又说，佳圆结婚，您别去了，腿脚不好，人又多，折腾过去干吗？婚礼有录像，您就看录像吧。

秀梅听着听着，孩子似的哭起来。被儿子指着骂"老不死的"，她只是愤怒，她也没哭，她心里想，你骂我，你是有罪的，你将来要遭报应。立远这一番体贴的话，却让她哭了，觉得自己已经是见不得人的人，全完了。那一天，她罕见地出了门，拄着助行器，慢慢蹭到厨房后面，院子里拴着的那狼狗见了她摇尾巴，这狗是小杨每日喂着，一只破搪瓷盆是它的饭碗，里面粘着一些剩饭菜。初春阳光是好的，尚有微寒，她站在一个交叉路口，来个人，就跟人说，今天佳圆结婚了。

人家不免问，您怎么没去？

她爸爸不叫我去。

你们娘儿俩感情最好了，为什么不让您去呢？

我也不想去，拄着拐，走不动。多难看。

过后佳圆带回一张碟片，里面录着婚礼全程，秀梅看那录像，看了一遍又一遍，碟片就放在手边，有人来串门，她还要放给人家看，瞧，多热闹，多好看，这女婿真不赖。每回看这段录像，她都想起那些绵绵的往事。志平去世后，佳圆天天问爷爷去哪儿了，全家唯一没挨过爷爷打的人，她可把爷爷当成好人呢。大家最爱问她，爷爷好？奶奶好？小孩毫不迟疑，爷爷好，爷爷不打我，不骂我，奶奶还打过我呢。听到的人哄堂大笑，原来是你爷爷好，你爷爷不打人，哈哈哈……都笑这孩子天真烂漫，不知道底细，没吃过苦头。

志平确实对佳圆不同于别人，这种态度的不同，使佳圆获得了超然的地位。她竟然不挨打，若是别人打碎志平心爱的酒杯，决不能轻饶，佳圆就没事，志平哈哈一笑就算了。只有佳圆敢揪爷爷的脸，敢摸他的光头，爷爷在院里的合作社上班，卖零食烟酒，她敢去柜台里面拿饼干，让爷爷给钱，想吃什么就拿什么。她可真没吃过苦头。

她带来了一股新风，这家庭一时和气起来。平常立秋在家，下班就抱着佳圆到处去玩，立春在城里的粮店上班，周日回家，给佳圆带新鲜样式的玩具，会打鼓的木头小熊，会响喇叭的小汽车。立秋当时的男朋友，送给佳圆一个粉红的毛娃娃，那娃娃后来脏得浑身发黑，一只蓝玻璃眼珠睁开便合不上，合上又睁不开，佳圆还抱着它到处走，跟它玩过家家。回到立远和杨桂思的身边上学，杨桂思嫌它脏，第一天就把它扔掉了，早上上班时带出去，顺手扔掉的，佳圆从学校回来，到处找不到那娃娃，立远好心告诉她，让你妈妈给扔了。佳圆哭得更凶了。

杨桂思说，我算明白了，什么叫给人逼，什么叫给人气，你们两个想逼死我！她脱了衣服，在床上跳，在沙发上跳，上身只有一件乳罩。佳圆吓得不敢哭了，她觉得是自己错了，不然妈妈为什么这样？她吞下哭声，转换声调，反而去哄杨桂思，立远见这母女一通闹腾，哭的哭，叫的叫，他点起一根烟，笑眯眯坐在客厅里，看足球比赛，永远吵闹的比赛。

每次佳圆想起那娃娃，抱着娃娃到处悠游的时光，都会升起一阵愧疚，为了一件死物，去逼迫自己的母亲，真不像话。杨桂思折腾够了，钻进被窝去睡觉，脸又埋在被子里，要佳圆给她关好门，别出声了。自此佳圆对于神经衰弱才有了认识，怕吵，怕麻烦，想睡觉，总觉得自己生了什么病，时刻关注健康。长大以后她查阅过关于神经衰弱的资料，想知道到底是因为生病，还是因为厌恶女儿，想躲避女儿，杨桂思才会每天七点多就上床睡觉，窗帘拉得严严的，门关得死死的，把脸埋进被子里。就连被排除的感觉，都像自作多情。不是排除了你，而是她的视野里根本没有你，你没来过，因此你也没走过，你是无声无影的——不要吵到我。

于是佳圆也回到自己的房间，她渐渐大了，渐渐懂得自己寻找乐趣。房间不大，一个人的乐趣也不多，有时候，她掀开帘子的一角，透过玻璃看客厅里的电视，不论放什么都看，中间隔着立远的后脑勺。有时候她翻看家里的书，父母都不读书，奇怪的是家里竟有这么多旧书。书是安静的，不会影响隔壁睡觉的妈妈，立远不在家的时候，佳圆度过一个个死气沉沉而自由的夜晚。

很多年后，杨桂思有一次发感慨，说你看看别人家的女儿，跟妈妈多亲，再看看你。佳圆就低头看看自己，从上到下，从里到外，只看出自己是个没良心的白眼狼，竟然不与妈妈亲近。青春期她们母女争吵极多，你可是翅膀硬了，杨桂思说，有本事不要吃我的饭，花我的钱！佳圆无话可说，只觉得深深羞惭，尤其是立远还在一边嘿嘿地笑。

等我长大了，她想，等我长大了。如今她早长大了，但是她并没长成幻想中的样子，她依旧被面前紧闭的房门困扰着，不明白错在哪里。无论如何，杨桂思给她留了一个房间，让她自己挑选家具搬进去。布置好了，家具店派来的工人都走了，佳圆坐在床上环顾四周，杨桂思说，万一你将来离婚了，这里你可以落脚。这是佳圆从母亲那里听过的，最温暖的一句话，就像杨桂思在自己母亲的身边找到温暖一样。

离婚后，杨桂思重新做回一个女儿，直到现在，仍然有人为她准备三餐。杨桂思的母亲越活越精神，自从丈夫去世后，她从日夜照顾瘫痪病人的生活里解脱出来，起初十分空虚，渐渐地，腰也不痛了，腿脚也好了，每天骑着三轮车出去逛街，到打麻将的摊子上，无论输赢，二十块钱封顶，老太太在那里一坐便是一个下午。白头发比杨桂思还少些。

你妈这些年，尽被你爸爸欺负，老太太说。佳圆不出声，老太太又说，你爸爸在家，也不养家，不出钱，不出力，你上大学的钱，都是你妈妈出的。佳圆还是不出声。

佳圆假装看电视。她大概明白，因为她是姓陈的，所以她得为陈立远的行为担负责任，够不着陈立远的人，够得着她，对着她抱怨也是一样出气，替自己女儿出气。准备出国的时候，佳圆没有钱，对杨桂思也张不开口，杨桂思倒是几次提起，你姥姥可是相当有钱的，她的意思是你对姥姥要态度亲热一点。自此佳圆决定，不再向妈妈提出任何经济上的请求。她再也不想看那张脸上的犹豫和怀疑，然后说，你去跟姥姥商量商量吧，姥姥可有钱呢，或者，怎么不去找你爸爸，你奶奶？简直无言以对。

佳圆想，我自己可以解决一切。那时候，她觉得自己孤单，强壮，浪漫，就像那个被丢弃的洋娃娃，躺在垃圾场里，也是一样美丽闪光，所缺少的只是一双手臂将它抱起来，而那个人已经出现了。她把家庭中的烦恼和不堪全部对他说了，说得越多，他越表示同情，似乎越怜爱她，同时更加看不起她。这种看不起，不是一下子表现出来，而是像河水慢慢涌进破洞的船舱，一点点慢慢下沉。他本来以为自己遇到了女神，起初还有些怯怯，后来渐渐胆大放肆起来，胆大放肆后，似乎也没什么严重的后果。佳圆常常露出一种木木的、困惑的神情，以为他是在胡闹，孩子气的胡闹，尽管这游戏有些冒犯的意味，然而游戏始终是游戏。翻脸可不好，谁翻脸就是谁开不起玩笑。何况她那样一个大度不爱计较的女生。

那算命的结果，秀梅一有机会就到处说，佳圆听过无数回了，忍不住拿自己的经历去印证，影影绰绰的，约略对得上，就是不知道转机何时来。乔子成不是，乔子成是过去生活的一段残影，跟他在一起，好像又回到小时候，可是她不想回到小时候，她想快点长大，成熟，变老，变得像秀梅那样老，一生过完了，没指望，没盼望，就可以休息了。她把沈慕当成一次转机。沈慕一点也没冤枉她，佳圆当然不爱他，幸而他这个人也不怎么需要别人来爱。他的自爱快要满溢出来了。

所以，当沈慕叹着气说"你不爱我"的时候，佳圆听见了他的孤独，十分震惊，好像从深黑的地底洞穴中传出一声低鸣，一声呜咽，那个时刻的沈慕成了另一个人，现实跟梦境重合了片刻，转眼又错开了。她闭起眼睛，无言以对，错过了一生中唯一一次爱上他的机会，避免了爱便避免了痛苦，这笔账她算得清。

不去讨论那些精微的问题，只是在一起过生活，三餐茶饭，一夜好眠，佳圆完全应付得来。婚后他们过得很平静，沈慕年纪大一些，想要孩子，佳圆不太积极，沈慕也不催逼，夫妻俩常常和佳月跟飞凡碰面，四个人一起出去吃饭消遣。

有一次在一家烤肉馆子里，佳月说自己打算换工作，稳定下来再说。她最近到处投简历，面试，不太顺利，要么人家没看中她，要么她觉得公司不行，过两天要去一家网络公司，沈慕便说他认识那家公司的一个高管，可以替她说说。

佳月当然乐意，又问了问那家公司的情况，两个人聊起这些事。佳圆便对飞凡说："你们最近去看奶奶了吗？"

飞凡正忙着翻烤炉架上的肉，说："最近没去，佳月太忙了。"

"这周末我想回去看看她，你们来不来？"

飞凡想了想，周日倒是有空，就说定了周日一起去，沈慕要加班。飞凡和佳月开着李柯的那辆车来接佳圆。初夏天气，树叶上跳跃着阳光，淡淡的灰尘浮动其间。佳圆说："你们看这些灰，都是附近的采石场和水泥厂的灰。"

"听说这些小厂子马上都要关掉，为了奥运会。"佳月说。

"本来就是污染源，早就应该关掉。"

"那么提前退休的人更多了。"

"工人都愿意退休的，退休比上班少拿不了几个钱，白在家闲着。"

"不知道三叔将来有没有退休金。"

"奶奶说，他原来的单位给他交社保，够六十岁，他就可以领退休金了。"

"他哪儿还有单位，他原来的单位早就散摊子了。"

"要是没有退休金，他又没有孩子，将来怎么办?"佳月所说的"将来"，自然是指秀梅身后。

"他不是有个儿子，跟着妈妈跑了吗?"

"他那个人，谁跟他过日子。儿子都不知道在哪里，更不可能赡养他。"

佳圆说："管他呢。咱们何必替他发愁。"

车子拐上进山的公路，上两个坡，下一个坡，就到家了。他们出来得早，此时刚九点多。佳圆问飞凡："你看过这里的古猿人遗址没有?"

飞凡说没有，总说要来看看，毕竟是上过小学课本的有名地方，但是每次来都是直奔奶奶家。佳圆说，不如今天带你去逛逛。主意既定，当下掉转车头。近几个月，探望老人的心情总是很沉重，秀梅日渐衰弱，佳月只能帮她做一些琐事，或者坐在她身边，听着她的呼吸，听她说几句话，那些话常常是重复的往事，或者一些她很久以前听来的八卦琐事，讲了一遍又一遍，能跟她说话的人越来越少。

顿时有了郊游的心情。小时候她们来，是跟着秀梅走过来的，记忆中要走很长一段公路，顶着白色的烈日。其实开车不过十分钟，路两边的房子仍是平房居多，红砖墙，灰屋顶。路过一所小学，佳圆说："我在这儿上学前班，那教室破得四处漏风，冬天还烧火呢。"

"我还记得和奶奶一起去接你。"佳月说，"奶奶推着那辆小竹车，从大坡上下来。"她说这句话的时候，那风仿佛还是原来那阵风，前额的头发都飞扬起来，像纱巾一样拂在脸上，秀梅头上就围着柔软的纱巾，脸周围一圈蓝色的化纤布料，又凉又滑，像冰。

那蓝色是硫酸铜的颜色。二十多年后，佳月给秀梅买到一件同样颜色的羊毛大衣，秀梅一见便说："不知道那纱巾放在哪儿了。"佳月去柜子里翻，在许多旧物中，翻到那条蓝头巾，色泽丝毫未变，依旧鲜翠。秀梅穿上大衣，戴上同色的头巾，走到镜子前，镜子告诉她，你老了，但是她很满意，因为这是孙女买的，她最喜欢的蓝色。有人惦记自己，让她觉得这大半辈子总不是白费了。

遗址公园新开辟了一块停车场，崭新的水泥路面，标志画得清清楚楚，一个个白色的长方框，让人联想到小孩子玩跳房子的格子，一，二，三，不能踩到线，踩到就输了。停车场稀稀落落停着几辆车，佳圆提起一只脚，跳过一条粗粗的白线，脚底的弹性令她显得十分轻盈。公园的标志还是那座原始人的半身铜像，后面披发及肩，脖子向前探出，身后是葱绿的山坡。这幅画面被印在门票的一角，一个小小的正方形，也印在游览指南上。走进不起眼的大门，左边有一个崭新豪华的卫生间，占地面积很可观。佳圆说，我六年级的时候来过这里，那时候不是卫生间，是展厅，展览楼兰古尸。

数千年的女尸，穿戴华贵，灰黑干皱的皮肤紧贴在骨架上。文字介绍说她是楼兰美女，大概是为了迎合游客的好奇心，但是在孩子们看来，她一点都不美，只有恐怖。小学生们围在玻璃盒子的四周，那盒子是棺材的形状，四周镶着灯光，她看起来又小，又轻，像一根浮动的羽毛，孔雀的羽毛，陈旧的珠翠像玩具珠子，这一切在沙漠里睡了三千年。

历史长得令人浮想联翩，直到老师招呼大家走出展厅，在树荫下吃带来的面包和火腿肠，各种口味的面包，饼干，纸盒包装的橙汁。佳圆仍忘不了那女子高耸的额头，树皮似的皮肤，像刀刻出来的沉睡的眼皮。她一点点撕掉火腿肠的红衣，觉得有点食不下咽，因为刚才的种种印象，纷乱无定，那女尸出现在当夜的梦里，散发着馨香，一种干燥的纸页般的香味，好像她是从纸上浮现的，一幅线条细密的版画，赫然出现在故事书的中央。

顺着台阶往上走，路中间的绿地上，竖立着一些园艺修剪出来的古生物，绿茸茸的三角龙，剑齿虎，猛犸象，尽力营造出史前时代的气氛，植物的绿意却十分新鲜活泼，偶尔一枝不听话的枝丫伸出来，破坏了霸王龙的造型。看来那工匠是凭着动画片的印象修剪出这些动物，霸王龙直立着，尾巴拖在地上，两只短手在空中挥舞。不是的，它应该俯下身子，尾巴与地面平行，协助身体的平衡，如此才能大步奔跑，而不是那个憨厚的，怪兽哥斯拉的模样。

走到最初考古挖掘的现场，一个宽阔的坑穴，斜立的白色塑料板上写着长长的文字说明，开掘的年份比秀梅的年纪还要大，秀梅出生的时候，这里已经名扬全世界。因为跟着老人长大，佳圆对时间怀着微微的敬畏，好像面对一个不见底的幽幽深潭，想象那里面有多少往事的沉渣。裸露的山体微微潮湿，不同的地质年代呈现不同的质地和色泽，考古学家分别发现不同年代的动物化石，他们蹲在那里，在灰蒙蒙的泥地里，一点点寻找，每一块骨头都浸透狂喜。几十万年前，祖先在这里用火。秀梅说她曾经在采石场炸出来的石片里发现鱼骨的形状，十分清晰，这里曾经是海底。那情景便是历史书的另一面，考古学的另一面——一个女工发现了化石，把它扔进一堆普通的石头里，让它变成水泥。

好些呢，秀梅说，都是小鱼小虾的化石。他们沿着露天的大洞绕了一圈，顺小路继续上山，松鼠站在树上，斜着眼定定看着他们。沿着小路走到一处墓地，主持开掘的考古学家埋骨于此，墓前放着鲜花，有的鲜明，有的已经枯萎暗淡，微微摇动。一个个石碑看过去，不同的名字，不同的字体，不同的颜色，有新有旧，旧的在这里等了几十年，等来同事和老友。不知为什么，墓地的阳光比别处更为温暖明亮，像一支柔缓的歌。飞凡在后面，给走到前面的佳月和佳圆拍了一张背影照，她们手拉着手。

展厅冷清清的，白色灯光填满一个长方形的空间，展品稀疏，最显眼的是那个头盖骨模型，和公园门前的铜塑一模一样，从前这里还有一个完整的恐龙骨架，庞大身躯上顶着一个极小的脑袋，当然也是复制品。用秀梅的话说，真东西不会留在咱们这地方，都搬北京去了。兽齿连成的项链，一些像儿童玩具的小工具，长短不一的石刀，刺，削，砍，切，剔，剥，小心整齐地躺在红色背景上，借此想象祖先的生活。猎物抬进来，生起一堆火，团团围坐，他们会唱歌吗，音节简单的歌，节奏从一而终，火光映照脸上，是和那铜像一般的脸吗？

他们埋葬死者，仪式如何呢？在唱着歌，或者流着泪吗？火光映照他们从小到大，从初生到灰烬，火光映在他们的眼睛里，火光穿越数十万年，火边的一切都变了，火的意义始终没变。重新走到阳光下，火的幻影消失了，飞凡买了几瓶饮料，他们慢悠悠地往山后走。爬山时常有一种迷惑，遇到岔路不知该不该去探究一番，岔路都通向哪里。他们走上其中一条，发现上面是个小小的观景台，一圈木围栏，栏外还是初绿的连绵的山。山间夹杂着村镇，公路，路上汽车清晰可见，他们看见那座大桥，损坏的栏杆早修好了，桥下的河早已断流，河床上生着荒草。像拍摄全景照片那样移动目光，可以看到采石场的三个巨形圆仓，灰白色的外观，细小的铁梯像排起长队的蚂蚁，匍匐其上，如果有表情，它们是肃穆沉静的，任凭时间滔滔流过。远处升起一股袅袅的白烟。

佳月说，我们来过这儿，奶奶带我们来的，那时候还没修观景台。

就是这里，我们来过。

那时候她们是幼稚的，清新的，拥有一切可能的小女孩，秀梅也觉得人生有望，最小的孩子也参加工作了，家里不再缺少粮食，能吃饱饭了。生活越来越好，阳光越来越明媚，能看的电视台数量飞速增长，全国的卫星电视啊，无论什么时候打开，总有一个电视台在放动画片。星期二下午没有节目的时代过去了。

电视台检修呢，秀梅说，好像她看见了技术人员拿着工具或者螺丝刀，这里看看，那里敲敲，或许她很了解，很懂行，语气中包含着一种淡淡的天真，仿佛见怪不怪，了如指掌，又有一点好奇。她从电视里知道很多，她说美国总是欺负别的国家，听说亲戚中有人去了美国，又有一些羡慕和向往，对遥远的，陌生的，敌对的事物的那种好奇和向往。她喜欢看天气预报，播音员的声音清脆，刻板，如同毫无表情地展开一幅画卷。海南岛总是炎热，四季如夏，令人向往。

很久以后，佳圆还会想起那次她缺席的旅行，仿佛缺少了一次对童年的告别。童年的影像印在这个地方，印在近处的工厂和远处的群山之上，处处都是自己的一部分，如今她长大了，换了一副眼光来看，像回望童年的自己，化身于此，葬身于此，童话故事里的仙女，不是经常化身为山，为石，为湖，为江吗？如今遥远的才是切近的，倒影与本体合二为一，到此刻，她才想到应该原谅自己。

原谅我的愚蠢，她想，原谅我懦弱，轻信，心怀侥幸，原谅我贪图别人的好处，忘记保护自己，原谅我从来不懂什么是爱。纵然群山无言，是无言的宽宥，她还要一遍遍请求，直到太阳落山，直到月亮升起。

秀梅凝望虚空中的一点，远处的远处，尽头外的尽头，那是死亡。在那里，佳圆曾经与她会合，尽管隔着广阔的时间与空间，每次佳圆发现秀梅脸上露出呆滞的表情，就会想到小时候的自己。她们曾经轻快地走过那些山坡，爬上那些山头，在破旧的砖房旁边，透过碎裂的玻璃窗往里面瞧，瞧见那些人用过的痕迹，除此之外还瞧见什么？在张望的时候还想些什么？往旧的地方张望，那感觉仿佛回望自己的生活，往事一一印证，破椅子上坐的曾是谁，残留锈迹的茶杯属于谁，被抛弃的人和物有一种特别的孤寂。孤寂是干燥的，飘扬的，吹弹可破，摇摇欲坠，一点点同情与好奇都会推翻它。佳月倚靠在栏杆上一动不动，她在想什么呢？她看起来一片天真澄澈，心无旁骛，只顾看风景，而佳圆的一句话便炸毁了这份宁静，她凑到佳月的耳边，轻声说：我怀孕了。

（二十五）

立秋失业了。新工作不好找，她年纪不小了，这跟头跌得突然，部门业绩不好，当然不全是她的错，但是责任全部由她来背。补偿金给了很多，暂时不会缺钱。她在家休息了几天，出门去找工作。约人，见人，吃饭，聊天，探听消息，后来想，大不了回去当柜姐，卖黄金珠宝的柜姐，年纪大点没关系，年纪大更牢靠，中年以上的顾客会更信任她。

当然还是坐办公室更舒服，但是以她的本心，她更喜欢直接面对顾客，而不擅长在办公室里钩心斗角。这段日子，不用上班，她就懒得起床，常常睡到中午才起来，胡乱吃点东西，在窗边坐着发呆。一开始总出去见朋友，后来也腻了，一天天地不爱出门，向外张望密密麻麻的城市。

她也找过立远，想把自己投资的钱要回来，立远嗯嗯啊啊地答应了，又跟她说，妈现在不能自理，意思是我们都在照顾，你看着办。立秋又转了一笔钱给他，他并不藏私，也告诉秀梅有这回事，把钱照数取出来给了秀梅，秀梅便藏在枕头底下，不让立民看见。她的首饰也用布头包作一包，压在褥子下头，硬硬地凸起一小块，摸一摸便心里踏实。

秀梅的脸贴近荞麦枕上的凹痕，时间对她来说，太多又太少，太多的是眼前，太少的是将来，所以她消磨在无穷无尽的当下的痛苦里，明知大限将至，又嫌今天太漫长了。她说不出这些感受，将它们融化在沉默和叹息中，有时候她会低声地"哎哟，哎哟"，无力的埋怨，传不出这几间屋子，立民只会盯着电视，仿佛他是婴儿，电视是乳房。

秀梅时常从立秋给她的那些钞票里面抽出一两张，让立民拿去买菜。她吃得很少，有几次发现，不吃也不会饿，立民也认为她不必每顿都吃，整天坐着，哪里有消耗？爱吃不吃，不吃更省事，反正他只要喝酒。他们都觉得，同住就算赡养，立民也觉得自己付出颇多，值得回报，但是自己又没要回报，算是大大的好人。

立秋打电话回来，她这一天过得懒洋洋的，想起老妈，很久没打电话了。电话接通，是立民的声音，然后便递给秀梅。秀梅起初是正常的，后来就哭了，她一哭，立秋的声音就低下去了，好像那哭泣是一座高高拔起的山，衬出女儿的渺小。哭声是一种不祥，人人都感受到了，但是谁也不说破，都知道她快死了，在心里默数日子。

延长寿命的办法肯定还有，但是没人提起，秀梅自己也不知道，她只知道自然规律，自然张开大嘴，渐渐吞没她。佳圆怀孕了，秀梅在电话里告诉立秋这消息，立秋没说失业了，只说在休假，秀梅期期艾艾的，以为立秋休假是要回家看看，并不是。休假只是休假，好好放松的时间，跟你们没关系。再往后，秀梅就哭起来了，哭就不必说话了，那些无关紧要的话，吃饭了吗？上班忙不忙？上海是冷是热？立秋曾经说过，要接秀梅去上海住几天，不知道秀梅还记得不记得。一定记得。

当时她随口一说，只见秀梅眼睛一亮，老太太最爱出门，爱看风景，爱新鲜热闹，这些特点遗传给她的小女儿，使立秋离开了老旧的工厂。放下电话，立秋听着空调的响声，够凉了，关一会儿可以节省电费。此念一起，她就打了个哆嗦，小时候一大家子，饭都吃不饱，她是穷过的人，穷怕了，不要再次穷下去。没过多久，她重新找到一份柜台的工作，她没有什么负担，更没有管理者放不下来的架子，她喜欢站在柜台里面，看人们来来往往，每个月有钱进账让她觉得踏实。等天气不那么热了，她想，接老妈过来住几天，用轮椅推着她出去转转，看看上海。

秀梅惦记上海，惦记立秋。这小女儿不听话，因为不听话而成为传奇故事，被她气坏了，又为她骄傲，电话那头连着上海，隐约传来那边的风声，雨声，车水马龙，引起许多联想。印着上海两个字的旧旅行包，挂历上的外滩风景，东方卫视，手表，奶糖，所有跟上海有关的，都跟立秋有关。

立秋给老太太买了一对金耳环，挑了柜台里她觉得最好看的一对，沉甸甸黄澄澄的两串小葡萄。老太太爱戴这些东西，也有点爱虚荣，喜欢向人展示儿女对她的好，这对耳环她能炫耀好久，那种炫耀也是老人的一种可爱之处。今年春节怎么也要回家看看老妈，她在电话里一哭，就显得很不吉祥，从前她不是这样的。立秋不打算告诉家里人自己又去站柜台了，哥哥姐姐当面不说，背后一定笑话自己，你不是厉害吗，怎么打回原形了？

站柜台怎么了？她想，我就是喜欢卖东西。生在这个家庭里的女孩都很敏感，清楚地知道外界怎么看待自己。立秋知道哥哥们看不起她，并不是看不起她这个人，而是看不起所有女人，秀梅挨了半辈子打，手被打断过，断着手做家务，他们以为女人不外如此。立秋想，我把妈接过来住一段时间，虽然相隔千里，她也嗅出了沉重的气息。他们放任她慢慢死去，正在发生，无法明言。

佳月很快找到新工作，沈慕替她打了个招呼，果然管用。新公司环境不错，她也胜任愉快，离飞凡的公司近，常常可以中午见面吃饭，在一条繁华的商业街上逛逛，玻璃橱窗里人影双双。那是一个快乐的夏天，快乐的日子并不会使人记忆深刻，而是模糊的，笼统的，相似的，是气息、色调、温度和声音，交织成一个活跃的背景，人浮在上面，像泛着轻舟。

即便过了很多年，佳月仍然觉得那几个月过得最好，爱情到了最浓醇甜美的火候，那火候稍纵即逝，却回味悠长。幸福最奇妙的地方，就在于其实什么也没发生，幸福的瞬间并不会停留，心跳减慢了，吻的热度消退，无意中牵起的手走走又滑开，树荫由稀至密，由浅至深，直到浓绿蔽天。门把手上是温暖的指纹，灯下是微笑的影子，长日尽头是漫长的黄昏与匆匆夜色，佳月是什么也说不出，只牢记着那个夏天。夏天像发酵的苹果，渐成美酒。

佳圆的预产期在次年二月，佳月说，哇，我喜欢冬天的孩子，喜欢双鱼座小孩。因为你自己就是双鱼座吧，佳圆说，要是跟你一天生日就更巧了。手指拂过一辆淡灰色婴儿车的顶篷，全景观，听起来很豪华，价格也豪华，佳圆觉得不实用。佳月比她兴奋多了，什么都要实用，要必需，那生活还有什么意思？多帅的婴儿车啊。

谈恋爱的女人就是你这样子，佳圆说，你拥有最大最贵的奢侈品，但你已经分不清什么是必要和非必要了，爱情中的女人最是大方豁达，目空一切。那段时间，她们的相对位置倒转过来，佳圆成了谨慎胆小甚至犹犹豫豫的那一个，她的肚子变大，她的影子却变小了，变慢，变迟疑了，去吃烤肉，佳圆要盯着那肉烤到全熟，不带一丝粉红。

怀孕带来惶惑，或者唤起她本来就有的惶惑，她想起秀梅说的那算命的，晚年福康，一子送终，不知道说的是谁？或许是个男孩。那算命的又准，又不准，还真像命运一般无常。她只顾眼前，眼前的这块肉熟透了吗？今天该做什么，明天该做什么，后天，不去想，未来更不去想，一切发生得太快了，本来不在计划中。

沈慕说，既来之，则安之，倒没有错，他是不算很年轻了，同学朋友大都有了孩子，他说，送出去那么些满月宴的红包，总算有机会收回来，当然他也期待孩子。这个夏天对佳圆来说，像一段长长的隧道，明亮在另一头，黑暗在身后，期待归期待，期待也有点累人，沈慕抱抱她，说她变柔和了，她想，我是被这个孩子驯服了，还没出生他就赢了。

秀梅很高兴，虽然那高兴只持续到电话挂断，始终是一场欢喜。第四代，拥有新一代后人，仿佛是人生一场大胜利，大团圆，大结局。身体虽然衰残，血脉却传承不息，脸上的皱纹堆在一处，拼凑出一片笑容，那笑容对面是没有人的，只有远处夕阳如血，那又怎样，她有重孙子了。

仲夏，飞凡休了一次年假，回了一趟家，他妈妈生病住院，打电话叫他回去。他走了几天，佳月心里空落落的，正巧沈慕也出差了，便拉着佳圆出来逛街，看各种各样的婴儿用品。那天，她们从开着冷气的商场里走出来，街上车水马龙，闷热依旧。佳圆说，马路上空气真差劲，我现在鼻子特别灵，闻出好多不同的味道，小狗似的。

佳月帮她拎着几个袋子，夜晚的空气是混沌的，包含着杂音。走到停车的地方，佳圆要开车送佳月回去，佳月说不用，坐地铁就可以。刚要分别，佳圆忽然叫住她，从车窗里探出头来，说，反正回去也没事，陪我去爬山吧。

佳月上了车。车子一路向西，离开环路，车辆减少了，树影粗浓，阴沉，山影像盘伏的动物，停车场上稀稀落落两三辆车。公园的门口亮着两盏灯，佳圆说，这里晚上不要门票。她很熟悉这条路，顺着一条平顺的公路向上走，从前叫林场，现在是公园。山的呼吸是清凉的夜风，山路蜿蜒，城中夜景忽隐忽现。

一开始还有带孩子的家庭，或者退休的老夫妻，拿着手电，晃着，照着，低声地交谈，偶尔大笑，越往上，人越少，空气越凉爽。佳月很久没爬过这么长的山坡了，走得累了，停在一处望得见风景的路边，坐在石头上，平复加快的心跳。佳圆还是气定神闲。

"沈慕带我来的，他有一帮朋友，每周固定时间来爬山。"

眼前是一片光的海洋，黑暗的地方才是真正的湖面，像一霎不霎的黑眼睛。佳月的呼吸恢复了，她想也许佳圆有话要说，便等她说，佳圆只是望着那些灯火，好像佳月不在身边一样。无数次，佳圆沉浸在自己的世界里，把妹妹丢在一边，无意间的疏离使佳月感到挫败。她有那么多故事可讲，有那么多体验，佳月想，痛苦使她变得不一样，痛苦是可遇不可求的装饰品。

她知道好多我不知道的事情，讲了我也不懂，因为我太顺利，我太乖了，我活得像一张白纸，她是一本书。佳圆说："他会动，像小鱼在扭动，吐泡泡。"佳月一下子没反应过来，然后才意识到佳圆在说胎儿，一点都不兴奋，甚至带着一点疑问，好像面对一道做不出来的难题。

佳月坐着没动。她想，如果自己要求摸一摸，佳圆说不定会发脾气的，她最近有一点阴晴不定。

你记得以前乔子成家的菜园子里有个地窖吗？

佳月还没回答，佳圆就自顾自说下去。冬天放大白菜，夏天是空的，入口用两块木板盖住，是乔子成的爷爷挖的，我们进去玩过，里面很阴凉。

有潮湿的泥土味道，佳月想，而且特别安静，坟墓般的安静。

后来他爷爷去世了，地窖也填上了，上面铺水泥，他爸爸买了汽车，把菜园子改成了停车场。

捉迷藏的时候，你喜欢藏在里面。

那里面黑透了，只有木板缝里透进一点光，最长的一次，我在里面待了一个多小时，你们都没发现。佳月想起小时候她喜欢钻进挂着的棉被里，也是黑漆漆，前面一点光。

后来我想，可能是我自己的问题，我喜欢被关起来，我喜欢黑暗的地方，不是他找到了我，是我找到了他，我一边害怕，一边又觉得安全。你懂我的意思吗？

我不懂，佳月直截了当。你现在的生活已经很好了，不好的事情都过去了，犯不着再回头去找原因。佳月的声音听起来又生硬，又权威，过去和现在是没有关系的，你只要向前看。

佳圆沉默了。她们没有继续向上走，而是顺原路返回了。没有登顶的山，无法继续下去的谈话，使气氛变得低沉，下山路上谁都没说话。那一周的星期六，因前一天下过雨，天气极好，佳月又坐公交车过去，一口气爬到山顶，其实她们上次停留的位置，已经离山顶不远了，这是她的一个小毛病，没有爬到最高处的山，像做了一半的作业放在那里，忍不住要去完成。

白天的景色不如夜晚辉煌，远处的高楼隐没在微微的雾气中，轮廓模糊，电视塔瘦骨嶙峋，纤细得仿佛风一扯就断，几处湖面，游船和水中央的绿岛，晴空之下显得乖巧，垂柳的枝条摇动起来像水的波纹。远看城市像一幅画，活的，会动的，颤抖的画，虽然她生活在这画中的某一个地方，对这画面却是陌生的。原来是这个样子，佳月想，童年的种种记忆浮现，那时候她们跑上山坡，东张西望，嬉笑打闹，所见与今日完全不同，一切都长高了，变得宽阔爽朗，明确，可见，可理解，登高望远带来的迷惑和向往，在这样一幅坦荡荡延伸到天边的画面前消失了，只觉得自己越长大，越渺小，直至一切幻觉和空想都消失，抽干了，彻底地成为自己。那时候她们在想什么呀，她们的念头是无边无际的，为了细小的事情哈哈大笑，面对宏大的问题默默无语，她们看见什么都能联想到自己，联想到未来，眼前是小的，局限的，用脚丈量却走不出多远的乡下地方，但是未来是大的，是无限的。那时候她们什么也不懂，除了好奇和勇气一无所有。现在一切都反过来了，长大就是把一切都翻转过来的过程。眼睛望得见那么远，天那么高，山那么长，却清楚地知道界线在哪里。世界一点点撕掉迷离的面纱，向长大的人显露崎岖的真容，而真相是谈不上善恶美丑的，因为它不会结束，没有终点，所有的定论都操之过急，所有的答案都追不上它，"你只要向前看"。

佳月从另外一条小路下山，步伐轻快，仿若一个新人。现在她懂得困扰佳圆的是什么，晚上她们要通个电话，让她痛痛快快说个够，而自己不再是那个懵懂的倾听者，只会递上纸巾或者借个肩膀的姐妹，她懂了，理解了，她能够安慰佳圆，就像她能够安慰秀梅一样，安慰是需要力量的。她再也不是那个跟在姐姐身后的，一无所知的小女孩了。

这一天，飞凡从成都回来了，风尘仆仆的，带了好些东西，有他妈妈做的泡菜和香肠。晚饭摆了一桌子，新炒的菜冒出热气和香气，啤酒罐外面冒着一层冷气，飞凡一回家就进厨房，烟熏火燎，一身炝炒的味道，做好饭，他先去冲了个澡，才坐在桌前，佳月眼睛亮亮地望着他。

他垂着头，前额的头发还湿着，回家到现在他们还没有对视过，但是飞凡看出佳月今天很高兴，他想这是因为我回来了。这么一想，他更内疚了，饭菜都没滋味。忽然，一筷子莲藕炒肉片夹到自己碗里，佳月说："不吃要凉了。"

菜要凉了，啤酒放得温暾了，他还在琢磨怎么开口。这次回家，妈妈身体倒还好，没有电话里说得那么严重，叫他回去，是希望他回成都工作。前年飞凡的外婆去世，去年小姨也去世了，他妈妈一下子没了娘家人，独住一套单元房，十分孤单。飞凡一开始没有答应她，她一下子就泪水涟涟的。飞凡非常惊讶，他妈妈从前是最利落爽快的一个人，遇到什么事也不会掉眼泪。大概是老了。

他把这些话同佳月说了，开玩笑似的语气。佳月愣了一下，问，那你怎么想？

"你怎么想呢？"

"和我有什么关系？"

"如果我回去，你跟我一起来吗？"

佳月从来没想过这个问题。她放下筷子，又拿起来，捏在手里玩，半晌方道："我不知道，如果有合适的机会，应该也是可以。不过，我才刚换的新工作。"

她跟飞凡在一起，两个人从来没讨论过这么严肃的关于人生选择的问题，一直是轻松愉快的，吃喝玩乐，你好我好，爱情就是两个人在一起很愉快，他们没有遇到过严肃的分歧。这个话题很快就滑过去了，直到晚上入睡，没人再提起。第二天是周日，睡到日上三竿，起来胡乱吃点东西，飞凡在客厅里打游戏。佳月随手收拾一些衣服，衣柜乱糟糟的，一件件拿出来，叠好了分类放好，飞凡的行李箱还放在屋角，她也打开了，收拾里面的衣物。除了带回去换洗的几件，底下还有几件厚毛衣，以前没见过的，都是厚的，各种复杂的编织花纹，像八十年代时装杂志上面日本模特穿的那些。一件件拿出来，泛着新羊毛的干燥味道，妈妈的爱啊。

那些毛衣单独占了一个衣橱格子，柔和的色调摞在一起显得温暖宜人，使人不由自主地盼望秋天。佳月也说不清自己的心绪，像一团缠绕难解的毛线，山顶的清澈明朗是暂时的，回到尘世仍要面对种种问题。当然她是爱飞凡的，飞凡一定也爱她，最理想的情形是，他们都可以为了对方牺牲自己，只有在一起才是最终的结局，因此她并没有多想，也不愿意多想。

飞凡那头，其实有过一番挣扎。一方面是妈妈叫他回家，另一方面，他在公司并不得意，几年了没有升职，薪水也一般，他觉得自己是个可有可无的人，别说结婚买房这些花费巨大的事情，只是租个房子，有佳月分担房租，依然过得紧巴巴。妈妈的意思是，回老家，托人安排个稳定的工作，再相亲结婚成家，一切顺理成章。这样的前景，对他并不是毫无吸引力的，在北京这些年，大都市算是见识过了，不过如此，没什么好留恋的。唯一的变数是佳月，他试探了一次，佳月没说什么，他想找机会再正式谈一次。

这机会很快就来了，以一种非常突然的，迅雷不及掩耳之势——头一天他还在跟同事沟通流程上的一些琐事，第二天一早，公司的系统就无法登录了。紧接着，人力部门打电话来，指定时间约谈。这一整天，几个会议室都被预定满了，用作裁员谈话，大公司就是这一点好，裁员给出的条件无懈可击，也容不得人多想，拿钱走人最痛快。事已至此，大家都无心纠缠。

整个部门被裁，交接工作都不必了。到了吃午饭的时间，他收拾好一些简单的物品，像电视剧里演的那样——只是他没有纸箱，只有一个借来的纸袋，来到阳光下。先是无目的地走了一段路，猛然想起应该搭地铁，又往回走，这时候地铁人最少，很轻易地找到座位。不知怎的，今天糊里糊涂的，竟然错过了目的地，一直坐到一个陌生的地铁站，无数次地看见这个地名，从没来过。他突然发现，北京好多地方他还没去过呢。他在地铁站里抱着那装着一堆杂物的纸袋子，鼓鼓囊囊，没处搁没处放的，心里一烦，看见一个垃圾桶，就直接撂在垃圾箱的顶上，扭头走了。空着手到街上转了转，到底没什么不同，也没地方可去，想起来佳月还不知道，拿起手机想要告诉她，打了一堆字，又删除了。他本来打算明年再下决定，到底要不要回家去，让佳月也有个心理准备，慢慢规划好了，两个人一起走。她刚到新公司，正在兴头上，突然要她辞职，恐怕她不乐意。

他这样琢磨着，在街上信步走去，走着走着，忽然想起那纸袋里，还有他和佳月的一张合影，是那年去爬长城的时候，李柯给他们拍的背影，后来专门洗了出来摆在办公桌上。这么一想，又急匆匆地回到那个地铁站，垃圾桶内外干干净净，刚有人清理过了。

到此时，沮丧才涌上来，他恨不得踢那静悄悄空荡荡的垃圾桶一脚，最终愤愤地离开了。还是坐地铁回家。乘客们盯着自己的手机或者望着窗外飞驰而过的广告牌，飞凡站在角落里，一路上便想好了未来的计划。在这个计划里，他给佳月留了一个完美的位置。


（二十六）


秀梅隐隐地预感，这是她这辈子最后一个年头。这预感只能放在心里，说出来便显得矫情。她从早到晚沉默，跟立民说话只会自取其辱，她学会了安静。人之将死，声音先死，说话没有人听见，听见了也装作听不见，她的声音便死了。她的话语变成一张无人在意的废纸，头发和身体散发出老人的味道，立民不会帮她洗澡，也不帮她晾晒被褥，连袖手旁观都算不上，因为他只盯着电视机，电视机，还是电视机……秀梅是一件垂老的，过时的，角落里的摆设，偶然一瞥甚至使立民感到惊奇，她怎么还活着？她怎么还在这里？她吃得少，睡得多，不怎么说话，但她并不糊涂，她看得清楚。

夏末，院里来了一个生人，在这里生人总是惹人注意，他从南面走过来，到秀梅家的院子外面，停住了脚。立民站在院子里刷牙，把漱口水吐到槐树根底下去。那人问："这树是你们家的？"

"我们家的，怎么着？"

"卖吗？"

"卖！"

当下谈好价钱。平常，要叫人来砍树，还要给人家钱，现在有人上门来买，倒给一百块钱，岂不正好。这破树有什么用处？中午不到就砍完了，留下一截短短的树墩，高矮正好当个板凳坐，新鲜的断面上印着一圈圈疏密不等的年轮。从头到尾没有问过秀梅，砍树时，秀梅本来坐在沙发上，费极大力气站起来，挪到窗边，推开门，说："这是我的家，我的树，谁叫你们砍树的？"

立民站在一旁，说："这破树天天掉叶子，扫地的又不是你！"

"这树还是那年你爸爸种的。"她低声说，像是念叨给自己听的，立民当然没听见，电锯一开，噪声盖过一切。

现在是他的家了，他爱怎么折腾就怎么折腾。谁敢来管？谁要是说他一句，就让谁来照顾老太太好了，立民想。这固然是浑蛋的想法，现实也确实如此。秀梅在门口观看砍树的过程，这树长了三十多年，隔着老远就能望得见，他们是"大槐树底下那一家"，虽然谈不上温暖和睦，但始终是一家。电锯干起活来可真痛快啊。为什么人死不能这么痛快呢？

她觉得自己也像这棵老树一样，是多余的。小杨听见动静，也过来看人砍树，问多少钱，对立民说："夏天有个树荫多好。"

立民哼了一声，并不答言。

秀梅只想到自己没有下一个夏天了，要树荫何用，眼中泛起老泪，又不想让人看见，尽力往回收。在这个家里，任何细腻的情感都不能显露人前，那会让在场的所有人感到尴尬和羞耻，他们大声说话，大声吵架，也会哈哈大笑，所有这些大声嚷嚷像一床大被，把人们从头到脚都蒙住了，蒙住哽咽和哭泣。

树砍没了，视野更宽敞，更开阔了，又像缺了一大块。过了几天，立生和小赵回家来，看见那秃秃的树墩子，大加感慨，说这还是我爸当年种的树呢，前人栽树，后人乘凉。秀梅却粗声粗气地说，砍就砍了，长在那里多碍事，立生听了只是笑。小赵帮秀梅洗了个澡，洗了几件衣服，两个人饭也没吃便匆匆走了。

渐渐地，秀梅的眼睛更差了，远近都模糊不清，老花镜的镜腿坏了，镜片有裂纹，度数也不对了。那一天院门口来了个卖杂货的，有黑色的太阳镜，透明的据说是老花镜，立民正要去买菜，不知怎的，孝心发作，随手买了一个老花镜，二十块钱，秀梅一戴上就觉得天旋地转。立民认为老太太是不知好歹。

直到有一天佳月回来，说这眼镜是要配度数的，随便买一个当然不行。那天她到家已经很晚，说是没有叫到车，从长途车站走回来的，还说遇上了爱生带着孩子，秀梅问爱生的孩子是什么样子？你没看出那孩子有毛病？那孩子生下来只有一只耳朵，因为爱生的爸爸不孝顺爱生的爷爷，听说，他爷爷临死的时候，喊儿子的名字，儿子都装没听见。当年你听不见，现在你的外孙也听不见，听说那孩子极少出门，出门必戴厚帽子。一说起这些八卦流言，秀梅还像从前一样有兴头，这些因果报应，从前佳月当成故事听，不假思索地相信，现在她疑惑了，她再也进不去那个简单的，善恶分明的，铁口直断的世界了。秀梅一辈子都坚信的那个世界，由故事，流言，传闻，赞叹，奚落和哄堂大笑构成的世界，凡有果，必有因，老天爷在天上看着一切，然而朴素却不一定是善良的，善良的更不一定是永久的，秀梅一开口就好像千万年的因果都由她看透，但是佳月长大了，她知道并不是那回事。爱生是个厚道的人，好人，倘若真有因果，那掌管因果的一定是个瞎子。

第二天一早，她叫了一辆车，带着秀梅去配眼镜。

秀梅照例坐在副驾驶上，跟司机说起来没完，谈论天气，拉家常，老年人是那样一种固定的生物，固定的情景，固定的谈话方式，奇怪的是她对面的人也有固定的应对，好像一场人人天生就会的游戏，应酬的游戏，客套的游戏，萍水相逢的游戏，至死方休。到秀梅去世的前一天，一个久不见的邻居来看望她，聊了大半天，那天秀梅精神极好，大说大笑，在旁人的琐事中获得满足，对她来说，聊天不是药，是饭。人走之后，屋子一下子冷落，傍晚的阴影爬上来了，立民又不见了，剩下她独自靠在床头，刚配了半年的新眼镜压在枕头下面，压着压着又压断腿了。

来的是一家连锁的眼镜店。后来佳月一看见这家连锁店的蓝色招牌，就会想起秀梅。店里冷气开得十足，到处亮晶晶的，一排细细的金丝镜框仰躺在丝绒布上，空的镜框像陈列的骨骸。秀梅像个小孩子一样东瞧西看，又是很久没出门了，连大院都没出过。世界五光十色。

店面连着一间小小的配镜室。秀梅极慢极慢地挪了进去，年轻的店员让老太太把眼睛放在一台机器前面，那机器看起来又专业又复杂，秀梅感到自己终于被认真对待了。定好度数，一会儿戴上新眼镜，一副斯文的金丝眼镜。

"您戴上眼镜，像个老教授。"另一位年长些的女店员说。

"老教授？老废物了。"秀梅也笑了，一下子看得清清楚楚，头也不晕，眼也不花。眼镜摘下来，装进一只长方形的盒子里。这眼镜后来一直放在枕边，其实她不需要看什么了，更没必要看得很清楚，有没有眼镜改变不了她生命的走向。走向尽头的过程中，她需要的不是这些无关紧要的小玩意儿，但是当她坐在验光的机器前面，她觉得自己还像一个人。要谢谢佳月。

那段日子，佳月也过得混混沌沌。飞凡提出分手，他做好了一切准备，第二天就搬家走人。谈话还是商量的语气，分开一段时间看看？前一天佳月刚刚拒绝了两个人一起离京的提议，飞凡并没有特别的表示，过了一晚，他就直接走到这一步，令佳月措手不及。痛是来不及，因为太快，太突然，惊愕还没过去，就人去室空了。他几时开始收拾行李的？

近来他们聊天的时间很少。飞凡忙着找工作，从早到晚，各种面试，他原来的工作待遇很好，现在轻易放不下身段。没有面试的日子，他在家做好晚饭，佳月忙得没时间回来一起吃。直到他得到一个不错的职位，马上就可以上班，佳月也很开心，以为总算又稳定下来，继续原来的规划，存钱，结婚，不料飞凡却说出一番令她十分意外的话，他说他并不想干这份工作。

"为什么？"

"因为跟从前没有分别。"飞凡说，"也不知道哪天又被裁掉，那么狼狈。打个工而已，东家西家都一样。"

"大家不都是这么过日子的吗？"

"我妈说得也对，回老家去，进个稳定的单位，比在这儿漂来漂去强多了。"

佳月一时不知道怎么回答，这话当然没错，各人有各人的选择和道理，但是她没想过自己也要面对这个问题。就因为一次失业吗？与其说受了伤害，不如说她想不通，困惑多于难过。

"那我呢？"

"那你呢？"他看着她，无意识地重复了一句，像学生迟疑地看着一张试卷。从前，她是幸福的答案，现在，她成了问题吗？

他们住了这么久的这间屋子，一下子变得没有实感，好像成了一个黑暗中的舞台，光秃秃一只探照灯打在佳月身上，等候着她，一切都取决于她，但实际上她已经没有选择了。她说不，飞凡就把灯关掉了。他表达失望的方式，是自己把晚饭的碗筷都洗干净了——平常他们总是分工，一人做饭的话，另一个负责洗碗。

佳月第二天还要早起上班，匆匆睡了，一方面也是逃避飞凡，不想再继续这个扫兴的话题，以为这只是他一时受挫之后的念头，不明白为什么积极地找工作，找到了却又不想去。前后矛盾，她又没精力去分析，去理解这矛盾，只有一睡了之。

第二天晚上飞凡便提出分手。佳月想起小时候跟着秀梅去铁道边看火车，不知道火车打哪儿来，奔哪儿去。问秀梅，秀梅说，铁轨上来，铁轨上去，你瞧它不是一直在铁轨上吗？哄孩子的大白话像一句机锋。秀梅就是这样接受生活给予她的一切的吗？秀梅去世后，这样的问题一再浮现，和飞凡离开带给她的困惑搅在一处。林慧文说，人嘛，不就是那么一回事。好像所有的纠结都是不值一提，少见多怪的，佳月便闭口不言。姥姥还是一时清醒，一时糊涂，精神倒越发好了，声音洪亮，滔滔不绝，若是跟随她的话头，会被冲到不知什么地方去。在这里，可不能哭。

在这里，一切都是老样子，阳台上晾着花边裙子，几件秋衣秋裤，晾干了又冷又硬。林慧文知道今日的丧事，打电话给佳月，叫她顺路来吃午饭。秀梅一早去世，上午便火化完了，送到墓地入了土，只剩下碑文没刻完，其余人便散了。人散之前，定好了墓碑上刻什么字，佳月只是小声说，是八十一岁，不是八十二岁，没人听见她说话。一定要写上八十二岁，多算一岁他们脸上好看点，良心好过点？想不通，想不通的地方，眼泪冲一冲也通了。杨桂思也去了，作为前儿媳，给了一次体面，临走前，对立远说，你们那些供品不收走吗？不收走可就浪费掉了。佳月在一旁想，幸好佳圆没来，不然又要跟她妈妈吵起来了。

立远站在坟边，抽着烟，烟灰飘洒，寒风一带就不见了。鬼是新鬼，坟是旧穴，早年前留好的位置，秀梅说过不要并骨，当然只是玩笑话，哪有夫妻不并骨的？他抽着烟，看着兄弟姐妹和子侄们。他也是一早上接到立民的电话，电话里说，老太太咽气了。他早有准备，对外的说辞也是老太太身体不太好，只有沈一芳提一句，为什么不去医院挂营养液？

营养液有什么用？

老人吃不进东西，就是要输营养液。

你懂个屁。

秀梅最后一次住院，是因为在家突然跌倒，立民叫来小杨，两个人一起把她放在床上。她一直很清醒，也知道摔跤不好。小杨走后，立民也出门了，走之前拿来了一个小杨给他的MP3音响，是杨斌在学校参加短跑比赛的奖品，里面存了好些相声。立民打开音响，找到一段刘宝瑞的单口相声，放出来，那老到的声口，圆润的包袱，一停顿便有一阵笑声，那笑声像是从很远的地方传来的。起初秀梅也跟着笑，渐渐地她笑不出来了，因为那音响不知怎的，来来回回只放这一段，她听了十几遍，几十遍，听得厌烦，甚至有点想吐。那些捧场的笑声仿佛是一阵又一阵嘲笑，精巧的包袱成了可恶的贫嘴。同时，天黑下来，屋内也黑下来，她想喝水。

立民很晚才回来，又去买酒了。近来他不惮路远，跑到附近的村里去打成桶的白酒，拎着两只塑料桶，一手一个，正好平衡。天黑了，又寒冷，自有他一番辛苦。最后他也是死在这白酒上，那是后话。此时他到了家，秀梅便问他干什么去了。他也不答言，做了饭，进来问秀梅吃不吃饭，秀梅赌气说不吃，相声又播放一遍。立民进来，把音响拿走了。

第二天一早，秀梅仍是不吃饭，不喝水。立民打电话给立远，告诉他老太太这样子，你看着办。立远回来看望了一下，坐一会儿便走了，临走给立民留下几百块钱，让他给老太太买点吃的。立民果真买了一些点心饼干一类，堆放在秀梅枕边，她自摔倒以来就没起来过。第三天，她开始呻吟。

呻吟既是因为痛，也是为了让人听见，一半是痛苦，一半是张扬，哎哟，哎哟，哎哟，有规律，有节奏。立民给佳月打了个电话，电话一通，立民便说，你奶奶在叫唤，你听听，听筒递过去，秀梅仍是哎哟不停。

佳月说要送医院，她这样不对劲。她挂了电话便叫120，然后又通知了家里其他人。送到医院，医生说她这样是没有排便的原因，帮助她排便，立刻便不呻吟了。佳月请不到假，立秋倒是第二天便赶回北京了。立春接到电话只说知道了，她来不了，家里有事，问有什么事，又不肯说。

立秋在医院陪了几天，回家做了饭带来。秀梅死后，立秋说自己没什么好后悔的，尽力了，但是她的假期只有那几天，她很珍惜现在的工作。秀梅出院那天，她叫了一辆车把秀梅送回家，安顿好，就动身回上海了。再请假就只有丧假了。

从医院回家的路上，路不长，也是秀梅活着走完的最后一段路，她仍是躺着，只说了一句：这个破车。立秋在旁边笑了，阳光透过车窗照在摇摇晃晃的、衰老的脸上。临走时立秋又留了一些钱给立民，并告诉立民，他照顾老人，应该有些报酬，往后她再按月给三哥一笔钱。

她想得简单，有钱赚，就当是个营生，总会对老人好一点，她用这市场经济的规律去揣度人，不知道这规律只可以预测整体的趋势，个人的行为却不受其摆布。立民哪里是见钱眼开的人，那样倒好办了。他是根本不在乎钱，也不在乎命，不在乎自己，当然也丝毫不在乎别人。这样的人如何收买得来。

立秋走后，佳月总算请到一天假。秀梅从客厅的沙发退到里面的床上，窗户在床的对面，透过窗只看见厨房的半面墙，她摸索着戴上眼镜，暗红的墙砖就更清晰一些。佳月来时，她就坐在那里，见到佳月，缓缓地、自嘲地、无声地一笑。衰退至此，她觉得羞耻。

从前佳月来看她，没说过什么虚假的客气话。不知怎的，当人在床上，另一个在床前，就忍不住说出一些言不由衷的话，会好的，没事，别瞎想，佳月都觉得自己很奇怪，为什么至亲的人，到最后不能说些坦诚的话，是不是人一生只有落草的啼哭才是真诚的，其余的语言全是掩饰。说到没话可说时，秀梅偏过头去，一会儿就合上眼睛。是我把她哄睡着了吗？佳月想，就像她曾经哄睡过一个又一个孩子一样。他们睡过去，醒过来，日升月落中长大，身体长得很大，别的地方长没长大，就看各人的造化。秀梅觉得自己已经全部完成任务。

又一次日影西沉。窗帘上的椰林影子渐渐浓重，夜色像一股墨水洇过白纸，再流到睡着的人的脸上，谨慎地漫过秀梅整张脸，抚过眉梢，没过口鼻，死亡像一只倦鸟停在鼻尖。关于秀梅的死，立民有他一套说法，仔细听，也有许多疑问，但是不重要，也没人追问他了，重要的是眼前的丧事尽快结束，然后就不必再看见这些人了。人人都这么想。

他们急着各自散去。佳月看出来了，但是她也学会了沉默，不去说破。且看报应，立秋私下跟佳月说，且看报应，虽然她也说不出报应的前因后果到底是什么。她穿了一身簇新的黑衣服，立春问她，你这大衣多少钱买的？立春看上去老多了，葬礼上只有她一个人来了，立秋问昊辰怎么没来，才知道昊辰闯下大祸，在学校交了个女朋友，因为口角争执，他就动手打人，下手非常狠，女生进了医院，对方家长岂肯答应，要去法院起诉，立春这几个月正为这件事烦心。想办法托人造个精神病证明就好了。

佳月在一旁听见，也不答言。她隐隐猜测，三叔的那个前妻，也是因为受不了挨打，才离婚的，或许还有别的缘故，在秀梅嘴里听见过只言片语，记不清了，旁人一提起这件事就是那媳妇"跑了"，兴许连离婚手续都没有办。他打过奶奶吗？存在着某种家族性的遗传缺陷吗？暴力的基因？

吃饭的时候，她一直想着这些事，直至惊觉这些事再也不重要了。林慧文絮絮叨叨地讲她们舞蹈队的琐事。姥姥继续在宇宙之外，时间之内奋力遨游。饭桌是永恒的，虽然一切终归于几盘炒菜和一碗稠粥的时刻，此时此刻却是又深又长，像地表的一道大裂谷。无数个一模一样的时时刻刻啸聚其中，构成永无止歇的风。

佳圆快要分娩了，秀梅去世前她来看了一趟，坐一坐便走了，葬礼没有来。三天圆坟，佳圆托佳月到家里去寻一两件遗物，留个念想。这两天立民已经搬走，老人的存折一直在他手里，只有立春嘀咕了几句，老太太的钱呢？没人应和，她也就算了。三天时间，碑已刻好，立起来了，志平的名字边上添上秀梅的名字，字痕一新一旧，字体也不大一样。秀梅的年纪写错了，多写了一岁，立远说，这要论虚岁，然而论虚岁也不到八十二岁。"这就算是团聚了。"立远说，他依然抽着烟。佳月是在场唯一的孙辈，这次她大声说："我奶奶说了，她不要跟爷爷并骨。"

立远迅速地瞥了她一眼，仿佛在看一个不合时宜的蠢货。立春在旁说了句："得啦。"真是一道春雷，万物得雨，万事得啦，佳月在心里笑了。晚上跟佳圆打电话，问她记不记得奶奶有这么句话，她说不记得。

佳月替自己和佳圆挑了几张照片，又把相册放回原位。立秋坐在一旁的沙发上，说自己要送佳圆一辆好牌子的婴儿车。姑侄俩在这里闲话家常，佳月想起小时候看过一个唐诗的画本，还是佳圆留在奶奶家的，有一句"闲坐说玄宗"，画着两个白头老妪坐在破旧宫室的门槛上，身边尽是一丛丛的红花，就像眼前的这种情境，两个人有一搭没一搭地说到活人和死人，将出生的和刚离去的，时间像一个开着净水循环系统的观赏鱼缸。关键在于，死掉的鱼要及时捞走，时间要保持着它的清洁，顺畅，轻快地流淌不休。

秀梅的遗物整理了几件，带给佳圆，这是佳圆婚后，佳月第一次到她家里来。沈慕在厨房里做饭，关着门，不让油烟飘出来，里头炒菜炒得热火朝天。佳月和佳圆在他们的卧室里说话，这卧室已经完全像个婴儿房了，到处都是婴儿用品，许多还没有拆包装，堆在屋角，挂在门后，衣柜一拉开，里面哗啦啦地要往外流，名目繁多到眼花缭乱。一张带围栏的小床拆掉一面，跟大床拼接在一起，突出来像伸向湖面的观景水榭。婴儿抓着栏杆望向远方。

佳圆把佳月带给她的几件东西——几张照片和一副眼镜，收进一个专门的收纳盒，放在一排悬挂的衣服下面，往里推一推，再推一推便看不见了。立秋送给她的婴儿车卡在海关，佳圆在那里抱怨海关的办事效率，说些无关紧要的话。越无关紧要，那个核心就越突出，越沉默，那问题便越响。最后，还是佳月鼓起勇气，说，你去看奶奶的那天，有没有什么不正常的事情？

她这个问法就不对，这是把话题引向痛苦的方向。佳圆一下子就明白了，说，我看见奶奶脸上有一点擦伤，问三叔，三叔说，她想自杀，从床上往床下滚。三叔还说，你去劝劝她。

立民对别人说，她怎么都不肯吃饭，喂也不吃，还有脸上的擦伤，故事可以连得起来。佳月忽然觉得很饱，胃里满满的，就说要走了，不在这里吃晚饭了，沈慕和佳圆苦留不住。佳月走进腊月的寒冷空气里，小时候，这时节要预备过大年了，蒸馒头，炸丸子和藕夹，油锅冒起烟来，热气腾腾的底色依然是冷。往玻璃上面哈气，再用报纸擦，越擦越透明，直至消失了一般。她在公交车站等车，夜凉如冰川融水。

她回到自己的住处，飞凡离开后她又换了一个住处，仅仅是个落脚的地方，她无法把那间小屋称为"家"，也不想再把任何地方当作"家"。房间不算宽敞，床却很大，一进门就爬上去窝着，她把秀梅的一个记事本子带回来了。这两天常放在枕边翻看，记录一些人情往来的琐事，给志平办丧事时候收的礼，立远结婚时收的礼，换煤气罐，交电费，交有线电视费的记录，一些治疗腿痛的偏方，一些生活的碎屑，去过什么地方旅游，佳圆借过钱……有一段时间没有任何记录，佳月猜是因为老花镜坏了，没有眼镜就没法写字，后来又有了，因为配上了新眼镜。佳月微笑了，翻过一页，看见一行红色的圆珠笔字，从前没翻到过的，写着：佳圆怀孕了，我想看见重孙子。

所以她不可能想要自杀。佳月自然地推论，然后发现自己陷入危险，你不可以推理生活，她对自己说，这句话一定要响彻余生。然后她想，应该让佳圆知道，此时已是深夜，佳圆却毫无拖延地立刻接听了电话，孕妇这么晚还没睡吗？最近总是失眠，佳圆说，有什么事？

佳月没想好应当从何说起，千头万绪，真是一个旷古难题。也许要从那个被火车撞死的，同名的秀梅开始，几十年阳寿本该是她的。或者从那个算命的开始。从前，她总以为事出有因，凡事都有来处，对一个人好或者是坏，爱或者恨，总得有个原因，今天由无数个昨天堆砌而成。现在她不那么想了。佳月说，没什么，有点想你了。

正巧，我也在想你。

那么就这样吧。就这样睡吧，你应该早点睡觉。


# （二十七）


秀梅去世后，立民回到自己家，用秀梅的钱还清了房子积欠的水电费等，电灯又重新打开了，他还买了一台新电视。新电视，新生活，电视和沙发之间是一日三餐的酒桌，白酒顿顿不落，死就死在这酒桌前。是他的邻居闻见味道了，凑在门前听，听见电视的声音，敲门却无人应，叫了警察来破门而入，场景相当凄惨。立远和立生都来了，立生不愿意动手，袖手站在一旁，意思是让殡仪馆的人来抬。结果等人来了，人家也不动手，说这种情况，要你们家属自己来抬，我们干不了这个。于是立远到卧室去，把床上铺得齐齐整整的大红绸被罩扯了下来，一扯便腾起灰尘，这也顾不得了。用这被罩把人裹了，和立生两个一人抬一头，抬到楼下停着的面包车里。去火葬场的路上，立远想起立民还有个儿子，不知流落在何方，跟立生说，立生此时倒说了一句十分明白的话："流落什么？谁是流落？这死人才是流落呢。"他用下巴点一点，"人家母子俩恐怕过得好好的。"

立远便笑了，笑得有几分凄凉。用他的话说，立民是他抱大的，在大哥的怀里，立民没受过那个年代的那些欺侮，尽管他是黑五类的孩子。他的回忆十分清晰，他的现状却是模糊的，眼前的这一条被罩里裹着的，是他兄弟，也可以算是他。他年轻的时候，想的是发了财要如何如何，挣了钱给兄弟姐妹们分一分，可惜立民没有等到，很快就连他自己也等不到了。立远死于一年半以后，突发的心脏衰竭，救护车到的时候，人已经凉了，像室温一样凉。

佳圆凌晨接到电话，孩子托给邻居照看，就和沈慕一起往回赶。杨桂思也知道了，第一时间打电话给佳圆，说你一定要拿到你爸爸的存折，佳圆只是想笑，难道他还有什么余钱不成？她可太知道了。沈一芳哭得失去主心骨，不知道该怎么办才好。关于房子的利害，她还是很清醒的，一边哭一边说，这房子是她出钱重新装修过的。

佳圆觉得她很可怜，很快杨桂思就要把这母子俩赶出去了。丧事办完，来的人总还是要招待一下，在餐厅里面团团坐定。彬彬已经上中学了，臂上缠着黑纱，吃饭极快，吃完就跟沈一芳说，还有作业要写，先回家了。席间沈一芳一直在对亲友们说房子的事，佳圆和沈慕都不说话，只听她一个人说，她说如果你们要来抢房产，她就动用法律手段。佳圆找个借口离开了，走到外面，又是一个冬天，死亡特别青睐冬天。她在街上漫无目的地走着，这些年，这条街也大变样了，店铺换了一批，只有一两家银行和药店还在原地，保留着原样。她走过一座破旧的两层楼，楼外挂着一段楼梯。佳圆心里一动，顺着楼梯走上去，是游艺厅，立远在这里拥有两台老虎机，他的创业项目之一。不知道还在不在了。上了二楼，游艺厅居然还在，走进门仿佛跨进时光机，还是九十年代的样子。绿茸茸几张台球桌，闪动跳跃的游戏机，半大孩子们一动不动的黑脑袋。这是立远从前常来的地方，他坐在那张旧沙发上，抽着烟，与熟人聊天，吹牛，或者下场去打两下台球。佳圆想起他死去的脸，嘴半张着，眼睛也未完全闭合，大概也担心那房子的骗局最终被拆穿，死后不得安宁。她扫视着眼前的一切，忽然看见一个背影，坐在一台老虎机前面，是彬彬，黑纱还缠在臂上，他那样专注地、一心一意地赌博。不是说有作业要写？

佳圆笑了，无论如何，生活还会继续下去。佳月说，这两年流年不利，尽是丧事。她自己过得一直很好，只要加薪发奖，就给佳圆的女儿买礼物，小姨的加薪礼物已有好几件了，只是一直不肯谈恋爱。佳圆说，你要学二姑那样吗？

像二姑有什么不好。二姑多潇洒。

有一次，佳月参加大学同学聚会，地方是别人选的，就在秀梅家附近，周围山里的农村纷纷搞起旅游，她已经好几年没回去过了。一群人在一家日式风格的民宿住了一夜，有个离异的大学同学，借着酒后对她表示好感，她也借着酒意拒绝了。第二天一早，他们还要去附近爬山，摘核桃，佳月给他们指了一条爬山的路线，从何处上，从何处下，她自己却没有去，借口有事先走了，一是想躲开那个男同学，二是想回秀梅家里看一看。

一把门钥匙放在窗台上倒扣的一双旧鞋里。门一开，灰尘扑面而来，摆设还是原来的样子，一张世界地图掉了一个角，从墙上徐徐弯下腰来。床上铺得整整齐齐，立民走之前打扫了一番，桌子上的药瓶摆得整整齐齐。佳月忍不住拿起来晃晃，里面还装着药片。

窗帘垂下来，拉开之后，佳月向外张望，发现乔子成爷爷家的菜园里拉着一条条的小彩灯，底下放了一些桌椅，烧烤架一类，不认识的人在门前出出进进，看了一会儿才明白过来，这房子居然改成民宿了，真有意思。老人不在了，房子空着没有用，就租出去，这次来遇见的尽是生面孔，当然他们看佳月也是个生面孔，以为她也是来找便宜房子的，看衣着倒不像。隔壁的杨家锁着大门，杨叔去年也去世了，死因跟立民差不多，白酒喝得太多，心脏突然停跳。杨毅大喊大叫起来，惊动了人，进来一看，已经来不及了。

杨斌把他哥哥送到福利院去了，没办法留在身边照顾，不知道杨毅还想当翻译家吗？大概是不能了。真可惜啊，然而这世界可惜的事情也很多，分给一个人的感慨只有几秒钟。杨斌现在一个人在城里租房子住，周末去看他哥哥，两条狗不知道哪儿去了，拴狗的树还在。

碰见一个熟人。原来是陈佳月，多久没见了。你爸爸还好？你大伯怎么死了？多年轻啊。佳月敷衍着走开了，走开了，还听见那老太太在那里说，年轻的死了，我们这老的倒不死。

她开着车穿过小时候无比熟悉的地方，一切飞快向后退去，从前慢慢悠悠的印象是因为自己只有一双慢慢悠悠的脚，她的脚后来走过许多地方。秀梅看着每晚七点半的天气预报向往的地方，佳月都去过了。她总是想到若是秀梅的眼睛看见这些，会说什么，她会笑眯眯地东瞧西看，像个好奇的孩子，回家后在本子上一笔一画地写明某年某月到某地，作为永久的纪念。

有一次，她到成都。这些年出差旅游，她尽量避着这座城市，这次实在推托不了。那天下着绵绵细雨，从下午开始天就昏蒙蒙的，晚上约好的工作餐，对方临时有事不来了，她独自在酒店里对着电脑，处理一些杂事。室内渐渐黑沉，雨点依旧无声地敲在玻璃窗上。

索性关了电脑，披上外衣，到一楼向前台借了一把雨伞，撑着走出去。街上湿漉漉的，积水反射着金灿灿的光，她信步走着，被一阵火锅店的香气吸引住了，店面不大，里面灯火通明，坐着不少人，想来是不错的餐厅。佳月走进去，一个人点了一大桌子，吃到正酣时，眼前走过一个人，说了句什么话，她便愣住了。过了一会儿才抬头去寻找那个人，只见飞凡和一个女人在一起，那女人手里牵着个小男孩。她早把飞凡的联系方式都删掉了。

吸引佳月注意力的，却是飞凡身上那件毛衣，八十年代服装杂志上的款式，好在这次没有缀上可爱的小圆球，佳月不自觉地微笑，妈妈爱心牌，看来一切都好。看那孩子年龄，似乎跟佳圆的女儿差不多大，也许小一点？她不知道自己发呆了许久，回过神来是服务员在问她要不要加汤，她说不要了。走出餐厅，雨不知何时停了，地下依旧亮晶晶的，小水洼里倒映出无限。她走了好一阵子，才想起来口罩落在餐厅了，这年头没戴口罩仿佛少穿了一件遮羞的衣裳，彷徨间她看见一个烧烤摊，老板正支出家伙来，预备做晚上的生意，佳月走过去，问他能不能借个口罩，顺便自己也买两串烤肉，老板颇有江湖气，挥挥手，意思是不用非得买东西，从摊子下面抽出一只口罩，佳月千谢万谢。白口罩里浮着一层铁板烧的味道，她走了很久，才发现方向是反的，离酒店越来越远，夜色越深重，越湿冷，越来越像一件沉重的大衣，佳月急着脱下它，脱下它好爬上床，拥抱一段长长无梦的睡眠。

后记：
他们的故事，自己的故事

写这个故事的时候，我和这些人物待在一起，将近一年半的时间里，我一松手他们就要滑落下去，滑向死亡或者别离，不是戏剧的安排，而是自然的终结，我和他们一样感到无常。有人死于生命的衰老，有人死于自己的生活，有人则无声无息消逝，把今天的罪和曾有的爱都抛在身后。当人的生活纠缠成一个死结，对他们来说，死亡是唯一的解法，时间带来的问题，衰老，病痛，离散，失落，最终还是交由时间解答。

一个家庭故事，或者说一个家庭会走向何处，是我好奇的问题，以前的我总想知道为什么，现在我会把这些问题全部放走，像放飞一群笼中鸟，看着它们飞远。在另一篇小说里，我写过，所有的家到最后都是病房。家是迎接生命的地方，也是告别发生的地方，在两者之间，还有什么，每个人都有一肚子故事可讲，而文学能够容纳的其实非常少——生活中存在的那些真实，破碎的，相互关联的，不被承认的真实，文学无法抵达。只能试着讲一点点。这不是文学与现实的捉迷藏游戏，谁抓住了谁，谁映照了谁，而是近乎绝望的遥遥对望。文学来自真实的生活，却又充满了对生活的误解，作者无从为之辩护，只有沉默。

家庭的故事，也是关于时间的故事。老一代死去了，新一代离开了，叹息消失在冥冥之中。从小到大，我从老人的家长里短中听见许多人生故事，后来他们也变成了别人嘴里的人，轻飘飘的，得到一声"嘿"或者"唉"，然后人们又转去别的话题了。我熟悉的那个地方，那些人，他们从不谈玄，切切实实地生活着，切切实实地爱着，伤害着，然后半辈子过去了，统统化为一杯浊酒。我想他们的孩子，是不是像我一样完全不懂他们，只看见他们喝醉的样子，看见他们在蒙眬的醉眼和泪眼中度过一生，以为自己将与他们完全不同。然后，在某一年，某一日，某一刻，蓦地发现他们在时间的深处等着我。他们的故事原来就是我的故事。鸟儿又飞回来。

说时间如长河，其实时间更像静水，静水如镜，照得见自己，照得见别人，一些面容，一些声音，一些轰鸣和细语，有一些人，他们活着，死去，努力过或者干脆放弃，跌跌撞撞，撞入一段故事中，又不打招呼地离开。写到某个人，他的面容就亮起来，不久又暗淡。这些人物，如果他们真正活过，一定都不赞同文学创作的逻辑，不赞同我构建故事的方式，砍砍削削，增增补补，到真正重要的时刻，却又哑声。你应该这样写，你不应该那样说，或者，你什么也不懂。我倒真的希望我什么也不懂。

写第一本书的时候，我开心地写了赠言。这本书无人可赠，像朝着虚空递出一份礼物，等着一双手来接，或者在暗夜中点燃一支烟花，不知道烟花之下，还有谁的脸庞被照亮，我们一起仰头看着，直至点点光芒散尽。

辽京

2023 年 12 月 18 日